Libre de culpa

CHARLOTTE LINK

Libre de culpa

Traducción de
Susana Andrés Font

Grijalbo

Papel certificado por el Forest Stewardship Council®

Penguin
Random House
Grupo Editorial

Título original: *Ohne Schuld*

Primera edición: noviembre de 2022

© 2020, Charlotte Link
© 2020, Blanvalet Verlag,
una división de Verlagsgruppe Random House GmbH, Múnich, Alemania
www.randomhouse.de
Publicado por acuerdo con Ute Körner Literary Agent, S.L.U.,
Barcelona www.uklitag.com
© 2022, Penguin Random House Grupo Editorial, S. A. U.
Travessera de Gràcia, 47-49. 08021 Barcelona
© 2022, Susana Andrés Font, por la traducción

Printed in Spain – Impreso en España

ISBN: 978-84-253-6011-4
Depósito legal: B-15.413-2022

Compuesto en La Nueva Edimac, S. L.
Impreso en Rotoprint by Domingo, S. L.
Castellar del Vallès (Barcelona)

GR 6 0 1 1 4

West Bromwich,
viernes, 3 de noviembre de 2006

La agente que atendió la llamada de emergencia a las 17.02 horas tuvo que hacer un gran esfuerzo para entender qué decía la voz que estaba al teléfono. Era una mujer y jadeaba de tal modo que apenas si lograba pronunciar palabra. O había corrido muy rápido o se hallaba en un estado de extrema agitación; o ambas cosas. Lo más probable era lo último.

—Tranquila —dijo la policía calmándola—. Respire hondo. Trate de serenarse, por favor.

La mujer al otro extremo de la línea intentaba recuperar el aliento, pero sin éxito. Parecía hallarse al límite de sus fuerzas.

—Tiene... tiene a una niña... tiene a una niña con él —soltó por fin.

—¿Quién? ¿Y desde dónde llama?

—West Bromwich. Shaw Street. Pero la policía tiene que ir a Harvills Hawthorne. Al final del todo... en el polígono industrial... —Tomó aire.

—Tranquila, tranquila —volvió a apaciguarla la agente, aunque en su interior ya se habían encendido todas las luces de alarma. Era evidente que una niña corría peligro. Sin embargo, no tenía ningún sentido empezar a agobiarla con un aluvión de preguntas. No debía desquiciar a su interlocutora, de lo contrario acabaría colgando. Aunque al menos ya le había proporcionado una vaga descripción del lugar.

—Hay unos garajes. La mayoría vacíos. Él está en uno de ellos. Tiene a una niña.

—¿Qué edad tiene la niña?

—No sé... tres o cuatro años...

—¿Y él no es su padre?

—No. No, no tiene hijos, todavía es un niño. Pero está enfermo. Es un perturbado. Peligroso. Se habrá llevado a la niña de algún sitio. Por favor, dense prisa.

—Sí, enviaré de inmediato a una patrulla —respondió la agente. Levantó la vista.

Otra policía que también estaba a la escucha le susurró:

—Hace media hora nos han avisado de una desaparición. Una niña de tres años se ha esfumado del jardín delantero de la casa de sus padres. En West Bromwich.

La agente que atendía la llamada hizo una señal con la mano y su compañera asintió. Iba a mandar al instante a la patrulla que estuviera más cerca del lugar.

—¿Sabe el nombre del secuestrador?

—Ian Slade.

—¿Y cómo se llama usted?

En lugar de dar su nombre, la mujer soltó una breve y angustiada risa.

—No se lo puedo decir. Nadie debe enterarse. O me matará.

—Haremos todo lo que podamos por protegerla.

—No pueden.

—Parece usted muy joven. ¿Cuántos años tiene?

—Da igual.

—¿Está llamando desde una cabina telefónica? —Todavía quedaba por allí alguna de esas reliquias. Y acababa de oírse con toda claridad el sonido de una moneda al caer.

—Sí.

—Mire, puedo enviarle a alguien que hable con usted y...

—No.

—Creo que tiene miedo, tal voz podríamos...

—¿Miedo? —añadió ahora con un sollozo—. ¿Miedo? Estoy aterrada. A lo mejor me ha visto y me ha reconocido.

—Solo podremos protegerla si nos...

Se oyó el sonido que se producía al colgar el auricular en la horquilla.

La llamada había terminado.

Primera parte

Trece años más tarde

Viernes, 19 de julio de 2019

La inquilina de uno de los apartamentos de vacaciones había avisado a la policía.

—Se oyen disparos en el edificio. Creo que es en el piso de al lado. ¡Por favor, dense prisa!

Según informaron otros residentes a los agentes de la patrulla, justo después de la llamada telefónica se había oído otro disparo. Un señor que respondía al nombre de Jayden White había alquilado por dos semanas el apartamento donde se habían producido los disparos, uno que daba directamente a la playa de la bahía norte de Scarborough.

Los agentes desalojaron a todos los veraneantes del edificio, desocuparon las tiendas y los cafés de la planta baja del complejo y acordonaron el paseo marítimo, así como el área de la playa que se encontraba delante del edificio en cuestión. Puesto que ese día hacía mucho calor y además habían empezado las vacaciones, estaba a rebosar de bañistas pese a ser las once de la mañana. Actuaron con rapidez para garantizar la seguridad de todos, aunque un hombre armado, y posiblemente dispuesto a todo, en medio de un recinto vacacional junto a la playa, suponía una auténtica pesadilla para los agentes. Se informó por precaución al departamento de investigación criminal. Nadie sabía cómo iba a evolucionar el caso. Nadie quería cargar con la culpa si se cometía una negligencia.

El comisario jefe Caleb Hale llegó acompañado de su más estrecho colaborador, Robert Stewart, quien hacía solo dos semanas había sido ascendido al puesto de comisario y desde entonces adoptaba una actitud bastante arrogante. Caleb pensaba que, desde ese salto en su carrera, se había vuelto de repente más soberbio, aunque otros habrían dicho que se sentía más seguro de sí mismo. En cualquier caso, Caleb tenía la impresión de que entre ellos se había producido un cambio, ligero y difícil de verbalizar. En los próximos días le gustaría encontrar un momento para hablar de ello con Robert. Pero, sin duda, ese no era el más adecuado.

Deslizó la vista hacia arriba por la fachada del inmueble. El complejo constaba de dos grandes edificios, el primero semicircular. Allí había apartamentos vacacionales de los más diversos tamaños y modelos, pisos de una, dos o tres habitaciones, con vistas al mar y otros más económicos en la parte trasera. Un balcón se sucedía al otro. Desde ellos se divisaban el mar y el castillo de Scarborough, que dominaba majestuoso la lengua de tierra que separaba la ciudad en la bahía norte y la bahía sur. Pese a ello, estaba situado justo encima de un sinnúmero de tiendas, cafés, un restaurante y una heladería. Y sobre la muchedumbre ondulante de bañistas. Al menos en verano. En invierno todo estaba desierto. Uno de los policías, presente desde un principio en el lugar de los hechos, se hallaba junto a Caleb y Robert y les informaba de lo sucedido.

—Según las declaraciones unánimes de los testigos, los disparos se han producido en una vivienda del tercer piso. Es la que vemos directamente desde aquí, sobre el Fish and Chips. —Señaló hacia arriba.

Caleb siguió el dedo índice extendido. Un apartamento como

cualquier otro, un balcón como todos los demás. No obstante, las persianas estaban bajadas. No se movía nada. No había nadie en el balcón. Caleb entrecerró los ojos. Solo una mesa y tres sillas.

—El hombre que ha alquilado el apartamento se llama Jayden White —prosiguió el agente—. Ha viajado con su esposa Yasmin y sus dos hijas pequeñas para pasar dos semanas aquí. El propietario no ha podido concretar la edad de las niñas. Calcula que unos seis y siete años.

—¿Es la primera vez que vienen? —preguntó Caleb.

—No, es el quinto año seguido. Siempre en verano. El dueño del apartamento dice que hubo un problema con la tarjeta de crédito del señor White, pero que no se la pidió por adelantado, porque lo conoce bien y confiaba en que le pagaría al final de las vacaciones.

—¿Dónde viven los White?

—Cerca de Sheffield. El señor White tiene allí una cafetería.

—¿Qué dicen los demás residentes sobre la familia? ¿Tenían algún trato con ellos? —Era importante hacerse una idea, pero Caleb también sabía que debía darse prisa en actuar. Alguien había disparado. Había dos niñas pequeñas.

—No tenían mucho contacto con ellos, pero según las declaraciones de los testigos no era gente molesta. Una familia tranquila, amable y muy reservada. Así la describe también el propietario.

—¿Ha mencionado un problema con la tarjeta de crédito del señor White? —intervino Robert Stewart.

El agente vaciló.

—No directamente con la tarjeta. El propietario ha explicado que los años anteriores siempre le daba la tarjeta de crédito, pero que en esta ocasión el señor White dijo que había un problema, aunque no especificó de qué se trataba. Dijo que pagaría en metálico al final de las vacaciones. Puesto que nunca había habido complicaciones entre ellos, el propietario aceptó.

—Me gustaría hablar con él —indicó Caleb.

—Todavía debe estar por aquí —respondió vagamente el agente, y Caleb reprimió la observación de que lo conveniente habría sido retenerlo, no dejarlo marchar.

—¿Hay alguna posibilidad de establecer contacto con el señor White? —preguntó Robert—. ¿O con su esposa?

El agente se encogió de hombros con resignación.

—Hay un teléfono fijo en el apartamento. Hemos llamado muchas veces, pero no contesta nadie.

—Entonces ¿qué es lo que garantiza que haya alguien dentro? —inquirió Caleb. Arriba reinaba un silencio absoluto. No habrían desplegado todo ese montón de efectivos policiales para acabar vigilando una vivienda vacía cuyos habitantes se habían ido a nadar...

—Dos disparos —contestó el agente—. Es lo que han declarado varios inquilinos sin vínculos entre sí. Los sitúan sin lugar a dudas en el tercer piso. El piso de los White es el único en el que nadie abre la puerta. Todos los demás han sido evacuados y sus ocupantes están en un lugar seguro. Si se han producido disparos ahí arriba, solo puede ser en ese apartamento.

—Mmm —musitó Caleb. Era consciente de que a veces surgían errores con respecto a la identificación de los sonidos. Volvió a mirar con detenimiento hacia arriba, como si la fachada lisa y el silencioso balcón pudieran revelarle algo. ¿Qué ocurría tras esas persianas completamente bajadas?

—¿Qué vamos a hacer? —preguntó Robert Stewart.

Caleb se secó el sudor de la frente. Hacía un calor espantoso y ahí abajo, en el paseo, no había ni una sola sombra. Miró con anhelo las sombrillas de un bar, en el extremo de la hilera de casas. Desearía que todo el drama se hubiese desarrollado allí, entonces podrían guarecerse del sol. Aun así, no tenía la impresión de que los demás sudaran tanto como él. Era de envidiar el aspecto fresco e impertérrito de Robert Stewart, aunque vestía un traje gris oscuro y una corbata formal. Caleb ya hacía tiempo que se había desprendido de la chaqueta y, pese a ello, se estaba derritiendo. No debería haberse tomado ese whisky a las nueve de la mañana, cuando, tras sentarse al escritorio, no había sido capaz de pensar en otra cosa que en la botella que guardaba dentro del cajón bien cerrado, abajo a la derecha. Con ese calor... En general no debía tomarse el primer whisky del día a las nueve de la mañana. Esperaba que Robert no lo oliera. Estaba muy cerca de él.

Apareció otro agente y le tendió una hoja de papel.

—Una muchacha, la hija del dueño de la heladería, tiene el número del móvil de la señora White. Ha cuidado un par de veces de las niñas cuando la pareja ha salido de noche a tomar algo. Ha dicho que no le pagaron el importe convenido. La señora White no tenía dinero en metálico, pero le había asegurado que se lo daría al día siguiente. Sin embargo, no fue así.

—Un problema con la tarjeta de crédito y sin dinero para pagar a la canguro —señaló Robert—. Extraña coincidencia, ¿no? ¿Tienen los White problemas económicos?

—Podría ser —opinó Caleb. Todo eso no pintaba bien. Por desgracia, solían ser las dificultades económicas las que trastornaban a los hombres, y en especial a los padres de familia. Cogió la hoja—. Voy a intentarlo.

Sacó su móvil y tecleó el número. Puso el altavoz para que Robert también pudiese oír la conversación. ¿Se equivocaba o su colaborador lo estaba observando, como al acecho? Decidió que no era el momento de pensar en ello.

Tardaban tanto en contestar que estuvo a punto de arrojar la toalla, pero entonces, de repente, se oyó una voz temblorosa.

—¿Sí?

—¿Señora White?

—Sí. —Era como un susurro.

—Señora White, le habla el comisario jefe Caleb Hale, del departamento de investigación criminal de Scarborough. ¿Se encuentra en este momento en un apartamento de los Scarborough Beach Chalets en Peasholm Gap?

—Sí.

—¿Y las dos niñas también?

—Sí.

—¿Y su marido?

Yasmin White emitió un sollozo apagado.

—También... también está aquí.

—Señora White, ¿están siendo sus hijas y usted amenazadas?

—Sí.

—¿Está armado su marido?

—Sí.

Caleb se secó el sudor de la frente. Deseaba que apareciera por fin la sargento Helen Bennett, quien se había formado como psicóloga policial. Estaba mejor capacitada que él para manejar conversaciones de ese tipo. Helen se había tomado el día libre para pasar un fin de semana largo con su madre, que vivía en Saltburn-by-the-Sea. Habían logrado contactar con ella y les había prometido llegar lo antes posible, pero en ese momento se encontraba en una cafetería con su madre y todavía tenía que dejar a la anciana en su casa. Si salía inmediatamente, el trayecto hasta Scarborough duraría más o menos una hora. La mayoría de las veces se alargaba porque por esa carretera de la costa los vehículos que circulaban despacio siempre entorpecían la marcha.

Tal como estaban las cosas, tendría que enfrentarse a esa situación en solitario.

—Señora White, los inquilinos del edificio han oído disparos. ¿Ha sido su marido el autor?

—Sí.

—¿Hay algún herido?

—No. Pero... —Bajó todavía más la voz. Caleb tuvo que hacer un esfuerzo para entenderla—. Tiene que ayudarnos. Por favor. No... no es él. Quiere matarnos.

—Señora White, permanezca tranquila pase lo que pase, no pierda usted el control. Estamos aquí para ayudarla. ¿Puede decirme en qué lugar del apartamento se encuentra? ¿En la habitación que da al balcón de la fachada?

—No. Estoy en un dormitorio. En la parte posterior. Da al patio.

—De acuerdo. ¿Sus hijas están con usted?

—Sí.

—¿Y dónde está su marido?

—No sé. Creo que en la sala de estar.

—¿Hay algún modo de que usted y las niñas puedan salir del apartamento?

—No. La ventana está demasiado alta. No podemos saltar.

—Entiendo. —Con un gesto de la mano, Caleb ordenó a Robert Stewart que fuera a la parte trasera del edificio. Allí ya se habían posicionado otros agentes, pero Robert tenía que hacerse una idea de la situación. Caleb notó que empezaba a respirar con más facilidad desde el momento en que su compañero se había alejado de su lado.

—¿Ha cerrado con llave la puerta del dormitorio?

—Él se ha quedado con la llave.

—¿Puede colocar algo contra la puerta? ¿Una cómoda? ¿Una silla?

Percibió un tenue sollozo.

—No. Lo oiría.

—¿No puede llegar al baño con las niñas? ¿Y encerrarse ahí dentro?

—No. No, es demasiado peligroso. Tendríamos que recorrer todo el pasillo. —Era obvio que el miedo la paralizaba. Caleb podía imaginársela acurrucada en algún lugar del dormitorio, con las dos niñas apretadas con fuerza contra ella, sin respirar y sin hacer el menor movimiento.

—Las sacaremos de ahí. Mantenga la calma.

Se oyó un clic que puso fin a la llamada. Yasmin White había colgado. A lo mejor había oído que su marido se acercaba. O simplemente los nervios se habían adueñado de ella.

Robert Stewart volvió a aparecer.

—Hay que rodear un aparcamiento subterráneo y luego cruzar la puerta del patio. Todo muy bonito, con plantas, y también hay balcones. Pero no en el apartamento de los White, su balcón da a la parte delantera.

—¿Y los pisos de al lado? ¿Hay balcones por los que se pueda llegar al dormitorio?

Robert negó con la cabeza.

—No. Están demasiado lejos. Si enviamos a alguien al apartamento, solo puede entrar desde arriba. Tendrá que bajar con una cuerda desde el tejado. En mi opinión, es menos peligroso y mucho más realista.

—Si al menos así logramos sacar a las niñas… —Sonó el móvil. En la pantalla se leía el número de Yasmin White. Contestó al instante—. ¿Señora White?

—Soy Jayden White. Ha hablado usted con mi esposa.

—Sí, señor White, soy Caleb Hale, del departamento de investigación criminal. Me alegro de poder hablar con usted. Me alegro mucho. —Pocas veces había añorado tantísimo a Helen. Sin duda, ella lo haría mucho mejor.

—¿Para qué ha llamado a mi esposa?

—Quería saber cómo se encontraba. Y cómo se encontraban sus hijas. Las dos niñas pequeñas.

—Están todas bien. —Jayden White hablaba con una entonación monótona, sin agudos ni graves. Al menos en ese momento.

Caleb supuso que aquella no era su forma normal de hablar. Parecía no ser consciente de la realidad. O hallarse en estado de shock. Tapó el aparato con la mano y susurró a Robert:

—Necesitamos a un psicólogo. Diría que está en trance.

—Helen viene de camino.

—Tardará demasiado. ¡Intente encontrar a alguien más!

Robert puso los ojos ligeramente en blanco. Caleb entendió el mensaje: «¡Venga, jefe, algo así puedes hacerlo tú mismo!».

—Señor White, ¿quiere contarme qué ha sucedido?

—No ha sucedido nada.

—Los vecinos han oído un...

—¡Y una mierda han oído ellos! —Jayden también dijo esto sin alterar el tono de voz—. ¡Una mierda! Que se preocupen de sus propios asuntos.

—Señor White, entiendo muy bien que no tenga ninguna gana de compartir sus asuntos privados con sus vecinos. Por eso le propongo que converse conmigo. Que hablemos los dos. Usted y yo a solas.

—¿Y yo qué gano con eso?

—Hablar siempre ayuda. Las cosas se ven más claras.

—A mí nadie puede ayudarme.

—Estoy seguro de que sí podemos hacerlo.

No obtuvo contestación.

—¿Sigue ahí, señor White? —preguntó Caleb.

—Sigo aquí.

—¿Qué le parece si deja salir a su esposa y sus hijas? Hace un día fenomenal, podrían ir a la playa. Después me reúno con usted. Solo yo, nadie más. Y hablamos tranquilamente.

—¡Mi familia no sale de este piso!

—De acuerdo. Pero ¿puedo entrar yo?

De nuevo un largo silencio.

—No tiene ningún sentido —dijo Jayden finalmente. Respiraba con dificultad.

—Sea cual sea su problema, encontraremos una solución —insistió Caleb.

Era consciente de la urgencia que emanaba de sus palabras. Tenía que ser prudente. Si Jayden se sentía presionado, su estado podía agravarse. En una situación como aquella, en la que tanto él como su familia estaban en peligro, lo más probable era que ya se hallara bajo una presión terrible, entre la espada y la pared.

—Si así lo desea —añadió.

Se acordó de lo que Helen había dicho en una ocasión sobre un secuestrador, y en cierto modo White lo era: «Dale a entender que puede elegir. Dale un margen de acción. Que no sienta en absoluto que lo estás asfixiando».

—No hay salida —insistió Jayden.

Eso parecía ser lo que se había enraizado en su cabeza, en su consciencia, y lo que contestaría a todo lo que Caleb propusiera, dijera o preguntara: que no había solución, que no había salida, que nada tenía sentido, que todo había terminado.

—Sé que ahora nada de lo que diga le importará —señaló Caleb—. Pero, por favor, hágame caso, no es sencillo poner punto final a la vida, incluso en situaciones difíciles. Dese usted y dele a su esposa, y sobre todo a sus hijas, la oportunidad de seguir con vida. Usted no es el tipo de hombre que hace esto. Que dispara a una mujer y a dos niñas pequeñas.

—No tiene usted ni idea —respondió Jayden.

Con la esperanza de no estar cometiendo un error, Caleb decidió mencionar el único tema de interés que se le ocurrió a partir de la información de que disponía.

—Si tal vez está pasando por dificultades económicas, señor White, creo que...

—Yo no tengo dificultades económicas —replicó Jayden.

—Entonces, mucho mejor...

—Estoy inmerso en una tragedia económica —dijo Jayden. Colgó.

Medio minuto después se oyeron varios disparos.

Sábado, 20 de julio

1

El tren de la London North Eastern Railway había salido puntualmente a las nueve de la estación londinense de King's Cross y ahora se dirigía hacia el norte. Fuera, las ciudades dieron paso a los pueblos y a los prados, bosques y campos de cultivo. Un sol canicular caía sobre la tierra. No se veía ni una sola nube en el cielo azul intenso. Era un día para sentarse en una terraza, ir a un lago en bicicleta o marcharse a la playa con una toalla y una cesta de pícnic.

Xenia Paget suspiró porque sabía que en cuanto llegara a Leeds no se le presentaría ninguna de esas opciones. Y no solo porque cerca de Bramhope, donde vivía, no hubiera ni playas ni lagos, aunque al menos tenía un jardín y una terraza. Sino porque, por desgracia, su marido consideraría una muestra de pereza imperdonable que disfrutara de un par de horas en una hamaca después de pasar casi tres días fuera. Durante su ausencia, seguro que él no había puesto en marcha ni el aspirador ni la lavadora, ni tampoco habría regado las plantas. Se lo habría dejado todo a ella. Y estaría esperando que empezara a cumplir con sus tareas cuanto antes. Xenia se reclinó en su asiento. Mejor disfrutar del viaje. Al menos había sido una pequeña incursión en la libertad. Tardaría mucho en volver a tener otra oportunidad como esa.

Si no fuese por ese tipo, sentado en diagonal frente a ella al otro lado del pasillo, que no dejaba de observarla… No le quitaba los ojos de encima. Desde Londres. Ella miraba por la ventana, levantaba la vista al techo, la dirigía al libro, enviaba un mensaje por WhatsApp a su amiga Maya, a quien había visitado… pero cada vez que miraba al frente, se encontraba con esos ojos. Unos ojos negros. Muy oscuros y muy vacíos. Muy inquietantes. Era un hombre bastante joven, le echaba veintipocos, y seguro que no estaba interesado en ella. Una mujer de treinta y siete años, con sobrepeso, con un amplio vestido hippy bajo cuya abundante tela intentaba esconder sus exuberantes formas. No eran en absoluto miradas de deseo las que le dirigía. Eran demasiado fijas. Amenazadoras.

¿Quién era y qué quería?

Había estado buscando otro sitio en el vagón, pero no vio ninguno libre al que cambiarse. Había ido al baño y aprovechó para investigar otras opciones, pero no descubrió ninguna. El tren estaba completo. Además, no se atrevía a alejarse demasiado de su maleta, por lo que no había recorrido todos los vagones hasta el final. Tampoco se veía capaz de coger la maleta sin más. Habría llamado demasiado la atención. Algo le decía que ese tipo iba a seguirla cuando comprendiera que ella quería cambiar de asiento.

En fin, ya no estaban muy lejos de York. Allí enlazaría con el tren rumbo a Leeds. Era poco probable que ese hombre tan raro quisiera viajar hasta allí. Dado el caso, ella sería más hábil a la hora de buscar sitio. Era un día luminoso, no podía pasarle nada. En Leeds, su marido la estaría esperando en la estación. Normalmente, esto no le causaba una gran alegría, pero en esa ocasión le convenía.

Cerró el libro y lo metió en el bolso. A fin de cuentas, no lograba concentrarse. Levantó la vista con cautela. El tipo tenía los ojos clavados en ella. Parecía malvado. Acechante. Agresivo. Enfermo, diría. Totalmente perturbado. Se estremeció. Si tuviera más seguridad en sí misma, se lo quedaría mirando hasta que él se sintiera incómodo. O lo increparía abiertamente. Pero le faltaba valor, como siempre.

Miró hacia el techo, y entonces oyó que la mujer que estaba sentada a su lado gemía sobresaltada. Xenia dirigió instintivamente la mirada hacia el desconocido. El joven sostenía una pistola en la mano. De repente.

Xenia no dudó ni un instante de que fuera a utilizarla. Ni de que ella era su objetivo. Cogió el bolso, se levantó de un salto y salió corriendo.

«¡Un día de verano tan bonito, y tengo que pasarme horas en este tren con el aire acondicionado!», pensó Kate. Estaba cansada y de mal humor, pero sabía que estaba exagerando. El viaje a Leeds duraba, incluido el transbordo en York, dos horas y media, así que no iba a estar todo el día metida en el tren. Y pasar un fin de semana en un hotel *spa* de Yorkshire Dales, como regalo de despedida de sus compañeros de Scotland Yard, no era ninguna tragedia, al menos para una persona normal. Pero con lo autocrítica que era, Kate sospechaba a veces que ella no era del todo normal. ¿Acaso no debería tener ganas de disfrutar de un fin de semana (tan solo el sábado por la tarde y el domingo por la mañana) en un hotel bonito, comiendo bien, con masajes, embadurnada de barro y con rodajas de pepino en la cara? ¿Con baños de heno y otros extraños tratamientos que le sentarían la mar de bien? Nunca había hecho algo así. Se temía que no iba a soportar más de media hora.

El jueves por la tarde, con dos cajas de champán y un bufet de cáterin, había celebrado una pequeña fiesta para despedirse de sus compañeros de trabajo. Sabía que en su departamento siempre la habían considerado peculiar, y que los atributos de «cerrada», «introvertida» o «impenetrable» eran los calificativos más amables con que se referían a ella. Lo cierto era que durante veinte años en Scotland Yard había sido, hasta el último momento, una *outsider* y que, a pesar de su elevado porcentaje de éxitos profesionales, solo había alcanzado el grado de sargento. Los superiores solían proponer a sus subalternos que pasaran una prueba con el fin de adquirir un rango más elevado, y los animaban a presentarse. El suyo nunca lo había hecho. Kate tramitó por iniciativa propia las pruebas, sintiéndose insegura, y tuvo la sensación de que los otros la criticaban y pensaban cosas como «Menuda arrogante. Sin el respaldo del jefe». Y sin embargo, Kate no era arrogante, ni lo más mínimo, y, por otra parte, era precisamente su falta de seguridad en sí misma lo que más solían echarle en cara. Un círculo vicioso. Sin lógica y sin salida.

Respiró hondo y miró a través de la ventana. Había terminado un capítulo y ante ella se abría otro nuevo. La cuestión era si este sería mejor.

—Ayer se cometió un crimen horrible en Scarborough. Horroroso.

Kate se estremeció y se volvió hacia la persona que estaba sentada a su lado. Colin Blair. Tal vez su único amigo, si bien el concepto de «amistad» resultaba excesivo. Más bien, ambos formaban una especie de grupo de emergencia, eran dos personas que no lograban solucionar su problema con las relaciones sociales y que se reunían algunos fines de semana para no estar completamente solos. Dos años antes se habían conocido en un sitio de citas por internet. Entre ellos no había surgido la chispa, no se habían enamorado, pero sus almas solitarias sí habían creado algún tipo de vínculo. Kate ni siquiera sabía si de verdad sentía alguna simpatía por Colin. Pero al menos lo entendía. Y tenía la impresión de que a él le sucedía lo mismo con ella.

El regalo de despedida de sus compañeros de trabajo era para dos personas. Kate no dejaba de preguntarse si se trataba de ingenuidad o de una forma pérfida de volver a restregarle por las narices su soledad. Todos sabían que no había ninguna relación íntima en la vida de Kate. Ni amigos ni pareja o esposo. ¿De dónde iba a sacar a alguien que la acompañara un fin de semana a un hotel *spa*? De hecho, solo se le había ocurrido Colin y al final lo había invitado con el único objeto de sorprender a sus colegas. ¡Pues sí, había alguien en su vida! Pagaría en secreto una suma adicional para que le dieran a Colin su propia habitación y nadie se enteraría. Su compañera Christy McMarrow, a quien la tarde anterior había llevado a su gato Messy para que lo cuidara en su ausencia, se había mostrado muy sorprendida.

—Anda, ¿en serio que te vas acompañada? —había preguntado perpleja.

—Sí —había contestado Kate—, voy con un amigo. —Y había dejado a Christy boquiabierta.

A cambio, ahora tenía que cargar con Colin, aunque, siendo dos, tal vez los baños de heno serían más soportables.

Colin, que llevaba todo el viaje concentrado en su móvil, se había topado con una noticia interesante.

—¿Un crimen? —preguntó Kate—. ¿En Scarborough?

—Un hombre ha matado a toda su familia. A su esposa y a sus dos hijas, que eran muy pequeñas. Los vecinos oyeron unos disparos y llamaron a la policía. Entonces todavía seguían con vida, el hombre solo había disparado al aire. A partir de ahí, tu nuevo jefe negoció con él por teléfono.

—¿Caleb Hale? —Kate había solicitado un puesto en el departamento de Hale y la habían aceptado. Era algo que nadie de su entorno comprendía: una funcionaria de Scotland Yard, de una de las entidades más famosas del mundo, que se iba a la policía de North Yorkshire, al departamento de investigación criminal de Scarborough. En el nordeste de Inglaterra, tan poco desarrollado, y a un cuerpo al que nadie había oído ni mencionar. Daba igual. Kate sabía por qué lo hacía. Ella y Caleb habían resuelto juntos dos casos. Él tal vez era la única persona en todo el aparato policial de Gran Bretaña que la consideraba una investigadora genial.

—Sí, Caleb Hale, del departamento de investigación criminal. Pero no ha podido evitarlo. Ese tipo cortó la conversación telefónica y acto seguido mató a sus dos hijas y a su esposa. «Las ejecutó», escribe el *Daily Mail.* —Colin movió la cabeza—. ¡Qué fuerte!

—¿Se ha matado él también? —preguntó Kate. Era una historia horrible, pero no se trataba de un fenómeno tan insólito. Los hombres que no veían que su vida tuviera razón de ser, que se sentían superados por la carga de sus problemas y querían poner punto final a todo, tendían a incluir a su familia en su propio suicidio. También solían ser hombres los conductores kamikaze que se metían en la autopista en sentido contrario y mataban a personas que no tenían nada que ver. De hecho, entre las mujeres esto sucedía en muy pocas ocasiones, en general ellas se limitaban a suicidarse, sin involucrar a nadie más.

—No —dijo Colin—, no lo ha hecho. Dicen que lo detuvieron y que explicó que también quería matarse, pero que no fue capaz. Por Dios. ¡Qué cobarde!

—Horrible —dijo Kate—. Es espeluznante.

—Un festín para la prensa, por supuesto —señaló Colin—. Una mujer muerta. Dos niñas muertas. Y la policía todo el tiempo delante del edificio. «¿Se intervino demasiado tarde?», preguntan aquí. Van a machacar a Caleb Hale.

Kate asintió. También ella se lo temía. En casos como ese siempre se necesitaba a un culpable. Sin duda, el culpable era el padre de familia, pero seguro que encontrarían atenuantes para él. Era mucho mejor y más rimbombante acusar a la policía. Cualquiera se sentía autorizado a especular. Y, por supuesto, valorar una situación *a posteriori* siempre resultaba mucho más fácil. Si la policía hubiese irrumpido en la vivienda y hubiesen fallecido niños, habría estallado un alud de críticas. En el caso presente, Caleb Hale, el jefe de operaciones, había apostado por la negociación y, a pesar de todo, habían muerto unas niñas. A él también le lloverían las críticas. En un suceso de ese tipo, siempre se negaría una evidencia que Kate consideraba tan triste como acertada e inalterable: que a veces se daban situaciones en las que había que descartar un final feliz. Sin importar lo que se hiciera o cómo se hiciera.

—Caleb tendrá que resistir —opinó Kate—. Pero lo logrará. Forma parte de su trabajo tener que manejarse con críticas y ataques.

Los reproches que se haría a sí mismo serían todavía peores. Una familia indefensa cruelmente asesinada en su propio dormitorio. Él, con sus agentes y a pocos metros de distancia, no había podido protegerla. Kate lo conocía y sabía cuánto lo perseguirían las imágenes, cuántas veces lo atormentaría la pregunta de si la operación había fracasado por su culpa. Por desgracia, sabía también cómo reaccionaba él ante el estrés, las crisis y las dudas sobre sí mismo: era alcohólico. Desde hacía muchos años. Había hecho una cura de desintoxicación en una clínica y se definía desde entonces como un «alcohólico seco». Lo que, como bien sabía Kate, no era cierto. Ya hacía tiempo que había recaído. La cuestión era cuánto más aguantaría si seguía así.

—Ahora te tendrá a su lado —señaló Colin—. Ya nada puede salir mal.

Ella le sonrió. A veces Colin lograba ser sumamente encantador.

Consultó el reloj. En pocos minutos llegarían a la estación de York, donde cambiarían de tren. Se levantó.

—Voy un segundo al lavabo. ¿Me vigilas el bolso?

—Claro —respondió Colin.

Kate recorrió el pasillo entre los asientos forrados de rojo del vagón. Ya casi había llegado a la puerta del baño cuando oyó unos pasos a sus espaldas. Alguien corría por el pasillo. Kate se dio media vuelta.

Una mujer se precipitó sobre ella. Jadeaba. El rostro le brillaba de sudor. Tenía los ojos abiertos de par en par. Tropezó cuando casi había alcanzado a Kate y solo consiguió mantenerse en pie porque Kate la agarró rapidísimamente del brazo y la sostuvo.

—Dios mío. Ayúdeme. ¡Por favor, ayúdeme!

—¿Qué sucede?

—¡Está... está ahí detrás! —Señaló hacia el pasillo.

Kate dirigió la vista hacia allí. El pasillo estaba vacío.

—Pero ¿quién es? Tranquilícese.

—No lo sé —susurró la mujer—. No lo conozco. Lleva un arma.

Kate ya estaba a punto de sosegarla y buscar a sus familiares o amigos, al creer que se trataba de una psicótica, cuando la puerta automática que daba al vagón se abrió. Apareció un hombre. Acto seguido disparó y la bala no las alcanzó por un pelo.

La desconocida gritó.

—¡No! ¡No!

Kate, que todavía sostenía a la mujer por el brazo, abrió con el hombro la puerta del baño y empujó a la viajera al interior. Ella se metió detrás, cerró la puerta y pasó el pestillo. Fuera se oyó un segundo disparo. La mujer se puso a gritar como una loca. Kate tiró de ella hacia el ángulo muerto detrás de la puerta y se colocó delante. Sus temores estaban justificados: un minuto después una bala atravesaba la puerta.

—Tranquila, tranquila. —Kate cogió la mano de la pasajera—. ¿Cómo se llama?

La mujer se la quedó mirando con ojos de pánico.

—Xenia.

—De acuerdo, Xenia. Me llamo Kate. Aquí estamos seguras. Tranquilícese.

La siguiente bala también atravesó la puerta. El autor de los disparos no podía alcanzar directamente a las dos mujeres en el rincón donde se apretujaban, pero bastaba con que una bala rebotase en la pared opuesta y nada podría salvarlas.

Se produjeron dos descargas seguidas.

Kate miró el reloj. Faltaban dos minutos para llegar a York. El tren iba más despacio. La gente se estaría aglomerando en los pasillos para llegar a las puertas y bajar. Solo cabía esperar que ya hubiesen oído los disparos y que nadie se asomara al pasillo, delante del baño. Podía tratarse de un perturbado que disparase contra todo lo que se moviese. Kate rebuscó en los bolsillos de sus tejanos y gimió al recordar que el móvil estaba en su bolso de mano. Lo había dejado en el asiento junto a Colin. Imposible contactar con nadie.

Otro disparo. Xenia temblaba como una hoja.

—Xenia, ¿tiene móvil?

—He perdido el bolso mientras corría por el tren. Estaba en un vagón al fondo del todo... No sé dónde lo he dejado. —Se puso a llorar.

—No pasa nada. Tranquilícese. —Claro que sí pasaba. Estaban encerradas en el cuarto de baño y había un hombre armado delante de la puerta. No podían pedir ayuda por teléfono. Pero al menos el tren frenaría de un momento a otro. Y los demás viajeros tenían que haber oído los disparos. A lo mejor ya habían avisado a la policía.

Kate deslizó la mirada por la ventana corredera que daba al exterior del vagón. Ignoraba si podía abrirse, pero valía la pena intentarlo. Al hacerlo, se convertiría en el blanco perfecto para el loco que estaba fuera. Si disparaba, le daría justo en la espalda. Pero tenía que probarlo a pesar de todo.

—¡Permanezca en silencio! —susurró a Xenia—. Que no se entere de que he salido de nuestro rincón. Voy a intentar abrir la ventana.

Xenia se agarró enseguida a su mano.

—No, por favor. Quédese aquí, por favor.

—Abro la ventana y luego salimos las dos por ella.

Xenia se puso a temblar todavía más, pero accedió. Kate se escurrió lo más encogida que pudo hacia la ventana. Apenas eran dos pasos en ese diminuto espacio. A la izquierda estaba el lavamanos de acero inoxidable y encima un espejo pequeño. Justo delante de ella, el inodoro. Encima, la ventana. Detrás de ella, en línea recta, la puerta con el delincuente armado detrás. Kate notó que empezaba a sudar. Por suerte, el sonido de las ruedas era lo bastante fuerte para silenciar el ruido que tal vez haría la ventana. Kate cogió los soportes y tiró de ellos. En efecto, el vidrio se deslizó sin hacer ruido y sin grandes esfuerzos. Pero solo se abrió un poco. Y nada más.

Un soplo de aire cálido y estival llegó al interior. Suave.

«Me niego a morir —pensó Kate—. Me niego rotundamente a morir».

Contempló la reducida apertura de la ventana. Ella misma podría pasar a través del hueco con ciertas dificultades, era menuda y muy delgada. Pero Xenia no tenía ninguna posibilidad. Estaba gordita, por decirlo amablemente. Imposible que pudiera escurrirse hacia el exterior.

Xenia también se percató de en qué consistía el problema.

—Por favor, no me deje sola. ¡Por favor!

—Por supuesto que no. —Lo tenía claro. Kate era policía, aunque en ese momento no estuviese de servicio: solo hacía dos días que se había ido de Scotland Yard. Y empezaría a trabajar en Scarborough en agosto. Se hallaba en una especie de tierra de nadie profesional. Sin embargo, jamás habría abandonado a una mujer en la situación de Xenia para salvarse a sí misma. ¡Ni pensarlo!

En ese momento sonó el siguiente disparo y, casi al mismo tiempo, el tren se detuvo en la estación de York con un chirriar de frenos. Kate sintió un dolor en la pantorrilla derecha, agudo y penetrante, pero solo un instante, un segundo; después pensó que habían sido imaginaciones suyas. Volvió a rastras al rincón, con Xenia. El hombre seguía allí. Todavía.

Los avisos de los altavoces penetraban por la ventana abierta. Otro tren llegaba resoplando. Se oía el traqueteo de los carritos de equipaje sobre los andenes. Voces lejanas.

Los sonidos de una estación.

—Todavía está delante de la puerta —musitó Xenia.

—Sí, eso parece. Pero a estas alturas alguien se habrá enterado de lo que sucede. Seguro que han avisado a la policía. Nos sacarán de aquí. No tenga miedo.

Se preguntaba qué estaría haciendo Colin. ¿No le parecería raro que pasara tanto tiempo en el baño? ¿Habría oído los disparos? Debía de estar nervioso. Tenían que cambiar de tren allí, el de Leeds salía en veinte minutos. Esperaba que no fuera a buscarla. Se pondría directamente en el punto de mira del criminal.

De repente, Xenia soltó un grito y señaló la pierna de Kate.

—¡Está sangrando!

Kate comprobó que la tela de los tejanos se estaba tiñendo de rojo por la pantorrilla derecha. La mancha iba creciendo. Recordó el dolor intenso. La había alcanzado. Curiosamente, no le dolía. El shock, la subida de adrenalina.

—La bala solo me ha rozado —murmuró, aunque no tenía ni idea—. Nada más que eso.

—Va a matarnos. ¡Oh, Dios, ese hombre va a matarnos!

—¿No tiene ninguna sospecha de quién es? ¿Ni de por qué la persigue?

—No. Estaba en el último vagón del tren. Iba sentado en diagonal, al otro lado del pasillo. No hacía más que mirarme, era muy desagradable e inquietante.

—¿Y nunca había visto a ese hombre?

—Nunca.

—Mmm. Qué raro. —Conocía casos de matanzas masivas, pero solían disparar sin objetivo a su alrededor. Daba igual a quién alcanzasen, lo principal era conseguir muchas víctimas. Pero ese hombre tenía solo a Xenia en su punto de mira. Eso indicaba que había alguna relación entre ellos.

—No se oye nada más —musitó Xenia—. En el vagón.

De hecho, se oían los ruidos de la estación. Pero el tren parecía estar vacío.

—¿Cree que todavía está ahí?

—No lo sé. Pero no tengo ganas de asomar la cabeza. La verdad es que deberían estar subiendo nuevos pasajeros y nosotras nos enteraríamos. Puesto que no es así, la policía debe de haber tomado el control de la situación.

Xenia se relajó un poco. Ya no temblaba tanto y su respiración era algo más regular. Ambas se llevaron un susto de muerte cuando de repente golpearon con fuerza la puerta.

—¡Policía! ¿Quién está ahí dentro?

Kate retuvo a Xenia, que enseguida iba a abalanzarse sobre la puerta.

—Sargento Kate Linville. Y una pasajera.

Xenia se quedó mirándola estupefacta.

—¿Es usted...?

—Aquí el sargento Jenkins de la policía de North Yorkshire. ¿Pueden abrir? Está todo bajo control.

—¿Y si es él? —preguntó Xenia en voz baja.

—Ya lo habría intentado mucho antes —opinó Kate. Se dirigió a la puerta cojeando. Ahora empezaba a dolerle la pierna y no podía poner peso en ella. Corrió el cerrojo. Frente a Kate apareció un hombre con un traje oscuro.

—¿Sargento Linville?

—Sí.

—¿Algún herido?

—Tengo una rozadura de bala en la pierna —respondió Kate—. Salvo por eso, las dos estamos bien.

—¿Así que es usted una compañera nuestra? —preguntó Jenkins.

—Sí. Pero no de servicio. Me he encontrado por casualidad en esta situación. —Recorrió el pasillo con la mirada. Estaba lleno de policías. También fuera, en el andén.

—Hemos recibido llamadas de varios pasajeros. Se oían disparos en el tren. Unos segundos después de que se detuviera en la estación, también hemos llegado nosotros como refuerzo para los agentes locales. —Vaciló.

Kate sospechaba qué iba a decir a continuación.

—¿No lo han cogido?

—No. La gente se ha precipitado en masa fuera de los vagones para marcharse, y los dos agentes de la policía de la estación se han visto superados por los acontecimientos. Entonces hemos intentado controlar la situación, pero muchos pasajeros ya se habían ido. Algunos están siendo asistidos en un espacio del recinto. Otros se han dispersado. Primero tuvimos que cerrar las vías y asegurar el lugar. Registrar el tren. —Se pasó la mano por la frente. No había sido una operación óptima. Un hombre armado andaba suelto. Había huido. No había logrado su objetivo.

Xenia todavía estaba más pálida.

—¿Y si lo intenta otra vez? —susurró—. ¿Qué hago si vuelve a intentarlo?

2

El sargento Paul Jenkins parecía un poco desbordado, pero se esforzó por poner orden en todo ese asunto. Se sentó con Kate Linville y Xenia en una pequeña sala que le había ofrecido el jefe de la estación. En el exterior, sus hombres interrogaban a otros viajeros que habían ocupado el tren de Londres a York. Al menos a los que seguían allí. Otros, aprovechando el barullo, se habían alejado, sobre todo para hacer los enlaces y salvar así el día tal como tenían planificado.

Kate había salido cojeando del vagón, con ayuda de un sanitario, y en el andén se topó con Colin, que se mostró tan aliviado de verla con vida que hasta la conmovió. Sujetaba con fuerza su bolso y había tenido la suficiente presencia de ánimo para bajar las dos pequeñas maletas con ruedas.

—¡Gracias a Dios que estás bien! —exclamó—. Ya me temía lo peor. En cuanto te fuiste al baño, una mujer pasó corriendo por el vagón. Y poco después un hombre. Luego se oyeron unos disparos. Pensé... oh, Dios mío... —No encontraba la forma de expresar lo que había pensado.

Un policía le tocó el hombro y lo apartó a un lado.

—Me gustaría hacerle también a usted un par de preguntas —dijo.

—¡Por supuesto, por supuesto! —No había nada que Colin ansiara más. Kate sospechaba que presentaría una versión mucho más inflada de lo que en verdad había presenciado.

Le pidió que no se alejara de la estación y que vigilara las dos maletas. Ella se llevó el bolso. Después el sanitario le examinó la pierna. Se trataba, en efecto, de una rozadura de bala.

—¡Ha tenido suerte! —señaló el sanitario—. Mucha sangre,

de ahí que parezca peor de lo que es en realidad. Se lo voy a desinfectar, le pondré una venda y le daré un analgésico. Aun así, tiene que ir al médico.

—Lo haré —prometió Kate.

El sargento Jenkins había querido interrogar a Xenia, pero esta había reaccionado como una verdadera histérica.

—¡No sin Kate! ¡Yo no voy a ningún sitio sin Kate!

Le había salvado la vida, era policía. Xenia parecía ver en ella el único islote en el que guarecerse en medio del embate de las olas de ese aciago día. De ahí que ahora ambas estuvieran sentadas en la sofocante y pequeña habitación. El sol de julio pegaba fuerte por la ventana sur, ponía en evidencia la suciedad del cristal y había transformado en un horno el cuarto con los archivadores de metal y el escritorio primorosamente ordenado. No había ni persianas ni cortinas. Al cabo de pocos minutos, Kate se sentía como un huevo frito sobre una sartén al rojo vivo. Fantástico. El tren de Leeds se había marchado. El fin de semana en el hotel *spa* empezaría con cierto retraso. Si es que empezaba. Le habría encantado marcharse a su casa, tomarse una bebida fría en el balcón y descansar con la dolorida pierna levantada. Y quitarse de una vez los vaqueros con la sangre reseca.

Pero el sargento Jenkins debía hacer su trabajo. ¿Quién iba a saberlo mejor que ella? Apuntó los datos de Xenia. Xenia Paget. Domicilio en Leeds-Bramhope, Yorkshire. Casada. Sin hijos. Nacida el 10 de mayo de 1982.

—¿Dónde nació? —preguntó Jenkins.

Xenia vaciló.

—En Kírov. Rusia. Antigua Unión Soviética.

Jenkins se enderezó.

—¿Es usted rusa?

—Tengo la nacionalidad británica. —Xenia palpó junto a ella, donde debería haber estado su bolso. Luego se acordó de que lo había perdido al huir de su perseguidor—. ¡Mi bolso! Todavía está en el tren. Mis documentos están dentro. Mi pasaporte. ¡Tengo pasaporte británico!

—No se preocupe, el tren está cerrado y mis hombres lo están registrando. Encontrarán su bolso y lo recuperará todo —la tranquilizó Jenkins. Sacó un pañuelo para secarse la frente y se aflojó la corbata—. Por Dios, qué calor hace aquí.

—Me casé con un inglés —explicó Xenia—. Jacob Paget. Por eso obtuve la nacionalidad.

Era un hecho importante para ella, muy importante, constató Kate. No quería en absoluto que alguien sospechara que su estancia en Inglaterra era ilegal. Kate consideró que su inglés era realmente perfecto. Ahora que sabía de su origen ruso, podía detectar un acento apenas perceptible, pero si no lo hubiera sabido, la habría tomado por inglesa.

—¿Desde cuándo vive usted en Inglaterra? —preguntó Jenkins.

—Desde 2006. Me casé en junio de 2006.

—Su marido y usted...

—Nos conocimos a través de una agencia —explicó Xenia—. Mi marido buscaba a una mujer rusa. No tenía suerte con las inglesas y quería probar con otras.

—¿Cómo se llamaba entonces...?

—Xenia Petrova Sidorova.

Jenkins anotó los apellidos, deletreando en voz baja la inusual sucesión de letras.

—Bien, señora Paget —dijo entonces—, como imaginará, lo que más me interesa es lo que ha ocurrido hoy en el tren. Un hombre le ha disparado. ¿Podría describirme con todo detalle el desarrollo de los hechos?

Xenia repitió lo que ya le había contado a Kate. Cómo el desconocido no había dejado de mirarla desde King's Cross en Londres.

—Yo cada vez estaba más nerviosa. Pero no veía ningún asiento libre por ninguna parte para cambiarme. Y entonces, poco antes de llegar a York, de repente él sostenía una pistola en la mano. Me he levantado de un salto y he salido corriendo. He dejado la maleta en la red de equipaje. —Se interrumpió—. Mi maleta...

—También la recuperará —la tranquilizó de nuevo el sargento Jenkins.

—Cada vez corría más. En el vagón siguiente me atreví a mirar atrás. Me seguía. Corrí todavía más deprisa. Él también.

—¿La persiguió por todo el tren?

—Sí. Me había subido al final del tren. Poco antes de llegar al vagón en el que encontré a Kate volví a girarme. El hombre estaba como a medio vagón de distancia. Todavía llevaba la pistola en la mano. Estaba aterrorizada porque sabía que pronto llegaría al otro extremo del tren y no podría seguir avanzando. Corrí. Entonces me encontré con Kate. Y él disparó.

—Si la he entendido bien, señora Paget, estuvo sentada frente a ese hombre durante bastante tiempo. Él la miraba, es decir, siempre que levantaba la vista advertía que la estaba mirando. ¿Puedo suponer que logrará describir detalladamente a esa persona?

Xenia suspiró.

—Estaba tan aterrada y confusa, pero... Era bastante joven, eso me llamó la atención. Al menos diez años más joven que yo. Es decir, no el tipo de hombre que me miraría porque yo le interesara como mujer.

—No considero esta conclusión irrefutable —opinó Jenkins—. Aunque, sin duda, en este caso no parecía interesado en conocerla.

—No. Quería matarme.

—Así que estima que tendría unos veinticinco años. ¿Podría decirnos algo sobre su estatura? ¿Color de ojos? ¿De cabello?

—Era muy alto. Fuerte. Cabello negro y espeso. Rizado. Ningún corte peculiar. Daba la impresión de ir desaseado.

—¿Solo por el cabello? ¿O por algo más?

—Llevaba los vaqueros gastados y bastante deformados. Creo que llevaba sudadera. Gris. Con manchas.

—¿Color de ojos?

—No sé. Diría que castaño oscuro. Pero podría ser que tuviera las pupilas enormes y oscuras. Me miraba fijamente. No era nada normal.

—Deberíamos hacer un retrato robot de ese joven, con su ayuda.

—Sí, claro. Les ayudaré en todo lo que pueda.

—Muy bien —dijo Jenkins. Reflexionó—. Vive usted en Leeds. ¿En qué trabaja?

—En nada. Por el momento. Una vez a la semana doy clase de inglés a unos refugiados, como voluntaria, pero por lo demás no hago nada. Mi esposo opina que no tengo que trabajar.

—¿Cuál es la profesión de su marido?

—Es administrador. Trabaja para varias comunidades de propietarios en Leeds y los alrededores.

—Entiendo. Pero seguro que ha ejercido usted alguna profesión antes.

—En Rusia empecé a estudiar lenguas. Lenguas asiáticas. Hablo bien el chino y el coreano.

—Es usted una persona con auténtico talento —observó Jenkins—. También su inglés es magnífico.

Xenia se ruborizó de satisfacción.

—Muchas gracias.

—¿Pero no terminó la carrera?

—No. Mi familia se arruinó. Mi padre trabajaba en la industria armamentística y cuando concluyó la Guerra Fría se mantuvo a flote solo con trabajos temporales. También mi madre. En un momento dado ambos perdieron sus trabajos. Tengo cuatro hermanos pequeños, ¿sabe? Así que interrumpí mi carrera para ayudar a mi familia. Trabajé como camarera y como mujer de la limpieza. Pero llegó el día en que quise...

—¿Sí?

—Solo quería irme de mi país. Ahí no tenía futuro. Entonces era joven y guapa. Me presenté en una agencia inglesa que facilitaba a mujeres del Este su viaje a Inglaterra. Consideré que era mi única oportunidad.

—No tiene que justificarse —la tranquilizó el sargento Jenkins.

Kate miró de reojo a Xenia. «Qué tragedia», pensó. Una persona inteligente, que hablaba con fluidez varias lenguas, pero que se veía obligada a ganarse la vida como limpiadora y camarera. Y que ahora estaba casada con un hombre que no quería que trabajase. ¿Sería por eso que estaba tan gorda? ¿Compensaba de ese modo su frustración, su vacío?

Pero entonces se frenó. Estaba especulando. No sabía lo suficiente acerca de Xenia para juzgarla.

—¿Qué tenía que hacer en Londres? —inquirió Jenkins.

Xenia lo miró desconcertada un momento.

—¿En Londres?

—Sí, esta mañana temprano ha cogido el tren en King's Cross.

—Ah, sí. Sí. He ido a ver a una amiga. Fui a su casa el jueves y hoy volvía. Mi marido tenía que ir a recogerme a la estación de Leeds. —De repente se sobresaltó—. Ay, Dios. Llegaré con retraso. Tengo que avisarle.

—¿Quiere que le deje mi móvil? —se ofreció Kate.

—Sí, por favor. —Xenia se levantó de un salto—. ¿Puedo salir un minuto?

—Claro —respondió Jenkins.

Xenia abandonó la habitación con el móvil de Kate, después de que esta lo hubiese desbloqueado.

Cuando se quedaron solos, Jenkins preguntó:

—¿Qué opina usted de esta situación? Como compañera de trabajo.

Kate reflexionó.

—Por ahora resulta difícil sacar conclusiones. El hombre del tren no era un mero perturbado, en tal caso habría provocado un baño de sangre disparando arbitrariamente a todos los pasajeros. Estaba claro que iba a por Xenia. Yo solo he entrado en la línea de tiro porque me he atrincherado con ella. Todo apunta a un homicidio interpersonal, en el sentido de que tiene que haber algún tipo de relación entre él y Xenia.

—¿Podría tener algo que ver con Rusia? ¿Cree que sería útil confirmar lo que nos ha contado?

—Me temo que serían unas pesquisas arduas y muy caras. Al menos, en lo que se refiere a la parte rusa. Tal vez fuese más práctico hablar con la agencia que la puso en contacto con su marido.

—Es posible que les deba dinero. Los rusos son conocidos por sus drásticas medidas de cobro.

—Pero se trata de una agencia inglesa.

—A pesar de ello, puede que tuvieran un socio en Rusia. Involucrado en los trámites y por ello también en la comisión.

—Todo esto sucedió hace trece años. La mujer se casó en 2006, según sus propias declaraciones. Suponiendo que no pagaran la comisión o no la pagaran del todo y que alguien en Rusia se sienta estafado, ¿no habría tenido que intervenir antes?

—Quizá lo ha hecho. Sin éxito. Y por eso recurre a un método más drástico.

—Todo esto parece una película de la mafia rusa —opinó Kate.

Jenkins se encogió de hombros.

—Al fin y al cabo, Xenia Paget es rusa.

—Pero los honorarios de una agencia matrimonial tampoco pueden costar un dineral. Si durante trece años se hubiera estado reclamando a Jacob Paget que liquidara su deuda y ahora la presión hubiese aumentado... Por el amor de Dios, ¿no cree usted que ya habría pagado en lugar de estar peleando continuamente con esa gente?

—No sabemos qué tipo de persona es —contestó Jenkins—. Tal vez crea que le piden demasiado y prefiera que lo descuarticen antes que dar su brazo a torcer.

Kate reflexionó.

—En cualquier caso, procede hablar con el señor Paget. Yo supondría, como mínimo, que aquí hay un problema. Aunque ignoro si es relevante para lo acontecido hoy en el tren.

—¿En qué medida ve usted un problema?

—No sé si me excedo al decir que Xenia Paget tiene miedo de su marido. Pero al menos parece que él la intimida.

Jenkins se sorprendió.

—¿Qué es lo que la hace pensar así? ¿El hecho de que no quiera que ella trabaje?

—Podría ser un indicio. Si es cierto lo que cuenta, es una mujer con un talento extraordinario para los idiomas y que posiblemente destacaría como traductora o intérprete. ¿Por qué permite que se la reprima en este aspecto?

—Sus razones tendrá. A lo mejor desea tener hijos y por eso no quiere estresarse. Ni idea.

—De acuerdo. Pero ¿no encuentra usted que ha reaccionado casi aterrorizada al caer en la cuenta de que no llegaría a Leeds a la hora convenida y que su marido la estaría esperando en vano en la estación?

—Me ha dado la impresión de que no quería que él se preocupara.

—Es posible —contestó Kate.

Xenia regresó y le devolvió el móvil a Kate.

—Muchas gracias. —Se sentó. No parecía más tranquila, sino más abrumada que antes—. Mi marido quería saber cuándo llegaré. ¿Estaremos mucho más tiempo aquí?

—No —contestó Jenkins—. Entiendo que quiera regresar a su casa. ¿Podría decirme cómo se llama su amiga de Londres? ¿Y de qué se conocen?

—Maya Price. Antes era vecina nuestra en Leeds. Nos hicimos amigas. Luego, hace dos años, se mudó a Londres. Para ser más exactos, a Southend-on-Sea, cerca de Londres. La añoro mucho. A veces voy a verla.

—¿Cómo es que la visita el jueves y el viernes y regresa el sábado? ¿No podría quedarse con ella todo el fin de semana?

Xenia titubeó.

—A mi marido le gusta que esté el fin de semana en casa. Para que tengamos tiempo de estar juntos.

Kate y Jenkins intercambiaron una mirada. «Ya ves», decía la de Kate. «¿Y qué?», decía la de Jenkins.

—De acuerdo. Señora Paget, ¿recuerda algo que le pareciera extraño en Londres? ¿O incluso ya en el viaje de ida?

—¿Extraño?

—Tal vez ya se sintiera observada. No tan clara ni directamente como en el tren. Pero a veces uno nota que le están mirando. O alguna otra cosa. Algo a lo que no dio importancia, pero que ahora, en el contexto de lo que ha acontecido en este día, sí le parece raro.

Xenia parecía estar realmente concentrada en recordar.

—No —contestó—. No hubo nada. Nada de nada.

—Y ese hombre, ¿está segura de que no lo había visto nunca antes?

—Estoy segura.

—¿Y podría haber algo, algún suceso, relacionado con su pasado? Aquí o en Rusia. ¿Podría haber ocurrido un hecho por el que alguien se sintiera movido a perseguirla hoy por medio tren y disparar contra usted?

—No —respondió Xenia.

Un segundo después, un centelleo asomó en sus ojos. Muy brevemente. Kate lo vio porque tenía la vista fija en ella. Jenkins no parecía haberse dado cuenta. «Acaba de recordar algo —pensó Kate—. Pero no quiere hablar de ello».

3

El resultado del análisis de sangre era inequívoco: un grado de alcoholemia de 0,7.

Caleb había accedido voluntariamente a que le hicieran ese análisis de sangre tras la operación en la bahía norte que tan mal había terminado. Una mujer muerta. Dos niñas muertas. Un homicida, que no dejaba de llorar, sentado en el suelo del dormitorio de un apartamento turístico, todavía con el arma en la mano.

—No podía —gemía—, no podía hacerlo. —Y se refería con ello a su auténtico propósito: suicidarse después de matarlas.

Una hora más tarde, Caleb había tenido que reunirse con el superintendente.

—¿Qué es lo que ha fallado? —le increpó este a gritos—. Tres muertos. ¡Las niñas tenían seis y siete años! ¡Por Dios! Tienes a tus agentes rodeando la casa, ya se han producido unos disparos y está claro que ahí dentro un tío totalmente ido está amenazando a su familia. Y tú... tú no haces nada. Esperas tan tranquilo a que, literalmente, ejecute a su esposa y sus dos hijas. ¡Y luego irrumpes en la vivienda!

Era injusto. Caleb lo sabía y su jefe también. Pero este se veía presionado por la opinión pública. Tendría que resistir las olas de indignación de los medios y estaba claro que serían potentes. Dos de las víctimas eran niñas. Eso era lo peor. Porque los diarios podían hacer grandes tiradas con ese tema, más ventas cuanto más trágicos se pusieran.

—Tal como se presentaba la situación, consideré que precipitarnos en el apartamento era mucho más arriesgado —explicó Caleb—. Habría provocado con toda seguridad un baño de sangre.

—Vaya, ¿y esto no?

—Sí, por desgracia. Pero era la única posibilidad de establecer contacto con ese hombre y apelar a su conciencia. Antes había disparado al techo y a una pared. No directamente a su familia.

—¿Y había que elogiarlo por ello?

—Quería decir algo. En un principio, no estaba decidido al cien por cien. Al contrario, al disparar sin objetivo en un edificio comunitario, estaba arriesgándose a que alguien llamara a la policía.

—¿Y?

—Creo que quería hablar. Que realmente estaba pidiendo ayuda.

—Pues ha sido un fracaso total. Por lo visto, se le cruzaron los cables de repente cuando le dijiste algo por el móvil.

—Yo...

El superintendente miró una nota que descansaba sobre su escritorio.

—Me han informado de que se le mencionaron sus problemas económicos de forma ofensiva. Y entonces fue cuando al tipo se le fue del todo la olla.

—Quería hacerle entender que había una salida. Que los problemas económicos tienen solución.

47

—Pues es obvio que no fuiste demasiado convincente. Al contrario. Podría decirse que accionaste el detonante para todo lo que siguió. ¡Un trabajo estupendo, Hale!

Un tono mordaz. Furioso. Aniquilador.

«¿Quién le ha informado del contenido de mi conversación con Jayden White?», se preguntó Caleb. El único que había estado junto a él, escuchando, había sido el comisario Robert Stewart. Su más estrecho colaborador y confidente. Por otra parte, si el superintendente había consultado a Robert, a este no le había quedado otra elección que ser fiel a la verdad. Pero algo hizo estremecer a Caleb.

—No sé... —empezó a decir, aunque no pudo continuar.

—¿Dónde estaba la sargento Helen Bennett?

—Se había tomado el día libre. Tenía que visitar a su madre en Saltburn. Estaba al corriente y camino de vuelta a Scarborough.

—¿Y tú ni siquiera conseguiste retener a Jayden White hasta que llegara una agente cualificada?

—No —respondió Caleb.

El superintendente lo miró entrecerrando los ojos.

—Y todavía han llegado más noticias a mis oídos, Hale. Por lo visto, estabas borracho cuando dirigías la operación.

Caleb pensó que no lo había oído bien.

—¿Cómo dices?

Su superior carraspeó, abochornado.

—Caleb, debo decirte que se huele. Supe que era cierto en el momento en que entraste en mi despacho.

—Yo...

—¡Por Dios! —El superintendente dio un puñetazo sobre la mesa—. Creía que lo habíamos superado. Creía que tú lo habías superado. Hiciste una cura de desintoxicación y nos convenciste de que todo estaba en orden. Ya rondas la cincuentena, joder, ¿y no puedes conseguirlo? ¿No puedes resolver este estúpido problema?

A Caleb todavía le faltaban un par de años para llegar a los cincuenta, pero ya no era joven, desde luego. Lo cual no tenía nada que ver, una adicción era una adicción, a cualquier edad.

—Intercedí por ti para que pudieras recuperar tu antiguo puesto —prosiguió el superintendente—. ¡Creí en ti! Y ahora me dicen que hace tiempo que has recaído. Que medio año después de tu cura volviste a caer por primera vez. Que bebes mucho y con regularidad. ¡Hasta cuando estás de servicio!

—¿Quién te lo ha dicho?

—Eso no importa. La pregunta es: ¿estarías dispuesto a someterte a un análisis de sangre? Ya sé que no estás obligado.

—Yo...

—Si no lo haces, encontraré los medios para deshacerme de ti, Hale. Es intolerable. Se lo contaré a todo el que se cruce en mi camino y ordenaré a todo el mundo que me informe cuando hayas bebido. Pero si cooperas...

—¿Entonces?

—Te suspenderé de tus funciones, pero comunicaré que es como consecuencia de esta última operación, en la que han muerto dos niñas. Lo de que estabas borracho quedará entre nosotros. Así tendrás la oportunidad de solucionar este problema. De una vez por todas, esperemos.

—¿Y luego?

—No puedo prometerte nada. Pero es una oportunidad.

—Queda entre nosotros —dijo Caleb con amargura—. Pero ahí fuera por lo visto hay alguien que estará encantado de difundir este asunto.

—En eso no puedo ayudarte.

—Entiendo.

—¿Accedes a que te hagan un análisis de sangre?

—Sí —respondió Caleb, agotado. Resignado.

—Está bien. —El superintendente parecía aliviado—. A propósito, el comisario Stewart se encargará de las investigaciones en el caso White. También presidirá la conferencia de prensa que hemos fijado para mañana por la mañana a las diez. Por favor, no aparezcas por allí.

«Robert», pensó Caleb. En realidad, no estaba sorprendido. Pero sí profundamente dolido. Robert Stewart. Por fin había llegado a donde siempre había deseado.

Ese sábado empezó la avalancha. Los periodistas se apelotonaban unos sobre otros. Una madre muerta. Dos niñas muertas. La policía, a la que se había avisado con tiempo y que luego permaneció en la calle, sin hacer nada, delante del edificio.

«¿Por qué no hicisteis nada?», preguntaba el *Yorkshire Post* en su portada.

Debajo, las imágenes de las víctimas. Yasmin White, una mujer joven y frágil, con unos ojos grandes y oscuros y expresión seria. Ava White, siete años. Sina White, seis años. Niñitas alegres de rizos castaños y ojos oscuros.

«¿Murieron porque la policía tardó demasiado en actuar?», proseguía el texto. Se hablaba de la ausencia de la psicóloga de la policía («¿Podría ella haber evitado que el padre, desesperado, cometiera ese horrible crimen?»), para pasar a continuación al director de la operación, el comisario jefe Caleb Hale: «Salpicado por la sangre de las pequeñas», decía, y dos frases después se afirmaba que Hale había actuado de forma tan torpe y ofensiva cuando habló con el padre de familia que fue su conversación con el autor del crimen la que provocó el desenlace.

En ningún lugar se mencionaba el alcohol. Todavía no. Caleb sabía que las cosas podían cambiar en cualquier momento.

Caleb Hale y Robert Stewart no habían vuelto a verse el viernes por la tarde, cada uno estaba ocupado con asuntos totalmente distintos; Caleb encajando sobre todo los reproches en silencio y viendo cómo se hacía añicos su carrera profesional. Pero ahora, el sábado por la tarde, en su casa silenciosa y vacía, tenía la impresión de que no iba a aguantar una hora más sin hablar con Robert Stewart. Tenía que saber si había sido él quien le había clavado la puñalada trapera.

Antes de marcharse, escuchó el contestador automático. Esa tarde, el teléfono había sonado un par de veces, pero no le apetecía hablar con nadie de todo ese embrollo. Resonó la voz de Kate Linville: «Hola, Caleb. Ayer en Scarborough oí hablar y también leí acerca del asesinato-suicidio. Bueno, en realidad fue un asesinato. Espero que no te dé demasiados problemas. —Un instante de vacilación—. El *Yorkshire Post* no parece estar siendo muy amable contigo. Si quieres hablar, llámame cuando te vaya bien. Estaré accesible en el móvil. Tengo que pasar un espantoso fin de semana *spa* en Yorkshire Dales. Regalo de despedida de los colegas de Scotland Yard. Me temo que no soy el tipo de persona adecuada para envolverme en barro y esas cosas. En fin, a cambio he tenido un viaje de lo más emocionante. Mañana seguro que saldrá en el periódico. —Una pausa de nuevo—. Bueno, hasta luego».

Seguían dos mensajes de su exesposa, pero Caleb ni siquiera los escuchó, sino que los borró de inmediato. Sin duda, habría leído el *Yorkshire Post* y querría saber si Caleb estaba sobrio durante la operación. Muchos años atrás, su adicción había sido la causa de que ella lo abandonase. Pensó unos segundos si debía contestar a la llamada de Kate. Pero entonces consideró que la conversación con Robert Stewart tenía prioridad. Necesitaba aclarar ese asunto.

Robert vivía en el centro de la ciudad, en un pequeño apartamento. Era el tercer piso de un edificio situado en una calle con poco tráfico, paralela a la muy transitada Victoria Road. Coincidieron al llegar, incluso aparcaron uno detrás del otro en el arcén. Bajaron del vehículo. Era obvio que Robert venía del despacho, pues a pesar del calor, llevaba traje y corbata. En vista de lo ocurrido, no podría disfrutar de un fin de semana tranquilo. Por la mañana, había tenido que presidir la conferencia de prensa. Caleb supuso que por la tarde le habría tocado interrogar a Jayden White. Parecía cansado.

Por unos instantes pareció buscar una vía de escape, pero luego enderezó la espalda e irguió la cabeza. Imposible evitar la situación. Robert Stewart estaba listo para afrontarla.

—Comisario Stewart —dijo Caleb en tono formal.

—Señor —respondió Robert.

Estaban uno frente al otro bajo el sol poniente. Olía a asfalto caliente y a las rosas de un jardín. Un poco a sal del mar. Un olor de tarde de verano. La ciudad estaba sacudida por la tragedia, que se encontraba en boca de todo el mundo, pero no se percibía nada de ello en esa benigna atmósfera crepuscular.

—¿Por qué? —preguntó Caleb después de que ambos permanecieran un momento callados.

Robert sabía a qué se refería.

—Se ha vuelto insoportable —respondió. Y tras un instante de vacilación, añadió—. Tú te has vuelto insoportable.

—¿Opinas que yo ayer estaba borracho? ¿Y que por eso no estuve a la altura de las circunstancias?

—Olías a alcohol. Y me di cuenta de que no te encontrabas bien físicamente. Estabas bañado en sudor y no dejabas de buscar un lugar a la sombra. Dabas la impresión de alguien que apenas consigue tenerse en pie.

No sabía cómo replicar. Caleb recordaba muy bien lo abrasador que le había resultado el sol. Y esa sensación de tener la lengua pegada al paladar. Su estado físico lo había atormentado, pero, a pesar de todo, estaba convencido de que nada habría cambiado si no hubiese bebido. Habría tomado las mismas decisiones de estar sobrio.

—Sí, no me encontraba bien. Pero, por favor, explícame en qué momento, por esa razón, cometí un error grave. O simplemente un error.

—No cometiste ningún error.

—Pero...

—No hay peros que valgan. No cometiste ningún error. No esperaste demasiado tiempo y fue totalmente correcto apostar primero por una negociación por teléfono en lugar de irrumpir en la vivienda en esa situación tan poco clara. Que el hombre colgara de repente y perdiera la razón acto seguido fue, sin lugar a dudas, un desenlace trágico, pero imprevisible.

—Sin embargo, creíste necesario comunicarle al superintendente que yo estaba borracho. No lo entiendo.

Robert contemplaba la punta de sus zapatos negros e impecablemente lustrados, entonces levantó la cabeza, miró a su jefe y declaró:

—Es insoportable. Siempre lo he sabido, siempre. La botella en tu escritorio. Los tragos a escondidas. El olor inundando el despacho. El olor de tu aliento. Y yo siempre poniendo buena cara, como si no pasara nada. Era cómplice de algo que en realidad habría tenido que comunicar al instante. Esto a ti nunca te molestó. Que yo tuviera que encubrir algo que encontraba totalmente inadmisible. Nunca se te ocurrió preguntarme cómo me sentía yo.

Caleb se estremeció ante esas duras palabras. Lo malo era que no podía contradecirle. Nada de lo que Robert Stewart decía era absurdo, exagerado o desacertado. Lo... comprendía.

—No podía... —empezó a decir, pero Robert lo interrumpió.

—Claro que no podías. Ese tema no existía. Oficialmente, el problema no existía en absoluto. ¿Cómo ibas a poder hablar conmigo de él? El acuerdo tácito consistía en que yo no viera nada, no oyera nada y no oliera nada. Así te las apañabas de maravilla.

Caleb no habría elegido la expresión «te las apañabas de maravilla». Siempre se había sentido bajo presión. Culpable. A merced de su adicción y esforzándose por ocultar su estado ante quienes estaban a su alrededor. Ahora que por fin podía relajarse porque había pasado lo que tenía que pasar —su superior lo sabía, lo habían suspendido de sus funciones y no había nada que disimular—, se daba cuenta de lo agotado que estaba. De lo pesada que había sido esa carga.

—Lo que ocurrió ayer fue horrible para todos —prosiguió Robert—. Un hombre armado que pierde el control y empieza a pegar tiros en un apartamento turístico. Que a todas luces va a terminar con su propia vida y con la de su indefensa familia. Que al final asesina a esposa e hijas de un tiro en la cabeza. En todos mis años de servicio pocas veces me ha sobrecogido tanto un caso. Ver a las dos niñas muertas...

—Lo sé —intervino Caleb.

Robert lo señaló con el índice.

—Y nosotros estamos ahí fuera con un director de operaciones alcoholizado. ¿De dónde debemos sacar fuerzas para realizar tales operaciones, para tomar decisiones difíciles, para aguantar la ferocidad de los medios de comunicación cuando todo, como ayer, sale fatal? Eso solo funciona cuando nuestro comportamiento, al menos estando de servicio, es intachable. Cuando nosotros mismos no tenemos nada que reprocharnos.

Caleb asintió con lentitud. Era difícil contradecirlo.

—Me habría parecido más honesto —apuntó al final, sin embargo— que hubieras hablado conmigo. Antes que nada. Que me avisaras. Que me ofrecieras alguna salida. Que me hubieras dicho ayer todo lo que acabas de decirme ahora. Como última advertencia, por ejemplo. Simplemente para darme una oportunidad.

Robert apartó la mirada de él.

—Todo este tiempo he barajado esa idea. Pero no me he atrevido. Eras mi superior. Una autoridad a la que yo no me atrevía a amonestar.

—Ahora sí —señaló Caleb—. Ahora ya se ha solucionado. Ya no soy tu superior. A ver quién dirige ahora el departamento. ¡A lo mejor hasta te dan a ti el puesto!

Robert Stewart intentó con demasiada rapidez adoptar una expresión indiferente. Caleb lo supo al instante.

—Entiendo. Ya tienes el cargo. Entonces ha valido la pena. ¿Estás totalmente seguro de que la idea de tu ascenso no influyó en la decisión de defender la moral del equipo y desembarazarte del elemento perturbador, es decir, de mi persona?

Robert iba a responder, pero Caleb no le dio la oportunidad. Se subió al coche, giró la llave del encendido y dejó rugir el motor. Tal vez no había sido del todo justo. Pero necesitaba desfogarse, así de simple.

Quizá me estoy volviendo un poco raro. Ya hace tiempo que eso me da miedo. Cumplí sesenta y cinco años en enero y llevo doce viviendo solo. Hace un año que dejé la profesión de asesor fiscal. Ya no me apetecía seguir, y he llegado a una edad en la que otros también se retiran. Económicamente tengo para ir tirando. Sin grandes gastos, pero tampoco soy muy derrochador.

No preví que iba a sentirme aún más solo sin mi trabajo. No tengo amigos ni aficiones. Es extraño que no haya conseguido ganarme la simpatía de la gente ni construir algo que ahora me dé sostén. ¿Siempre fui así? ¿Tan poco sociable? ¿Tan apático?

Por lo que yo sé, no en mi juventud. Fue a causa de esa historia, esa terrible historia. Me descarrilé. Ni yo ni mi vida volvimos a nuestro antiguo cauce.

Soy un hombre de sesenta y cinco años muy solitario. Si paso demasiado tiempo haciendo balance de mi vida, me deprimo. Más me vale cambiar de tema. Pero ¿qué otro tema voy a tocar? Me levanto por las mañanas y desayuno, y cuando he lavado los platos y limpiado la cocina me pregunto por qué me habré levantado.

Tengo todo el día por delante. Como si fuera una eternidad.

Ya no hay estructura. La única persona a la que veo con regularidad es la mujer de la limpieza. Isla. Viene cada martes y deja la casa resplandeciente. Es bastante simplona, pero amable. En realidad, no necesito a una mujer de la limpieza, tengo tiempo más que suficiente para mantener la casa limpia. Pero si despido a Isla, no vendrá ningún ser humano más a mi casa y todo será todavía más horroroso. Hasta este punto he llegado: espero con gran impaciencia a la señora de la limpieza.

Hace doce años que me divorcié. Mi matrimonio con Alice no superó la tragedia que se nos echó encima. Se suele decir que los golpes del destino unen a las parejas. Nosotros somos el ejemplo de que no siempre es así, en absoluto. La preocupación, los sentimientos de culpabilidad, los reproches... todo nos fue consumiendo más y más. Hasta terminar con nuestro amor. Alice no se ha dejado ver ni me ha llamado nunca más desde que nos separamos. Unos conocidos me dijeron que habían oído que Alice vivía con una mujer en Cornwall. Nadie sabía si como pareja o solo como amigas. ¿Acaso Alice encontró el matrimonio conmigo tan difícil que renegó de todos los hombres? No lo sé.

Creo que me he vuelto una persona muy quejica. Pienso que la vida no me ha tratado bien. Quizá sí hasta los cuarenta años. Pero después todo se salió de madre y nunca volvió a encauzarse.

Aunque hay algo más. Algo que me inquieta mucho. Desde hace unas tres semanas pasa lo siguiente: me siento observado. En repetidas ocasiones, cuando me asomo por la ventana de la cocina, que da a la calle, veo a un hombre en la acera de enfrente. Allí no hay nada, ni paradas de autobús ni de taxis, no hay razón para que ese hombre tenga que estar ahí parado. El primer día pensé que esperaba a alguien. Pero luego me percaté de que miraba hacia mi casa. No miraba a un lado y otro de la calle, como suele hacerse cuando se espera a una persona. No, miraba fijamente hacia mi apartamento.

Al día siguiente lo vi de nuevo. Luego desapareció otra vez, durante dos días y me reí de mis propios temores. Pero un día después volvía a estar allí. Y al siguiente, y al otro. Luego desapareció otra vez, pero ya no respiré tranquilo. Regresó, por supuesto. Lo vi allí de pie, mirando fijamente.

Pensé en si debía salir y hablar con él, pero rechacé esa idea. ¿Qué debería haberle dicho? «¿Qué hace usted aquí plantado? ¿Está mirando mi casa o qué?». Temía hacer el ridículo. Ese hombre no estaba cometiendo ningún delito. Podía estar allí y mirar. No hay ninguna ley que lo prohíba. Así que no me moví de mi sitio. Lo observaba a través de la cortina de la cocina. En mi vida había visto a ese hombre, aunque a lo mejor no lograba distinguirlo bien a esa distancia. En cualquier caso, su fisionomía, su pelo negro, la estatura, la espalda ancha, no me evocaban ningún recuerdo.

¿Qué quiere?

Es probable que exista una explicación intrascendente.

Hablaré con Isla cuando venga el martes. Quizá a ella se le ocurra alguna idea. Lo dicho, Isla es algo simplona, pero tiene los pies en la tierra. Es una persona muy serena.

Sin embargo, no conoce toda mi vida. Por fortuna. De lo contrario, es posible que dejara de trabajar para mí. Precisamente por eso tampoco puede, claro está, evaluar si ese hombre de ahí fuera… si él tiene algo que ver con aquellos acontecimientos. Pero justo por eso me sosegará. Es paradójico. Un auténtico autoengaño. Dejo que me tranquilice una persona que no conoce los hechos. Que no me tranquilizaría si los conociera.

Así soy yo. Doy vueltas a las cosas hasta que encajan. O parecen encajar. Esta es la causa más profunda de la catástrofe de mi vida.

Lunes, 22 de julio

Lo más bonito del verano eran las mañanas luminosas. Lo segundo más bonito, las vacaciones.

Sophia Lewis, quien desde su más tierna infancia era muy madrugadora y percibía la oscuridad invernal como una carga que solo servía para frenar su dinamismo, se subió a las seis en punto de la mañana, como siempre, en la bicicleta. Era lo suyo, no había otra forma mejor de empezar el día. Dar un buen paseo, respirar aire fresco y ejercitar a fondo el cuerpo, y luego volver a casa, darse una agradable ducha caliente y tomar una gran taza de café. Eso era para ella el paradigma de la buena vida.

Tenía treinta y un años, era muy delgada y estaba en buena forma, le gustaba moverse. El deporte constituía su elixir de la vida. Era profesora de matemáticas y física en la Graham School de Scarborough. Los alumnos la querían y, pese a su juventud, gozaba de mucha estima entre sus compañeros de trabajo.

Esa maravillosa mañana, que prometía un día caluroso, al subirse a su bicicleta pensó emocionada: «Es bonita. Mi vida es bonita». Stainton Dale era un pueblo compuesto por granjas dispersas sobre un altiplano junto al mar. Entre ellas se extendían prados surcados por vallas, setos y muretes de piedra. Bosquecillos, angostos caminos rurales, arroyos borboteantes. Un lugar alejado de la ciudad. Un verdadero paraíso para Sophia.

Si había un núcleo en el pueblo, ese era la pequeña oficina de correos de Prior Wath Road, en la esquina de la iglesia. Ahí se compraban sellos, tarjetas de autobús y algún que otro comestible. No muy lejos había una cabina de teléfono roja que indicaba la parada de autobús, por lo demás sin señalizar. Sophia vivía un poco más arriba de Prior Wath Road, que de algún modo era el centro de la localidad. Prados y campos de cultivo colindaban con su jardín, lleno de flores y manzanos.

La joven pedaleó calle abajo, pasó junto a la oficina de correos y giró hacia la carretera. Ahí pocas veces circulaban coches a esa hora y aún menos en las vacaciones de verano. Todavía hacía algo de frío, el aire fresco del mar reposaba sobre el suelo. Solo llevaba una camiseta con las mallas ajustadas de ciclista y al principio había pasado algo de frío, pero estaba bien. Sabía que no tardaría nada en entrar en calor.

Unos minutos después salió de la carretera y giró a la derecha hacia un ancho camino rural. Estaba lleno de piedrecitas, la bicicleta traqueteaba y brincaba. Pasó junto a una granja algo escondida en una hondonada. El dueño estaba fuera y contemplaba ensimismado las gallinas que picoteaban en la hierba a sus pies.

—¡Hola, señorita Lewis! —gritó, saludándola con la mano—. ¡Usted siempre puntual como un reloj!

—¡Típico de una profe! —respondió Sophia, devolviéndole el saludo. Allí la conocía casi todo el mundo. Aunque había crecido en las afueras de Birmingham y estudiado en Manchester, donde empezó a dar clases en una escuela, la habían recibido con los brazos abiertos cuando, un año atrás, se había mudado a ese apartado lugar en el campo. La apreciaban. Y la gente admiraba que fuera tan deportista.

«¡Siempre está moviéndose!», decían.

Y era cierto.

Sophia se internó en ese momento en un bosquecillo. El camino era allí angosto y durante un trecho ascendía muy empinado. Pero la esperaba una recompensa, pues, desde el punto culminante, el descenso era igual de escarpado. El bosque se abría y el camino atravesaba un prado desde el cual se veía el mar. Era su lugar favorito.

Pedaleó cuesta arriba. Ahora sí que estaba acalorada y el esfuerzo le causaba un agradable tirón en los músculos de las piernas. Justo lo que ella deseaba. En el último tramo se puso de pie sobre los pedales, tenía que presionar con todas sus fuerzas. Eso también se debía al terreno irregular, en una vía asfaltada habría sido más fácil. Pero entonces llegó a la cresta de la colina y ante ella se encontraba la pendiente por la cual descendería enseguida a toda velocidad. La rodeaban los árboles y la calma de una todavía temprana mañana de verano. Se oía el gorjeo de un par de aves y, a lo lejos, el repiqueteo de un pájaro carpintero. Aparte de eso, reinaba el silencio. Si no fuera por los animales, tendría la sensación de estar sola en el mundo.

Pisó de nuevo con fuerza los pedales, se inclinó hacia delante y se lanzó. Había raíces y piedras, pero Sophia conocía muy bien el camino, estaba familiarizada con cada montículo, con cada obstáculo. Podía permitirse descender la cuesta a ese ritmo. No se habría atrevido en un lugar menos conocido, pero allí se entregó totalmente a la embriaguez de la velocidad. Era maravilloso. Tan maravilloso...

En una fracción de segundo, antes de chocar, vio el alambre tensado sobre el camino. Era delgado, pero se distinguía. Además, los primeros rayos de sol atravesaban las espesas copas de los árboles y uno de ellos producía un centelleo plateado.

Demasiado tarde. Imposible reaccionar. Imposible frenar. No a esa velocidad.

Sophia saltó por los aires. En una sucesión de imágenes rápida y caótica, vio árboles, pequeños fragmentos de cielo azul, sol, camino forestal, helechos. Dio una voltereta en el aire y pensó que hubiera sido mejor llevar casco. Luego impactó contra el camino. Sintió un dolor breve, mucho menor de lo que se había temido, en realidad sin importancia, no era tan trágico... Luego todo se oscureció y perdió el conocimiento.

Ya no oyó el disparo.

Martes, 23 de julio

1

Todavía quedaban tres días para la mudanza. El camión llegaría el viernes. Kate dio un repaso a su apartamento. El fin de semana en el hotel *spa*, por muy buena que hubiera sido la intención de sus colegas, le había desbaratado los planes. Pese a que llevaba todo el año poniendo orden, seleccionando y empaquetando sus cosas, había planeado que el último fin de semana sería la gran batalla, y en cambio lo había pasado en el tren a Leeds con un loco dando tiros y después manteniendo una conversación interminable con la policía de North Yorkshire. Y como guinda final, su estancia en el hotel, envuelta en barro y con una mascarilla en la cara. Había estado a punto de enloquecer. No aceptó el resto de los tratamientos incluidos en el regalo de despedida —todo tenía su límite— y prefirió sentarse con Colin en el jardín del hotel con la pierna herida en alto. Colin no hablaba de otra cosa más que de lo ocurrido en el tren, contándole sus fantásticas teorías, pero era soportable porque también Kate pensaba constantemente en lo mismo.

—Deberíamos resolver este caso por nuestra propia cuenta —dijo al final Colin, quien se veía a sí mismo con talento para la investigación. Pero Kate le respondió con un gesto negativo.

—Esto es asunto de la policía de York. Y conseguirá resolverlo sin nuestra ayuda.

Una vez en casa, se pasó todo el lunes, desde la mañana hasta la noche, haciendo cajas. Ese día, el martes, también se levantó temprano para seguir con la labor. Había realizado un buen trabajo, aunque todavía quedaba mucho pendiente hasta el viernes. Messy, el gato, estaba en una estantería sin libros y parecía ofendido. No le gustaba nada lo que Kate estaba haciendo en su piso compartido.

—Ya conoces la casa de Scarborough —le dijo Kate—, y te gusta. Tenemos mucho más sitio. Y empezaremos de cero.

Messy maulló suavemente y comenzó a limpiarse las patas.

De vuelta a la casa de sus padres, a la casa de su infancia. Cinco años antes, Kate había heredado la casita en el barrio de Scalby, en Scarborough, y desde entonces había querido venderla. Pero sin éxito. Al final, la había alquilado a una familia, pero los inquilinos desaparecieron de manera furtiva y le dejaron la casa totalmente vacía y destartalada. En medio del caos, había un gatito negro que la miraba con ojos entristecidos. Kate lo adoptó, y desde entonces eran inseparables.

Sonó el móvil. Kate, que estaba de rodillas delante de una caja de cartón, se levantó y contuvo al hacerlo un grito de dolor. La herida en la pierna todavía le molestaba mucho. Por un instante, esperó que fuera Caleb Hale, su nuevo jefe, devolviéndole por fin sus llamadas. Le había dejado varios mensajes en el contestador, pero él no respondía. También en esta ocasión vio un número desconocido en la pantalla.

—Kate Linville —se presentó.

—Ah, sargento Linville. Soy el sargento Jenkins, de la policía de North Yorkshire. Seguro que todavía se acuerda...

—Por supuesto, sargento. ¿Qué sucede? —Kate esperaba que no la metieran en algún lío imprevisto. Ahora no tenía tiempo.

Jenkins suspiró al otro lado del cable.

—El asunto se está complicando cada vez más. ¿Ha oído algo sobre la agresión a la joven de Stainton Dale, junto a Scarborough?

—No. —Había estado tan ocupada empaquetando que hasta le habría pasado inadvertido el estallido de una guerra—. ¿En Stainton Dale, dice? —Conocía el pueblo como la palma de su mano. Stainton Dale era un lugar idílico. ¿Una agresión?

—A una maestra que vive allí. Cada mañana recorre en bicicleta el mismo trayecto. Por un camino en el bosque que lleva montaña arriba. Y después baja, seguramente a la velocidad proporcional a la cuesta. Allí le han tendido un alambre fino.

—¡Por Dios!

—Está muy malherida. Ahora se encuentra en el hospital. Vive, pero no se puede hablar con ella. Fractura de la columna vertebral. Podría quedarse parapléjica, pero los médicos todavía no se pronuncian.

—Es horrible. ¿Un alumno, quizá? ¿Dice que es maestra? A veces los alumnos hacen cosas increíblemente idiotas.

—En una situación normal yo también me inclinaría a pensar de ese modo. Pero esto es más complicado. Un granjero que estaba trabajando en el exterior de su granja, por donde ella acababa de pasar hacía pocos minutos, oyó un disparo. Preocupado, recorrió el camino que ella suele hacer. Por eso la encontró bastante pronto, después de la caída. Le salvó la vida. De lo contrario, habría podido estar allí tirada una eternidad antes de que alguien pasara.

—¿Y le han disparado a ella? ¿Además de tenderle la trampa del alambre?

—No le han dado. Pero los colegas de Scarborough han encontrado una bala. En un tocón, no lejos de su cabeza. Quien haya disparado no apuntaba nada bien. Es raro, porque podría haber colocado el arma directamente en la sien cuando ella estaba en el suelo, indefensa. Pero lo más desconcertante y por lo que se nos ha avisado... —Hizo una pausa.

—¿Sí?

—Al comparar el incidente con los ataques con arma de fuego ocurridos hace poco, enseguida se ha comprobado que se trata del mismo calibre y del mismo fabricante del arma con la que dispararon en el tren contra usted y Xenia Paget. La investigación con el microscopio de comparación forense no deja lugar a dudas: se disparó a la joven de Stainton Dale con la misma arma a la que nos enfrentamos el sábado en la estación de York.

—¡No puede ser!

—Está claro.

—Entonces tiene que haber una relación entre Xenia Paget y esta mujer...

—Sophia Lewis.

—Sí. ¿Contamos con algún dato?

Jenkins volvió a suspirar.

—A petición del departamento de investigación criminal de Scarborough, ya he hablado con Xenia Paget. Nunca ha oído ese nombre. Tampoco conoce a nadie en Scarborough ni a ninguna maestra. Su marido afirma lo mismo.

—¿Qué se sabe de los amigos y colegas de Sophia Lewis? ¿Conocen a Xenia?

—De esto se ocupan los agentes de Scarborough. Todavía no me ha llegado ningún comentario. Sea como fuere, ahora los casos se cruzan. Tiene que tratarse del mismo autor.

Mientras Kate reflexionaba, Jenkins prosiguió:

—Me dijo que empezará a trabajar con el departamento de investigación criminal de Scarborough a principios de agosto. El comisario Stewart, que dirige el caso, me lo ha confirmado y le he sugerido que...

—Un momento —lo interrumpió Kate—. ¿El comisario Stewart dirige la investigación? ¿No es el comisario jefe Caleb Hale?

Jenkins dudó.

—¿Todavía no lo sabe?

—¿Qué?

—Han suspendido temporalmente de sus funciones al comisario jefe Hale.

—¿Y eso? ¿Por lo ocurrido con el padre de familia?

—Oficialmente, sí. Pero no solo porque se agravó la situación. Sino también... No son más que rumores, pero...

—¿Qué? ¿Qué rumores?

Jenkins suspiró por tercera vez.

—Se dice que Hale estaba borracho cuando negoció con ese tipo delante del edificio. Por eso... Por eso puede dar totalmente por perdida su carrera.

Una hora después de acabar su conversación con Jenkins, todavía se sentía como si le hubiesen asestado un golpe en la cabeza. Estaba sentada en medio de las cajas de cartón, mirando la pared, a los recuadros que marcaban los lugares donde habían estado colgados los cuadros.

Caleb Hale.

Tal vez era el único agente de policía que la consideraba una investigadora genial, que veía su potencial, pese a ser incapaz de exhibir sus triunfos y asumir conscientemente que era una policía inteligente. Desde que vino al mundo, Kate se ponía trabas a sí misma con su introversión, su timidez, su desconfianza. En Scotland Yard había contribuido de forma determinante a resolver varios casos muy complejos, pero siempre se atribuía el logro a sus colegas porque Kate se replegaba tanto que nadie advertía de verdad en qué medida su participación había supuesto el éxito de la operación. Si alguna vez su superior la elogiaba, ella le llevaba la contraria de tal modo que al final el mismo jefe creía haberse equivocado en su evaluación. No era que la considerasen una mala policía. Simplemente, nadie había prestado atención a quién era y en qué consistían sus puntos fuertes. Era invisible.

Pero no para Caleb. Coincidieron por azar en dos casos y ambos los solucionó ella sin tenerlo a él en cuenta, siempre siguiendo la pista correcta mientras que el comisario se embrollaba en falsas consideraciones y tomaba el camino equivocado. La mayoría de los superiores habrían ignorado a Kate de por vida. Pero no así Caleb Hale. Al contrario. Él no descansó hasta lograr que ella accediera a presentarse para ingresar en su sección del departamento de investigación criminal de Scarborough.

—Necesito a personas de primera categoría —dijo él en una de sus conversaciones—. Y tú eres de primera categoría.

Y ella lo hizo, dio un golpe de timón a su vida, contenta de colaborar con Caleb Hale… y ahora esto. Suspendido. Por su fatal adicción al alcohol. Posiblemente no consiguiera volver a trabajar. Ella sabía que había recaído después de la cura de desintoxicación, cinco años atrás. De forma absurda, siempre había esperado que nadie más se hubiese dado cuenta, pero era una idiotez: ella, que no lo veía demasiado a menudo, lo sabía. Caleb Hale trabajaba a diario con todo tipo de personas. Y con Robert Stewart, con el que más.

Ahora sería su nuevo jefe, en lugar de Caleb. Kate intentó recordarlo. Había tenido tan poca relación con él que no podía hacer una valoración de su persona. No le pareció antipático, pero lo cierto era que no lo conocía lo suficiente para estimar si se entenderían bien. Fuera como fuese, Jenkins le dijo que el comisario Stewart quería implicarla ahora en el caso puesto que, de todos modos, trabajaría en él a partir de agosto.

—Dado que todavía está usted en Londres —había dicho—, el comisario Stewart y yo hemos pensado que podría ir a ver a esa antigua vecina de Xenia Paget. La mujer a la que visitó la semana pasada. Precisamos de más información sobre la señora Paget. Es posible que nos esté ocultando algo de su pasado en Rusia, pero tal vez se lo haya confiado a su amiga. O quizá a esta le haya llamado la atención algo durante su estancia. Por ejemplo, alguien que se comportara de forma extraña en su entorno. Hoy habría enviado a un agente para que hablase con ella, pero como tenemos un caso común con Scarborough, y usted empieza dentro de dos semanas allí, todavía está en Londres y además presenció tan de cerca lo ocurrido en el tren... es la persona adecuada.

Kate reconoció que estaba en lo cierto. Podría haberse negado, no estaba de servicio y aún tenía que mudarse, pero habría empezado con mal pie con el comisario Stewart, al cual apenas conocía. A veces, la primera impresión influía en la forma en que se iban a relacionar dos personas.

Suspiró por lo bajo.

—¿Dónde dice que vive esa mujer?

—Maya Price vive en Southend-on-Sea.

—Ah, sí, cierto. No es Londres, está bastante apartado, en dirección a la desembocadura del Támesis.

—Pero, a pesar de todo, más cerca de usted que de nosotros en York.

—El viernes me mudo. Estoy en medio del caos y todavía tengo mil asuntos que resolver.

—Nos sería usted de gran ayuda —señaló Jenkins, sin mostrar ni un ápice de empatía hacia su situación.

Al final accedió. Pero luego permaneció ahí sentada demasiado tiempo, mirando la pared. Intentó una vez más contactar con Caleb, pero, como en los días anteriores, solo le respondió el contestador.

Al final, se levantó enfurecida, fue al dormitorio, se quitó el chándal manchado y se puso unos tejanos, una camiseta y se calzó unas zapatillas deportivas. Solía vestirse con ropa formal cuando iba a trabajar, pero casi todas sus prendas estaban ya empaquetadas y solo tenía a mano los vaqueros, dos camisetas y un jersey. Al fin y al cabo, no había contado con que los acontecimientos fueran a desarrollarse de ese modo. Salió del apartamento cojeando.

2

Maya Price vivía en una elegante casa adosada en Southend-on-Sea, en una calle flanqueada por varias casas pareadas idénticas, no muy lejos del río. En el jardín había flores y soplaba una leve brisa entre las hojas de los árboles. Un lugar idílico a cuarenta minutos de Londres. La mayoría de los residentes debían de trabajar en la capital, pero criaban aquí a sus hijos y disfrutaban de una vegetación abundante, un agradable ritmo de vida, los muchos y pintorescos pubs a la orilla del Támesis, además de la proximidad de las playas a lo largo de la costa de Essex.

Kate llegó en coche, aparcó delante de la casa y se bajó del vehículo. La ola de calor en Londres, que dificultaba cualquier movimiento, era más soportable allí. Siempre corría algo de viento y el aire olía a sal marina.

Había devuelto su carnet de Scotland Yard, pero ya tenía el nuevo del departamento de investigación criminal de Scarborough y podía identificarse con él. Pulsó el timbre. Alimentaba ciertas esperanzas de que Maya Price no estuviese en casa. Así podría dar media vuelta y seguir empaquetado sus cosas, aunque habría mostrado buena predisposición.

La puerta, sin embargo, no tardó más de un minuto en abrirse y una joven apareció en el umbral. Sostenía a un bebé en los brazos y tenía aspecto de estar agobiada.

—Sí, ¿qué quería?

Kate le tendió sus credenciales.

—Sargento Kate Linville, policía de North Yorkshire, departamento de investigación criminal de Scarborough. ¿Tiene usted unos minutos?

—¿Policía de North Yorkshire? ¿Es por lo del tren a York? Xenia me lo ha contado. ¡Qué horror!

—¿Puedo entrar un momento?

—Sí, por favor... —Maya dio un paso atrás—. Voy corriendo a acostar a mi hijo. Vaya usted misma a la sala de estar. Enseguida vuelvo.

La sala de estar se encontraba en la parte posterior de la casa y tenía vistas al jardín, que no estaba tan bien cuidado como los que lo flanqueaban a derecha e izquierda. El césped estaba demasiado alto, en los arriates crecían malas hierbas y la arena, que en realidad pertenecía a la caja situada en medio del césped, estaba esparcida por doquier. Había un par de sillas de exterior mal colocadas en la terraza, entre ellas una mesa con velas pegadas y montones de moldes para jugar con la arena. También la sala de estar se veía desordenada: juguetes por todas partes, almohadones arrugados y mantas sobre el sofá, una botella de leche y un platito con papilla de zanahorias sobre la mesa. El televisor estaba encendido. En la pantalla, un programa de teletienda en el que aparecía una publicidad de bisutería.

Maya entró en la sala de estar. Kate volvió a confirmar que parecía estar realmente abrumada. El pelo revuelto y la frente perlada de sudor.

—Tres hijos —explicó—. Dos en la guardería y el pequeño todavía conmigo. Tiene ocho meses. —Apagó el televisor y se sonrojó un poco—. Come fatal. Y mientras estoy aquí sentada durante horas tratando de que coma algo, tengo que mirar la televisión o me vuelvo loca.

—Es totalmente comprensible —le aseguró Kate.

Se notaba que estaba superada. Se percibía en todos los rincones de la habitación y del jardín. Maya sacó de las sillas un par de peleles y unos cubos de madera.

—Siéntese. Lo de Xenia es terrible. Por todos los cielos, qué miedo debe de haber pasado. —Miró a Kate—. ¿Es usted la agente que se encerró con ella en el baño del tren?

—Sí, soy yo.

—Madre mía... También usted debió de pasarlo mal, ¿verdad? ¿Xenia dijo que le alcanzó un tiro en la pierna? A lo mejor está acostumbrada por ser policía, pero de todos modos...

—En fin, no me disparan cada día —respondió Kate—. Fue muy angustioso.

Las dos mujeres se sentaron a la mesa, una frente a la otra. Maya dejó delante de ella el vigilabebés.

—Espero que tengamos un rato de calma. A veces se está muy... atada con un bebé.

Por la oscuridad de sus ojeras, Kate dedujo que dormía poco.

—Señora Price, Xenia Paget estuvo en su casa justo los días antes del suceso en el tren. ¿Podría intentar recordar algo que le extrañara? Algo a lo que tal vez no prestó atención. Una persona con la que se cruzara con más frecuencia de lo normal. ¿O se sintió quizá observada? Cualquier cosa.

Maya se concentró.

—Lo siento—dijo al final—, pero no hubo nada que me llamara la atención. Aunque tampoco hicimos gran cosa. Con el bebé, a mí me resulta difícil. Fuimos a pasear un par de veces con él por la orilla del río. Hacía un tiempo precioso y pasamos mucho rato en la terraza. Cocinamos juntas, charlando.

—¿Su marido no estaba?

—Mi marido tiene una consulta de osteopatía aquí en Southend. Pero la semana pasada tuvo que asistir un par de días a un curso de formación en Brighton. Esa fue la razón por la que llamé a Xenia y le pregunté si quería venir. A mi marido le cae bien, ese no es el problema, pero solas vamos más a nuestro aire.

—¿Por qué se marchó de Leeds, si me permite la pregunta?

—Porque a mi marido le ofrecieron esta consulta. En Leeds trabajaba para otros, aquí es su propio jefe.

—Comprendo. Y antes, ¿cuánto tiempo vivió en el apartamento vecino al de Xenia y Jacob Paget?

Maya reflexionó.

—Fuimos vecinos de Xenia once años. Y de Jacob todavía más. Ella se instaló más tarde.

—¿Ellos se conocieron a través de una agencia matrimonial?

—Sí. No es ningún secreto que Jacob tenía problemas con las mujeres, y entonces se le ocurrió la idea de buscar a una del Este. Decía que «son más agradecidas». —Maya pronunció la última frase con un tono de franca repugnancia.

Kate intervino.

—No parece sentir especial simpatía por Jacob Paget.

—Me da pena no ver cada día a Xenia. Pero no derramaré ni una sola lágrima por Jacob. ¡Ni una sola! —subrayó Maya con vehemencia.

—¿Por qué no le gusta? ¿Y a qué se refiere al decir que tenía problemas con las mujeres?

—Es un quisquilloso, un tacaño, un gruñón. Busca pelea con todos los que le rodean. No hace más que denunciar a gente que grita demasiado o que no cumple una norma. No saluda a nadie. Es dominante, caprichoso y malvado. Le encanta herir a los demás con comentarios despectivos. —Maya se interrumpió—. Así es Jacob Paget. En pocas palabras.

—Pues no suena demasiado simpático —opinó Kate—. También responde a la pregunta de por qué tiene problemas con las mujeres.

—Tuvo un par de relaciones breves, pero ninguna aguantó con él más de un par de días. Todas salieron corriendo.

—Pero Xenia lleva ya trece años con él.

—¿Qué otra cosa va a hacer? Él era su única oportunidad para salir de unas condiciones de vida muy pobres y sin perspectivas allá en Rusia. Solo casándose con él pudo al fin conseguir la nacionalidad británica. Pero a cambio ha tenido que ser su esposa durante todo este tiempo.

—Es comprensible —dijo Kate—, pero ahora ya ha conseguido la nacionalidad británica. Ya podría separarse de él.

Maya se encogió de hombros.

—No se creerá la de veces que la he animado a hacerlo. Pero en cierto modo...

—¿Sí?

—Siempre tengo la sensación de que tiene miedo.

—¿Miedo de él?

—Más bien de lo que él podría hacer si ella se marcha. Lo dicho, él es sumamente dominante. Xenia es de su propiedad. De hecho, ella no puede hacer nada sin su permiso. Creo que él se enfadaría muchísimo si Xenia le pidiera el divorcio.

—Mmm —musitó Kate. Durante la conversación con Xenia en la estación de York, su intuición no la había engañado. La mujer se veía intimidada por su marido. «Tenemos que volver a hablar sin falta con él», se dijo. Era posible que Xenia tuviera intenciones de separarse y su marido no estuviera conforme. Pero que hubiese contratado a un asesino a sueldo para matarla parecía demasiado rebuscado; aunque, por otra parte, no había casi nada que Kate no hubiese presenciado durante su servicio en la brigada de homicidios—. No obstante, Xenia pudo quedarse con usted varios días —señaló.

Maya rio.

—Pero él montó un teatro increíble. En las semanas previas

anuló la visita de Xenia cinco veces como mínimo. Ella tuvo que suplicarle, mostrarle su mejor cara, y al final le dio permiso refunfuñando. De verdad, un día antes todavía no estaba segura de que fuera a conseguirlo.

—¿Usted acompañó a Xenia a la estación el sábado por la mañana?

—No. El bebé lloraba tanto que Xenia también opinó que era mejor que me quedase en casa. Cogió el tren de aquí a Londres y luego, en King's Cross, el tren a York.

Así, obviamente, Maya no pudo fijarse en nada extraño en la estación.

—¿Le dice algo el nombre de Sophia Lewis? —preguntó.

—¿Sophia Lewis? No. Nunca lo he oído. ¿Quién es?

—Da clase en una escuela de Scarborough y vive cerca de allí. Ayer intentaron matarla.

—Oh, Dios mío. ¿Ha muerto?

—No, pero está muy grave. ¿Está segura de que el nombre no le dice nada?

—Por desgracia, no.

—¿No recuerda a ninguna conocida de Jacob Paget con ese nombre? —Jacob Paget, quien, tal vez, al ser rechazado por todas las mujeres, daba caza sangrienta a las que le habían decepcionado y, según él lo sentía, humillado cruelmente... En realidad, Kate no se lo creía. Pero por el momento era el único cabo que asomaba del ovillo y del que poder tirar.

Maya arrugó la frente mientras pensaba muy concentrada.

—Lo lamento. Pero no, no se me ocurre nada. Además, yo apenas tenía contacto con Jacob, al menos durante el tiempo anterior a Xenia. Por eso no sé los nombres de casi ninguna de las mujeres que de vez en cuando pasaban un fin de semana en su casa.

—Señora Price, ¿hay algo que Xenia le haya contado y que

quizá justificara el hecho de que la persiguiera un individuo armado? ¿Algo sobre su pasado en Rusia, tal vez?

—No. Nada. Su pasado en Rusia fue sumamente pobre y nada bonito, pero no ocurrió nada especial.

—¿Alguien que pudiera haberse tomado a mal que ella se marchara a Occidente y se casara aquí? ¿Un antiguo novio, quizá?

—Ella no ha mencionado nada de eso.

—Bien. —Kate se levantó. Estaba algo decepcionada porque la conversación no le había aportado gran cosa. Pero al menos sabía que para Xenia el matrimonio con Paget no era precisamente idílico y que Jacob era un individuo muy muy desagradable. No era mucho, pero mejor eso que nada.

Le tendió su tarjeta a Maya.

—Por favor, llámeme si recuerda algo de interés.

—Lo haré. —También Maya se levantó. Del vigilabebés surgió un leve lloriqueo que en cuestión de pocos segundos se convirtió en un grito estridente.

—Suba a la habitación —dijo Kate—. Yo misma encontraré la salida.

—Llora muchísimo —señaló Maya—. Con los otros no fue tan difícil. Es... —Se detuvo un momento, luego soltó de repente, con amargura, casi con una furia que sorprendió a Kate—: Qué tabú, ¿verdad? No estar rebosante de alegría, llena de entusiasmo, amor y agradecimiento. Sabe, estoy contenta de tener tres hijos sanos, pero me noto tan cansada que ya no soy ni yo misma. A duras penas salgo adelante cada día, veo estupideces en la televisión y no dejo de decirme que, joder, tendría que estar contenta, pero solo siento vacío y... —Se detuvo y se pasó la mano por los ojos—. Disculpe, no quería molestarla con mis problemas.

—No me ha molestado —aseguró Kate. De hecho, se sentía algo desconcertada. No tenía hijos, pero siempre había soñado con una familia. Con un esposo, niños, una casa adosada. Ahora, tenía ante sí a una mujer que contaba con todo lo que a ella le había sido negado y que no parecía en absoluto feliz. Además, los gritos por el vigilabebés habían alcanzado un volumen ensordecedor. Si uno se enfrentaba con eso día y noche...

—De acuerdo —dijo Maya, dominándose de nuevo—. Tengo que subir. La llamaré si me viene algo a la cabeza. —Se marchó.

Kate salió de la casa y cerró la puerta tras de sí. ¿Dispondría Maya Price del tiempo y el temple para pensar en Xenia y las vicisitudes de su vida? Se la veía superada por los acontecimientos y luchando encarnizadamente por no desmoronarse.

«Pero, en cualquier caso, yo he cumplido con mi deber», se dijo Kate.

3

El comisario Robert Stewart había estado ocupado por la mañana en el interrogatorio final a Jayden White, el hombre que ejecutó a su propia esposa y a sus dos hijas de un tiro en la cabeza. Acto seguido, no pudo hacer otra cosa que salir a fumarse un cigarrillo dando unas caladas lentas y profundas, pese a que hacía mucho que se había propuesto dejar de fumar de una vez por todas. Pero estaba tan tenso, tan afligido, tan agotado, tan indignado... todo a la vez.

Jayden White se pasó todo el tiempo lamentándose. No por haberles quitado la vida a tres personas, sino por todas las malas pasadas que el destino le había jugado. Su infancia difícil, su miedo al fracaso ya en la escuela, la temprana muerte de su padre, la interrupción de sus estudios. Por último, la compra de la cafetería para la cual tuvo que pedir un crédito demasiado elevado, y luego no acudía clientela suficiente.

—Cada vez iba peor. Los dos últimos veranos ya no fueron buenos. Pero este año... Otros también lo dicen. El caos por el Brexit... Nadie sabe cómo van a evolucionar las cosas. Esos idiotas de Londres...

Robert se había inclinado hacia delante.

—Los «idiotas de Londres» —dijo recalcando la expresión— no se han atrincherado con tres seres desarmados, de los cuales dos ni siquiera tenían diez años, y los han acabado matando de un tiro en la sien. Quiero saber, quiero intentar comprender, cómo se puede llegar a hacer algo así. ¿Cómo ha podido usted hacer algo así?

Jayden casi se echó a llorar.

—Quería ahorrarles a mi mujer y a mis hijas la desgracia de nuestra ruina. En mi casa se apilan las reclamaciones del banco. Desde hace meses. No tengo dinero. No puedo pagar a los empleados de la cafetería. También están los impuestos y la hipoteca de nuestra casa. Y de la cafetería.

—¿Cómo es que decidió comprar un local y además una vivienda en propiedad? ¿No es un poco demasiado, todo al mismo tiempo?

—Porque al principio parecía que todo iba a salir bien. Pensé que lo conseguiría. Quería algo para mi familia. Un nido del que no pudieran expulsarla. Vivir entre cuatro paredes propias... —La voz de Jayden se quebró de autocompasión.

—De acuerdo, así que quería ahorrarle a su familia la amenaza de verse en la ruina y por eso las ha matado sin la menor vacilación. ¿Pero usted mismo pretendía enfrentarse con valentía al desastre?

—También tenía el propósito de poner fin a mi vida. Por favor, crea lo que le estoy diciendo. Quería que abandonásemos todos juntos este horrible lugar, este mundo terrible. Pero... —Su voz volvió a temblar—. Era demasiado difícil. No podía. No podía apretar el gatillo. Quería, no había nada que yo quisiera tanto, pero...

—Sí, eso llego a comprenderlo, seguro que es más fácil disparar a la cabeza de dos niñas indefensas que a uno mismo —apuntó Robert.

Jayden sollozó.

—Lo he hecho todo mal. Todo. No tendría que haber traído a esas niñas al mundo, a un mundo cuya crueldad yo ya conocía.

Suficiente para Robert. Dio por concluida la conversación. Llevaron a Jayden de nuevo a la celda de la prisión preventiva. Salvo lamentaciones, no se podía obtener nada más de él. Se veía como la única víctima, solo a sí mismo.

Robert lanzó el cigarrillo al suelo y lo aplastó con un pisotón. Tenía que zanjar el caso de Jayden White, ese hombre solo le consumía energía. No era necesario seguir investigando. Todo estaba documentado, el expediente podía pasar a la fiscalía. Él, y seguramente también Caleb Hale, tendrían que declarar en el proceso, pero por lo demás todo seguía su curso. Jayden White permanecería toda su vida en la cárcel, pero eso no cambiaría nada para su familia. Pensó en los cuerpos abrazados entre sí que habían encontrado en el apartamento él y los otros agentes. Era obvio que Yasmin White, que yacía sobre sus hijas muertas, intentó protegerlas con su propio cuerpo. Ninguna de las tres tuvo ninguna oportunidad, ni la más mínima, de salvarse. A veces Robert Stewart entendía por qué Caleb bebía.

Regresó a su despacho. Helen Bennett lo estaba esperando. Por el momento, andaban muy escasos de personal a causa de la suspensión de Caleb y porque la sargento Kate Linville no empezaría hasta agosto. Y justo ahora les había caído encima esa historia de Stainton Dale, que se entrelazaba con los dramáticos acontecimientos ocurridos en un tren el sábado pasado, poco antes de que llegase a la estación de York. Por esa razón tenían que colaborar con la policía de York en la investigación. Tal vez no fuera mala idea. Precisamente porque en ese momento eran pocos.

La sargento Helen Bennett se había formado en psicología policial, pero en la actualidad trabajaba de chica para todo.

—Hemos recibido el informe de la sargento Linville —comunicó—. Esta mañana ha visitado a la señora Maya Price, la amiga de Xenia Paget, en Southend-on-Sea. Por desgracia, no hay novedades. La señora Price no se explica por qué alguien tendría razones para matar a Xenia Paget y nunca ha oído el nombre de Sophia Lewis. Por ahí no parece viable que vayamos a hacer ningún progreso.

—Mmm —farfulló Robert. Tampoco se había hecho ilusiones. En el curso de sus años de profesión había desarrollado olfato para percibir los casos más simples y los más difíciles. Ese era complejo e impenetrable, ya lo notaba—. ¿Alguna novedad acerca de Sophia Lewis?

Helen negó con la cabeza.

—He llamado a la clínica. Está consciente, pero no puede hablar. Se sospecha que es un ictus. Por lo visto, es algo que puede pasar con una caída así. La capacidad del habla parece haberse visto afectada. Además, se va reforzando la hipótesis de la paraplejia.

—¿Sobrevivirá?

—El médico me ha dicho que su vida ya no corre peligro grave. Pero que no se sabe si conseguirá recuperar el habla. Y que nunca más podrá correr o mover los brazos. —Helen se estremeció—. Es terrible. A lo mejor ella habría preferido…

—¿Estar muerta? —Robert estaba convencido de que él lo habría preferido—. Sea quien sea el que ha hecho esto, no podría haber escogido nada más cruel.

—También he vuelto a hablar con el granjero que la encontró

—informó Helen—. Sophia Lewis salía a dar una vuelta en bicicleta cada mañana a la misma hora, muy temprano, tanto durante el curso como en las vacaciones. Como mínimo a partir de la primavera y hasta entrado el otoño, siempre que las condiciones de luz lo permitieran. Con ella se podía poner el reloj en hora, ha dicho el hombre.

—¿Y quién sabía todo esto?

—En Stainton Dale, muchos; no solo la gente que vivía a lo largo de su recorrido en bicicleta. Sophia Lewis se mudó allí hace un año, pero en una comunidad tan pequeña uno enseguida se convierte en archiconocido. Es una persona querida, todo el mundo la conoce, aunque solo sea porque saluda amablemente al pasar. No dejan de llegarle flores y tarjetas al hospital.

—¿Ha mencionado el granjero a algún enemigo potencial?

—Dice que no sabe de nadie que no sienta simpatía hacia ella.

—No hay más remedio, tenemos que indagar en su entorno laboral —indicó Robert—. Normalmente diría que el alambre tendido podría remitir a la travesura de un alumno. Una auténtica locura, por supuesto, pero a veces los adolescentes no reflexionan sobre las consecuencias de sus actos. Pero la bala no encaja con eso. Una cosa es tender un alambre y creer que es muy gracioso que la profesora se caiga de cabeza entre los matorrales. Pero disparar... eso tiene otra dimensión.

—Y todavía más —añadió Helen—, cuando unos días antes un hombre apuntó con la misma arma a una mujer en el tren de Londres a York. No parece obra de los alumnos.

—Más bien de antiguos alumnos. ¿Alguien que no pudo pasar de curso porque lo suspendió?

—¿Y que intenta matarla por eso? —preguntó Helen dubitativa—. ¿Y cuál es la relación con Xenia? No es maestra.

—Sin embargo, a los ojos de un chiflado tal vez sea la pieza de un rompecabezas —contestó Robert—. Daríamos un gran paso adelante si pudiésemos encontrar un vínculo entre Xenia Paget y Sophia Lewis. Por muy distintas que sean estas mujeres y sus formas de vida, debe de haber una conexión.

—Por desgracia, por ahora nos es imposible hablar con Sophia Lewis.

—Pero sí con sus colegas de trabajo. ¿Qué se sabe de sus parientes?

Helen se encogió de hombros.

—Todavía no estoy en ello. Una vecina dijo que el padre de Sophia aún vive, pero la madre ya no. Por el momento no se ha mencionado a otros familiares.

—¿Hay agentes en su casa?

—Sí. Desde ayer. Están buscando indicios, direcciones, datos de contacto. Pero se diría que Sophia Lewis está bastante sola en este mundo. Una persona sociable, pero sin un gran círculo familiar.

—¿Un amigo? ¿Una pareja? ¿Exmarido?

—Nadie sabe nada al respecto. —Helen le tendió una lista—. Toma, estos son los nombres de sus compañeros en la escuela. De los que pudimos averiguar que no se han ido de viaje.

—No son muchos —comentó Robert. Realmente complicado. También obraba en su contra el hecho de que estuviesen en época de vacaciones—. Hablaré con sus colegas. A lo mejor uno de ellos conoce una historia, un suceso por el cual Sophia Lewis se ganó la antipatía de alguien. Quizá averiguo algo sobre otros familiares y amigos. Ahora no podemos hacer nada más que estudiar minuciosamente toda sospecha a la espera de algún descubrimiento que nos permita avanzar.

Es martes. Ha llegado Isla. En cuanto entra en casa le cuento mis temores.

—¡Ahí fuera hay siempre un hombre mirando mi casa!

Isla me mira sorprendida.

—¿Un hombre?

—Sí. De pelo negro. Bastante alto. Se planta en la acera de enfrente y se queda mirando hacia aquí.

—No he visto a nadie —dice Isla. Va a la cocina y mira por la ventana—. Ahí no hay nadie.

—Ya, en este momento no.

—Pero usted ha dicho que siempre hay alguien.

Isla pertenece a ese tipo de personas que se lo toma todo al pie de la letra. Es porque no entiende que a veces se exagera para explicar que algo es excesivo o especial. Cuando yo califico algo de «enorme», no es porque tenga las dimensiones de un gigante, sino porque es inusualmente grande. Y con «siempre» me refería a que es llamativa y poco usual la frecuencia con la que ese individuo se planta delante de mi ventana. Querer explicarle todo esto a Isla carecería de sentido.

—De acuerdo. No siempre. Pero muy a menudo.

—Pues ahora, no.

Suspiro.

—Sí, pero lo he visto con mucha frecuencia. De verdad.

Descubro la sombra de una duda en sus ojos. Sé que ella cree que estoy demasiado solo. Y es probable que crea que eso me esté volviendo algo raro.

—Había pensado que tal vez usted tenía una idea de quién podía ser —digo—. Y de por qué está ahí observándome.

—¿De dónde ha sacado usted que lo observa? A lo mejor solo está mirando el edificio.

—Sí, pero…

—Y en el edificio viven más inquilinos —prosigue Isla.

Me paro a pensar. Tiene razón. ¿Cómo es que no se me ha ocurrido antes? Hay seis apartamentos en el edificio, tres dan a la calle y los otros tres —que son más bonitos y para mí algo caros— dan al jardín. ¿Está mirando ese tipo la ventana de mi cocina o simplemente todo el edificio? He dado por hecho que me observaba a mí. ¿Me estaré volviendo algo neurótico?

—A lo mejor es un admirador secreto de esa chica tan guapa que vive en el piso de abajo de usted —sugiere Isla.

Cierto, ahí vive una mujer muy atractiva bastante joven, y que parece siempre algo triste porque acaba de divorciarse y por lo visto todavía no ha superado la separación. ¿Y si es el exmarido el que está ahí fuera? ¿Será él quien todavía no ha asimilado lo ocurrido? ¿Soy el mero testigo de los actos de un acosador, estoy presenciando un drama sentimental?

—Sí, es posible —admito.

—¿Lo ve? —dice Isla para apaciguarme.

No me gusta cuando me habla como si fuera una cuidadora o una enfermera de ancianos. Amable y como si yo estuviera un poco gagá.

Dejo que prosiga con sus tareas de limpieza, que comienzan en la cocina, desde donde ha mirado por la ventana, y me voy a la sala

84

de estar para dejarme caer pesadamente en un sillón. De la cocina sale el ruido del agua corriente y de las sillas al moverse alrededor de la mesa. Qué bien sienta saber que hay una persona cerca, oír que alguien trabaja, que está ocupado yendo de un sitio a otro… algo tan cotidiano, tan normal, familiar, acogedor. Así era antes, con Alice. Es difícil imaginar que vivíamos juntas cuatro personas, incluso cinco incluyendo a Xenia. Tanta vida a mi alrededor. Tanta felicidad. ¿La destruimos a propósito, todos juntos? No, fue el destino, una desgracia, una horrible desgracia.

Tengo un miedo espantoso de que el desconocido que está ahí fuera tenga algo que ver con aquella desgracia.

Miércoles, 24 de julio

1

—¡De verdad que me gustaría saber cómo has podido meternos en este lío! —exclamó malhumorado Jacob Paget. Acababa de hablar por teléfono y dejó caer con fuerza el aparato sobre la mesa—. Era ese Jenkins, de la policía de North Yorkshire. Quiere volver otra vez y hablar con nosotros.

Xenia estaba en la cocina mondando patatas. Miró entristecida a su marido.

—Yo no lo sé. No sé por qué ha ocurrido todo esto.

—Si a uno le disparan, alguna idea tendrá de por qué lo hacen —señaló Jacob, como si fuera una cosa que le ocurre a todo el mundo y Xenia fuese la única que se sentía invadida por el horror y la ignorancia.

—No lo sé, Jacob.

—¿Estás segura de no haber tenido ninguna relación con ese tipo? —preguntó entrecerrando los ojos—. ¿Y ahora quiere matarte a tiros porque rompiste con él?

Xenia casi se habría echado a reír. ¿Cuándo y cómo podría haber tenido una relación estando tan vigilada? Por suerte, consiguió convertir la risa en un carraspeo. A Jacob le desagradaba tener la sensación de que no se le tomaba en serio.

—En cualquier caso, ya no irás más a ver a Maya a Southend

—anunció—. Yo ya estaba en contra desde un principio. ¡De esa no sale nada bueno!

—No es para ponerse así. De todos modos, no fue Maya. Y su marido tampoco. No tienen nada que ver.

—Da igual —gruñó Jacob. Y acto seguido añadió—: Y esa otra mujer por la que siempre preguntan... Sophia Lewis. ¿De verdad no la conocías?

—No. Te lo juro, Jacob. No he oído nunca ese nombre. No tengo ni idea.

—Mmm —farfulló el hombre. Era como si no creyera ninguna de sus afirmaciones, pero así es como solía hablarle—. Bueno, de todos modos, ese Jenkins vendrá a eso de las dos y media y volverá a darle vueltas a todo. No sé qué espera, ya no tenemos nada más que decirle. Me imagino que esto solo puede significar que la policía cree que estás ocultándoles algo.

—¿Qué tengo yo que ocultar?

—Eso ya lo sabes tú —contestó Jacob—. Lo sabes perfectamente.

—¿Te refieres...?

—No finjas. ¡No finjas que no has pensado justo en eso!

—Pero después de tanto tiempo... Juro que no conocía a ese hombre. Nunca lo había visto.

—Podría haber cambiado. Precisamente porque ha pasado tanto tiempo.

Ella negó con la cabeza.

—Los ojos. Aquellos no eran sus ojos.

Jacob se encogió de hombros.

—Sea como sea, tú eres la culpable de que ahora estemos metidos en este lío.

Sabía que no tenía ningún sentido apelar a su humanidad. Simplemente carecía de dulzura, ni siquiera sabía lo que era, pero aun así dijo en voz baja:

—Tendrías que estar contento de que todavía esté viva. ¡Podría haber muerto!

—¿Estar contento? ¿Contento de toda esta mierda? ¿De la policía y este follón?

—Contento de que todavía esté aquí.

Él resopló con desdén.

—No eres irremplazable, Xenia, en serio que no.

Xenia notó que las lágrimas le anegaban los ojos y se esforzó por contenerlas. ¿Cómo era posible que ese hombre consiguiera herirla todavía? Después de tantos años con él, ya tendría que haberle salido un callo de metros de espesor en el alma. Pero tal vez se debía a que él era su único punto de apoyo. Solo lo tenía a él. No importaba cuántas veces la pisara, ella se aferraba a él como un perro a su amo, sin otra opción a su alcance.

—Mírate —prosiguió Jacob—. Cuando te conocí todavía tenías buena presencia, pero has engordado, llevas unos trapos horribles y da vergüenza salir contigo a la calle.

Ahora fue incapaz de seguir reteniendo las lágrimas.

—Estoy haciendo régimen.

—¿Cuántas veces lo has intentado? ¿Mil? Nunca te sale bien. Cada día estás más gorda. ¡Si es que no tienes ni una pizca de fuerza de voluntad!

—No salgo apenas, Jacob, estoy mucho tiempo sola. Aquí sentada. Si pudiera trabajar, entonces...

—Entonces seguirías comiendo como ahora. No son más que pretextos absurdos.

—Pero yo...

El hombre se acercó a ella con un gesto amenazador y Xenia calló.

—Te he sacado de la miseria, no lo olvides —susurró—. Y si te dejo, volverás a hundirte enseguida.

Ella tragó saliva.

Él se la quedó mirando.

—Sé lo que ocurrió entonces. Y tú sabes que irás a la cárcel si yo lo suelto. Por ejemplo, a ese sargento Jenkins esta tarde.

Ella gimió asustada.

—No tienes ganas de ir a la trena, ¿eh? Entonces no te pelees conmigo, ¿de acuerdo? Estoy casi seguro de que el tipo del tren tiene algo que ver con aquello. Ya puedes estar contenta de que no lo confiese todo. Porque la policía hurgaría y hurgaría. No me provoques, Xenia. De lo contrario, a lo mejor meto la pata en la conversación de hoy. No digas nada que no debas. Ocurre muy deprisa. Basta con un pequeño resbalón.

—Jacob...

—Ten cuidado —dijo él sonriendo—. Ten mucho cuidadito. No me hagas enfadar.

—No —susurró ella.

—Por tu bien, espero que no lo olvides —advirtió Jacob.

2

Sophia Lewis, según lo había confirmado el comisario Stewart tanto en las conversaciones del día anterior como en las de ese día con sus colegas, era una persona sumamente querida y sociable, pero al mismo tiempo no facilitaba mucha información sobre sí misma. Robert había hablado con todos los de la lista que Helen le había dado: maestras y maestros de la Graham School de Scarborough que pasaban las vacaciones en casa y por eso estaban accesibles. Por desgracia, no eran muchos.

Robert encontró desconcierto y espanto entre los colegas de Sophia, sin excepción. Una joven profesora no había dejado de llorar durante la conversación.

—Discúlpeme, por favor —había dicho entre sollozos—, pero

no hago más que pensar en Sophia desde que me he enterado de la noticia. Es tan terrible... Sabe usted, era tan vital... Lo que más le gustaba era practicar deporte y moverse. Imaginar que quizá ha de pasar el resto de su vida en una silla de ruedas...

Y quién podía imaginárselo, pensó Robert. Hasta que se convierte en la dura realidad de una persona, nadie es capaz de figurarse un destino así. Esperó a que la joven se hubiese serenado y luego le hizo la pregunta que también había planteado a todos los demás:

—¿Tenía enemigos Sophia Lewis? ¿Tal vez entre los alumnos? Daba clase de matemáticas y física. No son asignaturas que gusten a todo el mundo. Exigen mucho. Seguro que hay alumnos que atribuyen su fracaso personal a la profesora.

Todos reflexionaban detenidamente la respuesta.

—Claro que los hay —dijo un colega que enseñaba las mismas disciplinas que Sophia—, pero no conozco a nadie capaz de atentar contra la vida de su profesor por esa causa.

Esa era la clave. El disparo con la pistola. La mayoría de los interrogados admitía que, en el caso del alambre, podía haber alumnos que encontraran esa acción divertida e incluso opinaran que una profesora que les había impedido pasar de curso merecía hacerse daño.

—Llevaba solo un año con nosotros. Aunque, por supuesto, hay alumnos que tienen grandes dificultades con sus asignaturas. Pero...

Nadie se explicaba que hubiesen disparado contra ella. Tender un alambre en el camino era una cosa; emplear un arma de fuego era otra.

Y más cuando dos días antes ya la habían utilizado en el tren de Londres a York. Según las declaraciones de la sargento Linville y de Xenia Paget, así como de varios viajeros a los que se había interrogado, el autor era un hombre que, aunque era joven, no podía en absoluto tratarse de un estudiante. Sí podía ser, por descontado, un antiguo alumno. Pero ¿por qué iba a disparar entonces contra un ama de casa de Leeds que había inmigrado desde Rusia?

Robert también planteaba a todos esta cuestión:

—¿Le dice algo el nombre de Xenia Paget? ¿O mencionó en alguna ocasión Sophia Lewis que conocía a una persona con este nombre?

Todos se concentraban, pero al cabo de un rato negaban con la cabeza.

—No lo he oído jamás. ¿Quién se supone que es?

La pregunta de si había algún hombre en la vida de Sophia tampoco tenía una respuesta que le permitiera avanzar.

—Por el momento no hay ninguno —dijo la joven colega que pugnaba constantemente con las lágrimas—. Eso lo sabía. Estaba sola.

Robert había visto fotos de Sophia. Una mujer guapa.

—Pero algún hombre habrá habido en su vida, ¿no?

—Desde que llegó aquí está sola. Y no hace mucho de eso. Es probable que antes hubiera alguno que otro. A veces hablaba de «amigos», pero nunca quedaba del todo claro si se trataba de relaciones sentimentales o simplemente de conocidos. Creo que ella es muy independiente.

Era desesperante. Una mujer a quien todos conocían y querían, con muchos contactos, pero cuya vida resultaba inescrutable. A partir de los papeles que los agentes habían encontrado en la casa de Sophia, sabían que, antes de establecerse en Scarborough, había dado clases en la Chorlton High School. Manchester era un lugar problemático. Había bandas criminales que dominaban barrios enteros de la ciudad y, asimismo, hacían de las suyas en las escuelas. También iban a tener que sondear por allí. Y comprobar si había algún vínculo con Xenia Paget en esa ciudad.

Al mediodía, Robert se presentó en la clínica en la que Sophia Lewis estaba ingresada, aún en la unidad de cuidados intensivos, y solicitó hablar brevemente con el médico que la trataba. El doctor Dane no parecía haber dormido esa noche y se lo veía agobiado y estresado, pero condujo a Robert a su consulta, una habitación minúscula, y lo invitó a sentarse al otro lado del escritorio. Él se quedó de pie, apoyado en la ventana.

—Diez minutos como mucho, comisario —dijo—. Lo siento, pero aquí el tiempo nunca es suficiente.

Robert asintió.

—Sé que es una molestia. Pero tenemos que aclarar un delito espantoso...

El doctor Dane asintió.

—Por supuesto. Es increíble lo que le han hecho a esa mujer. Su vida nunca volverá a ser la misma. Ni siquiera se aproximará a lo que fue.

—El problema es que por el momento no estamos avanzando —expuso Robert—. Hemos investigado la vida de Sophia Lewis, sin embargo no encontramos ningún punto que tomar como referencia. Mientras tanto el tiempo corre. Los primeros días de un crimen son los más importantes y los estamos malgastando porque no podemos hablar con la única persona que podría ayudarnos. Es decir, con Sophia Lewis.

—Entiendo —dijo Dane—. Pero Sophia Lewis no puede prestar declaración. Sufrió un ictus a causa de la caída y con ello una afasia.

—Sí, mi compañera ya me ha informado, pero ¿cómo es que una caída provoca un ictus?

—No es nada inusual. Debido al fuerte impacto se ha producido una disección de la arteria carótida. Esto significa que se ha seccionado la capa interior de la pared del vaso. Por esta causa la sangre se introduce entre las paredes de la arteria y puede llegar a formarse un coágulo. Esto es lo que le ha ocurrido a Sophia Lewis y lo que ha conducido a una embolia cerebral. Todo lo cual le ha afectado al habla.

—Es horrible.

—Estoy convencido de que volverá a hablar. La fractura de la séptima vértebra cervical es mucho más problemática.

—¿Quedará parapléjica? ¿Está usted seguro de que no hay esperanza ninguna?

—Todo apunta a eso. No podrá mover ni los brazos ni las piernas, por desgracia debemos darlo por sentado.

—Madre mía… —musitó Robert. Sintió la urgente necesidad de aflojarse el nudo de la corbata. No quería parecer un blandengue delante de ese médico que cada día tenía que enfrentarse a esas cosas tan desagradables de las que hablaba—. Pero ¿cuánto habrá que esperar? ¿No tengo ni la más mínima posibilidad de comunicarme con ella en estos momentos?

—Lo lamento mucho, pero no. No puede ni hablar ni escribir ni emitir ningún otro tipo de señales. Sus parámetros vitales son malos. Tal como está ahora, no puedo hacerme responsable de un interrogatorio.

Robert lo comprendía. Se levantó.

—Muchas gracias, doctor. Siento haberlo importunado. Pero me gustaría tanto pillar al que le ha causado esto…

—Lo entiendo perfectamente —respondió el doctor Dane—. A mí también me alegraría que lo consiguiera. Sea quien sea el que lo ha hecho, no podría haber destruido de forma más radical la vida de una persona.

«Quizá sí, si hubiese apuntado mejor —pensó Robert mientras abandonaba el hospital—, lo que habría sido muy fácil estando ella tan indefensa ahí tendida. Ahora estaría muerta. ¿Por qué se desvió el tiro?». Se detuvo en el aparcamiento, en medio de un calor sofocante, pensando.

«¿Porque el tirador sabía que para ella sería peor pasar el resto de su vida en una silla de ruedas que morir en el acto?

»Entonces ¿por qué le disparó él o ella?

»¿O quizá es que le costaba disparar a alguien en la cabeza directamente?

»Si se trata del criminal del tren, es un hombre. Y en el tren no tuvo ningún reparo.

»De todos modos, es distinto disparar a unos pasos de distancia que ponerle a alguien un arma en la sien y luego apretar el gatillo».

Robert no pudo evitar pensar en la mujer y las niñas fallecidas en el apartamento de la bahía norte. Desde luego, Jayden White no había tenido ningún escrúpulo a la hora de dispararles en la sien. Aunque hacía calor, se estremeció.

De repente, echó en falta al jefe. Así seguía llamándolo para sus adentros. El comisario jefe Caleb Hale. El jefe. Aunque ahora él era quien dirigía esta investigación. Pero no se sentía como un jefe. Por alguna razón, había creído que el solo hecho de estar en primera línea y llevar la voz cantante le dotaría de la serena autoridad que se precisaba en esa posición. Pero no funcionaba así. Más bien, se sentía inseguro y desorientado, y habría deseado tener a Caleb junto a él y que lo aconsejara como antes. De hecho, habían formado un equipo muy bueno y compenetrado. Se limpió el sudor de la frente. Incluso ansiaba la presencia de esa Kate Linville, que iba a empezar el primero de agosto, aunque apenas la conocía y se le antojaba un personaje tan gris que ni siquiera recordaba su rostro. Él no la había contratado, pero el jefe la había puesto por las nubes. De acuerdo, había resuelto dos casos en Scarborough, aunque sin estar autorizada y con unos métodos bastante peculiares. Daba igual, iba a ser miembro de su equipo y, en cualquier caso, a sus ojos más valía una dudosa compañera de armas que ninguna. Helen Bennett no contaba del todo; en el tiempo que llevaba, se había dedicado tanto a la psicología que se había distanciado un poco de los procesos habituales de investigación.

Respiró hondo. No había otro remedio, tenía que apañárselas él solo. Sacó el móvil. Iba a llamar al agente Jenkins en York. Sabía que hoy iba a visitar de nuevo a Xenia Paget. Tenía que comprobar si había un vínculo con Manchester.

3

—¿Puedo ayudarle en algo? —preguntó amablemente la agente Mia Cavendish. Casi se había alegrado de que alguien apareciese en la comisaría de Camborne. Ese día no ocurría nada en absoluto. El primer ministro anunciaba en Londres su dimisión, pero por muchas repercusiones que pudiera tener este hecho, a Mia Cavendish no le afectaba en nada. Cornwall sufría los efectos de una ola de calor, al igual que gran parte del territorio, y rebosaba de todo tipo de turistas, pero lo único que imperaba era la inactividad… Quizá lo que pasaba era que hacía demasiado calor.

La mujer, de unos cincuenta años, se acercó vacilante.

—Sí… a lo mejor.

—¿Qué es lo que la trae por aquí?

—Tal vez sea una ridiculez, pero mi compañera ha desaparecido. Desde el domingo.

—¿Desde el domingo? ¿Qué quiere decir exactamente con que ha desaparecido?

—El domingo se marchó de casa. Vivimos en Redruth.

Redruth era una pequeña ciudad vecina. La agente Cavendish asintió.

—¿Adónde iba?

—A Barnstaple. Se había matriculado en un taller de tres días. Constelaciones familiares, autoanálisis... esas cosas.

Por el modo en que pronunció «esas cosas», Cavendish concluyó que la pareja tenía distintas opiniones respecto a la importancia de los grupos de autoanálisis.

Cogió un bolígrafo.

—Dígame su nombre, por favor.

—Munroe. Constance Munroe.

—¿Vive en Redruth?

Constance Munroe le dio la dirección exacta.

—¿Y su pareja?

—Alice Coleman. Cincuenta y siete años. La misma dirección.

La agente Cavendish lo anotó todo minuciosamente.

—¿Y la señora Coleman se marchó el domingo en dirección a Barnstaple?

—Sí. Después de una fuerte discusión.

—Comprendo. ¿No tiene usted buena opinión de esos seminarios?

Constance Munroe se mordió el labio.

—Para ser sincera... no. Sobre todo porque Alice se pasa la vida participando en ellos. Está poco en casa porque siempre está pendiente de esos talleres. Si tengo suerte, lo dan más o menos cerca de casa, como en esta ocasión en Barnstaple. Pero se ha llegado a marchar a Escocia, y entonces, además del taller, tiene que hacer también un viaje largo... En realidad, es casi como si no viviéramos juntas.

—¿Cuál es la profesión de la señora Coleman? Por lo visto, cuenta con flexibilidad horaria.

—Trabajaba en un laboratorio médico. Pero hace dos años optó por la jubilación anticipada porque sus condiciones físicas no le permitían seguir ejerciendo su profesión. Le tiemblan las manos...

—¿Parkinson? —preguntó Mia con interés.

—No. En su caso es más bien psicosomático. Sabe, Alice ha sufrido depresiones toda su vida, pero con los años está empeorando. Por eso se medica regularmente, aunque lo cierto es que no mejora.

—De ahí que acuda a todos esos seminarios de autoanálisis —concluyó Mia. Esperaba que Alice Coleman tan solo hubiese desaparecido tras la pelea y que no hubiese atentado contra su propia vida. En una persona depresiva no era algo que se pudiera descartar—. ¿Y cuál es su profesión, señora Munroe? —preguntó.

—Soy profesora en una escuela para sordos de Truro. No gano mucho, la verdad, pero a estas alturas soy yo quien nos mantiene a las dos. La minúscula pensión de Alice se pierde en sus seminarios y viajes. Yo personalmente no puedo permitirme nada porque pago el alquiler y toda nuestra manutención. —Constance Munroe parecía hallarse al borde de las lágrimas—. Pero lo peor es que ella siempre está fuera y yo siempre estoy sola. Y esta vez...

—¿Sí?

—Bueno, nos peleamos y se marchó a Barnstaple. Y se llevó mi coche.

—Un acto de generosidad por su parte, dadas las circunstancias.

—Bueno, Alice sufre claustrofobia en los medios de transporte públicos y yo no quiero ser quisquillosa; aunque esto me obliga a ir al trabajo en autobús. En cualquier caso, no he vuelto a saber nada de ella. Normalmente me llama en cuanto llega a su destino. Pensaba que se debía a la pelea. El lunes le mandé un wasap preguntándole si todo había ido bien, pero ni lo ha leído. Entonces me enfadé y ya no volví a escribirle. Pero hoy tendría que haber vuelto. Quería marcharse después del desayuno. Desde Barnstaple hay dos horas de viaje, como mucho tres si el tráfico está muy mal. Por eso estaba segura de que ya habría llegado cuando yo regresara a la una de la escuela. Pero no está. Y el coche tampoco.

—Comprendo que esté preocupada, pero no hay razón para registrar una desaparición —señaló Mia—. Quizá la señora Coleman se ha entretenido charlando con otra participante del taller. Quizá ha hecho una excursión por la costa. Para ser sincera, si tuviera tiempo, ¡yo misma la haría con este calor!

Constance negó con la cabeza.

—No. He hablado antes con la directora del seminario. He encontrado el número del móvil en el escritorio de Alice, entre sus papeles. Y entonces me he enterado de que Alice no ha aparecido por Barnstaple. No se ha presentado, no ha participado en el taller.

—¿Sin cancelar?

Constance asintió.

—Sin cancelar. La directora ha intentado varias veces contactar con ella por el móvil, pero siempre le ha saltado el contestador. No tenía nuestro número del teléfono fijo.

—Mmm. —Eso lo complicaba todo. Alice Coleman parecía haber estado muy interesada en el taller, tanto que había tenido una auténtica bronca con su pareja. Y luego, ¿de repente se lo saltaba? ¿Se iba a otro sitio sin decir nada a nadie y desaparecía? Por otra parte, eso es exactamente lo que harían algunas personas tras una fuerte pelea—. Señora Munroe —empezó a decir, pero Constance la interrumpió.

—Tengo mucho miedo de que haya sufrido un accidente. El domingo mismo. Pero lo sabría, ¿no? Llevaba todo tipo de documentación, también nuestra dirección. El móvil con muchos números registrados, entre ellos el mío, sobre todo. Me habrían informado, ¿no?

—Seguro. —Mia estaba convencida de ello—. A pesar de todo, voy a apuntar la matrícula. Voy a comprobar si ha habido algún siniestro. Aunque lo considero bastante improbable.

Constance le dictó la matrícula. Aún se la veía muy preocupada e inquieta.

—¿Y si le ha ocurrido algo malo en un lugar solitario? ¿En el coche? ¿Y nadie la ha encontrado?

Mia negó con la cabeza.

—Si estuviésemos en los confines de la naturaleza virgen canadiense… Pero en Cornwall y Devon ya casi no quedan lugares tan aislados. Por desgracia. Y menos aún durante la época de vacaciones.

—Sí, pero entonces ¿solo queda pensar en un crimen?

Mia sonrió para tranquilizarla.

—Yo ni pensaría en eso, de verdad. Se pelearon y su pareja estaba enfadada. A lo mejor no quiso ir al taller que había causado el desencuentro. Se habrá retirado a algún lugar y estará reflexionando. Esta es la explicación que considero más plausible. Por supuesto, no es una forma demasiado honesta de comportarse con usted, pero quizá para ella no está tan claro.

Constance dio un profundo suspiro.

—No, agente —dijo—, para mí no es la explicación más probable. Alice tiene grandes dificultades y problemas psicológicos para desenvolverse en la vida, y sí, sus depresiones a veces la llevan a actuar de modo desconsiderado con otras personas, porque entonces solo se ve a sí misma. Pero no permitiría que durante días yo estuviera tan preocupada, por muy enfadada que esté conmigo. Tampoco me retendría el coche más tiempo de lo acordado porque sabe que lo necesito para casi todo, también para ir a comprar y hacer recados. La verdad es que no creo que ella llegara hasta ese extremo.

—Investigaré la cuestión del accidente —prometió.

Constance rebuscó en su bolso de mano y le tendió una foto a Mia por encima de la mesa.

—Esta es Alice.

Mia observó la imagen. Una foto junto al mar. El sol relucía y el agua centelleaba. Alice, con su media melena al viento, sonreía. Parecía una sonrisa forzada, nada auténtica.

—Me quedo con la foto por ahora —anunció Mia. No podía iniciar una búsqueda a gran escala. Por el momento no había ninguna razón para pensar en un crimen.

Constance la miraba con los ojos abiertos de par en par, aterrada.

—Ha pasado algo. Estoy segura. No hay otra explicación. Alice no puede comunicarse conmigo y eso significa que le ha pasado algo malo. Estoy segura al cien por cien, agente. ¡Y estoy muerta de miedo!

Viernes, 26 de julio

Su casa no ofrecía un aspecto acogedor en absoluto, pero al menos Kate había hecho la cama y colgado las toallas en el baño, así que podría dormir y ducharse al día siguiente. La mayor parte de sus pertenencias seguía en las cajas que se apilaban por toda la vivienda. En la sala de estar había dos pequeños sofás, uno frente al otro, y entre ellos una mesa, y también el televisor, que estaba conectado pero no funcionaba. Kate se rindió, harta de probar con el mando a distancia durante un buen rato.

La puerta de la cocina que daba a la terraza y al jardín estaba abierta. El calor, todavía intenso por la tarde, entraba en la casa y ahuyentaba el olor algo mohoso de las habitaciones, después de haber permanecido cerradas durante meses. Kate, que notaba en todos sus huesos el estrés del día de la mudanza, empezaba a relajarse poco a poco. Quizá le ayudaba a ello el champán que tomó con la vecina por encima del seto del jardín, en un brindis de bienvenida. La vecina era una mujer solitaria, a veces algo pesada, de cuya curiosidad Kate siempre obtenía provecho. Fue ella quien descubrió que los antiguos inquilinos se habían ido y dejado la vivienda vacía. Y también fue ella quien encontró, cinco años atrás, al padre de Kate. Lo asesinaron en su propia casa por la noche.

—Un par de días más y esto tendrá un aspecto la mar de confortable —afirmó Kate en voz alta.

Era una forma de consolarse. Pues lo realmente triste de esa mudanza y de ese nuevo comienzo era que ella seguiría estando sola. Seguiría habiendo un solo vaso con un cepillo de dientes en el baño y continuaría lavando solo su propia ropa. Le habría encantado pelearse por quién sacaba la basura si hubiese tenido a alguien con quien pelearse. Tenía cuarenta y cuatro años y nunca había mantenido una relación sentimental larga. Sospechaba que el tren se le había escapado definitivamente.

Echó un vistazo al jardín. Messy estaba sentado en medio del césped bajo el sol de la tarde y parecía sumamente feliz. Ya era algo. Kate empezó a vaciar la primera caja de la cocina. La cafetera automática ya estaba sobre la encimera, pero necesitaba una taza para la mañana siguiente, una cuchara y el azucarero.

Sonó el timbre de la entrada.

«La vecina otra vez», pensó algo enervada. Era una mujer amable y atenta, pero Kate ya sospechaba que tendría que ser estricta y marcar los límites si no quería que la acaparase continuamente.

Abrió la puerta de la casa. Delante de ella estaba Caleb Hale. Sosteniendo dos cajas de pizza.

—He pensado que después de este día tendrías algo de hambre —anunció.

Ella sonrió y abrió del todo la puerta.

—Llegas en el momento oportuno.

Se sentaron en la terraza, se comieron la pizza directamente en la caja y colocaron entre ellos una botella de vino tinto que Kate trajo de Londres. Antes nunca le había ofrecido alcohol a Caleb porque conocía su problema, pero, sin que ninguno dijera nada, el acuerdo fue tácito: llegados a este punto, no era necesario hacer más teatro.

—El jueves de la semana que viene comienzas con nosotros, ¿verdad? —preguntó Caleb después de que ambos permanecieran un rato en silencio, comiendo. Kate tenía más hambre de lo que pensaba.

Ella negó con la cabeza.

—En principio tendría que haber sido así, pero he decidido empezar el lunes. De todos modos, ya estoy metida en el nuevo caso y sospecho que el comisario Stewart necesitará todo el apoyo posible.

Caleb asintió.

—Es cierto. Te besará los pies. La sargento Helen Bennett me mantiene lealmente al corriente (por favor, que esto quede entre nosotros) y me ha dicho que Stewart no controla del todo. Hay escasez de personal.

—Caleb, me habría gustado… —empezó a decir Kate, pero él la interrumpió con un gesto.

—Lo sé. Soy un capullo. Yo también me lo había imaginado de otro modo. De un modo totalmente distinto.

—¿Quién le habló de ti al superintendente?

—Stewart. Por lo visto ya no podía aguantar más la situación.

—Es comprensible.

—Sí. Pero yo habría encontrado más honesto que antes hablase conmigo.

Ella calló. Entendía su resentimiento. La sensación de haber sido traicionado por una persona en quien confiaba.

De repente Caleb afirmó con vehemencia:

—No cometí ningún error manifiesto, Kate. En el asunto con el hombre que mató a su familia. He estado analizando una y otra vez la situación, cada momento, y en estado sobrio. No habría podido actuar de otro modo.

Kate asintió.

—Por todo lo que he leído, yo tampoco veo ninguna equivocación.

Él la miró apesadumbrado y añadió en voz baja:

—Sabes, no balbuceé, no me tambaleé ni tampoco veía doble. Sufría los efectos del calor y que no hubiese sombra en ningún sitio, y seguro que eso estaba relacionado con el alcohol que llevaba en el cuerpo. Pero tenía la mente clara. Aun así, me pregunto...

—¿Qué?

—Cuando hablé con él. Con Jayden White. Cuando lo tenía en el móvil. ¿Cometí el error decisivo al mencionarle su problema? El tema del dinero. Intenté animarlo, pero fue el momento en que él abandonó. Cuando mencioné el dinero.

—Yo también lo habría hecho, Caleb. También Helen Bennett lo habría mencionado y ella está cualificada para enfrentarse a una situación de este tipo. La única posibilidad de que él diera marcha atrás era quitarle el miedo y el sentimiento de que estaba en un callejón sin salida. Había que intentar que comprendiera que podía salir de la miseria sin tener que disparar a su familia y luego suicidarse. Por eso tenías que mencionarlo. No quedaba otro remedio.

—Lo sé. Pero si hubiera estado sobrio, ¿habría podido percibir vibraciones más sutiles? Un buen negociador sabe en tales situaciones cuándo mencionar el tema y cuándo evitarlo para quitar tensión. Tiene que ser sensible a los cambios casi imperceptibles del ambiente. Kate, no sé si estando sobrio habría notado que Jayden estaba cada vez más estresado. Si habría percibido entonces que iba a colgar y luego perder la cabeza. Tal vez emitió alguna señal. Tal vez yo habría podido reaccionar si me hubiese percatado de ello.

Era difícil opinar al respecto. Kate sabía que tenía razón: podía ser que no hubiera estado con la mente del todo clara para identificar la inminente catástrofe y tal vez impedirla. También era posible que no hubiese habido ninguna señal que anunciara ese trágico desenlace, fuera quien fuese el interlocutor de White. Era imposible evaluar de forma objetiva la situación *a posteriori*, cualquier reflexión al respecto era pura especulación. Para Caleb, la gravedad del asunto consistía en que, según la prueba de alcoholemia, era culpable. Con eso bastaba. Nadie tenía que esforzarse por presentar nuevas pruebas o sumergirse en complicadas reflexiones. El comisario jefe Caleb Hale había fallado.

Eso era todo.

—Caleb, yo... —dijo, pero él la interrumpió de nuevo.

—No, Kate. Sé que quieres consolarme, pero sabes tan bien como yo que eso no me ayudará. No tienes que romperte la cabeza buscando mi absolución, no la hay. Ambos somos conscientes de ello. Perdona. Solo tenía que soltarlo. Pero hablemos mejor del caso actual. Me he enterado del peligro que corriste en el tren. Me alegro mucho de que salieras ilesa.

Ella agradeció que cambiara de tema.

—Y yo más. Nunca me había imaginado dando mi último suspiro en el baño de un vagón. Pero es un caso extraño, ¿verdad? Sobre todo, por el atentado de esa maestra de Stainton Dale.

Él la miró con interés.

—¿Tú qué opinas?

—¿Estás al corriente de lo ocurrido?

Él asintió.

—Tal como te he dicho, estoy bastante bien informado gracias a Helen. Desde luego, ignoro si quieres hablar conmigo de todo esto.

Ella no pudo contener la risa.

—¿Por qué no? La situación ha dado un giro, ¿no es así? Yo informo oficialmente y tú ayudas desde el margen.

Se refería a los otros dos casos que habían resuelto en Scarborough. Entonces Caleb era quien dirigía la investigación y ella se involucró sin estar autorizada para hacerlo. También él se echó a reír.

—Pero tú pareces más complaciente que yo, hablas conmigo del tema. Yo era bastante reservado.

—No siempre. A veces también me contabas cosas. —Reflexionó—. Para ser sincera, estoy dando palos de ciego —admitió—. He hablado con la amiga de Xenia, a la que visitó antes del incidente en el tren. La amiga no tiene ni idea de cuál puede ser la causa, ni tampoco hubo nada que le llamara la atención durante la estancia de Xenia en su casa. Realmente no sabe nada. No obstante, me confirmó que Xenia es muy infeliz en su matrimonio con ese déspota iracundo. Cree que tiene miedo de algo. Aunque no pudo decirme si era un miedo comprensible a dar un paso difícil o si hay algo más.

—¿Es posible que, como procede de Rusia, tenga miedo a vivir sola en un país extraño?

—Xenia habla inglés perfectamente, incluso da clases de lengua para extranjeros. Seguro que se desenvolvería bien, sin duda mejor que con ese hombre que la tiraniza y la coarta.

—Precisamente por haber estado oprimida hasta ahora, tal vez tenga miedo a la libertad. Es un fenómeno que se repite entre la gente que vive amedrentada. La seguridad en uno mismo está por los suelos.

—Quizá sí. Pero yo creo que hay algo más. Xenia me oculta algo que podría ser importante. Aunque es cuestionable si tiene que ver con su marido.

—¿Con Sophia Lewis?

—Tanto ella como su marido declararon que no la conocen y que nunca habían oído su nombre. Jenkins señala que eran convincentes. Ayer hablé con él por teléfono. Intentó averiguar si Xenia o su marido estaban relacionados de algún modo con Manchester, pues Sophia Lewis vivió allí bastante tiempo y daba clases. Resultado negativo. Ninguno de los dos estuvo nunca en Manchester ni conoce a nadie allí.

—Al menos eso es lo que dicen.

—Por supuesto, siempre hay que ir con reservas; no sabemos si dicen la verdad.

—Si la intuición no te engaña, Xenia Paget no parece estar contándolo todo.

—Así es.

—Viste al hombre del tren. ¿Lo reconocerías?

Kate se encogió de hombros.

—No sé. Todo sucedió muy deprisa. Lo vi solo un segundo. Me temo que no lo reconocería. Pero hay un retrato robot. Xenia lo pudo describir bien porque estuvo sentado frente a ella mucho rato. La imagen se ha publicado en los periódicos de la región. Como siempre, ha habido varias llamadas, pero, en principio, no han aportado nada útil.

—¿Qué vas a hacer ahora, Kate?

—Quiero hacerme yo misma una idea de Jacob Paget y por eso iré a verlo, a él y a Xenia. Pero antes de nada voy a indagar en la vida de Sophia Lewis. Es muy difícil porque no puede prestar declaración, pero tiene que haber un punto de conexión entre su vida y la de Xenia Paget y sospecho que, si lo descubro, encontraré al autor del crimen.

—¿Alguna suposición?

Ella negó con la cabeza.

—Ninguna. Nada. Y hay algo más que no entiendo en absoluto. ¿Por qué el criminal no disparó a Sophia Lewis? Habría sido tan fácil... Le dio a un gran tocón que estaba al lado. ¿Por qué? En el tren disparó directa y repetidamente a Xenia, sin ningún reparo. ¿Por qué actuó distinto con Sophia Lewis?

—¿Porque estaba demasiado cerca? Sangre, masa encefálica... Hay que tener aguante.

—Quizá. El hecho es que... —dudó—. Estoy preocupada —dijo entonces—. Se han cometido dos atentados contra dos mujeres. En ambos casos, el autor no ha cumplido su cometido. Ambas siguen con vida. Quizá representen un peligro para el autor. Xenia Paget si decide declarar lo que está ocultando por el momento. Y Sophia Lewis cuando tenga capacidad para volver a comunicarse.

—¿Crees que lo intentará de nuevo?

—Creo que es posible que se vea obligado a volver a intentarlo. Por su propia seguridad.

—Sophia Lewis necesita protección policial en el hospital —dijo Caleb—. Está totalmente indefensa.

Kate asintió.

—Ya he hablado con Stewart. Han puesto a un agente delante de su puerta. No te imaginas lo que se queja por la falta de personal. Resulta imposible enviar a alguien para que se ocupe de Xenia todo el día, pero Jenkins ha pedido que una patrulla pase por su casa cada hora. Y le ha insistido en que sea prudente. Pero nosotros dos sabemos...

—Que un asesino decidido alcanza su objetivo —apuntó Caleb para completar la frase—. La única esperanza es que tú lo atrapes pronto, Kate.

Ella suspiró. El anochecer era cálido y dorado, era agradable estar en casa, y que Caleb estuviera allí. Esa tarde habría podido ser uno de esos escasos momentos en que ella sentía que todo en su vida estaba bien, incluso siendo consciente de que se trataba de un momento y, en ningún caso, de algo más duradero. Pero no estaba relajada, pese a la belleza de esas horas. Sentía miedo.

—Si tuviera al menos un punto de referencia —dijo.

Febrero de 2001

Aquel niño no era del todo normal. Alice y yo enseguida lo notamos. Tenía tres años, pero era muy menudo para su edad. La cabeza parecía ser demasiado pequeña, incluso para ese cuerpo tan delgadito. La expresión de sus ojos era… dicho con cautela, extraña. En cierto modo había algo turbio en su mirada.

—A lo mejor es porque tiene los ojos un poco rasgados —señaló Alice en voz baja—, un toque asiático.

—Sí, pero creo que no es la forma —susurré yo—. Tiene una mirada difusa.

Teníamos que ser prudentes, aunque nos encontráramos en medio de Rusia y la gente que estaba con nosotros, en aquel pequeño espacio con un ambiente demasiado cargado, no hablara nuestro idioma… que nosotros supiéramos. Pero la intérprete estaba allí. Hablaba muy bien el inglés y nos entendía incluso cuando nos comunicábamos deprisa.

—Pero por el modo en que viven los niños aquí… —Alice deslizó la mirada por aquel techo bajo en cuyas esquinas crecía el moho—. Está desorientado, eso es todo. Además, para él somos unos completos desconocidos.

Más tarde nos confesamos mutuamente que algo nos había causado una mala impresión, pero que habíamos decidido ignorarla y disimularla con elogios.

—El pequeño Sasha es simplemente encantador —dijo Tatiana, la intérprete—. Un niño muy guapo, en mi opinión.

Guapo sí que era. El cabello negro, los ojos oscuros, una tez ligeramente aceitunada. Podría haber sido del sur, un italiano o un español, si no hubiera tenido esos ojos rasgados. Seguramente entre sus antepasados había algún mogol. Nos encontrábamos en Slobodskoy, a unos mil trescientos kilómetros al noreste de Moscú, no muy lejos del Ural. El continente europeo se convertía allí en el asiático. En los últimos días habíamos visto por la calle a muchas personas que tenían los ojos rasgados como nuestro futuro hijo.

Si es que nos decidíamos por él.

Lo habíamos intentado todo en los últimos cinco años. Intentamos tener un hijo de forma natural. Lo intentamos *in vitro*. Con semen de donantes. Con óvulos de donantes. Con embriones de donantes. Entonces vivíamos en un pueblo cerca de Nottingham, en una antigua casa de campo que Alice había heredado de sus padres, no demasiado lejos de Cambridge y de Bourn Hall, la clínica de reproducción asistida adherida al hospital universitario de Cambridge. Bourn Hall se había convertido en algo así como nuestra segunda residencia. Conocíamos muy bien a la mayoría de enfermeras y médicos. Nos apreciaban. Compartían nuestra aflicción cuando un intento volvía a fallar.

Dos años antes, en una gélida mañana de enero en que los copos de nieve revoloteaban ante la ventana de nuestro dormitorio, Alice dijo de golpe:

—No puedo más, Oliver. Ya no puedo más.

En esa época había vuelto a inyectarse hormonas para prepararse para la próxima recepción de óvulos, por decimoprimera o decimosegunda vez. Tenía el cuerpo lleno de líquido, las piernas hinchadas y un vientre abultado que, paradójicamente, la hacía parecer ya embarazada. Las hormonas le espesaban la sangre, tenía que beber seis litros de agua al día para evitar el riesgo de padecer una trombosis. Cuando se levantaba de la cama, gemía de dolor. Yo ya hacía tiempo que me preguntaba cómo lo resistía. Volver a empezar una y otra vez. Y al final, siempre la decepción.

—De acuerdo, amor mío —contesté. Me encontraba junto a ella en la cama, estuvimos contemplando durante un largo rato los copos de nieve—. Es una buena decisión. Tu cuerpo ya ha hecho todo lo posible. Hay que poner punto final.

Se puso a llorar.

—Pero yo quiero un hijo.

Suspiré.

—Es que no está funcionando. A lo mejor uno tiene que aceptar en algún momento su destino.

—Podríamos adoptar.

Era algo que mencionaba a menudo. Yo reaccionaba con reservas. Un proceso interminable, caro —ya nos habíamos endeudado para pagar los muchos intentos de inseminación artificial— y ¿cómo saber a quién sostendríamos en brazos al final de un proceso de adopción? Hablamos de niños, lo sé, no de coches que se compran o de inmuebles. Pero, por Dios, justo por eso tenía yo miedo. ¿De dónde venía el niño, qué sufrimientos había padecido? ¿Cómo eran sus antecedentes y qué le depararían? En ese momento yo ya había cumplido cuarenta y cinco años, tenía ocho años más que Alice. Ninguno de los dos era realmente joven, yo desde luego no. No nos darían a un bebé, sino a un niño pequeño. Probablemente ni siquiera nos lo dieran en Inglaterra, sino en el extranjero. Un niño sobre el que nos facilitarían, claro está, información. Verídica o no.

Era un riesgo.

La cosa terminó así: en febrero de 2001, fuimos a parar a Slobodskoy, a ese horripilante orfanato que a mí me recordaba una novela de Charles Dickens. Ante nosotros se hallaba ese niño pequeño, todo huesos y con esa extraña cabeza, que nos miraba desde sus ojos velados. Sacaron su nombre del banco de datos de Moscú entre la montaña de setecientos mil destinos infantiles que se ponían en adopción cada año y nos lo propusieron después de que, tras unas gestiones interminables, la oficina de protección de menores nos considerase aptos y pudiésemos emprender el proceso de adopción. Como era de esperar, nos explicaron que, en comparación, había pocos niños ingleses para adoptar y que en tales casos se daba preferencia a los padres más jóvenes, así que nosotros debíamos esperar una eternidad y el desenlace era incierto.

Por eso Rusia. Slobodskoy. Sasha.

Tuvimos que firmar de inmediato la solicitud de adopción, en esa habitación y sin tener posibilidad de hablar a solas. De todos modos, nos aseguraron que podíamos revocar la solicitud. Por la noche, en la cama, en la habitación del hotel, por fin pudimos expresarnos con franqueza.

—Ese niño no está bien —afirmé—. Tiene algo que no es normal.

—Diría que tiene retraso en el desarrollo —opinó Alice—. Quizá alimentan mal a los niños. Pero eso se puede mejorar.

—No creo que los niños estén mal alimentados. La mayoría parecen totalmente normales —señalé.

—Pero es que de bebé no lo cuidaron. Y, aunque ya haya pasado tiempo, eso todavía repercute —insistió Alice.

Solo sabíamos de Sasha que era hijo de una prostituta de diecisiete años que al no tomar precauciones se quedó embarazada de un cliente. Durante un año había intentado, más mal que bien, conservarlo y cuidar de él, pero en un momento dado la oficina de protección de menores se enteró y tomó cartas en el asunto. Sasha estaba desnutrido y sufría un retraso en el desarrollo, según el informe que teníamos traducido delante de nosotros. No hacía nada de lo que suelen hacer los niños de un año, lo que indicaba que nadie se había ocupado de él. Al final se procedió a privar a la madre de la custodia por vía judicial. La muchacha se declaró conforme con dar el niño en adopción, muy aliviada, según la intérprete. Si nos concedían a Sasha, era poco probable que ella impugnara la sentencia antes de que entrara en vigor. En realidad, era un asunto bastante seguro: estábamos cerca de alcanzar nuestros deseos. Íbamos a tener un hijo.

Sabíamos también que podíamos rechazar a Sasha y que nos propondrían a otro niño. No lo interpretarían de forma negativa, todo el mundo tenía claro que era mejor pronunciarse en cuanto se percibía un problema que atormentarse durante los siguientes años en el seno de una familia totalmente disfuncional. Pero ¿quién era capaz de prever algo así con cierta seguridad? Además, era posible que tardasen en proponernos a otro niño. Y las adopciones se paralizaban con frecuencia. En este sentido, Rusia era inmisericorde cuando surgía un problema con el país de destino. Este podía consistir en que los padres no entregaran los informes de control de los primeros tres años tal como se había acordado en el contrato. Nadie les haría rendir cuentas por ello, pero sí se le podía complicar la vida a los que todavía estaban en la lista de espera. Era un método de presión. Quizá comprensible. Pero el caso es que hacía que uno aceptase lo que se le daba y admitiese que se realizara la operación deprisa, incluso si en su interior saltaban las alarmas.

Yo oía todo un coro de alarmas, y Alice también. Pero estábamos agotados, destrozados. Para llegar a ese lugar de Rusia habíamos tenido que superar con creces el límite de nuestras fuerzas. Ya no nos quedaba energía a ninguno de los dos. Queríamos acabar de una vez con esa lucha y empezar la vida, la vida como familia.

En julio de 2001 un tribunal ruso nos otorgó la custodia de Sasha. Dos semanas más tarde, la sentencia entró en vigor.

Regresamos a Inglaterra con nuestro hijo y con la esperanza de ser felices.

Lunes, 29 de julio

1

En la casa de Sophia Lewis reinaban el silencio y la calma a la luz de la soleada mañana. Nadie habría sospechado que una semana antes alguien había intentado matar a su inquilina. Quien contemplara esa casita de ladrillo con la cubierta inclinada en medio de un florido jardín habría imaginado que sus habitantes eran personas felices en cuya vida nada había de malo ni de amenazador.

«Pero algo tendrá que haber —pensó Kate mientras avanzaba hacia la casa bajo las tupidas ramas de los manzanos—. Lo que le ha sucedido a Sophia no le ocurre a alguien cuya vida carece de zonas oscuras. Algo en su biografía la ha llevado a este terrible destino que tanto va a cambiar su existencia a partir de ahora».

El comisario Stewart le había tendido la llave, aliviado al ver que ella ocupaba el escritorio del despacho del departamento de investigación criminal tres días antes de lo planeado.

—Gracias, sargento —le dijo—. Valoro muchísimo lo que ha hecho. En este momento necesitamos a todo el mundo.

—Está bien —contestó Kate. No le contó nada sobre su problema: vivir sola, el perpetuo sentimiento de soledad, el no poder compartir ni ser parte de nada. En todos esos años, su profesión se había convertido en la posibilidad más segura de mitigar esa sensación. Ya iría abriendo poco a poco las cajas de la mudanza. No tenía prisa.

Robert no entendió bien por qué Kate quería echar otra vez un vistazo al interior de la casa de Sophia Lewis («Nuestros agentes ya han rebuscado por todas partes»), y ella tenía la sensación de que en condiciones normales le habría asignado otra tarea y habría calificado de absurdo su propósito. Pero apareció antes de tiempo por propia voluntad, hacía más de lo que tenía que hacer y él la necesitaba. Accedió, aunque claramente a regañadientes.

La misma Kate tampoco esperaba hacer grandes descubrimientos. Quería conocer mejor a Sophia. Pero se guardó su propósito porque sospechaba que, si Robert se enteraba, volvería a mostrar su desaprobación.

Abrió la puerta de la casa y entró en un vestíbulo con baldosas, y un armario ropero a la derecha. Debajo se alineaba un buen número de zapatos, sobre todo zapatillas de deporte. A continuación, se hallaba una gran sala de estar con una cocina abierta. Un espacio acogedor, comprobó enseguida Kate. Sofás claros cubiertos de cojines de colores, una alfombra de un tono natural y una mesa antigua de madera con varias sillas también provistas de coloridos cojines. La cocina era moderna y estaba limpia, disponía de muchos electrodomésticos que indicaban que a Sophia le gustaba cocinar y que seguramente lo hacía bien. Sobre el mostrador que separaba la cocina de la sala de estar había una cafetera de última generación que tenía que haber costado una fortuna. Kate sintió de repente el intenso deseo de tomar una taza de café negro y aromático, pero se contuvo. Ni pensar en servirse uno ahí.

Había dos habitaciones más: el dormitorio de Sophia y un baño. El baño estaba cubierto de azulejos color melocotón y disponía de un espartano surtido de productos cosméticos. En el borde de la bañera descansaban un bote de champú y un gel de ducha. Sobre la repisa, bajo el espejo, había un lápiz de ojos sin punta y una máscara de pestañas colocados en una taza verde, con la imagen de un grupo pop que a Kate no le dijo nada. El asa de la taza estaba rota. Justo al lado, una crema para el rostro. Eso era todo. En un armario de madera, bajo la ventana y junto a la lavadora, Kate encontró una pila de toallas de manos y de ducha. Ningún utensilio más de cuidado personal. Estaba claro, Sophia era una deportista, una mujer para la que lo más importante era su condición física. Desde luego, el maquillaje no formaba parte de sus aficiones. Y tampoco los perfumes, los productos antiarrugas u otros productos de belleza. Apostaba por el movimiento y el aire libre.

Esa impresión se confirmó en el dormitorio. Una cama, un armario, un escritorio. En el armario, ropa de deporte, sobre todo chándales, mallas de ciclista, tops ajustados, sudaderas. Por supuesto, también vaqueros, un par de faldas, camisas y jerséis. La ropa que Sophia llevaba en la escuela. Abajo, en el armario, varios pares de sandalias y botines de distintos colores.

El escritorio. Los agentes se habían llevado el ordenador para analizarlo. Sobre la mesa, y también debajo de ella en el suelo, reposaban diversas pilas de papeles, varios cuadernos, libros. Kate echó un vistazo a los montones. No descubrió nada que pudiera ser relevante para el caso. Se trataba de libros de física y matemáticas o apuntes. Notas de preparación para una clase. Evaluaciones de exámenes. Cuadernos con los deberes corregidos, aunque de fechas pasadas. Kate observó con mayor detenimiento los cuadernos para ver si había alguna mala nota o alguna crítica aplastante que llamara la atención. Pero se trataba de ejercicios sin calificaciones. Los comentarios de Sophia al margen eran edificantes y elogiosos. De repente, Kate pensó que era una mujer amable, comprometida y cariñosa. Y que a ella le habría gustado tener una profesora de matemáticas así. Esa asignatura no había sido uno de sus fuertes.

Abrió un par de cajones, rebuscó un poco en ellos, pero no encontró nada que le aportara información. Era evidente que Sophia no era de ese tipo de personas que archivan su pasado en forma de documentos, certificados, fotos antiguas y cartas. Hacía un año que se había mudado a Stainton Dale, procedente de Manchester, y aprovechó la mudanza, como muchos hacían, para realizar una limpieza a fondo. Por el tipo de casa, daba la impresión de que su vida empezaba en ese lugar, como si no hubiese existido nada antes. Kate se preguntaba si Sophia tenía razones para cortar con su pasado de forma tan drástica. O si era tan solo una persona amante del orden y de cierto minimalismo en la vida cotidiana.

Se sobresaltó cuando, de pronto, alguien golpeó la ventana que había junto al escritorio. Un hombre miraba hacia el interior. Con los labios articuló una frase que parecía decir: «¿Quién es usted y qué hace aquí?».

Kate sacó su carnet de policía y lo sostuvo junto al vidrio. El hombre todavía se quedó más desconcertado que antes. Hizo señas de que se dirigía a la puerta de la casa y Kate asintió. Fue hacia allí y abrió.

—¿Policía? —preguntó el hombre que estaba frente a ella.

Debía de tener unos cuarenta años. Llevaba vaqueros, una camiseta negra y unas zapatillas de deporte bastante sucias. Parecía desconcertado.

—¿Ha pasado algo? ¿Dónde está Sophia?

—¿Usted es...?

—Nicolas. Nick. —Luego recordó que tenía apellido y añadió—: Gelbero.

—Sargento Kate Linville, policía de North Yorkshire. ¿Es usted un conocido de Sophia Lewis?

—Soy un buen amigo de ella. Habíamos quedado hoy. He llamado a la puerta, pero nadie ha contestado. ¿Qué ha ocurrido?

El dormitorio estaba al fondo de la casa y Kate no había oído nada.

—Pase, por favor —dijo.

Un par de minutos más tarde estaban sentados uno frente al otro a la mesa de Sophia y Kate le hizo un resumen de los hechos. Mientras lo hacía, Nick se iba poniendo cada vez más pálido, parecía horrorizado y consternado. Salvo que fuera un actor extraordinario, quedaba tachado de la lista de posibles sospechosos con toda tranquilidad. Difícilmente se podía estar más conmocionado.

—Oh, Dios mío —repetía—, ¡oh, Dios! —De repente se levantó de un salto—. ¡Tengo que ir con ella!

—Espere —lo detuvo Kate—. Todavía tengo un par de preguntas. Además, es casi seguro que aún no le permitan visitarla.

Él tenía el rostro ceniciento.

—Es todo tan horrible... Terrible. ¿Se quedará paralítica? ¿Para siempre?

—Por el momento, ese es el pronóstico de los médicos. Pero por todo lo que sé, las cosas también pueden evolucionar de otro modo en ese terreno. No hay que perder la esperanza por ahora.

Nick gimió. Tenía la frente perlada de sudor.

«Le importa mucho Sophia», pensó Kate.

—Ella preferiría estar muerta. Lo sé. Si no puede moverse más, preferiría morirse.

—Señor Gelbero, debemos encontrar a quien lo ha hecho. El problema reside en que sabemos muy poco sobre Sophia Lewis. Todo el mundo la quiere y la aprecia, pero nadie sabe nada de su vida antes de que llegara a Stainton Dale.

—Yo la conozco de Manchester —dijo Nick—. Daba clases en Chorlton High School. Allí también era muy querida. Tanto por sus alumnos como por sus colegas.

—¿Era usted también compañero de trabajo?

—No. Soy productor. De documentales. En concreto, sobre temas medioambientales.

—¿Cómo conoció a Sophia?

—Estábamos en el mismo gimnasio. Me cayó muy bien y acabé averiguando a qué horas llegaba. Así que organicé mi horario para que coincidiéramos allí. Y sí —dijo sonriendo—, funcionó. Nos hicimos pareja.

¡Por fin! El corazón de Kate comenzó a palpitar más deprisa. Por fin una persona que pertenecía realmente a la vida privada de Sophia.

—¿Vivían juntos?

—Por desgracia, no. Yo quería, pero Sophia no lograba hacerse a la idea. Es muy independiente.

—Señor Gelbero, como es natural, hemos considerado la posibilidad de que un alumno tendiera el alambre para hacer una travesura que acabó, sin que esa fuera la intención, en una catástrofe. Pero el disparo que siguió no encaja con esa hipótesis. Además, dos días antes utilizaron la misma arma para atacar a una mujer en el tren que va de Londres a York. El autor era un hombre adulto.

Nick parecía desconcertado.

—¿La historia del tren? Lo leí en los periódicos. ¿Es la misma persona que ha agredido a Sophia?

—Eso no lo hemos confirmado. Solo sabemos que el arma sí era la misma, lo que indica que tal vez se trate del mismo autor. —Kate sacó su iPhone, buscó el retrato robot según la descripción de Xenia y se lo mostró a Nick—. ¿Conoce a este hombre?

—¿Es el del tren?

Kate asintió. Nick estudió la imagen con una concentración tal que resultaba casi conmovedora.

—No. Por desgracia. Ese rostro no me dice nada en absoluto. No lo he visto nunca.

Kate disimuló su decepción.

—¿Le dice algo el nombre de Xenia Paget?

—¿Xenia Paget?

—Antes Xenia Sidorova. Natural de Rusia.

De nuevo, Nick se esforzó al máximo en recordar, pero al final volvió a negar con la cabeza.

—Nunca he oído ese nombre.

—¿Hay alguna relación entre Sophia y Rusia? ¿Un viaje? ¿Tiene amigos o conocidos de allí? ¿A lo mejor un curso de ruso al que asistió en una ocasión? ¿Algo?

—No. Que yo sepa, no conoce a nadie de Rusia. No tiene ninguna relación con ese país. Nunca tuvo el deseo de aprender ruso o de viajar allí. Sueña con Australia. Con recorrer durante todo un año el país. —Tragó saliva—. «Soñaba», habría que decir ahora. Ya nunca podrá hacer algo así.

—La ha descrito como una persona querida. A pesar de todo, tiene que haber alguien que la odia mucho. ¿Se le ocurre quién podría ser esa persona? ¿Algo que sucediera en el pasado? A lo mejor mencionó alguna vez un hecho al que usted no prestó atención. Alguna cosa por la que, por la razón que fuese, podría haberse ganado un enemigo.

Era evidente que a Nick le disgustaba tener que defraudar a Kate una y otra vez.

—No. Bueno, alguna vez pasaba algo en la escuela. Alumnos a quienes había suspendido y que se habían quejado mucho. Sé que en una ocasión los padres de un estudiante llegaron a la escuela con un abogado porque opinaban que Sophia le había puesto una nota injusta a su hijo. El asunto la afectó bastante, pero, desde luego, no hasta el punto de creer que los padres fueran a atentar contra su vida. Solo le resultó muy desagradable.

—¿Recuerda cómo se llamaban? ¿Y cuándo sucedió?

—El primer año que salíamos juntos. En 2016. Pero no me acuerdo de los nombres.

—No pasa nada. Lo averiguaré a través de la escuela. ¿Se le ocurre alguna otra cosa?

—No. De todos modos, ella no cuenta mucho de su pasado.

—Su padre todavía está vivo —señaló Kate—. No tiene hermanos. Por lo demás, aquí en el pueblo y entre sus compañeros de trabajo todos parecen quererla, y a pesar de todo no tiene amistades íntimas.

—Es cierto —corroboró Nick—. Yo también lo he visto siempre así. En Manchester. Conocía a mucha gente, compañeros, gente del club deportivo, vecinos. Era un poco amiga de todos, pero a la vez de nadie. No intimaba de verdad. Era cariñosa y afable, muy servicial. Una auténtica buena compañera para todo el mundo. Pero no creo que permitiera entrar a la gente en su vida íntima. Ni que explicase mucho de sí misma. Fui su pareja durante dos años, pero no sé nada de su pasado.

—¿Cuál fue la causa de que se separasen?

—Solicitó una plaza en la Graham School, aquí en Scarborough. Sin decirme nada. Un día quedamos para cenar y me comunicó, lacónica, que la habían aceptado y que estaba buscando casa en Scarborough o en los alrededores. Me quedé de piedra. —Nick se detuvo, incluso al evocarlo parecía no salir de su perplejidad—. Me acuerdo perfectamente del restaurante italiano donde estábamos, de la mesa… En realidad, yo quería hablar con ella sobre a dónde iríamos juntos de viaje en verano. Y entonces ella me soltó esta noticia.

—Es una forma muy peculiar de comportarse —opinó Kate.

—Sí, a mí también me lo pareció. A ver, no vivíamos juntos,

pero estábamos juntos. Pasábamos los fines de semana juntos y hablábamos de nuestras cosas. O al menos yo le hablaba de las mías. Lo dicho, ella no contaba casi nada.

—Tal vez sea cosa de su carácter, nada más. Aunque quizá haya algún problema mayor en su vida.

—En cualquier caso, encontró esta casa, firmó el contrato de alquiler y dejó Manchester.

—¿Qué explicación le dio? Algún motivo tendría para querer cambiar de escuela.

—Opinaba que era bueno ir cambiando. Plantearse nuevos retos. Conocer a gente nueva. Y otras razones contra las que era difícil poner objeciones. Me sentí muy herido. Básicamente, su conducta dejaba al descubierto que no estaba tan interesada como yo en nuestra relación.

—¿Pero mantuvieron la amistad?

—Sí, pero también en eso soy yo la fuerza motriz. He mantenido el contacto sobre todo a través de WhatsApp. Y como esta semana tenía que venir por trabajo, le propuse que nos viéramos. Aceptó. Al fin y al cabo, ella estaba de vacaciones.

—¿Y se iban a encontrar aquí?

—Venía a recogerla para ir a comer. Estos últimos días me sorprendió que no contestara para confirmar la cita, pero entonces pensé que la estaba agobiando porque ya estaba todo decidido. Así que hoy tampoco la he telefoneado y me he limitado a pasar por aquí.

—El móvil de Sophia Lewis se hizo añicos con la caída —dijo Kate—. Estamos recuperando los datos y analizando también su ordenador.

—No entiendo todo esto —dijo Nick—. Francamente, no entiendo nada de nada.

Kate reflexionó.

—Cuando se marchó de Manchester, ¿hubo algo que le provocara una mala sensación? Quiero decir, más allá del hecho de que se sintiese usted, como es comprensible, dolido y trastornado. Pero ¿hubo algún extraño presentimiento, alguna sensación... acerca de otras posibles causas?

Asintió.

—Enseguida pensé que había otro hombre. Que había conocido a alguien y quería estar con él. Pero, en cierto modo, que no me hubiese dicho nada no habría encajado con su forma de ser. Por muy reservada que fuera en cuanto a su vida íntima, era muy sincera en lo que respecta a su día a día. No era el tipo de mujer que se reúne durante meses en secreto con otro hombre y que luego se esfuma poniendo un vago pretexto. Ella me lo habría dicho.

—¿Se le ocurrió alguna otra cosa? Seguro que ha pensado mucho acerca de esto.

—Me quedé despierto varias noches dándole vueltas a la cabeza. Pensando, sobre todo, en si habría hecho algo mal. Aunque ella siempre me respondía que su decisión no tenía nada que ver conmigo.

Kate esperó. Sentía que Nick intentaba contestar con la mayor sinceridad posible.

—A lo mejor suena un poco extraño —dijo al final—, después de todo lo que ha pasado. Pero, de hecho, en algún momento me dio la impresión de que tenía miedo. De algo o de alguien. Aunque ella no mencionara nada en este sentido.

—¿Qué le hizo percibir eso?

—Me parecía más asustadiza de lo normal. Como nerviosa. Inquieta. No puedo concretarlo con ejemplos, era lo que irradiaba. Parecía cambiada. No todo el día, sino de vez en cuando. Sí, solo puedo describirlo con esta palabra: nerviosa. Parecía estar nerviosa.

—¿A causa del inminente cambio profesional? —Kate lo habría entendido. Se acordó de los muchos instantes de nerviosismo que le había deparado la marcha de Scotland Yard y la decisión de empezar de cero en Scarborough.

Nick negó con la cabeza.

—No puedo expresarlo con exactitud. No me parecía que fuese por el cambio de escuela. Pero no sé el motivo. Era una sensación. Difícil de describir. Simplemente, ya no era la Sophia que yo conocía. Como si una sombra se proyectara sobre ella. Sí, esto lo describe un poco. Una sombra se proyectaba sobre su vida. Pero no tengo ni idea de qué era.

2

—Una sombra —gruñó el comisario Robert Stewart—. Esta no es una información que nos haga avanzar. Sombras. ¿Puede haber algo más impreciso?

Estaban sentados en el despacho del jefe. Kate, la sargento Helen Bennett y Robert. Kate les había contado su encuentro con Nick Gelbero. Robert, a falta del más diminuto punto de partida, se había abalanzado sobre Nick.

—¿No habrá algo aquí? Él la amaba y ella lo abandonó. De forma abrupta, bastante ofensiva. Y ahora quiere vengarse.

Kate hizo negó con un gesto.

—¿Por qué un año más tarde? Además, se quedó helado al enterarse de que habían querido matarla. Una persona no puede actuar tan bien.

—Hace películas.

—Documentales. Es productor, no actor.

—Yo lo pondría en la lista de sospechosos —dijo Robert.

—¿En qué lista? —se le escapó a Helen. Enseguida añadió—: Perdón. Pero ¿tenemos una lista de sospechosos?

De hecho, era una buena pregunta.

—Jacob Paget no me gusta —dijo Robert—. Y ese Nick Gelbero tampoco. La mayoría de los crímenes se cometen en el seno familiar y de la pareja.

—Es cierto —dijo Kate—. Ahora tenemos a dos mujeres que están o han estado con esos hombres. Las dos mujeres, así como los dos hombres, no tienen nada que ver entre sí. Si se pregunta a estas dos parejas, ninguna ha oído en su vida los nombres de las personas que forman la otra pareja.

—Cierto en lo que respecta a Xenia Paget, su marido y ese Gelbero —dijo Robert—. Sophia Lewis todavía no puede comunicarse. Intuyo que ella es la clave.

—Por desgracia, de momento tenemos que tomar otros caminos —señaló Kate.

—¿Cuáles van a ser los siguientes pasos? —preguntó Robert. Se diría que no estaba ansioso por pasar a la acción, pero, por otra parte, contaba con tan pocos indicios que cualquier iniciativa carecería de sentido.

«Aún tiene que adaptarse al papel de jefe —pensó Kate—. Por ahora no se le nota demasiado liderazgo».

Casi le dio un poco de pena. Que un caso como ese fuera el primero que le hubiera tocado... Pero su compasión tenía límites. El modo en que se había comportado con Caleb para quitarle su puesto no había sido muy honesto. Que se las apañara ahora para salir adelante.

—Yo voy a ir a Manchester —respondió Kate—. Hablaré con el director de la escuela en la que Sophia daba clases. Quiero seguir la pista de esos padres furiosos por la nota injusta que le puso a su hijo. Estoy bastante convencida de que esa gente no tiene nada que ver, pero al menos me aseguraré de que podemos descartarlos.

—Bien —dijo Robert—, muy bien.

El móvil de Helen emitió un zumbido. Se excusó y salió del despacho.

Robert miró sus papeles.

—Sophia Lewis nació en Birmingham. ¿Le queda todavía familia allí? ¿Amigos?

—El padre todavía vive —contestó Kate—. Le haré una visita. Ahora lo único que puede ayudarnos es escudriñar todos los elementos de su pasado y ver qué descubrimos.

—Y del pasado de Xenia Paget.

—Eso es más difícil. Pasó gran parte de su vida en Rusia, y además en una región bastante apartada. Viajar hasta allí e iniciar unos interrogatorios nos resultaría...

—Sumamente caro —dijo Robert completando la frase—. Ese sería el último recurso. Joder, alguna manera habrá de hacer hablar a esa mujer, ¿no? Me refiero a Xenia Paget. Un individuo quiere matarla a tiros en un tren cargado de pasajeros ¿y resulta que ella no tiene ni la más remota idea de por qué?

Kate repitió lo que ya le había confiado a Caleb.

—Creo que ella sospecha algo. Pero no quiere confesarlo. Tiene miedo.

—Es raro. Está claramente en la lista de objetivos de un loco y tiene miedo de confiar en la policía. ¿Qué tendrá que perder?

—Es obvio que nos considera un peligro mayor —opinó Kate, pensativa—. Lo que podría significar que algo en su pasado podría tener consecuencias penales. O al menos eso cree ella. Voy a averiguar a través de qué agencia la conoció Jacob Paget. A lo mejor eso nos hace avanzar.

—En cualquier caso, urge que vuelvas a hablar con Xenia —dijo Robert—. Que le expliques lo importante que es que ponga las cartas sobre la mesa. Solo así podremos protegerla.

—Hablaré con ella antes de irme a Manchester.

—Encontrar una aguja en un pajar es más sencillo que descubrir el cabo en este ovillo —declaró Robert con un tono quejumbroso.

Ella lo miró. Parecía sumamente estresado y agobiado.

«Tengo que contárselo a Caleb», pensó con una ligera satisfacción, y se sintió un poco infantil.

—¿Alguna novedad en el caso White? —peguntó para cambiar de tema.

Robert se relajó al instante.

—Ahí la situación está clara. Jayden White se encuentra en prisión preventiva. Pasará mucho mucho tiempo en la cárcel. Aunque, por desgracia, eso no salvará a nadie.

—¿Tendrá que declarar Caleb?

—Sí. Él mantuvo la conversación decisiva.

—¿Crees que le surgirán más complicaciones? —Tenía que saberlo—. ¿Por esa conversación, precisamente?

—Es posible que se realice una investigación —murmuró Robert, evasivo.

Se miraron. De repente parecía como si Caleb estuviera entre ellos, una tensión hostil apareció durante unos segundos. Luego pasó. Ambos, Kate y Robert, eran lo suficientemente profesionales para atajar de raíz el problema.

—Entonces… —empezó a decir Robert, pero se quedó con la palabra en la boca.

La puerta se abrió y entró Helen.

—Han llamado del hospital. Sophia Lewis ha salido de la UCI. Al menos una buena noticia.

—Gracias a Dios —dijo Kate.

—¿Puede hablar? —preguntó Robert.

Helen negó con la cabeza.

—Aún no. Yo también lo he preguntado de inmediato.

—Mierda —exclamó Robert con vehemencia.

—Habrá que seguir esperando —apuntó Kate.

«Si no tuviese estas clases de idiomas me volvería loca», pensó Xenia.

Le gustaban sus alumnos. Y ella les gustaba a ellos. Venían de Siria, de Irak, de Afganistán. Dos de ellos, incluso de Somalia. Xenia amaba ese trabajo. Sabía que para sus alumnos ella era la motivación misma.

—He pasado tres cuartas partes de mi vida hablando solo ruso —solía explicar—. ¡Y miradme ahora! Si yo lo he conseguido, también lo conseguiréis vosotros.

La alegraba estar con personas con las que compartía una historia similar. Habían llegado de tierras extrañas y lejanas, huyendo de su país porque la guerra, la necesidad o una abrumadora falta de perspectivas, como en el caso de Xenia, los había obligado a dar ese paso hacia la incertidumbre total. Europa Occidental, Gran Bretaña. Se encontraban entre extraños, en una cultura extraña con costumbres y hábitos extraños y, sobre todo, con una lengua totalmente extraña. Xenia sabía lo desconcertante y confuso que podía llegar a ser, lo desarraigado y perdido que uno podía sentirse. Había experimentado en su propia carne que la capacidad de comunicarse con los autóctonos era la clave: abría puertas, creaba proximidad y comprensión. Preparaba el camino hacia un nuevo futuro.

Esa tarde, al volver a su coche, que aguardaba solitario en el amplio aparcamiento delante del centro cultural de Headingley, sintió como siempre la satisfacción que le producía estar junto a los estudiantes. Pero además notó con toda claridad lo que todas las semanas, cada lunes por la tarde, esperaba con ansia: esas tardes eran su única oportunidad de marcharse de casa. De escapar de la abrumadora grosería de Jacob, de su despotismo, de su impaciencia, de su cínica perversión. Dos horas a la semana en las que se sentía liberada de él. En las que estaba consigo misma. Era como si en esas dos horas inspirase aire profundamente para resistir los siete días siguientes, hasta volver a evadirse de ese hombre.

Eran las diez pasadas. La clase terminaba a las nueve, pero ese día era el cumpleaños de una de las mujeres, Aabidah, de Siria. Había llevado un pastel e invitado a los demás a una pequeña celebración. En aquella habitación desangelada, se habían sentado tranquilamente alrededor de una mesa para comer el pastel, tomar un refresco en un vaso de papel e incluso encender un par de velas. Para Xenia, aquello era como darse un baño caliente, hasta que recordó la bronca que la esperaba si llegaba demasiado tarde. Envió un wasap a Jacob para contarle lo del cumpleaños y que no podía rechazar la invitación. Ahora, al caer la noche y junto a su coche, comprobó que Jacob todavía no había leído el mensaje. Mal. Estaría furioso, sería un infierno estar con él. Jacob no la pegaba, pero la humillaba con sus palabras y Xenia tenía a veces la impresión de que iba a peor. Le gustaba sacar partido del hecho de que en los últimos años ella hubiese ganado tanto peso. Jacob sabía el daño que le hacía cuando se burlaba de sus caderas anchas, el volumen de sus muslos, la gordura de sus brazos, e incluso la insultaba.

—Cómo puede uno abandonarse de ese modo —le había dicho lleno de desprecio hacía pocos días—. Es asqueroso. Simplemente asqueroso.

Escribió otro mensaje: «Salgo ahora. Enseguida estoy en casa».

Tal vez oía que le había entrado un mensaje y por fin echaba un vistazo al móvil. Xenia también habría podido llamar, pero no se atrevía. El pánico la invadiría. Así al menos tenía una prórroga.

Salió del aparcamiento dando un suspiro. El viaje a Bramhope no duraba más de veinte minutos. Estaba oscureciendo rápido. Encendió los faros. Cuánto desearía que al llegar a casa no hubiera nadie. Quizá un perro o un gato. Podría prepararse un té, ver un poco la televisión, acostarse y leer. Cosas imposibles de hacer estando casada con un hombre como Jacob. La carretera enseguida salía de Headingley, un barrio exterior de Leeds, y transcurría después a través de campos y bosques, entre los cuales aparecían esparcidas unas granjas y, aquí o allá, alguna nave perteneciente a empresas de la ciudad. Apenas había tráfico. Headingley y Bramhope también estaban conectados por una autovía que utilizaba la mayoría de la gente, pero Xenia prefería esa carretera antigua. Se tardaba un poco más. Incluso en una situación como la actual, en la que Jacob estaría fuera de sí a causa de su retraso, ella no intentaba recuperar el tiempo. De todos modos, no serviría de nada.

Así que conducía despacio porque tenía miedo de que apareciese algún corzo. No había nadie detrás de ella que la apremiara a ir más deprisa. Tampoco se cruzaba con ningún coche. Paz. Una paz maravillosa. La calma que precedía a la tormenta en casa. Estaba tan inmersa en sus propios pensamientos que no se percató del coche atravesado en la carretera hasta que casi lo tuvo encima. Asustada, pisó el freno con todas sus fuerzas. El vehículo dio un par de bandazos, pero se detuvo a tiempo. Xenia se quedó mirando el coche. Estaba colocado de tal modo que no se podía pasar ni por un lado ni por el otro.

«Qué cara», pensó. ¿Quién dejaba el coche así? Miró a su alrededor, pero no veía a nadie. Además, ya estaba completamente oscuro. El coche parecía estar vacío, aunque no habría podido jurarlo.

¿Un accidente? ¿Y el conductor se había arrastrado fuera, hacia el campo? Pero ¿por qué?

¿Se habría quedado sin gasolina? Entonces el conductor tal vez iba de camino hacia la gasolinera más próxima. Pero podría haber aparcado al borde de la carretera. Solo un borracho dejaría el coche así.

O alguien que quisiera bloquear la carretera.

Xenia tuvo un mal presentimiento. Estaba oscuro y desierto, y ella completamente sola. No podía seguir conduciendo y tampoco sabía si sería capaz de dar media vuelta en ese sitio tan estrecho. ¿Y si alguien había querido que fuera precisamente ella quien acabara en esa situación?

Una semana antes, un loco intentó matarla a tiros.

¿Quién sabía que ella estaría en ese momento justo en ese lugar y que no vendría nadie más?

«Alguien sabía también que yo estaría en el tren de Londres a York», pensó aterrada.

Se desabrochó el cinturón de seguridad y con las prisas tocó el claxon. El sonido retumbó estridente a través del silencio nocturno y Xenia soltó un grito de espanto casi más atronador. Nerviosa, empezó a tocar todas las palancas y teclas para accionar el cierre centralizado. Entonces recordó que era el coche que Jacob había comprado de segunda mano, que más parecía una tartana sobre cuatro ruedas, y en el que nada funcionaba. Estaba allí, en aquella carretera desierta, no podía seguir su camino, y si alguien quería hacerle daño solo tenía que abrir la puerta del coche y cogerla como quien coge una flor en el prado.

Empezó a temblar y, de repente, la envolvió un frío horrible.

«Relájate», se dijo. No tenía por qué sospechar nada malo. Pero ¿cómo no iba a sospechar de ese coche cruzado en una carretera desierta en plena oscuridad?

En cualquier caso, no iba a quedarse allí toda la noche. Consideró la idea de llamar a Jacob y pedirle que viniera, pero en realidad él tampoco conseguiría gran cosa porque no podría mover el coche. ¿O sí? ¿Podrían arrastrarlo entre los dos hasta el borde de la carretera? Pero entonces Jacob protestaría, maldeciría y la acusaría de ser una perfecta idiota, pese a que no quedaba claro por qué ella era tan descerebrada. Sin embargo, Jacob nunca se había detenido en dar las razones de sus acusaciones.

«He de intentar dar media vuelta», pensó.

En ese lugar la carretera era estrecha. Por un lado limitaba con un muro, y por el otro, con una suave pendiente de hierba que ascendía hasta un altiplano. Tenía que conseguir no chocar contra el muro al hacer la maniobra. Jacob verificaba constantemente que no hubiese arañazos o abolladuras en el vehículo.

Retrocedió y giró el volante todo lo que era posible. Con aquella maniobra, solo se desplazaría unos milímetros y el morro del coche giraría muy lentamente hasta apuntar hacia el sentido opuesto. Pese a que hacía un instante estaba tiritando, ahora empezó a sudar. En esa oscuridad total, veía muy poco; en realidad no veía nada. Y tuvo que reconocer que no era especialmente hábil en esas cosas.

Tras unos minutos, logró avanzar y comenzó a alimentar la esperanza de que iba a conseguirlo. Notó que se iba tranquilizando poco a poco. De repente aparecieron unos faros. Otro coche se aproximaba por donde ella había venido.

Fue frenando y se detuvo bastante cerca.

Xenia miró hacia allí, pero no distinguió nada más que los faros deslumbrantes dirigidos hacia ella. El otro no apagaba la luz ni bajaba su intensidad. Xenia se sintió como en el centro de todas las miradas. Iluminada por alguien a quien ella no alcanzaba a ver. Trató a toda prisa de seguir girando el coche, cuando un fuerte impacto y un feo chirrido le indicaron que había chocado por detrás con el muro. Fantástico. Aquello no sonaba a arañazo, sino a un auténtico destrozo en la carrocería. Había pisado con demasiada fuerza el pedal. Miró hacia el otro coche.

Vio una silueta. Delante de los faros. Un hombre. Se acercaba a ella lentamente.

Es probable que llevara un arma.

Apagó el motor y abrió la puerta. Lo dejó todo, el bolso, el móvil, el chal por si refrescaba por la noche. Le daba igual. No quería morir. No quería dejarse matar a tiros encajada como una cuña entre dos coches. Quería irse. Nada más que irse.

Intentó subir por la pendiente de hierba, pero era más empinada de lo que creía y resbaló varias veces hacia abajo. Ni era una gacela ni estaba acostumbrada a hacer deporte. Subió a gatas, agarrándose con las manos a la hierba y empujándose con los pies en las raíces que sobresalían del suelo. En una ocasión le pareció oír que alguien gritaba, pero no pudo entender qué le decían. Oía el fluir de la sangre en sus oídos. Todo aquello era una trampa, lo había percibido desde un principio y daba igual cómo la hubieran tramado sus enemigos, de algún modo estaban logrando su propósito, y era evidente que estaban decididos.

¿Estaban? ¿Eran varios? ¿O solo uno? ¿Él? Por lo ocurrido entonces. No tendría que haber participado en aquello, fue algo perverso, carente de escrúpulos y absolutamente inmoral, pero ¿qué podía hacer? ¿Qué habría podido hacer en la situación en la que se hallaba entonces?

Llegó arriba, ante ella se extendía un campo que por fortuna ya estaba segado. Echó a correr. El suelo era irregular, tropezaba constantemente, unas briznas duras de paja le pinchaban las pantorrillas desnudas, al final hasta perdió un zapato, pero siguió corriendo aunque habría podido gritar de dolor. No importaba. Tampoco le importaba quedarse casi sin aliento, las punzadas que sentía en el costado, que el corazón le martilleara. Correría hasta el fin del mundo si era necesario, pero no iba a permitir que la mataran.

En cierto momento, ya no pudo más. Se detuvo y se encogió.

Notó que estaba empapada de sudor y el aire nocturno, ya frío, la hizo temblar. El pie descalzo sangraba, o al menos eso le parecía.

Fue irguiéndose lentamente y se esforzó por respirar más despacio. Se atrevió a darse media vuelta. No tenía ni idea de a qué distancia estaba de la carretera. A sus espaldas no había más que silencio y oscuridad. El viento susurraba entre las hojas de los árboles. Se diría que nadie la seguía.

Permaneció atenta un rato, pero no oyó más que los latidos de su propio corazón y el fluir de su sangre. Entonces empezó a reflexionar sobre su situación. Era de noche, se encontraba en un campo de cultivo en las afueras de Leeds, con un vestido de tirantes de algodón fino y una sandalia, sin bolso, sin móvil y sin la llave del coche. No tenía nada. Dejó todo porque un hombre se bajó de un coche y se aproximó a ella. Un hombre que, al igual que ella, no podía seguir circulando. ¿Tan raro era que se bajara para ver de cerca qué había pasado? Vio un coche cruzado en la carretera, y otro dando media vuelta. ¿Qué iba a hacer? Quizá creyó que se trataba de un accidente y por eso bajó del coche. ¿Por qué imaginó ella que quería matarla de un tiro?

—Estoy al borde de un ataque de nervios —musitó.

La cuestión era qué debía hacer ahora. Aunque creía haber exagerado invadida por el pánico, no se atrevía a volver al coche. Tampoco estaba segura de si lo encontraría. Ignoraba desde dónde había llegado.

Delante de ella, a bastante distancia, distinguió las luces de Leeds. Las farolas de la calle, los luminosos de los escaparates, cines que todavía estaban abiertos… A esas horas, la mayoría de la gente ya estaría en la cama. A lo mejor encontraba una comisaría de policía. Alguien tenía que ayudarla. Las luces. Las luces eran su meta. Donde había luces, había seres humanos.

El pie descalzo le hacía un daño horrible.

Apretó los dientes y empezó a caminar como pudo.

En realidad, Sasha era un niño encantador. Por lo general, callado e introvertido. Observaba el mundo con sus grandes ojos y siempre parecía ocupado tratando de asimilar lo que veía. De entenderlo. De colocarlo en una estructura mental que nosotros no conocíamos y que tampoco se parecía a la de otros niños de su edad.

—¿Qué tiene? —nos preguntaba la gente después de mirarlo un rato sin saber cómo y dónde situarlo.

Era evidente que no era un niño «normal», y no solo porque fuese tan tranquilo. Tenía, simplemente, un aspecto extraño con esa cabeza tan pequeña, el cuerpo flaco, por mucho que comiera de los mejores alimentos, y la mirada ausente de sus ojos oscuros.

—Todo llegará —decíamos nosotros siempre animados, aunque sin responder a la pregunta.

—¿Será síndrome de alcoholismo fetal? —propuso Alice cuando estábamos solos.

Acudimos a dos especialistas para que le hicieran una revisión, pero ambos confirmaron que ese síndrome quedaba excluido. Por desgracia, no podían diagnosticar qué le ocurría. Carecían de información suficiente sobre su pasado.

—Sospecho que se trata de un defecto congénito —dijo un médico de la clínica universitaria de Cambridge al que fuimos a consultar—. Falta de oxígeno durante el parto. No es algo frecuente hoy en día, pero sigue ocurriendo.

—¿Tendría entonces un daño cerebral? —pregunté con prudencia.

—Es bastante posible —contestó el médico.

—¿Y qué significa eso? —insistió Alice.

—Es difícil de decir. El concepto de daño cerebral es muy amplio. Puede ser que tenga más dificultades para aprender que los otros niños, pero que pueda concluir bien los estudios. También es posible que le vaya mejor asistir a una escuela de educación especial. Quizá le resulte complicado entablar amistades o relacionarse. Todavía no se puede prever.

Yo me mantuve en mis trece.

—Pero ¿no puede usted emitir un pronóstico más exacto?

—Por ahora, padece un notable retraso del desarrollo. El futuro nos dirá cuánto se podrá recuperar.

Eso fue todo. Seguramente, nadie sabía nada más. Era evidente que Sasha tenía dificultades para entender las cosas. Claro que el idioma también se lo ponía difícil. ¿Pero no habíamos oído decir por todas partes que a esa edad los niños aprenden un nuevo idioma sin esfuerzo? En un momento dado, a Alice se le ocurrió la idea de comprobar el vocabulario ruso de Sasha y encontró a una mujer natural de Rusia que habló con el niño. O al menos intentó hablar con él. Su evaluación fue bastante deprimente.

—Su vocabulario está muy por debajo del de un niño sano de su edad. Se expresa con torpeza y de forma fragmentaria. Su pronunciación es difícil de entender. Va a necesitar todo tipo de apoyo.

En lugar de llevar una vida de familia normal, con salidas al parque, a la heladería y a fiestas de cumpleaños, nuestro día a día con Sasha consistía en visitas al logopeda, al fisioterapeuta, al quiropráctico y al osteópata. Ocuparnos de nuestro hijo era un trabajo a tiempo completo. Sobre todo era Alice quien asumía esas tareas. Habíamos hablado ya de quién iba a dejar su trabajo para cuidar de

Sasha, porque enseguida quedó claro que no podíamos limitarnos a matricularlo en una guardería y que se ocuparan allí de él. Yo me había ganado con esfuerzo una clientela como asesor fiscal y ganaba algo más que Alice, que estaba contratada en un laboratorio farmacéutico.

—Respecto a nuestros ingresos, sería más razonable que yo siguiera trabajando —dije con prudencia. Sabía que a Alice le tocaba así la parte más dura y desagradecida.

Ella suspiró resignada.

—Lo sé. Sí, es lo más razonable.

Así que por las mañanas yo me marchaba aliviado a mi despacho, mientras ella visitaba a todos los médicos y homeópatas de la región de las Tierras Medias Orientales. Por la tarde, yo llegaba a casa y elogiaba los progresos de Sasha. En verdad, apenas los había, pero era obvio que Alice, cada día más agotada y decepcionada, necesitaba todos los ánimos que pudiera recibir y yo quería ayudarla en lo posible. Y a veces era cierto que surgían pequeños rayos de esperanza. Sasha aprendió algunas palabras en un inglés rudimentario, y además teníamos la impresión de que nos entendía mejor que al principio. Parecía un poco menos torpe cuando se subía al columpio que yo instalé en el jardín. La gente del pueblo donde vivíamos, a unos pocos minutos de Nottingham, trataba a Sasha, el huérfano ruso, con mucho cariño. Pero a mí no se me escapaban las miradas escépticas con que lo observaban.

Ni tampoco las de compasión que nos dedicaban a nosotros.

Al cabo de aproximadamente un año, Alice se atrevió a hacer una prueba y matriculó a Sasha en una guardería. No creía que fuera bueno para él pasar todo el tiempo solo con ella y sin tener apenas contacto con niños de su edad. Pero la verdad es, que ella misma se estaba quedando sin fuerzas. Ya no tenía ningún reto profesional, pasaba todo el día con la única compañía de un niño discapacitado, con el que los terapeutas practicaban arduos ejercicios que ella debía presenciar, cansada y frustrada. Su estado psicológico era lamentable, yo lo notaba. Por fin teníamos un hijo, pero la vida era tan diferente a como la habíamos imaginado que estábamos desmoralizados. Yo esperaba siempre que ocurriera un milagro. Un avance, un salto repentino en el desarrollo de Sasha, algo. Algo que de golpe nos catapultara a la normalidad de una familia pequeña y feliz.

—¿Qué es lo normal? —preguntó un compañero de trabajo a quien le hablé del problema, o a quien más bien le conté mis penas, mientras tomábamos una cerveza. Esa respuesta era la clásica de un interlocutor que no sabía qué contestar y se refugiaba en los más triviales y tontos lugares comunes que se pueden encontrar—. ¿Qué es lo normal?

—Lo normal sería que nuestro hijo, de cuatro años, fuera a una guardería o, mejor aún, a un parvulario —respondí yo irritado—. Que mi mujer pudiera volver a trabajar. Que Sasha tuviera amigos con los que jugar en lugar de andar todo el día colgado de mi esposa, que cada día se siente más frustrada. Me gustaría jugar al fútbol con él los domingos, ir con él en bicicleta y a nadar. Nos gustaría conversar con él sin tener que adivinar cada dos palabras qué quiere decir en realidad. Todo esto sería lo normal.

Mi compañero no dijo nada más.

Así que Sasha entró en una guardería. Al principio, solo dos horas por la mañana. Los otros niños eran más pequeños que él, pero, a pesar de ello estaban mucho más avanzados. Cuando iba a recogerlo —porque Alice había llegado a un «estado de ánimo depresivo», según el médico, y algunos días no se levantaba de la cama—, la diferencia entre nuestro hijo y los otros niños saltaba a la vista casi dolorosamente. Él era tan callado. Tan torpe. Tan lento. A veces, según contaban los educadores, intentaba participar en un juego, pero los ralentizaba a todos y los otros niños reaccionaban o bien disgustados o ignorándolo tanto que él mismo acababa quedándose al margen y ya no participaba más.

—En la escuela solo saldrá adelante con mucho apoyo —señaló la educadora de la guardería—. En mi opinión, hay algunos aspectos en los que por desgracia no mejorará.

—Al menos no es agresivo —dije yo en un leve intento de darme ánimos a mí mismo.

—La mayoría de las veces no —respondió la mujer con su tono moralizador.

—¿Cómo que la mayoría de las veces?

Contó que se habían producido un par de incidentes. Si los niños lo apartaban con brusquedad o lo empujaban, de repente Sasha gruñía como un animal salvaje y empezaba a dar puñetazos con todas sus fuerzas a su alrededor, y solo por casualidad no había hecho daño a nadie.

—¡Pero está bien que se defienda cuando lo atacan! —repliqué yo.

—No lo atacaron directamente. Los niños alborotaban alrededor y...

—Dio la casualidad de que molestaban a mi hijo —la interrumpí enfadado—. Entonces él se defendió. Es lo normal.

—Su reacción fue exagerada. Desmedida.

«Gruñir como un animal... exagerada... desmedida...».

Intentaba convertirlo en un monstruo. No iba a convencerme. Era ridículo que quisiera estigmatizarlo.

Apenas cuatro semanas después de esta conversación, en un caluroso día de julio, llamaron a Alice. Ya estaba en Nottingham y quería comprarse ropa nueva, por primera vez desde que Sasha estaba con nosotros. Yo la animé a ello, pensaba que por fin surgía un rayo de esperanza. Poco a poco, Alice volvía a la vida.

La llamada la sorprendió en un probador. Era de la guardería.

Sasha había intentado ahogar a una niña en la piscina. Era algo serio. Tenía que ir de inmediato.

Martes, 30 de julio

1

La llamada arrancó a Kate de su sueño a la una de la madrugada. Oía sollozar y hablar sin coherencia a alguien al otro extremo de la línea y al principio no supo de quién se trataba. No conocía el número que aparecía en la pantalla. Al cabo de un rato consiguió averiguar quién la llamaba en plena noche.

—¿Xenia? —preguntó sorprendida—. ¿Xenia Paget?

—¿Puedo ir a su casa? Por favor. ¡Déjeme ir a su casa!

—¿Dónde está? —Kate se incorporó en la cama—. ¿Y qué ha sucedido?

—Estoy en un coche de la policía. En Leeds.

—¿Y qué hace usted en un coche de la policía? ¿A estas horas? —Kate se despertó del todo, alarmada.

Mierda. Se lo había temido. Xenia de nuevo en el punto de mira de ese desconocido. Pero al menos seguía viva. Y los compañeros de Leeds ya estaban en marcha.

Xenia empezó a contarle los hechos de una forma inconexa y confusa, pero al final Kate entendió lo ocurrido esa noche. Xenia consiguió llamar a la puerta de la primera casa que encontró en un barrio de las afueras de Leeds y rogó a sus inquilinos que avisaran a la policía. La recogió una patrulla y lo contó todo en la comisaría. Su caso era conocido y por eso la tomaron en serio. Dos agentes la acompañaron al lugar donde estaba su coche. El vehículo atravesado seguía allí. Por el contrario, el tercer coche y el sospechoso habían desaparecido. El bolso, la llave, el monedero y el móvil de Xenia estaban sin tocar en el asiento del acompañante.

—En la estación, cuando llamé a York desde su móvil, también hice una llamada perdida a mi teléfono, por eso tengo su número —confesó Xenia—. Es usted la única persona con quien quiero hablar. A quien quiero acudir.

«Ya la hemos fastidiado —pensó Kate—. Pero ¿qué otra cosa podría haber hecho? Xenia tenía que avisar a su marido de alguna manera».

—¿Puedo hablar con uno de los policías? —preguntó.

Xenia pasó el móvil y Kate pudo hablar con el agente Wilson, que parecía bastante crispado.

—Vamos a retirar el vehículo cruzado, sargento. Y peinaremos la zona. Tenemos que aclarar a quién pertenece. Llevaríamos a la señora Paget a su casa, pero no quiere ir allí. Quiere ir a la de usted.

—¿Y qué pasa con su coche?

—Un colega lo ha llevado a un área de estacionamiento, donde lo ha aparcado correctamente. Ya no bloquea la carretera. La policía científica lo estudiará, aunque no me hago ilusiones. Si hubiera subido alguien al coche, se habría llevado todo lo que la señora Paget dejó allí: monedero, móvil, llaves. Pero no falta nada. Aun así, lo comprobaremos.

—De acuerdo. Mañana me pondré en contacto con el sargento Jenkins. Por favor, páseme otra vez a la señora Paget.

Intentó convencer a Xenia para que permitiese que la llevaran a su casa, pero ella se puso histérica.

—¡No, no, de ninguna de las maneras! He hecho una abolladura enorme en el coche al girar. A lo mejor hasta se ha roto un faro. Y es muy tarde. Jacob estará furioso. No puedo de ninguna de las maneras ir a mi casa. Por favor, ¡déjeme ir a la suya!

Al final, Kate cedió, nada entusiasmada, pero tenía la impresión de que Xenia iba a perder la cabeza de un momento a otro. Ahora tendría en su casa a una de las personas involucradas precisamente en el caso que estaba investigando. No estaba bien, podía complicar el proceso. Se propuso que todo quedara en una visita relámpago. Xenia tenía que regresar a su vivienda lo antes posible.

A no ser, pensó disgustada, que aquello hubiese sido otro intento de agresión. Si el coche cruzado en la carretera no estaba allí por pura casualidad. Y si el hombre tampoco había aparecido por azar. En tales circunstancias, no bastaría con que un coche patrulla pasase cada hora por la casa de Xenia.

Los agentes en cuyo coche se encontraba Xenia se mostraron bastante molestos y crispados cuando ella les pidió que la dejaran en Scarborough en mitad de la noche, en lugar de conducirla a las afueras de Leeds. Pero cumplieron de mala gana las indicaciones de Kate. Llegaron hacia las tres. Xenia parecía muerta de frío, agotada y al mismo tiempo a tope de adrenalina. No iba a dormir en absoluto. Así que Kate preparó un té caliente, curó el pie herido y ensangrentado de Xenia, la envolvió con una manta de lana y la sentó en el sofá de la sala de estar. Messy pasó junto a ella, saltó sobre su regazo y empezó a ronronear. Xenia lo acarició y rompió a llorar.

—Todo es tan horroroso —sollozó—, tan horroroso.

No estaba claro a qué se refería exactamente, si al supuesto ataque, al coche abollado, a su esposo..., Kate sospechaba que a todo a la vez. Se había puesto el chándal, abandonando la idea de dormir esa noche, y se había sentado frente a Xenia.

—No sabemos lo que ha sucedido —dijo para calmarla—. Lo del coche no tiene por qué estar relacionado con usted.

—Pero ¿por qué iba a colocar alguien su coche de una forma tan rara?

—Ni idea, pero trate de reflexionar un poco; ese alguien tendría que estar al corriente de sus clases de inglés. También debería saber que volvía más tarde a casa porque una alumna celebraba su cumpleaños. Nadie podía prever que usted sería la primera en llegar a ese punto de la carretera, habría podido formarse toda una fila de coches parados. Todo esto me parece difícil de planificar.

Xenia pareció tranquilizarse un poco. Se secó las lágrimas con el pañuelo que le había dado Kate.

—A pesar de todo, no quiero ir a casa —repitió.

—Mientras no aclaremos qué ocurrió exactamente ayer por la noche, no debería volver a casa —convino Kate.

—¿Puedo quedarme con usted?

—Xenia...

—Por favor. No puedo volver. Es imposible.

—No puede estar escondiéndose toda la vida.

Xenia miró por la ventana. Era una noche negra como boca de lobo. Solo las farolas de la calle emitían algo de luz.

Kate sirvió el té.

—Xenia, ¿está usted totalmente segura de no intuir por qué ocurrió lo del hombre del tren? ¿Que no hay nada en su pasado que esté relacionado con estos sucesos?

De nuevo, notó que por los ojos de Xenia se deslizaba esa inquietud que ya había advertido en la estación de York. Estaba claro que ocultaba algo.

—¿Xenia? —insistió.

—No hay nada —respondió—. Al menos que yo sepa.

Fuera lo que fuese lo que había ocurrido, tenía que ser malo. Tan malo que Xenia no se atrevía a contarlo, ni siquiera en una situación de extremo horror.

«Tengo que hablar sin falta con Jacob Paget», se dijo Kate. A propósito de Jacob.

—¿Qué problemas tiene con su marido? ¿Por qué se niega tan rotundamente a ir su casa?

Xenia se dio de nuevo unos toques en los ojos con el pañuelo.

—Se porta muy mal conmigo. Me ofende, me humilla. Me encuentra gorda y sin atractivo, y me lo dice a la menor oportunidad. Y además, ahora he hecho una abolladura enorme en el coche. Esto confirma justo lo que él siempre dice, que soy una inútil y que no hago nada bien. ¿Sabe? Estoy tomando antidepresivos para aguantar mi vida con él. —Volvió a echarse a llorar.

Kate se inclinó.

—No es asunto mío entrometerme en su matrimonio —dijo con cautela—. Pero si es tan terrible como usted dice, ¿por qué no se separa? Tiene la nacionalidad británica. Nadie va a reenviarla a su país. Es usted una mujer sumamente dotada para los idiomas. Estoy segura de que podría ganarse la vida con eso. Es capaz de cuidar de sí misma.

—Sí, es posible —susurró Xenia.

—¿Tiene miedo de dar este paso?

—Sí.

—¿Miedo de quedarse sola? —Kate lo habría entendido. Lo que encontraba horrible en su vida era el hecho de que no hubiese nadie con quien compartirla. Alguien que la esperase cuando llegaba a casa, a quien contarle cómo había ido el día. Que los domingos por la mañana se tomase un café en la cama con ella y que, ya entrada la tarde, saliera a dar un paseo junto al mar a su lado. Alguien que le regalara flores de vez en cuando y que por fin resolviera qué hacer por Navidad. Ni qué decir de los demás días de fiesta, los fines de semana largos o las vacaciones. Todas estas cosas representaban en la vida de Kate unos obstáculos intimidantes. Además de aquellos que no confesaría a nadie. Como mujer, y más estando sola, tenía que ser fuerte, segura de sí misma e independiente. Kate opinaba que se podía ser así y, no obstante, desear tener una pareja, que una cosa no excluía a la otra, pero cuando una persona expresaba con demasiada frecuencia el deseo de tener una relación estable, todos sospechaban que no era capaz de valerse por sí misma. En especial a las mujeres con un matrimonio estable les gustaba subrayar lo importante que era poder apañárselas también una sola. Kate no hacía más que oír sentencias del tipo: «Si tú misma no te quieres, tampoco te querrá nadie» o «Tienes que aprender a salir adelante tú sola, entonces podrás tener una pareja». Kate odiaba la banalidad y sobre todo la de este tipo. Por supuesto, había aprendido a apañárselas ella sola en la vida. Miles de mujeres y hombres lo aprendían a la fuerza. Lo que muchos no conseguían, sin embargo, era ser felices así. Y si uno no quería avergonzarse también por ser incapaz de ello, se limitaba a no mencionar el asunto.

Xenia negó con la cabeza.

—No. No tengo miedo de quedarme sola. Es decir, no me lo imagino como algo agradable, pero sería mejor que convivir con Jacob.

—Entonces ¿de qué tiene miedo?

Xenia volvió la cabeza para desviar la mirada.

—No sé.

—¿De que la persiga? ¿De que la acose?

—No es eso.

—¿Qué es?

—No lo sé. Es miedo, simplemente miedo.

Kate estaba convencida de que Xenia la evitaba, pero era evidente que no podía sonsacarle nada por el momento. Se levantó.

—Venga. Acuéstese aquí. Lo primero que haré mañana será investigar cuál es el origen del incidente de esta noche. A lo mejor puedo tranquilizarla al menos en este aspecto.

Xenia no parecía convencida de que algo pudiera tranquilizarla, pero se levantó.

—¿Puedo llevarme a Messy?

—Claro —respondió Kate.

Xenia y el gato se metieron en el cuarto de invitados.

Kate se preparó un café fuerte y se sentó en la cocina, entre un montón de cajas todavía sin vaciar. En el exterior, la noche negra estaba volviéndose lentamente gris. Kate deseaba que también en su investigación la luz del alba sustituyera a la oscuridad. Aunque fuera una pizca. Si Xenia al fin se decidiera a hablar...

Tal vez tenía más posibilidades si la dejaba vivir en su casa un par de días. Ella se pasaba todo el día en el despacho, pero estaban las noches. Cenar juntas. Descansar juntas. Por experiencia, Kate sabía que todas las personas acaban hablando de lo que las oprime. Se notaba que Xenia necesitaba a alguien con quien poder sincerarse.

Seguro que para ello no había pensado en una agente de policía.

Pero ¿y si no contaba con nadie más?

2

—Adolescentes borrachos —dijo el comisario Robert Stewart—. Acabo de hablar por teléfono con el agente de policía de Leeds. Un par de jóvenes que cogieron una borrachera descomunal en un pub durante una fiesta de cumpleaños. Después quisieron ir a su casa en coche, aunque ninguno estaba en condiciones de conducir. A mitad de camino, se dieron cuenta y aparcaron el coche, o eso creyeron ellos, aturdidos como estaban. En realidad, el vehículo estaba atravesado en la carretera, pero ninguno se dio cuenta. Bajaron porque se encontraban mal, llegaron como pudieron al prado y, con perdón, vomitaron y se quedaron allí tendidos. No se enteraron del alboroto que habían causado en la carretera. Xenia Paget podría haber tropezado con ellos, pero pasó de largo. Los colegas de Leeds los encontraron enseguida y se los han llevado para quitarles, antes de nada, la borrachera de encima.

—Xenia se quedará más tranquila —señaló Kate. Se hallaba en el despacho de Robert, bastante cansada por la falta de sueño. No estaba segura de si esta información era algo positivo. Por supuesto, era bueno que nadie hubiese intentado volver a agredir a Xenia, pero al menos habría podido surgir de allí un nuevo elemento que investigar. Tal como estaban las cosas, seguían dando palos de ciego.

—Ese otro hombre —prosiguió Robert—, el que salió del coche y se detuvo detrás de Xenia, no ha sido localizado. Pero la idea de que se trate del tirador del tren me parece muy rebuscada, por no decir inverosímil. Seguro que era alguien que pasaba por casualidad, no pudo seguir y quiso comprobar qué estaba ocurriendo. Es probable que se diera media vuelta y regresara al lugar de donde venía.

—Sí, yo también lo creo —convino Kate. Se levantó y cogió el bolso. Estaba tan cansada que sentía el cuerpo pesado, como si fuera de plomo—. Me voy ahora a casa de Jacob Paget. Quiero interrogarlo de nuevo. Sabe algo sobre Xenia con lo que la está presionando, tanto que ella no se atreve a separarse de él, aunque esté harta de su matrimonio. No sé si tiene algo que ver con el caso, pero a lo mejor consigo averiguarlo.

Robert la miró interesado.

—¿Crees que Xenia Paget y su marido comparten un feo secreto?

—Creo que hay algo en el pasado de Xenia. Algo que le aterra que salga a la luz. Puesto que incluso ahora, bajo una amenaza real, no se pone en manos de la policía, sospecho que en algún momento entró en conflicto con la ley. Quizá Jacob sabe algo al respecto.

—Al menos es un punto al que atenernos —señaló Robert. Se pasó la mano por la frente—. Qué calor, ¿no crees? Mis vacaciones tendrían que haber empezado ayer, pero no puedo irme en estas circunstancias. Cuando me imagino que ahora estaría junto a una piscina en Mallorca...

«No haber desacreditado a Caleb», pensó Kate. No dijo nada, solo se lo quedó mirando.

Como si él sospechase lo que pensaba, preguntó sin rodeos:

—¿Estás en contacto con Caleb Hale?

—Lo vi la semana pasada.

—¿Hablas con él del caso?

Respondió con cautela.

—En realidad, no. No, nada. —No era del todo verdad, pero ahora Caleb formaba parte de su vida privada—. Hablamos de otros temas. Del caso White.

—Sí, comprendo. Me hubiese interesado saber qué pensaba el comisario Hale de nuestro caso actual, pero, por supuesto, no has podido discutirlo con él.

«Qué desorientado estás», pensó Kate. Todo el mundo necesitaba un tiempo para adaptarse a una nueva posición, pero ya se notaba que Robert Stewart estaba superado y que seguiría estándolo. Funcionaba bien como subalterno de Caleb y llegó a ganarse su confianza, pero siempre había que indicarle lo que tenía que hacer. Cumplía con las instrucciones que se le daban y también actuaba por propia iniciativa cuando era necesario, pero cargar con la responsabilidad de dirigir una operación era otra cosa muy distinta. Seguramente, habría pagado una fortuna por poder hablar del caso con su anterior jefe.

—Sí, es cierto, no sé qué opina —dijo Kate, inmisericorde.

—Sí, mmm, claro. Era solo una idea. —Carraspeó—. ¿Y Xenia Paget sigue en tu casa?

—No estaba demasiado convencida de volver con su marido.

—De todas maneras, es muy cuestionable que la principal afectada de un caso viva con la agente que lo está investigando —señaló Robert.

Kate asintió.

—Esto no puede durar mucho. Si decide no volver con su marido, tendrá que ocurrírseme algo. Por otra parte, la situación podría beneficiarnos. Si la crisis de los Paget se agudiza, tal vez Jacob suelte la información que Xenia pretende escondernos. —Se despidió de Robert con una inclinación—. Salgo. Voy a ver a Jacob Paget.

Apenas dos horas más tarde, Kate estaba delante de la casa adosada de los Paget en Bramhope. No había avisado a Jacob, quería sorprenderlo sin previo aviso. Esperaba que estuviese en casa y tenía razones para creerlo. Seguramente estaría furioso por la desaparición de Xenia y no se movía de allí por si su esposa regresaba. De hecho, en cuanto Kate llamó al timbre, abrió la puerta de par en par. Tal como ella sospechaba, estaba al acecho. Tenía un aspecto horrible: sin lavar, con la ropa arrugada como si se hubiese acostado vestido. Desprendía un olor desagradable. Su pelo alborotado se esparcía en todas direcciones. Tenía los ojos hinchados y con muestras de no haber dormido.

—¿Sí? —ladró.

Kate le enseñó su carnet de policía.

—Sargento Kate Linville. Policía de North Yorkshire. Departamento de investigación criminal de Scarborough. ¿Me permite entrar?

Jacob se la quedó mirando.

—¿Linville? ¿Kate? Estaba en el tren. Mi esposa no deja de hablar de usted. ¡Se atrincheró con ella en el baño!

—Correcto.

—¿Dónde está? ¿Dónde está mi mujer?

—¿Puedo entrar? —repitió Kate.

Jacob se apartó.

—¿Se puede saber dónde está? He recibido una llamada de sus compañeros. Me han dicho que tuvo una especie de accidente anoche. Y que la han llevado a un lugar desconocido. El coche está en manos de la policía científica. ¡Joder, no entiendo de qué va todo esto!

—Estoy aquí para hablar de ello con usted —respondió Kate.

Jacob la condujo de mala gana a la sala de estar. Allí reinaba una sinfonía de marrones y amarillos, violetas africanas en la ventana y ni una mota de polvo ni un objeto fuera de su sitio. Kate supuso que era Xenia quien mantenía ese meticuloso orden y limpieza. Y también supuso que lo hacía porque su marido la obligaba.

—¿Y? —resopló Jacob. Se quedó parado junto a la ventana mientras Kate se sentaba en un sillón sin que nadie se lo indicara. Renunció resignada a la idea de tomar un vaso de agua o un café. Era obvio que Jacob no iba a satisfacer sus deseos.

Kate resumió los acontecimientos de la noche anterior. Era evidente que Jacob cada vez estaba más furioso.

—Pero ¿qué reacción histérica es esta? ¡No lo entiendo! Hay un coche atravesado porque un par de chicos se han emborrachado ¡y mi esposa se muere de miedo porque se piensa que hay un complot para asesinarla! Típico de Xenia. Siempre tensa y en su mundo irreal.

—Bueno, el hombre que disparó contra ella en el tren no es fruto de la histeria —indicó Kate—. Más real no podía ser, por desgracia. Entiendo los temores de su esposa después de haber pasado por una experiencia así, señor Paget.

Jacob farfulló algo ininteligible.

—¿Así que el coche está dañado? —preguntó.

—Abollado. Porque chocó contra un muro cuando maniobraba. Ya veremos si es muy grave cuando lo llevemos al taller.

—Fabuloso. Y ahora además tendré que pagar la reparación. ¡No comprendo cómo se puede ser tan inútil!

—Su mujer estaba aterrada. Y, como le he dicho, eso se entiende perfectamente.

—Yo no. Pero qué más da. ¿Dónde está ahora?

—¿Xenia?

—¿Quién va a ser? ¿Dónde está? Llevo horas esperándola.

—Xenia no quiere regresar aquí por el momento.

Jacob se quedó perplejo.

—¿Qué significa esto?

—Tiene miedo, señor Paget. De usted.

—¿De mí? ¿Por qué tiene miedo de mí? ¿Pero esto qué es? ¿Se ha vuelto loca?

—Lo que teme es justamente el modo en que usted está reaccionando desde que se lo he contado todo. Absoluta incomprensión, le reprocha que sea una histérica y que haya actuado de forma desmesurada. También su berrinche por tener que reparar el coche. Todo eso la aflige.

El rostro de Jacob empalideció. `

—¡No puede ser verdad! Pues ¿qué se espera esa? ¿Que dé saltos de alegría después de pasarme toda la noche sentado aquí, preocupado? Le he dejado unos cien mensajes en el buzón de voz. ¡Me escribió un wasap cuando salía de la escuela y tardaba horas en venir! Joder, ¡pensaba que le había pasado algo serio!

—Lo entiendo —dijo Kate para tranquilizarlo.

El hombre empezó a caminar arriba y abajo de la habitación.

—¡Nada, usted no entiende nada de nada! ¡Xenia es mi esposa! ¡Y así seguirá siendo!

—Dele tiempo —aconsejó Kate—. Necesita tomar algo de distancia. A lo mejor a usted también le sienta bien.

Se detuvo.

—¡Usted no es nadie para decirme lo que me sienta bien!

—Señor Paget...

—¿Dónde está? ¿Dónde está Xenia?

—Por el momento no puedo facilitarle esa información.

—¡Tiene la obligación de hacerlo!

—No, no tengo la obligación. —Kate se levantó. Al parecer, Jacob no quería sentarse y ella estaba harta de levantar la vista hacia él. Aunque eso no le sirvió de mucho. Era muy alto. De todos modos, tenía que alzar la vista—. Señor Paget, voy a serle sincera, creo que hay algo en la vida de su esposa que ella se empeña en callar por las causas que sean. Afirma que no sabe quién podría ser el agresor del tren ni por qué la apuntó a ella, y yo no la creo. Hay algo. Tiene mucho miedo de hablar de ese tema, es evidente que eso le aterra más que el peligro de que la maten.

Jacob entrecerró los ojos.

—Sí, ¿y?

—A lo mejor sabe usted algo al respecto.

—¿Por qué iba a saberlo?

—Lleva trece años casado con Xenia. Podría ser que ella le hubiera contado algo de su pasado.

—¿Dónde está Xenia?

—No seré yo quien se lo diga. Y le pido por favor que responda a mi pregunta.

—No sé de qué me está hablando —afirmó Jacob.

Kate no habría podido asegurar si mentía o decía la verdad. En el rostro de Xenia se plasmaban claramente todos los sentimientos: miedo, inseguridad, preocupación. El de Jacob era un rostro malvado y pétreo. Y al menos en ese momento siguió siendo malvado y pétreo. En él no se produjo el mínimo cambio.

—¿Dónde está Xenia? —repitió una vez más.

Kate lo ignoró.

—¿A través de qué agencia conoció usted a Xenia?

—¿Tengo que responder?

—Puedo emitir una orden de comparecencia.

Jacob pensó.

—Happy End —dijo de mala gana.

«Vaya nombre», pensó Kate.

—¿Dónde está la agencia?

—En Liverpool.

Kate se apuntó los datos.

—De acuerdo.

—¿Qué quiere encontrar allí?

—Intento encontrar información sobre su esposa. Tengo que saber qué sucedió en su vida para que alguien la esté persiguiendo ahora. No podemos limitarnos a dejar las cosas como están.

—Creo que el suceso de la noche pasada no tuvo nada que ver con ella.

—Pero el del tren, sí.

—A lo mejor el tipo le echó el ojo, sin más —opinó Jacob—. Un loco que busca sus víctimas al azar. Podría ser.

—Podría ser. Pero también podría ser algo completamente distinto, y por eso tengo que investigar.

—No creo que en la agencia puedan decirle algo sobre mi mujer. Ellos no saben nada sobre sus clientes. Después de tantos años, seguro que ni tienen a Xenia en su base de datos.

—Lo averiguaré. —¿Eran imaginaciones suyas o se estaba poniendo nervioso? ¡Qué difícil era entender a ese hombre!

153

Le tendió su tarjeta.

—Puede llamarme a cualquier hora si se le ocurre algo que yo debería saber. Piense, por favor, que nuestro objetivo es proteger a su esposa. Esto es ahora lo principal... y no si en algún momento de su vida entró en conflicto con la ley.

Él cogió la tarjeta.

—Me imagino que está en su casa —dijo. Había odio en sus ojos—. Ella ve en usted a su gran salvadora, porque está claro que le impresionó su actuación en el tren. ¿Por qué no iba a refugiarse ahora en su casa?

—Yo no le diré dónde está su esposa —repitió Kate—. Y volverá a su casa cuando ella lo decida. Es una persona libre, señor Paget.

—Es mi mujer. Y yo iré a recogerla.

Se abstuvo de contestarle y se dirigió a la puerta de entrada. Jacob no la acompañó, sino que se quedó en la sala de estar. Sin embargo, ella se sentía perseguida por su fulminante mirada. Suspiró aliviada al salir.

—¿Cómo aguanta esto Xenia? —murmuró. Estaba más convencida que nunca de que había ocurrido algo en el pasado de Xenia, alguna cosa. Ninguna mujer permanecería voluntariamente al lado de ese tirano. Kate tenía la impresión de que apenas se podía respirar en su presencia.

Echó un vistazo a su móvil y descubrió un wasap de Colin: «Tengo esta semana libre. ¿Qué te parece si hoy voy Scarborough y pasamos mañana el día juntos? ¡No empezarás a trabajar hasta el jueves!».

Ella sonrió. A menudo, la sacaba de quicio, pero en cierto modo también era muy fiel. Desde que dejó de querer impresionarla a toda costa, se convirtió en una persona afable. Kate no llegaría a calificarlo de «amigo», pero se había acostumbrado a él y lo aceptaba en su vida. Se ayudaban mutuamente a luchar contra la soledad. Había personas que pasaban el tiempo juntas por razones de menos peso.

«Lo siento, no va a ser posible. En estos momentos esto es un lío y ya he empezado a trabajar. ¡Otra vez será!», escribió como respuesta.

Pulsó la tecla de enviar y consultó el reloj. Estaba a medio camino de Manchester. Podía seguir conduciendo. A lo mejor conseguía organizar un encuentro con la directora de la antigua escuela de Sophia. Marcó el número de la sargento Helen Bennett para que intentara fijar una cita. Y que llamara a Happy End y confirmase que había mediado entre Xenia y Jacob Paget. En caso de que se negaran a facilitar información por teléfono, Kate podía ir a la agencia; desde Manchester, Liverpool no quedaba demasiado lejos. Ahora tenía que recuperarse del encuentro con Jacob. Se le ponía la piel de gallina solo de pensar en él.

«Estar sola tampoco es la peor solución del mundo», se dijo.

3

Los niños se aproximaron con prudencia al coche. Tommy, el más pequeño con sus ocho años, se quedó rezagado. Rebecca y Neil, sus hermanos mayores, se acercaron algo más decididos, pero ellos ya tenían doce y catorce años. Habían salido de West Monkton por el acceso sur con sus bicicletas y pasado por la panadería, donde se abastecieron de *muffins* y *bagels*. Querían hacer un pícnic y disfrutar de una excursión. Estaban de vacaciones, hacía calor y casi todos sus amigos estaban de viaje. Ellos no, porque, como era habitual, no tenían dinero. Era una injusticia y un aburrimiento. Hartos como estaban, se buscaron algo que hacer para cambiar de aires. Fue justo el pequeño Tommy quien descubrió el coche.

—¡Mirad! ¡Ya lleva días ahí!

Un Peugeot blanco. Estaba aparcado en una pequeña área de estacionamiento de la carretera, justo delante del vallado de un pastizal de vacas. No saltaba a la vista a causa de los matorrales altos y abundantes.

—Será de algún campesino —opinó Rebecca.

—La semana pasada ya estaba —dijo Tommy—, y anteayer también lo vi. Siempre está exactamente como ahora.

—¿Te refieres a que no lo mueven nada? —preguntó Neil frunciendo el ceño.

Tommy asintió con vehemencia.

—¡Eso!

Tommy rondaba por esa zona con más frecuencia que sus hermanos, había crecido literalmente encima de su bicicleta. No podía quedarse quieto y siempre estaba moviéndose. Estaba al tanto de todo lo que sucedía por allí.

—Qué raro —dijo Rebecca. Se detuvieron y se bajaron de las bicicletas a una distancia prudencial.

—¿Hay alguien dentro? —preguntó Neil.

—No creo —contestó Rebecca—. Aunque… —Entrecerró los ojos—. Podría ser, ¿no?

—¿Un muerto? —preguntó inquieto Tommy.

—Chorradas —dijo Neil—. Si hay alguien dentro, es probable que esté durmiendo la siesta.

—¿Desde hace más de una semana?

—A lo mejor trabaja por los alrededores —supuso Neil—. Y al mediodía viene aquí para descansar.

—Vamos a acercarnos a mirar —propuso Rebecca.

En ese aburrido día, lo que esperaban era justamente descubrir algo sensacional, pero, aun así, ahora los invadió una desagradable sensación. Estaban completamente solos entre prados y campos. Ninguna otra persona, ningún otro vehículo a la vista.

Solo ese extraño Peugeot que, según repetía Tommy, no se movía desde hacía días... El sol se reflejaba en los cristales y originaba sombras engañosas. Hacía un momento habrían dicho que había alguien en el coche. Ahora de nuevo parecía vacío.

—¡Venga, vamos! —los animó Neil.

Dejaron las bicicletas en la hierba, al borde de la carretera, y se acercaron al coche lentamente. No habrían podido decir por qué lo hacían así, ocurrió como por un acuerdo tácito: en cierto modo, sin las bicicletas, se sentían más pequeños, más silenciosos, más imperceptibles.

Neil fue el primero en llegar al coche, seguido de cerca por Rebecca. La hermana lo adelantó cuando él se detuvo titubeante y tuvo que hacer un esfuerzo para atreverse a mirar en el interior.

—¡Aquí no hay nadie! —anunció decepcionada.

También Neil se animó a avanzar unos pasos.

—¿Seguro que no?

—Seguro.

Para sus adentros, los niños se sintieron aliviados, aunque habría sido fantástico descubrir algo realmente horrible. Algo de lo que presumir en la escuela, después de las vacaciones. Rebecca accionó la manija de la puerta del conductor. Esta se abrió.

—No está cerrado —advirtió sorprendida.

—¡Y todavía tiene la llave en el contacto! —exclamó Neil.

—¡Podemos subirnos e irnos! —dijo Tommy, entusiasmado.

Neil enseguida lo frenó.

—Bobadas. Ninguno de nosotros sabe conducir. No podemos hacerlo.

—Todo esto me parece muy raro —opinó Rebecca—. Un coche abierto que lleva días aquí y con la llave de contacto puesta... Esto no es cosa de alguien que ha salido un momento a hacer pis.

—¿Crees que han matado al conductor? —preguntó Tommy con los ojos abiertos de par en par.

Todos callaron.

—Deberíamos llamar a la policía —concluyó Rebecca.

4

Xenia se estremeció cuando le sonó el móvil. A última hora de la tarde le devolvieron el iPhone junto con el bolso, las llaves y los libros de la escuela. Después de que la policía científica los examinase, un agente de Leeds, bastante malhumorado, lo llevó todo a Scarborough, mostrando tanto entusiasmo como los policías que habían recorrido el largo trayecto hasta allí por la noche. Por lo visto, todo el mundo habría preferido que ella se quedara en Leeds y volviera a su casa, tal como hubiera hecho cualquier esposa decente. Seguramente, así lo deseaba también Kate, quien no parecía demasiado contenta de tener que alojar a una huésped inesperada.

Jacob, sin lugar a dudas, lo habría preferido.

En el móvil aparecían un montón de llamadas de él sin responder, así como incontables mensajes de voz. El día anterior, ya entrada la noche, Jacob había leído el wasap donde le avisaba de que iba en camino y le extrañó que no apareciese. No obstante, no parecía que estuviera realmente preocupado, sino cada vez más irritado, enfurecido y colérico. Al final, se mostraba tan agresivo que Xenia ya no lo soportó más y borró el resto de los mensajes en lugar de escucharlos. ¿Por qué tenía que seguir aguantando sus improperios y sus horribles amenazas?

«No puedo dar marcha atrás, me es imposible volver con él. No lo soporto», pensó desesperada.

Para pasar el tiempo en casa de Kate, se puso a desembalar las cajas que todavía estaban amontonadas a lo largo de las paredes. Esperaba que Kate se alegrara de ello y no se lo tomara a mal. Empezó con las cosas de la cocina y se puso a ordenar platos, tazas, fuentes y cubiertos en los armarios empotrados. Kate podía pensar más tarde en colocarlos de otro modo, pero al menos ella habría quitado de en medio las cajas. Las iba doblando cuando estaban vacías y las apilaba en la terraza, delante de la puerta de la cocina. Hacía un día precioso, cálido y soleado, el jardín estaba tranquilo y lleno de flores. Messy se había subido a un manzano y se alzaba orgulloso, aunque algo pusilánime, sobre una rama curvada. Xenia percibía en su propio cuerpo la paz del día, la paz de esa pequeña parcela de tierra. Como si en su interior se aflojase algo que estaba contraído desde hacía demasiado tiempo. Ya casi no recordaba qué se experimentaba sin sentir presión. Qué se experimentaba respirando libremente. Por supuesto, el miedo y la presión aguardaban al acecho en la próxima esquina. Pero, por el momento, había encontrado una isla. La paz de la casa de Kate.

Ignoró las llamadas de Jacob en la pantalla. Sin embargo, esta llamada, que la había sobresaltado de nuevo, era de Kate. Contestó de inmediato.

—¿Sargento Linville? ¿Kate?

—Hola, Xenia. ¿Todo bien por ahí?

—Sí. Todo bien, Es tan maravilloso estar en su casa.

—Me alegro —respondió Kate, aunque con un tono algo cansino.

«No quiere que me sienta demasiado bien», pensó Xenia.

—¿Dónde está? —preguntó—. ¿Cuándo viene a casa? Prepararé algo para cenar.

—Suena muy tentador —dijo Kate—, pero por desgracia no va a poder ser. Estoy en Manchester. Dormiré aquí y mañana temprano me iré a Birmingham. No merece la pena volver a casa.

—Ah —se lamentó Xenia. Le costaba estar sola. La presencia de Kate la habría tranquilizado.

—Pero coja lo que quiera de la nevera y prepárese algo —indicó Kate—. ¿Y podría dar de comer a Messy, por favor? Las latas están en una estantería de la cocina. Y ponerle algo de leche fresca en su cuenco. Se lo agradecería mucho.

—Pues claro, no hay problema —aseveró Xenia. Notaba que empezaba a disiparse la sensación de isla. Todavía había luz fuera, comenzaba a atardecer. Pero se haría de noche y ella estaría sola. Sola con el gato.

«Pero nadie sabe que estoy aquí», pensó.

—Volveré mañana por la tarde —aseguró Kate.

«Por una noche, lo conseguiré», se dijo Xenia.

Se despidieron, Xenia se sentó en la terraza e intentó recuperar esa paz que acababa de experimentar. Ya no estaba. La magia se había disipado. El miedo volvía a atenazarla. Con sus dedos duros y fríos.

¿Cuándo se libraría de eso?

«Nunca, nunca».

¿Y si lo contaba todo? ¿Y si le confiaba a Kate lo ocurrido?

Acabaría en la cárcel. Eso es lo que Jacob le auguraba una y otra vez. Y estaba bastante segura de que él tenía razón.

A veces barajaba la idea de marcharse de Inglaterra. Volver a Rusia. Su familia todavía estaba allí, sus viejas amigas. Siempre había odiado Kírov con su frío, su desolación y su pobreza, pero al menos allí era libre. Nadie la intimidaba, acosaba ni amenazaba. Por entonces, temía casarse y vivir en un apartamento prefabricado con un marido y tres hijos y ver fracasar su matrimonio por las estrecheces y falta de perspectivas. Pero ¿qué había conseguido en lugar de eso? Vivía en una lúgubre casa adosada en las afueras de Leeds, con un hombre al que odiaba y que solo estaba con ella porque era la única mujer en su vida que no podía escapar de él, como sí habían hecho todas sus antecesoras. En la casa no podía haber ni una mota de polvo y en el jardín ni una brizna de hierba más alta que las demás. De la mañana a la noche, se dedicaba a satisfacer las ansias de control de ese hombre y a limpiar, lavar y arrancar las malas hierbas. Estaba viviendo contra su propia naturaleza. Se preguntaba cuánto tardaría su cuerpo en enfermar por ello.

Soltó un pequeño grito cuando sonó el timbre de la casa. Se levantó de la silla tan deprisa que por un instante se mareó. Luego se dominó. Tal vez era la vecina. O un mensajero. No había razones para que cundiera el pánico.

Recorrió la cocina y el pasillo e intentó otear quién era por la pequeña ventana situada junto a la puerta, pero el visitante tenía que estar bastante a la derecha, no podía verlo.

—¿Hola? —preguntó.

Silencio.

—¿Hola? —repitió más alto.

De nuevo silencio.

Quizá no habían llamado. Quizá se equivocaba. Sin embargo, una desagradable sensación se apoderó de ella. Se giró y corrió de vuelta cuando se dio cuenta de que la puerta de la terraza se había quedado abierta y que era mejor cerrarla.

Entró en la cocina y se dio de bruces con Jacob, que acababa de entrar.

—Mira por dónde —dijo—. Ya me suponía yo que estarías aquí.

Se quedó con la vista fija en él, aterrada.

—¿Qué haces tú aquí? —preguntó con voz temblorosa.

Él agitó las llaves del coche.

—He venido a recogerte.

¿Cómo sabía que estaba allí? No podía imaginar que Kate la hubiese traicionado.

Como si él sospechara lo que estaba pensando, dijo:

—Esa Linville ha venido esta tarde a casa. Me ha estado dando la lata con preguntas sobre tu pasado. No es tonta. Sospecha que pasó algo. Y me temo que no se quedará tranquila hasta que lo descubra.

—Pero...

—Cuando se marchó estuve reflexionando. Por cómo hablabas de ella y la historia del tren... Ella era casi una santa para ti. Tu salvadora, tu protectora. Y he pensado que quizá te habías refugiado en su casa. Después del horrible drama de ayer por la noche.

—Ayer por la noche fue...

—Ya lo sé. No fue nada. Esa manía tuya de ponerte histérica, como siempre, por cualquier cosa. Has vuelto loco a todo el mundo y encima abollaste el coche.

—Lo siento.

—Sí. Tú, después, siempre lo sientes mucho todo. —Se la quedó mirando con un frío desprecio—. Sientes mucho estropear las cosas. Sientes mucho estar tan gorda que hasta se me quitan las ganas de tocarte. Sientes mucho servirme cada día una bazofia que no hay quien se la trague. Tú siempre lo sientes todo mucho. Pero ¿sabes lo que me pone tan furioso de ti? Que siempre te quedas en la frase: «Lo siento mucho, lo siento mucho». Pero no cambias nada. Simplemente, no estás dispuesta a cambiar.

—Intento...

—Tú no intentas nada. Pero ya lo discutiremos después. Ahora quiero irme a casa.

—¿Cómo has sabido dónde vive Kate? —preguntó. Le temblaba la voz. Ante la idea de tener que irse con él casi se le revolvía el estómago.

El hombre sonrió. Se sentía astuto, superior.

—Lo dicho, hoy estuvo en casa. Se ha presentado como agente del departamento de investigación criminal de Scarborough. Así que he pensado que viviría cerca. En Scarborough o por los alrededores. He buscado en la guía telefónica por internet. El apellido «Linville» aparecía dos veces, una en el centro de Scarborough y luego «Linville, R.», aquí, en esta dirección de Scalby. Primero he ido a la del centro, una mujer que tenía como mínimo ochenta años me ha abierto la puerta y me ha dicho que no conocía a nadie que se llamara Kate. Después he venido aquí, aunque no sabía de dónde salía la «R». ¿Está casada esa policía? Hay hombres con gustos bien raros.

—No lo está —respondió Xenia —. La «R» es de su padre, que vivía aquí. —Kate le había contado que heredó de él la casa.

Los pensamientos aleteaban en su cabeza como pájaros enjaulados y desesperados. No podía irse con él. Se moriría si regresaba a su casa. Se moriría porque se haría añicos por dentro.

—Da igual —dijo Jacob—, en cualquier caso, ya te he encontrado. Date prisa. Quiero ir a casa y además tengo hambre.

—No puedo ir contigo —se oyó decir a sí misma.

Él se la quedó mirando.

—¿Cómo dices?

—No puedo.

—¿No puedes?

—No. Ya no puedo más.

Jacob entrecerró los ojos.

—Tú estás completamente chiflada.

—Es posible. Pero ya no puedo más.

El rostro del hombre se petrificó.

—¿Sabes lo que tendré que hacer entonces? Te lo he dicho siempre.

Ella permaneció en silencio.

—Tendré que ir a la policía —advirtió.

Ella seguía sin pronunciar palabra. En su interior se sentía muy tensa, como a punto de desgarrarse.

—Bueno, si lo que te apetece es ir a la cárcel... Y la prensa también te descuartizará. Por aquel entonces fue una historia increíble. Estarás acabada cuando se sepa todo.

Por segunda vez en esa tarde, el timbre de la casa sonó.

—Mierda —dijo Jacob—, ¿quién diablos está ahí?

Xenia salió corriendo de la cocina hacia la puerta antes de que Jacob pudiera reaccionar.

Abrió de par en par. Tenía enfrente a un desconocido.

Este la miraba tan perplejo como ella.

—¿Quién es usted? —preguntó al cabo de un par de segundos.

—Xenia Paget.

—Ajá. Yo soy Colin Blair. —Miró hacia el interior—. ¿Dónde está Kate?

5

Kate estaba en un pequeño pub del centro urbano de Manchester, justo al lado del hotel en el que había encontrado una habitación. En cuanto a sordidez, el hotel y la habitación eran imbatibles, pero a cambio tenía unos precios escandalosamente baratos, y Kate no quería, ya al comienzo de su carrera en el departamento de investigación criminal de Scarborough, presentarse con unos gastos de hotel desmesurados. El comisario Stewart no podría decir nada en contra de esa pensión de mala muerte. Manchester estaba mucho más cerca de Birmingham, el lugar de nacimiento de Sophia Lewis, que de Scarborough, por lo que hubiera sido absurdo volver a casa por la noche y marcharse de nuevo al día siguiente. Pero al menos tenía una huésped en casa que se ocuparía de Messy. En este sentido, su presencia le vino bien.

Helen Bennett consiguió localizar a la directora de la Chorlton High School de Manchester, hablar con ella y fijar una cita con Kate. No había sido empresa fácil en plenas vacaciones, pero por fortuna Lydia Myers no estaba de viaje y parecía dispuesta a recibir a Kate en su casa. De todas maneras, la pista no condujo a nada. Aunque Lydia Myers se acordaba del caso de aquel alumno y sus furiosos padres, opinó que era imposible que algún miembro de esa familia fuera capaz de emplear métodos criminales para dar salida a su indignación.

—Además —añadió—, ya hace tiempo que no viven en Inglaterra.

—¿No?

—Poco después del incidente emigraron a Dubái. El padre trabaja allí en el sector de la gastronomía.

—¿Y todavía están allí? ¿El hijo también?

—Por lo que yo sé, sí. Pero puedo confirmarlo. Una de nuestras colegas todavía mantiene el contacto con ellos.

—Sería muy amable por su parte. —Aquello era un lío. No parecía haber nada en absoluto a lo que Kate pudiera aferrarse—. ¿Hay algún otro caso similar que usted recuerde? ¿Que Sophia impidiese pasar de curso a alguien o que pusiera una mala nota y luego el alumno la amenazara? Sophia estaba asustada. No hablaba de ello, pero su expareja nos ha dicho que tuvo que pasarle algo. Algo por lo que se marchó precipitadamente a Scarborough y empezó allí en una nueva escuela.

Lydia Myers meditó, reflexionó y le dio vueltas a la cabeza, a todas luces concentrada, pero no se le ocurrió ningún caso que destacara más de lo normal como para poder vincularlo a lo acontecido en Stainton Dale. Prometió por ello volver a hablar con sus colegas, pero señaló que tendría que hacerlo después de las vacaciones.

Kate planteó la pregunta de siempre:

—¿Le dice algo el nombre de Xenia Paget? ¿O lo mencionó Sophia alguna vez?

—No. Es la primera vez que lo oigo. ¿Quién es?

—Un posible vínculo. Pero es evidente que no resuelve nada.

—Kate se despidió dando las gracias a la servicial señora.

Luego buscó el hotel y se fue al pub a tomar un bocado por primera vez desde el desayuno. Pidió patatas chips y cerveza negra.

«Supersano», pensó divertida.

En cuanto el camarero le sirvió el pedido, sonó su móvil. Era Helen Bennett. Parecía excitada.

—Sargento, acabo de hablar por teléfono con la gerente de Happy End. La agencia matrimonial.

—Ya sé —contestó Kate—. ¿Y?

—Pues, al parecer, Jacob y Xenia Paget no dicen la verdad. No se conocieron a través de esta agencia.

—¿No? —preguntó Kate, perpleja.

—No. Jacob lleva bastante tiempo en el sistema. En su época le presentaron a varias mujeres. Viajó dos veces a Rusia para conocerlas, pero no llegó a nada con ellas porque nunca estaba satisfecho. La gerente se acuerda de él. Cuando mencioné su nombre dio un profundo suspiro. «Un cliente sumamente difícil», estas fueron sus palabras.

—¿Y?

—Pues bien, una mujer sí que vino a Inglaterra, pero no se llamaba Xenia Paget. Por si acaso, le envié una foto de Xenia por mail, pero dijo que, definitivamente, no era ella. La otra mujer solo se quedó dos semanas, luego regresó. No pudo aguantarlo.

—No me extraña —apuntó Kate.

—Sí, y luego la agencia le hizo otras ofertas, pero Jacob las rechazaba enseguida. Tampoco volvió a ir a Rusia. En un momento dado dejó de contestar. La agencia ya no le envió más fotos ni currículos de rusas casaderas. Nunca se llegó a un acuerdo.

—Esto sí que es un hallazgo. —Kate reflexionó—. Creo que él se preocupa mucho por su dinero. Jacob Paget. ¿Podría ser que hubiera conocido a una mujer en Rusia, la hubiese rechazado,

166

pero luego hubiese contactado con ella por su cuenta? ¿Para ahorrarse la mediación? Supongo que una agencia no puede evitar algo así.

—No es descartable —opinó Helen—. No lo he preguntado, pero creo que sería posible.

—Si hubiera contactado con Xenia de este modo…

—Ella tendría que haber estado antes en el sistema de la agencia. Xenia Sidorova de Kírov. La señora lo ha comprobado. Xenia nunca estuvo registrada allí.

—¿Con otro nombre tal vez?

—No. Tiene que presentar documentación o enviar copias certificadas. La agencia parece seria. Xenia tendría que haberse presentado con un nombre falso en la plataforma de internet, si es que quería evitar que la gente de su entorno advirtiera lo que planeaba hacer, lo cual habría sido difícil debido a las fotos. Pero, en cualquier caso, la agencia habría sabido el nombre auténtico. Y ese no aparece.

—¿Por qué mienten los Paget sobre este tema? —preguntó Kate.

—Porque se han conocido de un modo y en unas circunstancias sobre las que no desean hablar —indicó Helen—. Este podría ser un punto decisivo.

—El miedo —dijo Kate—. El miedo de Xenia Paget. Este podría ser el punto de partida.

Tanto los empleados de la guardería como los padres no tardaron en inflar increíblemente el suceso de la piscina, en la que se suponía que nuestro hijo había intentado ahogar a una niña. Desde mi punto de vista, fue sobre todo la dirección de la guardería la que vio allí, por fin, la oportunidad de desembarazarse del impopular Sasha. Se convocó una sesión extraordinaria en la que Alice y yo también teníamos que participar, además de los padres de la niña, la asociación de padres de alumnos y la directora de la guardería. No obstante, Alice se negó a acompañarme.

—Es como un tribunal. No voy a permitir que me destrocen.

Pero eso habría sido difícil, pues ya estaba hecha polvo. No podía estarlo más. Parecía que había empezado a remontar un poco, al menos por momentos, pero esa historia la hundió por completo de nuevo.

¿Qué ocurrió en realidad?

Como hacía tanto calor, los empleados de la guardería instalaron un par de piscinas en el jardín. Eran muy pequeñas, muy poco profundas. En realidad, era imposible que un niño pudiera ahogarse allí, a la mayoría les llegaba el agua por encima el tobillo. Lo único que se podía hacer en ellas era chapotear, refrescarse y jugar con animalitos de plástico que flotaban. Salpicar a otros niños y cosas así. Además, como subrayó la dirección de la guardería, las educadoras estaban siempre presentes con el fin de mantenerlo todo bajo control.

Según contaron, Sasha se quedó fascinado con las piscinas, se instaló en una y ya no salió de ella. Tenía su taza con él y la llenaba de agua para derramarla después, mientras reía resplandeciente y pronunciaba palabras incomprensibles. (Por supuesto, esto ya me deprimió. Ese mes de julio, Sasha tenía cuatro años, y en septiembre cumpliría cinco. A esas alturas, ya era imposible negar su retraso mental). En un momento dado, una niña de apenas tres años, la pequeña Careen, se sentó a su lado. Todo parecía tranquilo.

Entonces, un niño que estaba trepando por una plataforma de juego se cayó y lanzó un grito ensordecedor; todos los educadores se precipitaron a ver si estaba herido. Solo se había lastimado la rodilla, pero sangraba mucho y corrieron a buscar desinfectante y tiritas, lo que produjo cierto alboroto. Por eso, insistieron, dejaron a los demás niños durante unos minutos sin vigilancia. Mientras todos se arremolinaban alrededor del niño herido, apareció de repente una niña muy alterada.

—¡Sasha está ahogando a Careen! —gritó haciendo grandes aspavientos.

Todos dejaron al instante al niño con la rodilla ensangrentada y corrieron a la piscina en la que Sasha llevaba sentado desde el comienzo de la mañana. Careen, al parecer, ya se había liberado, pues se encontraba fuera de la piscina, pero tenía el pelo mojado, el rostro enrojecido y berreaba como alma que lleva el diablo. Sasha todavía estaba en el agua agarrando su taza. También él lloraba, pero en voz baja y sin moverse. Cuando lo sacaron, no se quejó.

Tampoco dijo nada sobre lo sucedido. Ni una sola palabra.

Solo supieron la versión de la niña que fue a buscar ayuda y la de Careen. Por lo demás, nadie vio nada, lo que, por supuesto, carecía de importancia, pues todos estaban jugando y, como era habitual, no se preocupaban por el «tonto de Sasha». Al parecer, Careen, atraída por lo que estaba haciendo el niño, le cogió la taza para imitarlo, pero Sasha no se la quiso dar. En ese tira y afloja, la taza cayó al agua y Careen se la apropió. Acto seguido, Sasha saltó sobre ella y al caer la empujó bajo el agua.

—Pues no parece un ataque premeditado —protesté en la reunión extraordinaria en la que participé sin Alice—. Quería recuperar la taza y por desgracia tropezó. Eso ya es incorrecto de por sí, pero seguro que Sasha no tenía malas intenciones. Él no pretendía en ningún momento ahogar a la pequeña.

La madre de Careen lo veía de forma totalmente distinta.

—Mi hija estaba con la cara debajo del agua. Se defendió con todas sus fuerzas. Su hijo se quedó tendido encima de ella, empujándola hacia abajo con su peso. Perdone, pero ¿cómo llamaría usted a eso si no es ahogar? —Casi pronunció a gritos esta última palabra. Estaba todo el tiempo a punto de reventar de agresividad. Su marido le colocó la mano en el brazo, pero ella se la sacudió de encima—. Si este idiota tan peligroso se queda aquí, saco a mi hija de la guardería. Y cuento en la prensa lo ocurrido. ¡Les prometo a todos que se va a montar un follón enorme!

La directora de la guardería la miró horrorizada.

—Señor Walsh... —Se volvió hacia mí.

Yo era consciente de haber perdido. Es probable que no tuvieran derecho a expulsar a Sasha. Si me lo hubiese propuesto, habría conseguido llevarlos a juicio y que el niño se quedara. Estaba claro que la directora temía que el suceso se divulgara a bombo y platillo. Lo cierto era que Careen habría podido ahogarse. Ninguna de las responsables había visto nada. ¿No fue demasiado arriesgado colocar esas piscinas? Porque, al fin y al cabo, incluso en una discusión inofensiva, y yo estaba convencido de que era eso lo que ocurrió, podía suceder algo malo. ¿No habría tenido que ocuparse al menos una educadora de los otros niños, mientras todas las demás se encargaban del accidentado? Preguntas con las que habría podido poner en un brete a la guardería. Pero ¿para qué? Sasha nunca sería feliz allí, no fue bien recibido desde un comienzo y ahora lo sería todavía menos. No lo querían. Ni las educadoras ni los otros padres. Nadie se tomaba la molestia de observarlo con atención. A partir de ahora, Sasha era el niño perturbado que había intentado ahogar a una niñita. ¿Cómo iba a sentirse normal en un sitio así?

De modo que Sasha dejó de ir a la guardería y se quedó en casa con Alice. Ella sufría tal depresión por aquel entonces que yo estaba cada vez más preocupado por su salud. Durante el día se deslizaba como una sombra. Cumplía sus obligaciones de una manera mecánica, sin la menor alegría, seguía acudiendo con Sasha a las consultas de logopedas, osteópatas, médicos alternativos de todo tipo; sin embargo, daba la impresión de ser una persona que ya no esperaba nada bueno de la vida.

Todo esto solo porque queríamos un hijo, pensaba a veces. Porque tuvimos ese deseo tan normal de formar una familia.

Una lluviosa tarde de octubre, llegué a casa esperando encontrar a Alice apática como siempre, tendida en el sofá, y a Sasha delante del televisor. En realidad, estaba allí porque Alice ya no tenía energía para ocuparse de él. Veía programas absurdos y yo pensaba a menudo que, si no fuera ya un niño con trastorno en el desarrollo intelectual, tarde o temprano acabaría siéndolo con esos programas.

Camino de casa hice la compra. Por entonces, yo cocinaba para todos. Alice ya hacía tiempo que no lo conseguía.

Para mi sorpresa, no estaba en el sofá. Salía del baño. Llevaba un chándal manchado y el cabello sin lavar, pero no estaba tan demacrada como de costumbre. Tenía las mejillas rojas, casi como si tuviera fiebre.

—Alice, ¿qué sucede? —pregunté sorprendido.

Se me quedó mirando.

—No puede ser —murmuró.

—¿El qué?

Justo en ese momento me percaté de lo que sostenía en la mano. Era un test de embarazo. Yo conocía muy bien ese artilugio por la cantidad de veces que lo habíamos consultado, siempre en vano.

Me lo dio. Vi claramente las rayas en la ventanita.

Me quedé sin respiración.

—Alice…

—Creo que estoy embarazada —dijo.

Parecía confundida. Más incrédula que feliz.

Al día siguiente, la visita al médico lo confirmó. Alice llevaba dos meses embarazada. En mayo del año siguiente tendríamos un hijo.

Miércoles, 31 de julio

1

Xenia se despertó de un sueño ligero e inquieto y al principio no supo qué la había sobresaltado. Palpó en busca del móvil, que estaba en el suelo, junto al colchón, y consultó el reloj. Casi la una de la madrugada.

Suspiró. Estaba deseando que se hiciera de día. Así tal vez se aplacarían sus temores. Aunque sus problemas seguían allí. Incluso parecían agravarse.

Con la linterna del móvil buscó al gato, que había dormido a sus pies. Messy no estaba.

Xenia se incorporó y deslizó la luz por la habitación. Messy estaba junto a la puerta. Muy tieso, con la cabeza alzada y el pelo erizado. Las orejas inclinadas hacia delante. Parecía estar en tensión, al acecho.

Xenia se levantó y se inclinó junto al animal.

—¿Qué pasa? —preguntó en voz baja. Sintió vibrar el cuerpecillo bajo su mano. Messy gruñía.

Algo no iba bien.

Jacob había vuelto. Era posible que intentara introducirse en la casa. Por la tarde, se salvó gracias a la aparición de Colin Blair. Un amigo de Kate que quería visitarla, pensando que todavía no estaba de servicio. Creía que no empezaría a trabajar en el departamento de investigación criminal de Scarborough hasta el primero de agosto. La presencia del desconocido desorientó a Jacob. Xenia no descartaba que en caso de necesidad hubiese utilizado la violencia para meterla en su coche, pero desistió a la vista del recién llegado.

—¿Vienes o no? —le preguntó después de que Colin Blair dejara la mochila en el suelo del pasillo y no hiciera ningún gesto de marcharse aunque Kate no estuviera.

Sabía que, a ojos de su marido, sería una declaración de guerra, pero a pesar de todo dijo:

—No.

—Te arrepentirás —farfulló Jacob—. ¡Te arrepentirás de esto!

Jacob subió a su coche y se marchó con el motor rugiendo y las ruedas rechinando.

Colin se lo quedó mirando, perplejo.

—¿Qué le pasa? ¿He venido en un mal momento?

Xenia negó con la cabeza.

—Ha llegado usted justo en el momento oportuno.

El ambiente acabó de distenderse cuando Colin confesó que sabía quién era Xenia y que él estaba con Kate en el tren cuando se produjo el tiroteo. Se alegraba de conocerla. Ella enseguida se dio cuenta de que Colin era un detective aficionado que estaba muy aburrido de su trabajo como informático en una empresa londinense, y que era un ferviente admirador de Kate y su profesión.

—Por desgracia —se lamentó—, siempre me entero de muy pocas cosas. En realidad, no debería contarme nada.

Kate y él se conocieron dos años atrás a través de una aplicación de internet para encontrar pareja, pero nunca saltó la chispa entre ambos. No obstante, los unía desde entonces una especie de amistad que Colin se trabajaba más que Kate. A Xenia le resultaba sorprendente que Kate hubiese buscado, o quizá todavía estuviese buscando, una pareja a través de internet. Por alguna razón, creía que la agente era una soltera convencida y que estaba totalmente satisfecha con su vida, una profesión tan llena de sucesos, una casa bonita y un gato. En ese momento pensó: «Qué tonta soy. Es una persona normal. Claro que desea tener una relación».

Fue una noche agradable. Colin preparó una cena realmente sabrosa con las escasas provisiones de la cocina de Kate y Xenia se sentó a la mesa contemplándolo mientras cocinaba. Volvió a contar la historia del tren y luego el drama de la noche anterior, con el coche atravesado en la carretera y su ataque de pánico. También le habló de su matrimonio, que cada vez le resultaba más horrible, y Colin la escuchaba atentamente y le hacía algunas preguntas muy acertadas. Lo encontraba amable. Mucho más amable de lo que le había resultado jamás Jacob.

Llegado el momento, se retiró a la habitación de invitados, que solo tenía un colchón en el suelo y una silla en un rincón. Y varias cajas de cartón todavía sin vaciar.

Colin dormía en la sala de estar, en uno de los pequeños sofás. Xenia se alegraba de que estuviera en la casa. De estar sola, se habría sentido ahora más inquieta.

Messy soltó un claro gruñido.

Xenia creyó oír de nuevo un ruido en el piso inferior. ¿Podría ser la puerta de la cocina que daba a la terraza?

¿Jacob? Lo creía capaz de intentar entrar en la casa. No era una persona que aceptase una derrota, y el haber tenido que marcharse sin ella por la tarde era una ofensa para su ego que jamás podría olvidar.

Pero cabía otra posibilidad. El tipo del tren. Todavía no había cumplido con su misión.

Se levantó, abrió con cautela la puerta de la habitación. Messy salió veloz como un rayo y desapareció en la oscuridad. Xenia prestó atención. Ahora no oía nada. Podría haber pensado que se equivocaba, pero el comportamiento del gato era raro. Estaba claro que Messy percibía algo.

«Quizá haya un ratón en la cocina», pensó Xenia, intentando tomárselo con humor. No lo consiguió.

Bajó las escaleras a tientas. Sus ojos se habían acostumbrado a la oscuridad que, gracias a la pálida luz de la luna, cubierta de un velo de nubes, y a las farolas de la calle, ya no era tan negra. El resplandeciente clima veraniego de los últimos días parecía estar cambiando de golpe.

En el piso de abajo también estaba todo en silencio, salvo por unos apagados ronquidos que surgían de la sala de estar. Colin dormía plácidamente pese a su incómodo lecho.

—¿Messy? —llamó en voz baja.

Ninguna respuesta. Entró en la sala de estar.

—¿Colin? —susurró.

Este se despertó sobresaltado, enseguida encendió la lámpara de pie que tenía al lado y se sentó en el sofá. Tenía todo el pelo revuelto.

—¿Qué pasa? —preguntó alterado.

—Hay alguien —musitó Xenia—. En la puerta de la cocina.

—¿En la puerta de la cocina? ¿Estás segura?

—Messy también está inquieto.

Colin se levantó del sofá y se dirigió a la cocina en camiseta y calzoncillos, allí encendió la luz. Messy estaba junto a la puerta y maullaba.

—Creo que quiere salir a cazar ratones —opinó Colin.

Ya se disponía a abrir la puerta cuando Xenia le gritó:

—¡No! ¡No abras!

—¿Por qué no?

—Podría haber alguien.

—¿Quién iba a estar aquí?

—Mi marido. O el tipo del tren.

Colin vaciló. Había conocido al sospechoso Jacob Paget y también presenció el suceso en el tren. A él, Xenia no le parecía ni una exagerada ni una histérica. Podía comprender perfectamente sus temores.

—¿Llamamos a la policía?

—¡No! —respondió Xenia, horrorizada.

—¿Por qué no?

—Aquí ya estamos con la policía —dijo, y se dio media vuelta para que él no viera asomar las lágrimas en sus ojos.

—Sí, pero Kate no está. —La cogió del brazo—. ¿De qué tienes tanto miedo, Xenia?

—Me dispararon. Tú también tendrías miedo.

—Sí, pero yo no tendría miedo de la policía —señaló Colin.

Ella se clavó las uñas en la palma de la mano. El dolor parecía absorber algo de su angustia, obraba un efecto neutralizador.

—Tengo que irme de aquí, Colin. O bien el tipo del tren sabe dónde estoy y corro peligro, o Jacob enviará a la policía a por mí.

—¿Cómo va a enviar a la policía a por ti? —preguntó él, asombrado—. ¡Es a ti a quien persigue un loco! ¡Tú no persigues a nadie!

—Es todo mucho más complicado —musitó ella—. ¿Puedes sacarme de aquí?

—¿Ahora?

—Sí.

Colin reflexionó. Era una situación que, en el fondo, le gustaba. El problema principal de su vida consistía en que nunca pasaba nada y ahora aterrizaba de forma inesperada en un caso criminal. De hecho, ya hacía una semana y media, en el tren de York. Volver a estar en Londres, sin noticias de Kate y sin saber cómo evolucionaba todo le tenía fastidiado. Por eso viajó a Scarborough, y no lo detuvo el mensaje de Kate diciendo que estaba ocupada. De acuerdo, ella ya estaba trabajando. No pasaba nada. Él podía serle útil en casa, vaciando cajas, colocando estanterías en la pared y esas cosas, y por la noche, cuando ella volviera, tal vez le contase algo. Pero, contra todo pronóstico, la situación se estaba poniendo muy emocionante. Había conocido a Xenia, la mujer del tren. Y ella le suplicaba que la ayudase. Colin se sentía importante, y cada vez disfrutaba más de esa sensación.

—Pero ¿adónde vamos a ir? —planteó.

Claro que tenía su piso en Londres. Aunque estaba muy lejos. Además, se preguntaba qué consecuencias tendría eso en su amistad con Kate. No cabía duda de que ella no estaría de acuerdo con lo que él estaba pensando. Ella esperaría que, en una situación como esa, la llamara de inmediato en lugar de actuar por su cuenta y riesgo. No obstante, le parecía inútil hablar con ella por teléfono estando Xenia presente. Tendría que encerrarse en el baño, pero en cierto modo le repugnaba hacerlo. Xenia confiaba en él. Y no quería decepcionarla.

—Está bien —dijo—. Tienes miedo. Lo comprendo. Pero ¿no podemos esperar hasta mañana a primera hora?

Ella estaba totalmente invadida por el pánico.

—No. Jacob puede avisar a la policía en cualquier momento.

—Nos marchamos. Pero sin alejarnos de esta zona. De lo contrario, Kate se enfadará conmigo. Buscaremos un hotel. Aunque ahora no podemos registrarnos. Tendremos que dormir en el coche.

—Sí. De acuerdo.

Lo único que ella quería era marcharse de allí. Por la tarde, le pareció que estaba más tranquila. El ruido en la puerta, si es que se había producido, desató todos los miedos concebibles. En opinión de Colin, Xenia actuaba de forma irracional, y todo apuntaba a que no conseguiría que cambiara de parecer. A lo mejor se serenaba si salía del campo de influencia de Jacob. Por lo visto, tenía más miedo de él y de una posible llamada a la policía que del loco que estuvo a punto de matarla en el tren.

Messy ya había desistido de salir al jardín. Se fue a la sala de estar y se ovilló en el sofá, ahora libre.

—Le pondremos comida y agua suficiente —señaló Colin—. ¿Cuándo vuelve Kate?

—Mañana —respondió Xenia, y se corrigió al instante—. Hoy. Ya es hoy.

—Bien. Entonces, el asunto Messy está arreglado. —Miró a Xenia y advirtió con énfasis—: Pero quiero saber qué sucede. Sea donde sea que vayamos a parar, tienes que soltármelo todo. Tu miedo a la policía… Me refiero a que no tienes aspecto de ser una asesina en serie, pero hay algo que no encaja, y al final yo también acabaré metiéndome en problemas. ¿Me dirás qué sucede?

—Ojalá lleguemos al coche —susurró.

Colin tampoco se sentía a gusto con la idea de no lograrlo, pero intentó aparentar serenidad.

—Ya no habrá nadie. Si es que lo ha habido en algún momento. A estas alturas hay demasiadas luces encendidas. Creo que podemos arriesgarnos.

—Sí —murmuró Xenia.

2

Esa mañana, el comisario Robert Stewart acababa de entrar en su despacho y ya pensaba salir de nuevo en busca de un café cuando sonó el teléfono de su escritorio. Lanzó una imprecación por lo bajo. Había pasado toda la noche dando vueltas sin poder dormir y estaba hecho polvo. Le habría gustado reunir algo de fuerza antes de que solicitaran su atención.

—El doctor Dane —anunció la telefonista.

Robert se espabiló al instante.

—Sí, ¡pásemelo!

La mejor noticia del día, de la semana, sería enterarse de que ya podía interrogar a Sophia Lewis. Un regalo caído del cielo. Tal vez Sophia Lewis no constituyese la única clave para resolver ese desconcertante caso, pero se estaban dejando los cuernos en la otra clave, Xenia Paget, y no avanzaban. No se movía nada. Eso lo estaba volviendo loco y le quitaba el sueño por las noches. Antes, con otros casos complicados, no se había sentido así. Porque él no asumía la responsabilidad. La asumía Caleb. «Ya me acostumbraré, solo necesito algo de tiempo», se decía.

Por desgracia, el doctor Dane enseguida echó por tierra sus esperanzas de conversar en breve con Sophia en la clínica.

—Todavía no puede hablar —dijo—, pero se va estabilizando. Eso ya es un paso gigantesco.

Robert pensó que solo un médico se alegraría de que alguien que no podía hablar ni moverse, al menos, se estabilizara. Él se lo imaginaba como una auténtica pesadilla: estar tendido en una cama, sin moverse y sin hablar. Respirar. En el fondo, solo era capaz de respirar. Su vida se reducía a respirar. Inspirar y espirar.

Nada más que eso, tal vez para toda la vida.

En su lugar, Robert habría deseado que le fallara también la respiración y lo dejaran morir.

—¿Tampoco puede escribir? —inquirió, más para liberarse de sus lúgubres pensamientos que por aguardar una respuesta positiva.

—No. Apenas puede mover los brazos. Pero hay indicios de reflejos. Es posible que su situación mejore.

—Pero no podrá...

—No. No podrá recuperar su forma de vida anterior. Se quedará paralítica. Pero con mucha fisioterapia y ejercicio, a lo mejor consigue hacer un par de cosas más que ahora. De todos modos, no quiero prometer demasiado. Es imposible saberlo.

—Si me permite preguntarle, ¿hay algún pronóstico, aunque sea vago?

—Por desgracia, no. Pero no le llamo por eso. Mañana vamos a trasladarla.

—¿Trasladarla? ¿Adónde?

—Aquí ya no podemos ofrecerle unos cuidados óptimos. Se encuentra estable, pero necesita atenciones. Y no se debe perder demasiado tiempo.

—¿A una clínica de rehabilitación?

—Sí, en Hull. Allí tienen equipamiento. Una asistencia médica estupenda y unos fisioterapeutas con una formación fabulosa. Aparatos de primera clase. Aquí no tenemos todo eso. Esta es una clínica normal.

Hull. Eso estaba a más de una hora en coche. Lo mismo daba. Viajaría a cualquier sitio si ella por fin recuperaba el habla.

—Comisario, podrá hablar con ella —indicó Dane—. Pronto. Estoy seguro.

—Suena bien —dijo Robert.

Y sí, sonaba bien. No obstante, un agente del departamento de investigación criminal medía el tiempo de modo distinto a como lo hacía un médico. Este último sabía que tenía que dar a cada proceso de recuperación su tiempo, que en la mayoría de los casos este trabajaba a favor de los pacientes. Salvo algunas excepciones, en las investigaciones policiales eso era a la inversa. El tiempo que pasaba sin hallazgos dignos de mención solía ir a favor del autor del crimen. Con cada día que transcurría, más se enfriaban las huellas.

—De acuerdo —convino, a pesar de todo. No quedaba otro remedio. El doctor Dane no podía acelerar nada, aunque le soltara un discurso sobre el trabajo policial—. Gracias por tenerme al corriente, doctor. Me pondré en contacto con los médicos de Hull para que me mantengan al día.

—Está bien —dio Dane—. Ah, otra cosa. ¿Conservará la protección policial? ¿La acompañará mañana el agente que ahora está apostado a su puerta?

Robert reflexionó. Tener a un agente todo el día en el pasillo de un hospital era algo que, dada la escasez de personal y de dinero, no podía permitirse. Sin embargo, le parecía justificado en el hospital de Scarborough. La prensa había informado sobre la gravedad de los daños de Sophia y el criminal podía haberse enterado de en qué lugar se encontraba ella. Eso dio lugar a una situación de peligro. Pero ahora la cosa cambiaba. El criminal no sabía que trasladaban a Sophia. Además, había clínicas de rehabilitación por todas partes.

Por unos instantes se preguntó qué habría hecho Caleb, pero enseguida apartó ese pensamiento de su mente. Tenía que tomar decisiones por sí mismo y no conforme a su antecesor.

A su «alcohólico antecesor», precisó mentalmente. Hacía tiempo que resultaba dudoso que Caleb fuera capaz de tomar decisiones sensatas. Así que, en este sentido, no servía como referencia.

—El agente se quedará hasta mañana —dijo—, entonces lo retiraremos. Tampoco la acompañará en el traslado. Pero la dirección de la clínica de rehabilitación debe tratarse de modo absolutamente confidencial.

—De acuerdo —contestó Dane.

Se despidieron. En cuanto Stewart colgó, sonó su móvil. Al parecer, su café tendría que esperar.

—¿Sí? —preguntó con impaciencia.

Era Kate, que lo llamaba desde Manchester. Le informó acerca de lo que había averiguado Helen. Que Jacob y Xenia no se conocieron a través de una agencia matrimonial, al menos no a través de la que mencionó Jacob.

—Sí, ¿y? —preguntó Robert. No daba ningún valor a dónde se habían conocido. Según su opinión, Kate se aferraba a algo que era una auténtica pérdida de tiempo.

—Tenemos que comprobar por qué los dos nos han facilitado un dato falso —señaló Kate.

—Sí, de acuerdo. ¿Está todavía en tu casa?

—Sí. Aunque esta mañana temprano no la he localizado, ni en el teléfono fijo ni en su móvil, a lo mejor está en el jardín y no oye nada. ¿Podrías ir a echar un vistazo?

—Pasaré por allí.

«Innecesario. Pero mejor que estar aquí sentado. Cualquier cosa con tal de pasar a la acción», pensó.

—Gracias. Me voy ahora a Birmingham a intentar hablar con el padre de Sophia. De vuelta pararé en Leeds y volveré a ver a Jacob Paget. Que me explique por qué me ha mentido.

—De acuerdo. Ah, por cierto: mañana trasladan a Sophia Lewis a una clínica de rehabilitación. Todavía no se la puede interrogar, pero parece que las expectativas son favorables, según el médico.

—Qué buena noticia —dijo Kate.

3

Constance Munroe tenía los ojos rojos e hinchados y cara de haber trasnochado cuando abrió la puerta de su casa a la agente Mia Cavendish. Era evidente que había pasado la noche en blanco, llorando en lugar de durmiendo. Mia la visitó la noche anterior para notificarle que habían encontrado su coche vacío, abierto y con la llave de contacto puesta, no lejos de la ciudad de Taunton, en el condado de Somerset. La noticia impactó y horrorizó a Constance. Aunque hubiese preferido disfrutar de la tarde libre, Mia se quedó dos horas con ella y no se marchó hasta que Constance se tomó un calmante y se relajó un poco. Esa mañana, Mia decidió volver a hablar con ella. Esa mujer estaba francamente mal y se quedaría más tranquila si iba a verla.

Constance la condujo a la sala de estar, la invitó a sentarse en el sofá y a tomar una taza de té. Le temblaba la voz.

—No puedo imaginar que esto vaya a acabar bien, agente. Me refiero a que... ¿quién deja su coche al borde de una carretera? Abierto. ¡Con la llave puesta! Aquí falla algo. ¿Adónde se marchó después?

—¿Llevaba equipaje cuando se fue al seminario?

—Sí. Una bolsa de viaje con un par de mudas.

—En el coche no estaba. Tampoco el bolso de mano.

Constance se la quedó mirando.

—Sí, ¿y?

—Si alguien quería robarle... cogería el bolso de mano, esperando encontrar dinero dentro. ¿Pero todo el equipaje?

—¿Y si la han secuestrado?

—¿Por qué iban a secuestrar a Alice Coleman?

—No sé.

Mia le colocó con prudencia la mano sobre el brazo.

—Constance, es evidente que Alice se marchó a otro lugar distinto del que le dijo. Todo apunta a que no tenía intención de acudir al seminario.

—¿Eso cree usted?

—Eso parece, ¿no? A lo mejor alguien la recogió. Alguien con quien había quedado.

—¿Por qué iba...? —Constance se interrumpió y abrió los ojos de par en par—. ¿Se refiere a que me ha abandonado? ¿A que me ha dejado por otra persona?

—¿Tan inconcebible sería eso?

Constance bajó la cabeza. Las lágrimas brotaron de sus ojos.

—No —gimió—, nos peleamos todo el tiempo. Sabe, agente, me hago tantos reproches. No he entendido en absoluto el estado anímico de Alice. Sabía que sufría de estados depresivos, que con frecuencia se sumía en la melancolía, que recurría a seminarios de terapia, constelaciones familiares y esas historias para recuperarse porque cargaba con grandes problemas. Pero ¿qué hago yo? Echarle en cara que siempre esté fuera y me deje sola. En lugar de entender que, con todo eso, está pidiendo ayuda.

—No se atormente ahora con estas ideas. Eso es lo normal en el agitado día a día. Siempre vemos *a posteriori* dónde y cuándo habríamos tenido que reaccionar. Cuando uno está en el meollo, es mucho más difícil.

—Yo debería haberlo comprendido… Ay, no tendría que haber estado peleando continuamente…

Constance lloró ya sin consuelo.

Mia dejó la taza de té y le pasó afectuosa un brazo alrededor de los hombros. Permanecieron así un par de minutos, hasta que Constance se hubo calmado un poco. Sacó un pañuelo, se limpió la nariz y se secó los ojos.

—Con esto, la policía ya da el caso por cerrado, ¿verdad? —preguntó.

—No del todo —respondió Mia—. La policía científica estudiará el coche. No obstante, dudo que encuentre algo que nos dé una pista.

—¿Puedo seguir manteniendo la denuncia de desaparición?

—Por supuesto. Pero me temo que no la buscarán. No hay ninguna señal de que se haya cometido un delito. Se trata de una mujer adulta y es muy probable que haya decidido cambiar de vida. Para usted es horrible, pero eso no justifica una búsqueda más intensiva.

—Que se marche así, sin más. No lo entiendo. ¡No puedo entenderlo!

—¿Desde cuándo son ustedes pareja? —preguntó con cautela Mia.

—Desde hace siete años.

—¿Y antes? ¿Con quién estaba Alice antes?

—Estaba casada con un hombre. No sé durante cuánto tiempo. Se divorció en 2007. Le he preguntado a menudo cuáles fueron las causas, pero nunca me ha dado una respuesta concreta. Simplemente, no eran felices juntos. Pensé que quizá se debía a que Alice se había ido dando cuenta de que se sentía más atraída por las mujeres. Puede que eso no le permitiera seguir viviendo más tiempo con Oliver.

—¿Oliver era su marido?

—Oliver Walsh. Sí. No me ha contado mucho sobre él, pero por lo poco que me dijo, no parecía guardarle rencor. Se separaron de mutuo acuerdo, pero luego ya no mantuvieron el contacto.

—¿Dónde vive?

Constance se encogió de hombros.

—Vivían cerca de Nottingham, en un pueblo.

—Y después del divorcio, ¿Alice se fue a Cornwall?

—Sí, primero a Truro. Luego le dieron un puesto en Redruth. Fue allí donde nos conocimos.

—¿De qué forma?

Constance sonrió con amargura.

—Las dos teníamos un abono para el teatro. Y siempre nos sentábamos una al lado de la otra. Pura coincidencia. Durante los descansos bebíamos una copa de champán juntas y hablábamos de lo humano y lo divino. Y, bueno, en un momento dado la relación fue a más.

—Entiendo —dijo Mia—. ¿Tenía hijos Alice?

—No.

Mia reflexionó.

—Si tiene tendencia a la depresión… Usted habrá intentado sonsacarle algo, ¿verdad? ¿No ha intentado averiguar las causas?

—Sí. Pero no dio para mucho. Quizá ni ella misma las sabía.

—Tal vez sí quería tener hijos —señaló Mia—. Y además, está el fracaso de su matrimonio. Con eso basta.

—Sí —dijo Constance—, pero pensaba que era feliz conmigo. A pesar de todo.

—¿Tiene Alice familiares vivos? ¿Padres? ¿Hermanos?

—No. No tenía hermanos. Y sus padres ya no viven.

—Entiendo. —Mia pensó que realmente ese no era un caso para la policía. Alice ya no era feliz en esa relación, no se sentía comprendida. Había puesto punto final. De modo radical y sin ninguna consideración hacia su pareja. En una solitaria carretera de Somerset. En una calurosa semana de julio.

Habría sido interesante saber qué era lo que había salido tan mal en la vida de Alice Coleman. Pero, tal y como le había dicho a Constance, no era su deber averiguarlo.

4

En un área de descanso de la M6, poco después de Stoke-on-Trent, casi en la mitad del trayecto entre Manchester y Birmingham, Kate empezó a preocuparse. Se detuvo para ir al baño y tomar un café, y, apoyada en el capó de su coche y mientras esperaba a que el café se enfriara para no quemarse, intentó comunicarse con Xenia. Llamó al teléfono fijo de su casa y al móvil de Xenia. Ya lo había hecho a primera hora de la mañana y luego más tarde, justo antes de partir. Pero nada. Siempre saltaba el contestador automático.

Tal vez Xenia salió temprano a dar un paseo junto al mar. Entonces estaría fuera toda la mañana.

Desde Scalby había que andar unos tres cuartos de hora largos para llegar a la playa de la bahía norte de Scarborough; Xenia, que no estaba muy en forma, quizá necesitaría más tiempo. Sin embargo, Kate tenía un extraño presentimiento. Xenia parecía aterrorizada. Habría jurado que se quedaría en casa y que no se atrevería a salir tantas horas.

¿Habría ido a comprar? Pero ya debería haber vuelto. Kate se tomó el café a sorbitos y levantó la vista al cielo nublado. Por el momento no hacía más calor, pero tampoco frío. Un día indefinible.

Sonó el móvil y ella esperó que fuera Xenia, pero era el comisario Stewart. Parecía inquieto.

—Estoy delante de tu casa —dijo sin entretenerse en saludarla—. Para hablar con Xenia Paget. Aquí no hay nadie. O al menos no abre nadie.

—Es raro. Estoy intentando contactar con ella desde hace horas, sin éxito. No la encuentro por el fijo. Pero incluso si hubiese salido, ¿no tendría que llevar el móvil?

—Quizá se ha quedado sin batería.

—¿Podrías acercarte al jardín? —le pidió Kate—. ¿Y mirar si todo está como debería? También la puerta de la cocina que da a la terraza.

Robert suspiró. Kate oía a través del teléfono cómo rechinaba la gravilla cuando él la pisaba al dar la vuelta a la casa. Luego volvió a oír la voz de su jefe.

—¿Kate? Aquí todo parece estar en orden. La puerta está cerrada, en el jardín no hay nadie. En la cocina hay un gato.

—Sí, es Messy. —Kate pensó con urgencia qué hacer. Tenía la impresión de que Robert estaba esperando sus instrucciones.

«Un jefe genial», pensó.

Entonces se le ocurrió una idea.

—Llama por favor a mi vecina. Es mejor que un perro guardián, sabe más de lo que ocurre en mi casa que yo misma. A lo mejor se ha fijado en algo.

Robert no parecía entusiasmado, pero prometió seguir sus indicaciones y llamarla de nuevo.

Después de colgar, Kate se acabó el café y se subió al coche. Deseaba más que nunca que Caleb todavía estuviera ahí. No porque sus teorías y planteamientos fueran siempre los acertados; cuántas veces habían estado a punto de tirarse de los pelos porque tenían puntos de vista diferentes. Pero siempre se le ocurría alguna idea, un plan; avanzaba, era activo y se involucraba. Robert, por el contrario, era como un somnífero. En general, cuando estaba con Caleb, tenía iniciativas, pero ahora, en su nuevo papel de jefe, estaba como paralizado. Le preocupaba tanto cometer un error que no se atrevía a moverse.

Llevaba diez minutos en la carretera cuando Robert volvió a llamarla. Kate puso el manos libres para hablar con él.

—¿Sí?

—Tu vecina está realmente con las antenas puestas —dijo Robert, con una amable perífrasis para no decir «es bastante cotilla», según interpretó Kate—. Ayer dos hombres fueron a ver a Xenia.

—¿Dos hombres?

—Sí. Del primero no me ha dicho gran cosa, salvo que le pareció un tipo furioso y decidido. Una persona desagradable, dijo. ¿Podría tratarse del marido de Xenia? ¿De Jacob Paget?

—Por desgracia, es posible que Jacob haya averiguado dónde se encontraba su esposa y que haya ido a buscarla. Qué mal. Debería haber estado yo allí.

—No puedes quedarte todo el día en casa cuidando de Xenia Paget. Desde el comienzo no fue una buena solución que se refugiara en tu casa.

«¿Tenías una propuesta mejor?», estuvo a punto de replicar

Kate, pero se tragó el comentario. Al fin y al cabo, el comisario Stewart era su jefe.

—¿Qué te ha contado sobre el otro hombre? —preguntó en cambio.

—Que ya lo había visto alguna otra vez. Antes, cuando todavía no vivías en Scalby pero te alojabas ahí de vez en cuando. Es de Londres, conduce un Mini azul y...

—Colin —dijo Kate—, ese es Colin. Típico. Le escribí que estaba ocupada, pero, a pesar de todo, ha venido.

—¿Un amigo tuyo?

—Un conocido. De Londres. Estaba conmigo en el tren camino de York cuando se produjo el tiroteo.

—Entiendo. Bien, en cualquier caso, no parece haberse quedado. No se ve su coche por ninguna parte.

—¿Lo vio marcharse la vecina? ¿Solo o con Xenia?

—Dice que no. El coche estaba ayer aquí ya entrada la noche, tenía la impresión de que el conductor durmió en tu casa. Esta mañana temprano, cuando se ha despertado, el vehículo había desaparecido. Tu conocido ha debido marcharse muy tarde por la noche o muy temprano por la mañana.

¿Con Xenia? Kate recapacitó. En el fondo, esta posibilidad sería bastante tranquilizadora. Colin era un pelma, pero alguien del todo inofensivo. Si se había quedado en casa, significaba que Xenia lo había dejado entrar, pues él no tenía llave. Por otra parte, eso quería decir que Jacob, suponiendo que él fuera el otro hombre, no había conseguido llevársela. Tal vez la presencia de Colin se lo había impedido. La cuestión era: ¿dónde estaban él y Xenia ahora? ¿Por qué se habían marchado de casa a unas horas tan extrañas?

—De acuerdo, voy a intentar contactar con Colin —dijo—. En media hora estoy en Birmingham. Te llamaré si saco algo en claro de la conversación con el padre de Sophia Lewis.

—Está bien —respondió Robert, esforzándose por adoptar un tono profesional, como si estuviera al comienzo de una larga lista de tareas pendientes que tenía que terminar cuanto antes.

«Qué te apuestas a que no sabe qué tiene que hacer ahora», se dijo Kate.

Llamó a Colin al móvil. Después de varias señales saltó el contestador. Era increíble, tampoco él estaba localizable.

Le preguntó por Xenia y le pidió que la llamara urgentemente. No podía hacer nada más por el momento. Esperaba que la telefoneara. En general era una persona muy fiable, y además evitaba tener problemas con ella.

Y ahora no le quedaba otro remedio que concentrarse en la inminente conversación con el padre de Sophia. Helen había encontrado su dirección, pero no habló con él por teléfono. Esperaba que estuviese en casa y que tuviera algo que contar, al menos algo que aportara un rayo de luz a la investigación.

Geoffrey Lewis estaba en casa, incluso se alegró de la visita inesperada: enseguida invitó a Kate a pasar a su sala de estar y se metió en la cocina para preparar un café. Kate estaba muy satisfecha del navegador de su coche. Birmingham, la ciudad más grande de Inglaterra después de Londres, representaba todo un reto logístico y de circulación para cualquier conductor. Situada en medio del Black Country, una zona repleta de minas de carbón en las West Midlands, que en otros tiempos se caracterizaba por las humeantes y contaminantes chimeneas de las fábricas, Birmingham se había convertido en una gran ciudad sumamente multicultural que tenía que enfrentarse de continuo a fuertes movimientos sociales. Geoffrey Lewis vivía en el barrio de Winson Green, más bien pobre y conocido sobre todo como sede de Her Majesty's Prison, también llamada la «cárcel del horror». El año anterior dejaron sin licencia a la contrata de la prisión, después de que se dieran a conocer con gran espanto las catastróficas circunstancias en las que vivían los reclusos, en unas celdas abarrotadas y en unas condiciones higiénicas inimaginables.

La casa de Geoffrey Lewis se encontraba en Green Lane, en una parte bastante venida a menos de esa calle interminable. Pocos espacios verdes. Casitas en fila, techos bajos y pasillos estrechos, explanadas de asfalto sobre las cuales se desperdigaban los cubos de la basura y a veces lavavajillas desechados o viejos cestos para perros. Los residentes parecían haber perdido hacía tiempo las ganas de embellecer como mínimo su pequeña vivienda.

La sala de estar de Geoffrey Lewis era tan diminuta que uno apenas podía moverse, pero Kate encontró muy hospitalario que el anciano, a pesar de ello, se esforzara por tratar a su invitada con tal cortesía. Mientras él preparaba el café, Kate se quedó esperando allí. La butaca tenía los muelles rotos y Kate casi se hundió hasta el suelo al sentarse. Geoffrey sirvió el café en unas pequeñas tazas de porcelana. Ella tomó un sorbo y no pudo evitar toser porque nunca había probado un café tan fuerte. Si hubiera tenido una cuchara, esta habría podido sostenerse vertical en el líquido.

—Señor Geoffrey, he venido por su hija Sophia —anunció.

El hombre no pareció sorprendido pese a que ella se había presentado como policía a la puerta de la casa.

—Sophia —dijo—, qué bonita.

—Ha sufrido un accidente.

—Ay...

Kate notó que, a primera vista, Geoffrey Lewis daba la impresión de ser un hombre mayor amable, un poco despistado y, en su soledad, poco habituado al trato con otras personas. Pero en realidad su mente ya iba un poco a la deriva. Estaba ahí sentado, sonreía y se alegraba de tener a alguien con quien charlar, pero no entendía del todo de qué trataba la conversación o comprendía tan solo algunas partes. Kate perdió las esperanzas. Iba a ser difícil obtener de él una información relevante.

—Todavía está en el hospital. Lo cierto es que no ha sido un accidente. Alguien le ha provocado una caída grave de manera intencionada.

El rostro de Geoffrey reflejó perplejidad.

—¿De manera intencionada? Eso no es nada amable.

Kate pensó que Sophia pasaría el resto de su vida parapléjica.

—No. Es cierto que no tiene nada de amable.

—El mundo no es un lugar hermoso —sentenció Geoffrey, bebiéndose su fortísimo café como si fuese agua.

—¿Cuándo fue la última vez que vio usted a Sophia?

Reflexionó.

—No lo sé con exactitud. Todavía era invierno. Estaba nevado. ¿En febrero?

—¿De este año?

—Sí. Ella siempre me visita. Estoy muy solo, ¿sabe? Mi esposa murió hace nueve años.

En ese momento su soledad era tan palpable como un gran objeto colocado en medio de la habitación. Salvo a su hija, era probable que no tuviera a nadie más que se ocupara al menos de vez en cuando de él. Y esa hija tampoco podría hacerlo más. Kate sintió de repente una profunda y dolorosa tristeza. Quien había atacado a Sophia también había agredido, en igual medida, a ese hombre.

—¿De qué hablaron? —De nada servía hundirse en la condolencia. Debía seguir comportándose como una profesional.

El anciano se concentró.

—Del tiempo. Sí. Porque ya hacía mucho frío. Un frío glacial.

—¿Y de qué más? ¿Le contó Sophia algo de ella? ¿Por ejemplo, si tenía miedo de algo o de alguien?

—¿Miedo?

—Sí. ¿O si tenía algún enemigo?

—Sophia no tiene enemigos —respondió con convencimiento Geoffrey—. Todos la quieren.

Esa era la imagen que Kate veía reflejada por doquier: la querida Sophia. Todo el mundo la veía con buenos ojos. Y, sin embargo, había alguien que sentía odio hacia ella. Un odio infinito.

—Alguien tendió un alambre en el camino que ella recorría cada mañana en bicicleta —dijo—. Alguien que seguro que no la podía ni ver.

—Quizá no estaba pensado para Sophia —señaló Geoffrey, confirmando que a veces tenía momentos de lucidez—. Tal vez quería pillar a otro. Para divertirse.

—Es una posibilidad, pero nos parece poco probable. A esa hora solo Sophia circulaba por allí. Mucha gente lo sabía. Además, también le dispararon.

—Ay... —volvió a exclamar Geoffrey.

—Pero no le dieron.

—Bien.

Era difícil conversar con él.

—¿Creció Sophia aquí, en esta casa? —preguntó Kate. Geoffrey negó con la cabeza—. No. En West Bromwich. Está en las afueras de Birmingham.

—Ajá. ¿Y cómo eran las cosas por allí? Me refiero a cómo fue su juventud. ¿También la querían tanto? ¿Cuando era adolescente?

—Sí. Tenía muchos amigos. Todos la querían. También era muy buena en el deporte, ¿sabe? Jugaba a balonmano y viajaba mucho. Estaba en una asociación de balonmano. Allí también era querida por todos.

Era desesperante. ¿Cuándo, cómo y dónde la querida Sophia se había ganado tanto odio como para yacer ahora en un hospital sin poder moverse?

—¿Ningún enemigo? ¿Tampoco antes?

—En nuestra calle —dijo Geoffrey—. Había uno que siempre la molestaba. Desde que tenía cinco años. Y más tarde había otro...

—¿Sí?

—En el club de balonmano. Había uno que iba detrás de ella. Pero a Sophia no le gustaba.

—¿Se puso desagradable el chico?

—Durante un tiempo estaba siempre delante de la puerta de nuestra casa. Sophia se ponía muy nerviosa. Pero al final el chico se rindió.

—¿Se acuerda de cómo se llamaba?

Geoffrey se lo pensó.

—¿Sam? —preguntó dubitativo.

—¿Sam? ¿Y qué más?

Geoffrey negó con la cabeza.

—No sé. Ni siquiera sé si se llamaba Sam. Pero creo que después se mudó.

Un Sam que había jugado a balonmano y que se había enamorado perdidamente de Sophia Lewis. ¿Tal vez la había acosado? El problema consistía en que, incluso interrogando a Geoffrey con precaución, él enseguida se bloqueaba. Era muy poco probable que recordara los nombres, a no ser que se le diera mucho tiempo y no se le atosigara. Proceso durante el cual él acababa desviando su atención de la pregunta.

—¿Sabe el nombre del club de balonmano? —inquirió con cautela Kate.

Geoffrey frunció el ceño.

—No lo sé. Pero en cualquier caso, estaba en West Bromwich.

Tampoco habría tantas asociaciones de balonmano por allí. Al menos, el sospechoso Sam constituía un punto de referencia. Aunque era posible que no sirviera para nada. Al cabo de más de una década, un joven que no hubiese encajado bien un rechazo sentimental tampoco tenía por qué planear una pérfida venganza.

Por otra parte, Kate ya había vivido muchas experiencias similares.

—¿Y qué más? —preguntó—. ¿No mencionó nada? ¿En su última visita o tal vez en la anterior? ¿Algo que la abrumara o que la inquietara? ¿Mencionó algún nombre?

El anciano pensaba. Se esforzaba por ayudarla, pero Kate supuso que el interior de su cabeza se parecería bastante a una maleza impenetrable. Tenía en ella recuerdos, imágenes, pensamientos, pero le costaba relacionarlos. Seguro que pasaba demasiado tiempo solo. Se imaginó que probablemente pasaba semanas sin hablar con nadie, tal vez solo con la cajera del supermercado. Eso también provocaba que el cerebro se entumeciese. Entonces su rostro se iluminó.

—¡Sí! ¡Mencionó un nombre! El de un hombre. Habló mucho de él.

—¿Cómo se llamaba?

—Nick.

—¿Nicolas Gelbero?

—Sí. Ese mismo. Mencionó ese nombre.

—Su exnovio. ¿Tenía problemas con él? —Nick había reaccionado sorprendido y horrorizado al recibir la noticia del accidente, pero Kate sabía que no debía descartarlo del todo. De hecho, la mayoría de los crímenes violentos se realizaban en el entorno familiar, especialmente entre parejas. Amores frustrados, sentimientos heridos. Sophia se había deshecho de forma bastante brusca de Nick y además sin contarle las causas reales de la ruptura. No obstante, Kate siempre había confiado en su intuición y esta le decía que Nick no era capaz de cometer un crimen. Podría estar triste y seguir esperando que Sophia volviera, pero sabía encajar un agravio sin volverse agresivo.

Aun así, continuaba, como todos los que habían estado de un modo u otro en el entorno de Sophia, en la lista de sospechosos.

Geoffrey la miró sorprendido.

—¿Problemas? ¿Por qué problemas?

A ese hombre no se le podía exigir gran cosa. Era obvio que no entendía lo que había sucedido.

Una última pregunta.

—¿Ha oído alguna vez el nombre de Xenia Paget?

Negó con la cabeza.

—No. Nunca.

5

Se habían marchado a Whitby, así que, aunque apenas se hallaban a media hora de Scarborough, Xenia ya parecía más tranquila. Pasaron el resto de la noche en el coche, en un aparcamiento por encima del mar. Mientras Colin no lograba pegar ojo en el incómodo asiento, Xenia, agotada, por fin se sumió en un profundo sueño. Pese al considerable volumen de su cuerpo, descansaba hecha un ovillo como una albóndiga grande y fláccida junto a Colin, respirando regularmente. La noche dejó paso al día, estaba nublado y solo de vez en cuando asomaba el sol. Las olas se movían en el mar como por inercia. En algún momento, Colin salió, estiró las piernas y los brazos reprimiendo gemidos de dolor y luego se fue caminando un buen trecho por la carretera hasta llegar a una cafetería, donde compró dos vasos grandes de café y dos bocadillos de queso, y volvió con ellos al coche.

Entretanto, Xenia se había despertado, había bajado del vehículo y estaba al borde del aparcamiento mirando el mar. Desde lejos, Colin pensó que realmente estaba deforme y que el vestido folclórico ancho y largo hasta los pies, con el que trataba de ocultar su gordura, le hacía un flaco favor. Solo cuando uno se acercaba a ella, distinguía su bonito rostro, sus preciosos y grandes ojos y el cabello oscuro y brillante.

«Quince kilos menos y sería un bellezón», pensó Colin.

Sentados en un banco con vistas al mar, se tomaron el café y se comieron los bocadillos con calma, luego se fueron a pasear un poco. Sus móviles no hacían más que sonar, pero ellos los ignoraban. Sabían que era Kate quien llamaba y también sabían que tendrían que dar señales de vida en algún momento, pero no tenían claro aún qué decirle y así evitaban sus reproches. Colin imaginaba perfectamente cómo juzgaría Kate su comportamiento, cuáles serían las palabras que emplearía para ello, y casi encogía la cabeza de manera involuntaria antes de tiempo. Pero ahora estaba involucrado en esa historia. Era incapaz de dejar a Xenia en la estacada.

Más tarde llegaron a Whitby, donde encontraron un hotel barato de mala muerte al borde de una carretera muy transitada. Habían cogido dos habitaciones, pero allí no podían detenerse salvo para dormir, así que volvieron a marcharse y ahora llevaban apenas una hora sentados en un pub del puerto. Era mediodía e iban apareciendo algunas personas que trabajaban en las oficinas de alrededor y que comían allí. Xenia y Colin eligieron una mesa junto a la ventana y pidieron un café, pero nada para comer. Ninguno tenía hambre.

Colin miró el móvil. Ya habían entrado cinco llamadas de Kate, y le dejó dos mensajes de voz pidiendo cada vez con mayor urgencia que contestaran. También envió un wasap. «En caso de que te hayas marchado con Xenia, ponte en contacto conmigo de inmediato. No es broma. Ni tampoco un juego. ¡Tengo que saber dónde se encuentra!».

¡Un juego! Era de lamentar que lo tratase con frecuencia como si fuera un niño. No obstante, Colin cada vez se sentía más incómodo. Tal vez se había metido en un asunto que le venía demasiado grande.

—¿Kate? —preguntó Xenia, mirando el móvil.

Él asintió.

—Diría qué está muy enfadada. Quiere saber a toda costa dónde estás.

—¿Cómo sabe que estoy contigo?

Él se preguntaba lo mismo, pero sin duda no lo sabía porque sí.

—La avisé de que iría. Y es posible que me haya visto la vecina; ella lo ve todo. Kate habrá sacado sus conclusiones. No está segura de que estés conmigo, pero lo sospecha, y el hecho de que yo no responda a sus llamadas seguramente refuerza su hipótesis.

—También está intentando contactar conmigo.

Colin asintió.

—No podemos prolongar esto eternamente, Xenia. No es un comportamiento honesto hacia Kate. Y podría ser que estuviésemos incurriendo en un delito.

—¿Incurriendo en un delito? Somos libres. Podemos ir juntos a cualquier lugar.

—Sí, pero tú eres parte de una investigación policial. Además, Kate te ha alojado en su casa y ha confiado en ti. Creo que lo que estamos haciendo no es correcto.

—No —admitió Xenia.

Él se inclinó hacia delante.

—Me has prometido que me explicarías qué sucede. ¿Por qué tienes miedo de la policía? ¿Qué sabe tu marido para tenerte en un puño?

Ella miró hacia un lado, evitándolo.

—No es asunto tuyo.

—Sí. Por eso te lo pregunto.

—¿Por qué iba a contártelo? Apenas te conozco.

—Te has escapado conmigo de casa de Kate. Me has pedido que te ayudara. Por tu culpa voy a tener un conflicto con el único amigo que tengo; en este caso, amiga. Al menos quiero saber por qué hago todo esto.

Xenia suspiró. Él veía en su rostro la lucha que sostenía consigo misma. Al final dijo en voz baja:

—De acuerdo, pero es… es una historia horrible. Es posible que después me odies.

—No lo creo —respondió Colin.

Xenia miró a su alrededor. No había nadie lo bastante cerca para oírla. Respiró hondo.

—Pues bien… —empezó.

6

Kate no sabía exactamente por qué iba a West Bromwich a ver la casa en la que Sophia había crecido. Esa localidad estaba camino de Leeds, donde quería visitar a Jacob y preguntarle por qué facilitó una información falsa sobre la agencia matrimonial, pero, dejándose llevar por su intuición, tomó el desvío. Geoffrey le había dado la dirección de memoria. Una parte de su cerebro era muy fiable.

Ya en su época en Scotland Yard, Kate adquirió la costumbre de visitar lugares que a primera vista no tenían ninguna relevancia en una investigación y dejarse impregnar por ellos. En muchas ocasiones no obtenía resultados, pero de vez en cuando eso la ayudaba a acercarse a determinadas personas, a entenderlas mejor, percibir su vida. Su anterior jefe se burlaba de ella, sobre todo porque casi nunca regresaba con un hallazgo concreto. Pero esa experiencia modificaba algo en su intuición y, gracias a esta, Kate había progresado en muchos casos complicados e incluso alcanzado el éxito en sus pesquisas. Ante esto, la gente de su entorno se limitaba a mover la cabeza resignada o a mostrarle su reconocimiento de mala gana.

Esta vez, sin embargo, cuando se hallaba delante de la antigua casa de los padres de Sophia, tuvo que admitir que tales visitas no siempre daban resultado. Al igual que la actual residencia del señor Lewis, también esta, una pequeña y estrecha vivienda adosada, se encontraba en un barrio pobre. El revoque de la fachada estaba desconchado en algunos sitios y el canalón, oxidado y roto por el medio. Al llover, el agua debía de caer directamente delante de la ventana y si la lluvia era torrencial, casi como una cascada.

No obstante, la casa sí le desveló algo: a pesar de haber crecido en un ambiente muy mísero, Sophia se había labrado una carrera sorprendente. Desde luego, no provenía de una familia rica. En la escuela tenía que haber sido ambiciosa y aplicada, y sus triunfos en el deporte demostraban lo disciplinada que podía ser. Kate recordó su bonita vivienda de Stainton Dale y el afecto con que contaba entre colegas y alumnos. La vida de Sophia había mejorado mucho. Se mantuvo alejada de las drogas y de las malas compañías, algo que no habría sido fácil en ese ámbito.

Malas compañías.

Un chico del vecindario que la molestó, otro que se enamoró de ella y que se puso algo pesado. ¿Se podía extraer alguna conclusión de ello?

Entonces se dijo que aferrarse torpemente a todo, incluso a esas posibilidades de lo más rebuscadas, a cualquier cabo por muy absurdo que fuese... era el signo clásico de que en una investigación se estaban dando palos de ciego. Tanteando en la oscuridad. Sin grandes expectativas.

Volvió al coche. Cojeaba un poco. Tras cada trayecto largo, la pierna en la que tenía la herida de bala empezaba a dolerle.

Como una advertencia. Se trataba de un criminal peligroso. Ahora volvería a enfrentarse al desagradable Jacob Paget. Tenía que explicar de una maldita vez cómo conoció a Xenia. Y por qué mintió sobre ese tema.

Durante el viaje realizó varios intentos más de contactar con Xenia o con Colin. El contestador. Siempre el contestador.

Jacob Paget ya no se comportaba de forma tan arrogante y presuntuosa como el día anterior. Estaba en casa cuando Kate llegó a Leeds y la condujo de mala gana a la sala de estar, donde preguntó con un gruñido:

—¿Y ahora qué quiere?

Cuando se enteró de qué se trataba, cambió de actitud y se quedó algo desconcertado.

—Xenia Sidorova nunca ha estado en el registro de Happy End —dijo Kate—. Y la agencia es muy seria y minuciosa.

—Pues claro que es seria —se ufanó Jacob—, de lo contrario yo no habría acudido a ella.

Kate lo miró impávida.

—¿Dónde conoció usted a su esposa, señor Paget?

—¿Es importante?

—Sí.

Gesticuló con los dos brazos.

—La conocí y ya está.

—¿Dónde, señor Paget? Es evidente que no fue en la agencia Happy End. De la que usted fue un cliente fiel y donde realizó varios intentos de contactar con mujeres. Xenia Sidorova, sin embargo, no estaba entre la clientela.

La fulminó con la mirada.

—¡Eso ya lo he pillado!

—¿Entonces?

—Nos conocimos por casualidad —acabó respondiendo a regañadientes—. Me ocupo de la administración de fincas de una sociedad inmobiliaria en Leeds, Bradford y York. En una de las casas...

Se detuvo.

—¿Sí? —insistió Kate.

—Una nueva construcción. Yo era el responsable de la supervisión de distintas instalaciones. La descubrimos en el semisótano. Estaba acampada sobre una manta, tenía una cocina de gas y vivía en condiciones indescriptibles. Parecía bastante descuidada. La gente de la constructora quiso llamar enseguida a la policía, pero les dije que la dejaran, que ya me encargaría yo de todo.

Kate se imaginaba muy bien cómo había ocurrido todo. Jacob, que iba en busca de una mujer desde hacía tiempo, seguro que vio enseguida que aquella era su oportunidad. Una mujer a la que sacar literalmente de la miseria, que lo considerase su redentor y se sintiese obligada a estarle agradecida... ¿Podía soñar algo mejor? Ninguna mujer se quedaba con él de forma voluntaria, pero si una no tenía a nadie más que a él, la situación era totalmente distinta.

—¿Por qué se escondía en ese piso vacío? —preguntó Kate—. ¿Y cuándo ocurrió eso exactamente?

—En 2006. En febrero. No se escondía. Necesitaba un techo bajo el que cobijarse.

—¿Qué sucedió? ¿Cómo llegó a Inglaterra? Supongo que no tenía trabajo.

—Llegó con un visado de turista y se quedó. No quería regresar. En Rusia no tenía futuro.

—¿Y qué es lo que hacía en Inglaterra? Me refiero a que, tal como usted las describe, sus condiciones de vida no parecían la mejor opción frente a Rusia.

—Ella no sabía lo que quería en realidad. Salvo que regresar a Rusia no entraba en consideración.

—¿Ya hablaba inglés?

—No tan bien como hoy. Pero bien.

—¿De qué vivía?

Jakob se encogió de hombros.

«Trabajos temporales», pensó Kate. ¿Habría mendigado tal vez? ¿Robado? ¿Tenía por eso pánico a la policía? ¿Porque hacía más de diez años se había agenciado un par de comestibles en un supermercado? ¿O porque había ocupado de forma ilegal un edificio a medio construir?

Demasiado rebuscado. Xenia no era tonta. No iba a dejarse maltratar por un hombre como Jacob porque él supiera ese tipo de minucias sobre ella.

—¿Por qué me ha mentido a mí y a otros agentes de la policía acerca de las circunstancias en que se conocieron? —preguntó.

Jacob se puso más furioso de lo que ya estaba.

—Porque sonaba mejor. Porque no quería decir que había sacado a mi esposa como si fuera una especie de ocupa de un piso a medio construir.

—No le creo —dijo Kate—. Más bien sospecho que sucedió algo en la vida de Xenia, algo relacionado con el hecho de que perdiera su estabilidad y viviera prácticamente en la calle. Usted está al corriente. Por eso ha intentado encubrir las circunstancias de su encuentro. Estoy segura de que tampoco ahora está contando toda la verdad. Y debido a lo que ocurrió, sea lo que fuere, usted sigue ejerciendo presión sobre su esposa.

Jacob torció la boca en una mueca burlona.

—¡Eso lo dirá usted!

—Intentaron asesinar a su esposa. Y yo lo presencié desde muy cerca. El autor todavía anda por ahí suelto. No sabemos nada sobre su identidad. Si se demuestra que usted tenía conocimiento de hechos relacionados con ello, su silencio será considerado un obstáculo a la labor policial. Y con ello incurrirá en delito.

—Ya he dicho lo que sé. No tengo ni idea de por qué han disparado a Xenia. A lo mejor era un ruso y tiene algo que ver con la época anterior a que nos conociéramos.

—Lleva trece años con Xenia. Seguro que le ha contado algo de ese periodo.

—Nada por lo que alguien pudiera querer matarla.

No iba a decir nada. Kate estaba absolutamente convencida de que sabía algo, pero Jacob Paget no revelaría nada. Podía ser cierto que hubiese encontrado a Xenia en una vivienda vacía, pero también podía estar mintiendo. La cuestión era hasta qué punto el mismo Jacob estaba implicado en algún asunto ilegal. ¿O se había involucrado demasiado después de tantos años de complicidad y ahora no podía hablar abiertamente?

—Bien —dijo ella—. No quiere colaborar. Quizá se lo piense mejor, será en su provecho. Puede llamarme cuando lo desee.

Ya le había dado su tarjeta en su última visita, pero le tendió otra. Jacob la cogió y la dejó sin decir palabra sobre la mesa que estaba a su lado.

—¿Cuándo volverá mi esposa a casa?

—Esto tiene que preguntárselo a ella —respondió Kate mientras se dirigía a la puerta.

Como siempre que estaba junto a ese hombre, solo experimentaba el deseo de desaparecer lo antes posible. ¿Cómo había resistido Xenia tanto tiempo?

En algún momento obtendría la respuesta.

Nuestra hija Lena nació en el mes de mayo de 2003. Después de todo lo que Alice había sufrido, el embarazo transcurrió, para nuestra sorpresa, sin problemas. No hubo ningún tipo de complicación, como yo me temía. No obstante, Alice estuvo triste todos los meses del embarazo. Por fin estaba encinta, pero parecía como si a esas alturas ya no pudiera creer en un final feliz.

—Seguro que irá mal —decía a menudo, con la mirada fija en el vacío y aquella expresión de desconfianza que yo tanto deseaba ver desaparecer.

Iba a las revisiones, no bebía alcohol, se alimentaba de forma saludable y paseaba mucho. Y también se ocupaba de Sasha, que tenía que ir a la escuela en otoño, un proyecto que yo aguardaba con cierto nerviosismo. El retraso mental de Sasha se iba haciendo más patente a medida que iba cumpliendo años. No podía imaginar que fuera a resistir el ritmo de una escuela normal. Su pequeña cabeza llamaba mucho la atención, además de la mirada inquieta de sus ojos y un estado peculiar de ensimismamiento. Por una parte, parecía querer comprender todo lo que ocurría a su alrededor, pues su mirada iba de un lado a otro, como si deseara captar lo que pasaba para después reflexionar sobre ello con calma. Al mismo tiempo, sin embargo, se diría que escuchaba en su interior, como si buscase allí algo necesario para entender el mundo exterior. A veces permanecía horas sin pronunciar ni una sola palabra. Luego decía de repente una cosa que, a bote pronto, no tenía sentido, pero la mayoría de las veces resultaba que se trataba de un comentario inteligente sobre un acontecimiento que había ocurrido horas antes. Su vocabulario no estaba a la altura de la media, pero que fuera más reducido tampoco era preocupante. De alguna manera, Sasha hacía equilibrios sobre una extraña cuerda entre minusvalía, retraso y una sorprendente y marcada inteligencia. Yo no comprendía el misterio de su existencia. Los neurólogos y los psicólogos, tampoco.

—Acéptelo tal como es —dijo uno de los médicos—. No lo presione. Está evolucionando. Dele el tiempo que necesita.

Lena vino al mundo y las primeras revisiones justo después del nacimiento indicaron que todo estaba en orden. Yo me sentí profundamente aliviado, aunque en realidad tampoco había ningún motivo para temer que algo no saliera bien. Asimismo, durante las primeras semanas y meses se evidenció que teníamos una niña sana. Aunque lloraba mucho.

—Un bebé llorón —dijo compasivo el pediatra cuando le hablamos de este problema. Observó nuestros rostros cansados y las ojeras hundidas bajo los ojos—. Apenas duermen, ¿verdad?

Los dos asentimos. Lena berreaba toda la noche y nos pasábamos horas tomándola en brazos e intentando tranquilizarla. En vano. A veces se dormía por su propia cuenta, pero al cabo de una hora volvía a despertarse y a llorar. Estábamos tan cansados que parecíamos unos espectros. Mi secretaria me pilló dos veces durmiendo en el escritorio. Cuando por las tardes llegaba a casa, Alice venía a mi encuentro tambaleándose más que caminando.

Aunque también teníamos horas tranquilas. Me tendía noches enteras con Lena en el sofá. Ella me miraba con una sonrisa resplandeciente que yo no podía evitar contestar. Prescindiendo de sus ataques de llanto, era un bebé alegre. Y era tan bonita… Habíamos hecho realidad nuestro sueño. Éramos una auténtica familia de cuatro miembros. Con un niño adoptado con retraso y una hija sana que lloraba un poco demasiado. Lo que no era en absoluto inaudito, aseguraba el pediatra.

—Algunos niños son así, simplemente. Llega un momento en que eso se supera. No se preocupen.

En enero del año siguiente, Lena tenía ocho meses y habíamos llegado a un punto crítico. Alice estaba desbordada. La falta de sueño, estar todo el día pendiente del bebé; y además con Sasha, quien, pese a que por fin iba a la escuela, no se aclaraba con los deberes. Alice intentaba ayudarlo con la lectura y la escritura, y mantener al mismo tiempo a Lena tranquila. Así que paulatinamente iba adquiriendo en su expresión y en sus movimientos algo de un robot que funciona pero que poco a poco se va perdiendo a sí mismo.

—Necesitamos a una niñera —le dije a un compañero. Esa tarde había nevado y me había quedado a tomar una cerveza para aplazar el momento de irme a casa. Por supuesto, me remordía la conciencia por ello—. Una *nanny*. Debería vivir con nosotros para ayudar a Alice durante el día.

—¿Tenéis sitio suficiente? —preguntó mi compañero.

—La pequeña habitación de invitados —dije titubeante. Se trataba de una especie de trastero, justo al lado de la cocina, pero al menos tenía una ventana—. De unos nueve metros cuadrados.

—No es mucho —señaló el compañero—. Y tener todo el día a una niñera… Es caro. Muy caro.

Suspiré. Me preguntaba si alguna chica inglesa estaría dispuesta a instalarse en ese cuartucho de nuestra alejada casa. Ni siquiera tenía calefacción, aunque se caldeaba un poco con la de la cocina y, como era tan pequeño, la temperatura era aceptable. No obstante, las condiciones no eran las mejores.

—Deberías contratar a alguien de fuera —opinó mi colega—. Del Este. Son menos exigentes.

Reflexioné. No era una idea estúpida. No contaba con mucho dinero. Mi sueldo alimentaba a una familia de cuatro miembros y el estrés tampoco me era ajeno. No tenía fuerzas para adquirir nuevos clientes como solía hacer en el pasado. Para ello había que participar en la vida social y, a esas alturas, a mí me faltaba energía. Nuestra economía no era un motivo de preocupación, pero, bien lo sabe Dios, tampoco era boyante.

—Vuestro hijo es de Rusia —señaló mi compañero—. ¿No mantenéis algún contacto allí?

—Con la intérprete. Nos acompañó durante el proceso de adopción y también en la negociación. Nos mandamos un mail por Navidades. Nada más.

—Pregúntale. A lo mejor conoce a alguien a quien le gustaría trabajar en vuestra casa. Podría funcionar tanto para ella como para vosotros. Todos saldríais ganando.

Todavía no estaba del todo convencido… ¿Realmente quería que una extraña viviera con nosotros? Pero luego, al llegar a casa, me encontré a Alice con Lena en brazos en el sofá de la sala de estar. Las dos dormían; también la niña, por fortuna. Contemplé a Alice. La cabeza hundida en el respaldo. Su respiración era profunda y regular. Podía distinguir las sombras azuladas bajo sus ojos, los huesos de los pómulos sobresaliendo afilados. Desde el nacimiento de nuestra hija, Alice había perdido mucho peso. Yo me había dado cuenta de que adelgazaba demasiado deprisa, pero por vez primera me percaté de que estaba en los huesos. Daba pena. Todos los intentos de inseminación artificial, el proceso de adopción, los problemas con Sasha, lo preocupada que se sentía por todo ello… Alice estaba agotando sus últimas fuerzas. Si no quería que cayera en una profunda depresión, yo tenía que tirar del freno de emergencia.

A la mañana siguiente envié un e-mail a Tatiana, nuestra intérprete en el lejano Kírov. Le describí nuestra situación y le pregunté si no conocería quizá a alguien que conociera a alguien que…

Me respondió la noche del mismo día. Tenía una amiga. Ya hacía tiempo que barajaba la idea de salir de Rusia y marcharse a Occidente, pero no había encontrado la forma adecuada de hacerlo. Hablaría con ella.

Pasaron tres días. Entonces, una mañana, encontré un nuevo correo de Tatiana.

Su amiga estaba encantada. Estaba dispuesta a irse cuanto antes. Amaba a los niños y no le hacía ascos a ningún trabajo. Solo teníamos que ponernos de acuerdo en los detalles.

Y así fue como Xenia Sidorova entró en nuestra vida.

Segunda parte

Jueves, primero de agosto

1

A menudo se preguntaba si la gente que la rodeaba sabía que se estaba enterando de todo. Que lo entendía todo. No solo que podía oírlos, sino también entenderlos. ¿O acaso todos consideraban que su cerebro estaba tan muerto como el resto de su cuerpo? Ese conjunto inservible de huesos, músculos y tejidos. Inmóviles, carentes de sentido. Su cuerpo ya no era un cuerpo. Era la funda de algo que una vez fue fuerte, lleno de energía y de ansia de movimiento. Siempre había confiado en su cuerpo. Tanto, que nunca apreció realmente esa confianza. En cualquier caso, no lo suficiente. Nunca había estado agradecida de corazón. De que su cuerpo enfermara tan pocas veces. De que nunca le doliera. De que cada mañana, después de levantarse, le funcionara tan bien, sin darle el más mínimo problema. Que resistiera todo el día, sin importar lo que ella hiciera: footing, ir en bicicleta, estar ante sus alumnos, renovar la casa, remover la tierra del jardín o beber demasiado alcohol con un par de conocidos. Su corazón siempre latía fuerte y de forma regular, los músculos trabajaban, todo iba estupendamente bien, sin que ella nunca se viera obligada a detenerse o a preocuparse por algo.

¿Quizá todo esto no habría sucedido si ella no hubiese ignorado la felicidad que le reportaba su cuerpo?

Porque había sido felicidad. Ahora Sophia lo sabía. Estar sano, simplemente, era la felicidad. Vivir. Moverse. Respirar. Sentir el sol en la piel, el viento en el rostro. No se necesitaba más. Para el resto de su vida no desearía otra cosa que recuperar eso: su cuerpo sano.

No podía mover casi nada; ni un pie, ni una pierna, ni un brazo, ni una mano. Ni un dedo.

Podía mirar hacia un lado o hacia el otro. Podía respirar. Los médicos y los enfermeros lo veían como un logro gigantesco, como un regalo del cielo. Aparte de eso, le daban la vuelta, la giraban y la lavaban. Le cepillaban el pelo y le cortaban las uñas. Llevaba pañales porque no podía controlar su intestino. Tenía un catéter permanente en la vejiga.

Además, tampoco podía hablar. Un coágulo de sangre como consecuencia de la caída le provocó una embolia cerebral. Pero el médico dijo que recuperaría el habla, aunque tardaría un poco. Esperaba que tuviera razón. Sin embargo, aunque pensaba en su cuerpo, en todo lo que había podido hacer y ya no podía; aunque se preocupaba por haber sido demasiado desagradecida, demasiado irreflexiva, aunque le pasaban miles de cosas por la cabeza; a pesar de todo, la sensación que acompañaba a Sophia desde la mañana hasta la noche, en esa habitación de hospital, era que se trataba de una pesadilla, que no podía ser verdad. Se percataba de la dimensión del horror que había irrumpido en su vida y, al mismo tiempo, lo consideraba totalmente irreal. No podía ser. En algún momento se despertaría. Se estiraría cómodamente en su cama, luego se levantaría de un salto, se pondría el chándal y saldría a una maravillosa mañana de verano, se subiría a su bicicleta y recorrería las carreteras y los caminos que tan familiares le resultaban, solo ella y la mañana...

Y aquí es donde, por norma general, sentía como si algo en su cerebro se contrajera. Se producía una perturbación, como si se rompiera un hilo. Se veía a sí misma pasando la granja de largo, el dueño la saludaba con las gallinas picoteando junto a sus pies, ella subía pedaleando la colina, se agotaba, sudaba; ya estaba arriba y descendía a toda velocidad la montaña. El alambre, la caída. Y luego... la nada. Un vacío. Algo oscuro. Todo se detenía. Ya no sabía qué sucedía después.

El amable médico se había sentado en su cama tres días antes. ¿O eran dos días? No lo sabía, allí el tiempo se desdibujaba entre el día, la noche y la eternidad. Fuera como fuese, se llamaba doctor Dane. Así se presentó.

—Soy el doctor Dane, ¿me entiende usted?

«Sí —gritó para sí misma—, ¡sí!».

—A lo mejor, si me está escuchando, ¿podría guiñar un ojo? O los dos al mismo tiempo. Da igual. Basta con que vea un movimiento en sus ojos.

Sabía que podía abrir y cerrar los ojos con toda naturalidad, pero ahora, cuando tenía que hacerlo, no lo lograba. Reunió todas sus fuerzas, su cerebro enviaba órdenes desesperadas a sus ojos —«¡Parpadead de una vez, joder, parpadead!»—, pero no le obedecían. ¿Por qué funcionaba en otros momentos? Estaba furiosa, desesperada y sentía que toda ella se contraía. El doctor Dane suspiró.

—Bien, espero que me entienda. Le voy a contar lo que ha pasado, ¿de acuerdo?

«¡Sí!».

Entonces le contó lo del alambre tendido en el camino y que se había precipitado a toda velocidad contra él.

—Ha volado un buen trecho por el aire. Y se ha caído de cabeza. El camino estaba duro como una piedra porque hace mucho que no llueve, es decir, está más o menos como el asfalto. Y por desgracia no llevaba casco. —En la voz del médico resonó un suave y triste reproche.

A veces llevaba casco. Otras, no. La verdad es que no le gustaba ponérselo. Se sentía oprimida, como encerrada. A pesar de todo, en ocasiones había triunfado la razón. Dependía de las estaciones del año. En otoño e invierno, el casco le molestaba menos, incluso la protegía del frío y el viento. En verano, por el contrario...

«¡Bah!, qué más da. No va a pasarme nada».

—Se ha roto usted la séptima vértebra. Espero que no le suene cínico, pero es una suerte dentro del infortunio. Puede respirar por sí misma.

«Sí, ¿y por qué no puedo moverme? ¿Cuándo podré moverme de nuevo? Dígame, por favor, que esto es pasajero. Cualquier otra cosa sería absurda».

—Además, le han disparado. Según la policía. Pero la bala se ha desviado mucho.

«¿Disparado?».

—La policía desea hablar con usted a toda costa. El comisario encargado de la investigación no deja de llamarme. Pero es difícil predecir cuándo podrá ser.

«Tengo miedo».

—Hay un agente apostado delante de su puerta. Todo el tiempo. Así que aquí no puede pasarle nada.

No le dijo nada sobre cuándo podría volver a caminar, sobre cuándo volvería a funcionar su cuerpo. A lo mejor no quería comprometerse con un pronóstico. Seguro que en algunos casos se iba más deprisa y en otros se tardaba más tiempo. En el suyo iría deprisa. Porque era una persona sana.

Una vocecilla perversa en su cabeza le susurraba conceptos igual de perversos, como «paraplejia», «irreversible»... pero ella los apartaba. El médico no los utilizó. Lo habría hecho si existiera esa posibilidad, seguro.

El día anterior había vuelto a sentarse en su cama para explicarle que iban a trasladarla.

—Aquí no podemos hacer nada más por usted. Necesita fisioterapeutas especializados en casos como el suyo.

«¿Y ellos se ocuparán de que pronto pueda vivir como antes?».

—No puedo prometerle nada, Sophia. Pero estoy bastante seguro de que algo puede mejorar.

«¿A qué se refiere? ¿Mejorar?».

—Sea como sea, no pierda usted la esperanza —dijo mientras acariciaba su brazo en un gesto torpe—. Sigue viva. Eso es lo que cuenta.

«¿Cómo dice?».

Cuando no pensaba en lo que le había ocurrido a su cuerpo y en cuándo volvería a estar bien, le daba vueltas a la agresión sufrida y casi enfermaba de miedo. Un alambre, un alambre tensado en el camino, eso podrían haberlo hecho unos niños o unos adolescentes en un acto irreflexivo. Pero ¿que alguien le hubiera disparado? Para eso ya no había una explicación inofensiva. Ella solo conocía a una persona que tenía razones para odiarla, y como lo consideraba un psicópata peligroso lo veía capaz de todo. Absolutamente de todo.

«Estoy en peligro —le habría gustado gritar—. Tenéis que cuidarme. Lo volverá a intentar».

El doctor Dane dijo que había un policía apostado junto a su puerta. ¿Iría él también a la nueva clínica a la que iban a trasladarla? ¿Y podría protegerla? Él no sabía quién era su enemigo. Y ella no podía decírselo. ¡No podía!

Le habría gustado gritar. Le habría gustado apretar los puños.

Su cuerpo no respondía. Estaba allí como una funda inerte. Ningún músculo, ninguna articulación, nada que se moviera, ni un milímetro, en su maldito cuerpo. Notó algo húmedo en la mejilla. Lágrimas. Las lágrimas rodaban por sus mejillas. Una enfermera que acababa de entrar en la habitación cogió un pañuelo y le secó la cara.

—¿Quién está llorando? ¡No me diga que le da pena dejarnos! Se va a una clínica de rehabilitación fantástica. Con mucha gente amable que podrá ayudarla.

Las lágrimas no paraban de rodar.

La enfermera se las secó, imperturbable.

—Ahora voy a arreglarla para el traslado. Todo irá bien. No se rinda.

Ella seguía llorando.

Al menos eso todavía podía hacerlo.

Podía llorar sin parar.

2

—¿Y no sabes nada del paradero de Xenia Paget? —preguntó Robert—. ¡Increíble!

Tamborileó con los dedos sobre la superficie del escritorio.

Kate creyó detectar un tono de reproche en su voz y notó que en su interior unas púas se le erizaban. ¿Qué se suponía que tendría que haber hecho? ¿Atar y encerrar con llave a Xenia antes de marcharse a Manchester y Birmingham? La mujer tenía derecho a moverse libremente por donde quisiera.

—Intentaron matarla —prosiguió Robert—. Deberíamos saber dónde está.

Kate se preguntaba si con ello su jefe creía estar comunicándole un descubrimiento que a ella misma no se le hubiera pasado por la cabeza.

«¡Ah!, ¿sí?», le habría gustado decirle, pero se contuvo.

—Por nada del mundo quiere volver con su marido —dijo en cambio.

—Pero para eso no era necesario desparecer.

—Sí. Tal como es él, sí.

—Tampoco es que hayas progresado mucho hablando con Jacob Paget —señaló Robert.

—Al menos ha admitido que no conoció a Xenia a través de la agencia, sino que la encontró en un piso vacío de un edificio en construcción.

—Y saber eso, ¿de qué nos sirve? Suponiendo que la historia sea cierta.

—Suponiendo que la historia sea cierta, eso significa que Xenia probablemente llegó a Inglaterra antes del año 2006. Y que algo tuvo que ocurrir para que se convirtiera en una especie de sin techo, buscando refugio en un apartamento vacío y estableciendo una relación con un tipo tan repugnante como Jacob Paget... ¡Tenía que estar muy desesperada!

—Y en tu opinión, el marido está al corriente de lo que sucedió.

—Estoy bastante segura, sí.

Robert siguió tamborileando sobre el escritorio.

—Podríamos enviarle una citación.

—Podemos intentarlo. Pero ¿por qué iba a hablar? No tenemos pruebas en su contra.

—Si encontráramos a Xenia... a lo mejor hablaría —reflexionó Stewart.

—Hasta el momento no lo hemos conseguido.

—¿Crees que está con ese amigo tuyo?

—Es probable.

—¿Y tampoco consigues contactar con él?

Ese «tampoco consigues» sonaba como si ella tuviera el deber urgente de contactar con gente y siempre fracasara en la empresa.

—No hago más que intentarlo. Seguro que me llamará pronto.

—Ojalá —dijo Robert.

—¿Alguna novedad respecto a Sophia Lewis?

—Fuiste tú la que estuvo en Birmingham.

—Por desgracia no he obtenido grandes resultados. El padre no fue de gran ayuda. No entiende lo que ha sucedido y no me facilitó ningún dato que me permitiera avanzar. Me refería a si los médicos han dicho algo nuevo. —Al fin y al cabo, Robert se encargaba de esa parte. De hablar con los médicos.

—Hoy la trasladan, no ha pasado nada más. Iré a ver lo antes posible al médico que vaya a tratarla en la clínica de rehabilitación. Puesto que tú no progresas con Xenia, todas nuestras esperanzas están en Sophia.

«Y en mí», le faltó decir. Kate creyó oírlo. Pero tal vez era que esa mañana estaba demasiado sensible.

Robert tenía que ir a ver al fiscal del caso Jayden White y Kate decidió marcharse a casa para comprobar si Colin y Xenia habían vuelto, pese a que no se hacía muchas ilusiones. Además, quería hablar con su vecina, quizá vio más de lo que le contó a Robert.

Pero cuando se subió en el coche, cambió de opinión. Hasta la reunión del mediodía tenía tiempo suficiente y esperaba que Robert estuviera bastante rato ocupado con el fiscal. Pasaría por casa de Caleb. A lo mejor estaba allí. Él siempre había cuidado de ella cuando estaba en crisis. Ya era hora de que ella se ocupara de él.

Después de llamar tres veces, cuando ya estaba a punto de arrojar la toalla y marcharse, Caleb le abrió la puerta. Ya a simple vista, Kate se percató de lo mal que estaba. Sin afeitar, la mirada turbia y los ojos enrojecidos, indicios de unas cuantas noches en blanco. Llevaba unos pantalones cortos de color caqui cuyo último encuentro con la lavadora debía remontarse a tiempos lejanos y una camiseta blanca sobre la que se esparcían unas manchas indefinidas. Olía a sudor y a cuerpo sin asear. Tenía el cabello revuelto. No obstante, a Kate no le llegó el olor a alcohol. O lo apagaba el del sudor o Caleb no había bebido nada. Aun así, todavía era muy temprano.

Se pasó los dedos por el pelo, lo que no mejoró su aspecto.

—Ah, eres tú, Kate. Ya me temía que fuera mi ex. Se preocupa por mí y cada día aparece por aquí para ver cómo estoy, pero no la dejo entrar. —Hizo una mueca de irritación—. Odio que se compadezcan de mí.

—Yo no me compadezco de ti —replicó Kate enseguida—. Solo quería hacerte una visita. Pero si ahora no te va bien…

—Sí, sí. Estaba durmiendo, pero ya ha llegado el momento de levantarse, ¿no? ¿Qué hora es?

—Las nueve y media.

—La hora adecuada para un jubilado.

—Tú no eres un jubilado, Caleb.

Él dio un paso atrás para dejarla pasar.

—Entra. Espero que no te moleste mi ropa. —Miró su indumentaria—. Me temo que he dormido vestido.

Ella lo siguió hasta la gran sala de estar con la pared de cristal que se abría al jardín. La cocina abierta encajaba con elegancia y discreción en el conjunto. Kate solo había estado una vez allí, pero recordaba lo bonita que le pareció esa habitación. Las proporciones y el buen gusto en la selección del mobiliario seguían igual, pero estaba todo descuidado. Se veían por doquier platos sin lavar, tazas de café y vasos. Botellas sobre la mesa. Correo sin abrir arrojado de cualquier manera en un rincón. Dos paquetes, también sin abrir, descansaban sobre la mesa. Había un jersey hecho un ovillo sobre la encimera de acero inoxidable de la cocina y una prenda, que tenía toda la pinta de ser un calzoncillo, se encontraba sobre una de las estanterías de la librería. Era evidente que Caleb había perdido el control de su vida diaria. Kate no quería ni imaginar en cuántos de aquellos sobres sin abrir habría facturas pendientes de pago.

—Espero que ya hayas desayunado —dijo Caleb—, porque no tengo nada que ofrecerte. Solo un café.

—Un café estaría bien —respondió Kate.

Caleb encendió la cafetera. Abrió la nevera y sacó una botella de leche, desenroscó el tapón, olió el contenido y arrugó la cara con asco.

—Caducada. Espero que te guste el café solo.

No era así, pero asintió.

—No hay problema.

Caleb cogió dos tazas de una estantería, las dos últimas que quedaban limpias. Por lo visto había renunciado del todo a lavar los platos. Kate lo observaba con cierta perplejidad. Caleb tenía buena presencia y él era consciente de ello. Siempre lo solía ver aseado y muy bien vestido, a menudo de una forma desenfadada, pero con estilo. Nunca terminó de resolver su problema con el alcohol, pero no se notaba que hubiera algún aspecto de su vida fuera de control. Al contrario, siempre causaba la impresión de ser singular y seguro de sí mismo, una persona con carisma.

Ya no quedaba nada de todo aquello. No solo parecía haber perdido el control, también se estaba perdiendo a sí mismo. A ella le dolió verlo así, le dolió más de lo que se imaginaba. Había estado muy enamorada de él, y durante un tiempo mantuvo la esperanza de que él le devolviera un día los mismos sentimientos. Por supuesto, eso nunca ocurrió; era un hombre demasiado atractivo para interesarse por una mujer tan poco llamativa como Kate. Un día, ella se dio cuenta. Le resultó doloroso. Ella le caía bien y la apreciaba, y de algún modo le importaba. Pero Caleb no la deseaba. Y eso no cambiaría nunca. Era algo que ella tenía que asumir.

Todavía era apuesto, pero se lo veía enfermo, hecho polvo.

Era como si todo le diera igual. Necesitaba ayuda, pero Kate dudaba de que se dejase ayudar.

Colocó las dos tazas con café sobre la mesa, apartó de un manotazo dos cartas de una silla y se sentó en ella.

—Siéntate, Kate. Por algún lugar debe andar el azúcar. —Cogió un bote de encima de la mesa y miró en el interior—. Vacío. Espero que te guste el café sin azúcar.

—El azúcar es malo para la salud —respondió. Le encantaba el café azucarado, pero ya podía darse por satisfecha de que en esa casa la invitaran a algo—. Pero deberías comer alguna cosa, Caleb. ¿De qué te alimentas?

—De café y alcohol.

—Eso no está bien.

—No. Pero en la actualidad no hay nada que esté bien. ¿Sabes? Tampoco consigo dormir. Me duermo porque he bebido lo suficiente, pero me despierto enseguida y ya no concilio más el sueño. Hora tras hora de vigilia. Al amanecer vuelvo a dormirme.

—Y entonces vengo yo y te despierto con el timbre de la puerta.

Caleb negó con un gesto despreocupado.

—Eso ha estado bien. No hay que pasarse la mitad del día en la cama. —Se frotó los ojos. Luego los tenía todavía más enrojecidos—. Me alegro de que estés aquí. De verdad.

A ella le habría gustado extender la mano y acariciarle el brazo, pero no se atrevió.

—No deberías darle tantas vueltas. Es algo que acaba haciendo daño.

La miró con una expresión llena de desesperanza.

—No puedo parar de repetirla en mi cabeza. Mi conversación telefónica con Jayden White. Una y otra vez. Intento memorizarla con el contenido exacto. El tono de voz de Jayden. Cada variación en su forma de hablar. Cada vacilación. Su respiración... Kate, debería haberme dado cuenta. Debería haberme dado cuenta de que era mejor no mencionar su problema. Que eso conduciría al fracaso. Con la inestabilidad de ese hombre, tendría que haberme percatado de cuál era la situación. Era demasiado arriesgado. Demasiado arriesgado, simplemente.

—Caleb...

—Si no hubiese bebido, mis sentidos habrían estado más afinados. Más aguzados. Pero todo estaba algo enturbiado. Suavizado. Es lo que sucede con el alcohol. Todo se difumina, las esquinas y los cantos se redondean. Por eso uno se vuelve loco por él. Pero en una situación así, eso es mortal. En este caso, literalmente mortal. No debí ser yo quien mantuviera la conversación. Debería haber sabido que yo no estaba preparado. Debería haberle pedido a Stewart que se encargara él.

—Bueno, quién sabe si Stewart era la persona más adecuada... —musitó Kate.

Caleb la miró con atención.

—¿Problemas?

Ella se encogió de hombros.

—No tiene por qué ser culpa suya. Puede que no seamos la mejor combinación, como equipo.

Caleb suspiró.

—Los planes eran otros. Lo siento. Junto con todo lo demás, también lamento esto, Kate. Que ahora no vayamos a trabajar juntos.

—A lo mejor vuelves.

—Debería resolver de una vez por todas mi problema. E incluso así, no es seguro que me dieran otra oportunidad.

Ella lo miró con atención. Al menos no se lo encontró borracho como una cuba en el sofá o, peor aún, tendido sobre el suelo de la cocina. Seguía bebiendo alcohol, quizá más de la cuenta, de ello daban testimonio los vasos y las botellas repartidos por toda la habitación, pero esa mañana era capaz de conversar de modo racional, articulando bien las palabras. Lo que indicaba que la noche anterior no se había emborrachado hasta caer inconsciente.

—Tengo la impresión de que te lo estás tomando en serio —dijo con cautela.

Él volvió a suspirar.

—Sí. Estoy luchando por ello, Kate. Quiero salir de este círculo vicioso porque de lo contrario destruiré mi vida. Pero no me hago ilusiones. El único camino sería la abstinencia total. Intento prescindir de las bebidas fuertes, pero al final sigo bebiendo demasiado, y si no lo aprecias con toda claridad es porque mi cuerpo está acostumbrado. Tardo mucho tiempo en caer en un rincón balbuceando. Podía incluso trabajar sin problemas. Al menos en apariencia.

—¿Y si vas a una clínica? Ya lo hiciste una vez.

—El logro no me duró más de medio año.

—Entonces fuiste por orden de tus superiores. Esta vez lo harías por voluntad propia. Yo no entiendo demasiado, pero, según he oído, esto desempeña un papel determinante en los tratamientos de adicciones. Que uno mismo quiera hacerlos.

—Sí... tienes toda la razón... —convino vagamente.

Se tomaron el café caliente y amargo, luego Caleb preguntó:

—Sin contar con que no congenias mucho con Stewart, ¿avanzáis en el caso actual?

Ella negó con la cabeza.

—Nada. —Le resumió escuetamente la situación, mientras Caleb la escuchaba atento—. Sophia Lewis no puede hablar y Xenia Paget ha desaparecido sin dejar huella —concluyó Kate—. Y yo no avanzo por ningún lado. ¡Por ninguno! Sobre todo, no encuentro el vínculo entre Sophia y Xenia. Da igual a quién pregunte, nadie del entorno de Xenia ha oído jamás el nombre de

Sophia. Y lo mismo a la inversa. No hay ningún tipo de coincidencia.

—Puede que el criminal sea la única coincidencia —opinó Caleb—. Ambas tuvieron que ver con él en algún momento de su vida. Pero, salvo por eso, no hay relación.

—Xenia sabe algo. Y Jacob, su marido, también. Ninguno quiere hablar. Y Sophia no puede. Es un desastre.

—Me gustaría darte un buen consejo, Kate, pero no se me ocurre nada que pueda ayudarte a avanzar. Siento una pequeña desazón cuando pienso en la bala que iba dirigida a Sophia. Tan alejada. Mientras que tú aseguras que el tirador del tren tenía buena puntería.

—Sin duda. Xenia escapó de él por los pelos. Si yo no nos hubiese metido a las dos en el baño y no hubiese podido aprovechar el ángulo ciego, es bastante probable que ella no estuviera ahora con vida.

—Exacto. ¿Y al mismo tipo le falla tanto la puntería? ¿Con un blanco estático?

—Quizá disparó antes. Cuando iba a toda velocidad. Entonces era difícil que acertara.

—¿Por qué iba a hacerlo? Ya sabía que al cabo de unos minutos ella saldría volando por encima del alambre y se rompería la nuca o se quedaría inmóvil en el suelo, resultando así un blanco fácil.

—Tal como estaba allí tendida —apuntó Kate—, hasta un niño habría conseguido acertar. En cierto modo, da la impresión de que... ¿estaba indeciso?

—Mientras que se lo veía muy decidido en el tren con Xenia.

—Tal vez tenía la intención de matarla, pero entonces se le ocurrió que dejándola viva el castigo sería mucho más duro. Si la venganza es el motivo, se alegrará mucho más de verla en una silla de ruedas que muerta.

—En ese momento no podía prever la repercusión de la caída.

—Podía sospechar que no saldría bien parada.

—Sabes, no encaja —dijo Caleb—. Que una mujer se quede parapléjica para el resto de su vida tal vez sea muy satisfactorio para quien busca venganza. Pero esa mujer puede hablar. O hacerse entender de algún modo llegado el momento. ¿No tendría que asegurarse de que esté muerta? Y para eso se supone que llevaba el arma. Para no correr ningún riesgo. Eso me convence bastante más.

—Pero entonces, ¿por qué...?

—No es fácil disparar en la cabeza a una persona que yace indefensa a tus pies.

—El hombre del tren no daba la impresión de ser así —objetó Kate—. De tener tales escrúpulos.

—¿Has pensado que quizá se trate de dos individuos distintos? —sugirió Caleb.

Se lo quedó mirando.

—¿Dos criminales? ¡Solo tenemos un arma!

—Sí. Pero eso no indica que por fuerza haya sido utilizada por el mismo sujeto.

—Dos individuos... ¿dos historias totalmente distintas?

—Es solo una idea. Pero no nos conviene. En ese caso, el autor de los disparos no sería ni siquiera el punto de coincidencia entre Xenia Paget y Sophia Lewis. Sino dos criminales que se conocen. Que tienen cada uno una cuenta pendiente con alguien. Y que se alían.

—¿Y dónde...?

Caleb sabía lo que iba a preguntarle.

—¿Dónde se conocen esta clase de personas? Generalmente en la trena.

—Salen y...

—Y deciden llevar a término el plan que probablemente han

tramado en prisión. Matar a aquellos por cuya causa han acabado así: primero ante un tribunal y luego en una celda.

—Todo esto es pura hipótesis, Caleb.

—Claro. Presupone que tanto Xenia como Sophia estuvieron en algún momento implicadas en que alguien fuese condenado a prisión.

—Pero lo sabríamos. Helen las ha estado buscando en todos los sistemas. En ese caso habría denuncias. Habrían prestado declaraciones. Algo. Nos habrían llegado sus nombres. Pero no salió nada. Absolutamente nada.

—Por otro lado, la teoría explicaría algunos cabos sueltos. El exnovio de Sophia Lewis la describe como nerviosa y en algunos aspectos reservada. Se fue de Manchester de forma abrupta y sin motivo aparente. ¿Se sintió amenazada? ¿Y sabía exactamente por quién? Y en el caso de Xenia, parece bastante seguro que esconde un oscuro secreto. Tiene que haber participado en algún acto criminal, de lo contrario hablaría abiertamente con la policía.

—Qué tesis tan atrevida —opinó Kate, pero en su mente se agolpaban las ideas. Lo que Caleb decía no era del todo desacertado—. Por desgracia —añadió—, tus hipótesis tampoco me llevan muy lejos.

—Está claro. Pero refuerzan un problema que tú ya llevas tiempo viendo: si hay algo de cierto en lo que acabo de explicar, tanto Sophia Lewis como Xenia Paget corren un grave peligro. Pues ambas saben perfectamente quién las está persiguiendo y eso puede convertirse en una amenaza para sus agresores. Ambas se han salvado. Representan un elevado riesgo. Hay que hacerlas callar.

—Joder —dijo Kate, levantándose de un salto. Notó que estaba un poco mareada a causa del café tan fuerte y de la conversación—. Tengo que encontrar a Xenia. Antes de que lo haga su asesino.

—¿Tiene Sophia Lewis protección policial?

—Sí. Pero... —Kate frunció el ceño—. Hoy la trasladan a una clínica de rehabilitación. Espero que Stewart no le haya retirado la custodia.

Cogió el móvil, llamó a Stewart y esperó.

—Nada. El móvil está apagado. Está reunido con el fiscal.

Llamó al número de Helen y, por fortuna, contactó con ella. Caleb oyó retazos de la conversación.

—¿No lo sabes? De acuerdo, Helen, llama inmediatamente al doctor Dane. Yo no tengo su teléfono. Que espere, un policía tiene que acompañar sin falta el traslado... Sí. Da igual. Si lo han retirado, que envíen a otro... Sí, yo me responsabilizo de ello... Bien. Date prisa.

Concluyó la conversación. Miró a Caleb.

—Tengo una extraña sensación —admitió.

3

Colocaron a Sophia en una camilla. Estaba lista. Tras haberla lavado y aseado, le pusieron un nuevo catéter. Una de las enfermeras la peinó con especial cariño. Alguien le extendió una ligera manta de lana por encima. Algún enfermero. Sophia presenció con apatía todo el proceso, preguntándose mentalmente por qué nadie le decía que pronto volvería a estar bien. ¿No era algo que decían los médicos y las enfermeras? ¿Para animar a los pacientes? ¿O acaso no era seguro hasta qué punto se recuperaría? Los médicos no solían prometer nada para que no les bombardeasen después con reproches. «Usted me dijo que para Navidades volvería a estar como antes...».

En muchos ámbitos, podían hacerse pronósticos claros y afirmaciones más certeras. Pero cuando se trataba de saber en cuánto tiempo y hasta qué punto una persona podía restablecerse, el pronóstico resultaba imposible. Incluso los médicos más experimentados solo eran capaces de responder con hipótesis basadas en estadísticas; pero las estadísticas, como era sabido, no decían nada sobre los casos particulares. En resumidas cuentas, el doctor Dane no podía precisar nada. Por eso se mantenía tan reservado. Tenía claro que Sophia se curaría, pero no sabía cuánto tardaría. Y tampoco si le quedaría alguna secuela. Quizá fuera a necesitar mucha fisioterapia para recuperar su antigua movilidad y no estaba seguro de lo decidida y perseverante que era ella. No la conocía. Ignoraba lo tenaz y fuerte que era cuando se trataba de algo importante. Se maravillaría. Ella se contaría entre los casos que él mencionaría cuando hablase con colegas y otros pacientes. Explicaría sus graves lesiones. Que todos se habían temido lo peor. Pero que entonces ella les demostró su valor a todos, luchando, dando lo mejor de ella, su avance fue imparable y, al final, había vencido.

Sí, esa sería su historia.

Miró al enfermero que acababa de extender la manta sobre ella.

Se habría quedado de piedra si todo su cuerpo no estuviese ya paralizado.

Lo reconoció. Pese a todos los años que habían pasado. Era él. No cabía la menor duda. Era un hombre adulto. Pero los ojos eran los mismos. Esa oscuridad. Dos orificios negros. Sin vida en ellos. Ojos en los no se reflejaba otra cosa que una ausencia total de sentimientos.

Habría reconocido esos ojos en cualquier momento y en cualquier lugar.

Posó la vista en ella como si fuera un animal exótico o una planta especial. Ella siempre había sabido que un día volverían a encontrarse, y ese momento le causaba terror. Pero ni en sus peores pesadillas habría podido imaginar que estaría tendida ante él como una cucaracha caída de espaldas. Totalmente incapaz de moverse. Abandonada. Sin protección. Desprovista de su arma más efectiva: sus fuertes piernas, con las que habría podido huir de cualquier persona o de cualquier temor. No le quedaba nada. Todo el mundo podía hacer con ella lo que quisiera. La podían aplastar. Ni siquiera lograría gritar.

Él esbozó una leve sonrisa. Lo había notado, seguro que lo percibió claramente en sus ojos llenos de horror. Que lo había reconocido. Que sabía quién era. Y que el pánico la invadía, sin poder emitir ninguna señal. Salvo con los ojos. Sin embargo, los demás habrían tenido que darse cuenta y entenderlo por su expresión, y ninguna de las personas que trajinaban a su alrededor lo veía.

Él rozó dulcemente con el índice de la mano derecha su mejilla.

—Hola, Sophia —dijo en voz baja. Tan bajo que seguro que nadie lo oyó. Salvo ella.

Nunca, durante las interminables horas y días que llevaba en el hospital, había intentado con tanta intensidad mover alguna parte de su cuerpo. Lo había probado a menudo. Un dedo del pie. Un dedo de la mano. Una mano... Pero siendo paciente, perseverante. Ahora la empujaban el miedo y el terror. Se esforzaba por moverlo todo al mismo tiempo, las piernas, los brazos, la cabeza, daba igual, pero que se moviera algo. Tenía que llamar la atención de los demás. Que entendieran que iba a pasar algo malo, que se estaba preparando algo horrible, que necesitaba ayuda, que no tenían que dejarla sola con ese enfermero, ni un solo segundo.

Pero... no lo conseguía. Ni siquiera el más mínimo movimiento. Yacía igual de paralizada, igual de muda.

Él sonrió. Sophia ignoraba cómo lo había percibido, pero de

algún modo él entendía que ella luchaba y, también, que era en vano. Logró poner los ojos en blanco y emitir una especie de graznido. La sonrisa del hombre todavía se volvió más malévola.

Una enfermera se acercó a la cama.

—Bien, señorita Lewis, por nuestra parte ya está todo listo —dijo—. Jack Gregory, del servicio de transporte sanitario, la acompañará a Hull. Tiene sus papeles. Sabe todo lo que tiene que hacer. Puede sentirse completamente segura con él.

Sophia produjo un sonido gutural. Puso los ojos en blanco, quiso parpadear, pero, al igual que el día anterior, cuando había intentado comunicarse con estas señales con el doctor Dane, algo se contraía, nervios, músculos, lo que fuera que permitía hacer esos movimientos, y ella solo podía mantener los ojos muy abiertos.

«¡Socorro! ¡Socorro! ¡Socorro!».

Por lo visto, la enfermera se dio cuenta de que ponía los ojos en blanco. Le dedicó una sonrisa cariñosa y comprensiva.

—¿Quiere despedirse? Lo entiendo. Hasta la vista, señorita Lewis. Le deseo lo mejor. Y ya sabe: ¡no se rinda nunca!

«¡Por todos los cielos! ¡Estoy en peligro! ¡Por favor, ayúdeme!».

La enfermera le acarició el brazo.

—La gente como usted es un ejemplo de superación. No tire la toalla.

«Déjese de estas condenadas frases hechas. Este tipo va a matarme. Ya lo ha intentado una vez y por eso estoy aquí. Deténgalo. ¡Deténgalo!».

Gritó. Tan fuerte como pudo. Pero no salió nada de su garganta.

Permaneció muda salvo por un par de sonidos inarticulados.

—Lamentablemente, el doctor Dane ahora está en el quirófano —respondió la enfermera—. Pero le mandaré saludos de su parte.

«¡Dígale que mi vida ya no vale ni un céntimo!».

Otras enfermeras se acercaron a su cama para despedirse. Sophia las miraba desesperada. Tenían que darse cuenta. Tenían que hacerlo.

La que controlaba el tensiómetro dijo:

—La paciente tiene la tensión alta. Y el pulso acelerado.

—El estrés —indicó otra—. Por el traslado.

«No. ¡Hay un asesino a mi lado!».

—Le daré un calmante.

No sentía nada, pero vio que se acercaba una enfermera con una inyección en la mano. Se la aplicó en el brazo.

—Esto la tranquilizará, señorita Lewis. Un traslado es algo inquietante. Pero no ha de tener miedo.

La inyección obró efecto rápidamente. Sophia notó que sus pensamientos fluían con más lentitud, que se desdibujaban, que convergían. Por desgracia no se durmió, y en su interior tampoco se tranquilizó. Era como si hubiesen colocado una manta gruesa sobre sus pensamientos y sus emociones, de modo que causaban aún más estragos por estar medio contenidos. Pero no paraban. Era casi peor ahora. Como si no solo su cuerpo estuviera atado, sino que también un torniquete apretase su cerebro. Era insoportable. ¡Insoportable!

Alguien movió la camilla en la que estaba tumbada. Este... ¿cómo se llamaba...? ¿Jack? No podía verlo, posiblemente estaba en la cabecera. ¿Quién más la acompañaría durante el traslado? Tenía problemas para seleccionar y ordenar sus pensamientos a causa de la condenada inyección. Habría un chófer. A lo mejor otro enfermero. No dudaba de que, según el plan de Jack, no llegaría a la clínica de rehabilitación. En algún lugar entre Scarborough y Hull, él atacaría. ¿Pero de qué modo? ¿La mataría en la ambulancia a escondidas y en silencio y en Hull descargarían a una mujer muerta y todos se horrorizarían? ¿Fingiría un accidente o tenía suficientes conocimientos médicos para matarla de modo que creyesen que había fallecido por causas naturales?

Mientras recorrían el pasillo, Sophia veía pasar personas a su lado, veía rostros que apartaban la vista, indiferentes. Pese a la inyección, no dejaba de intentar establecer contacto con otras personas, intentaba pedir ayuda, pero nadie le prestaba atención. No había esperanzas. Era una figura inmóvil a la que empujaban por el pasillo de un hospital.

Se detuvieron delante de los ascensores. Las puertas se abrieron.

Entonces Sophia se encontró ante la entrada al infierno.

4

Xenia se enderezó y confirmó sorprendida que se había dormido un rato. Arrastraba una enorme falta de sueño de la noche anterior. Por eso, aunque quiso evitarlo a toda costa, el cansancio la venció literalmente. A pesar de su intenso nerviosismo. Y de su firme decisión de permanecer despierta.

Colin se quedó hecho polvo después de que ella le contara su historia, y en el pequeño pub de Whitby habían empezado a mirarlos mal porque ya llevaban mucho rato allí sentados sin consumir nada.

—Esto sí que es fuerte —dijo Colin al final, mirándola aturdido—. ¡Esto sí que es fuerte!

Después pidieron la cuenta, pagaron y salieron a la calle ese día nublado y caluroso. Se miraron y dijeron al mismo tiempo:

—¡No volveremos a esa horrorosa pensión!

Ambos tenían la sensación de no poder soportar en ese momento las estrechas y sofocantes habitaciones, los suelos cubiertos de moqueta color mostaza, los papeles pintados de flores grandes y a los porteros malhumorados.

—A lo mejor podemos ir a algún lugar del interior —propuso Xenia, y Colin aceptó de buen grado la idea.

Se dirigieron a Hochmoore por carreteras estrechas que transcurrían por un paisaje en apariencia virgen, a través de valles en los que ese día no parecía respirar nada y por planicies en las que se sentían más libres. Colin no pronunciaba palabra. La cobertura era en algunos tramos mala o inexistente, así que no les llegaban más mensajes de Kate. Xenia lo encontraba tranquilizador. Era difícil que pudieran localizarlos en medio de tanta soledad. Se detuvieron en un bonito y pequeño valle, al borde de un camino rural. Unos muretes de piedra atravesaban los prados, en algún lugar balaban débilmente las ovejas y las campánulas crecían en espesos arbustos a lo largo de un arroyo susurrante.

—Paradisíaco —dijo Xenia mirando a su alrededor.

—Aquí resulta increíble que el mundo sea tan malo —contestó Colin.

Parecía estar totalmente agotado. De la última noche. De todo lo que había oído. De la certeza de estar rompiendo con Kate, y suponía que por mucho tiempo. Le prometió a Xenia no decir ni una palabra a nadie, pero entretanto advirtió que se estaba metiendo en un buen lío. O que ya estaba dentro.

Se acurrucó sobre una alfombra de musgo bajo un roble y al cabo de un minuto se durmió.

Xenia se quedó en el asiento del acompañante, con la puerta abierta de par en par. No quería tumbarse porque tenía miedo de dormirse, pero en algún momento su cabeza cayó contra el reposacabezas. Se durmió antes de darse cuenta de que estaba igual de cansada física y mentalmente que Colin.

Cuando se despertó, supo al instante dónde se hallaba, recordó lo ocurrido y buscó asustada a Colin con la mirada. ¿Y si durante ese rato se había puesto de acuerdo con Kate? Ya casi estaba esperando oír el sonido de las sirenas de los coches de policía al acercarse, pero en realidad todo estaba en silencio. Salvo el murmullo del arroyo y el piar de los pájaros. Y los leves ronquidos de Colin.

Lo miró. Seguía durmiendo y no parecía haberse despertado. Y si hubiese hablado por teléfono con Kate y supiera que ella iba a presentarse enseguida, posiblemente en compañía de una unidad, no dormiría tan relajado, ¿verdad?

Xenia se bajó del coche conteniendo la respiración, se paró en el camino rural. Le dolían el hombro y el brazo derechos por haberse apoyado sobre ellos en una mala postura. Reprimió el deseo de mover el brazo de un lado a otro. No quería que Colin se despertara. Antes tenía que reflexionar con detenimiento.

Sabía que era inevitable que él llamara a Kate. No podría soportar durante más tiempo esa situación. Kate era muy importante para él, Xenia lo sabía por el modo en que hablaba de ella. Colin estaba fascinado por la policía y había dicho que ella era la única amiga que tenía. Era un hombre solitario, y Kate también. Xenia lo percibía con toda claridad. Por eso se entendían y por eso eran importantes el uno para el otro. Colin no pondría en peligro su amistad con Kate, incluso aunque hubiera prometido no decir nada. Acabaría contándoselo y sería más pronto que tarde. Lo veía venir.

Ella corría peligro.

Había resultado tan liberador hablar de todo ello. De la misma manera que la sosegó antaño confiarse a Jacob Paget. No podía cargar ella sola con ese peso. Tener a alguien que la escuchaba y le hacía preguntas. Que comprendía sus preocupaciones, sus sentimientos de culpa, todo ese lío en el que se encontraba. Pero cada vez que se decidía a contarlo todo, se metía en un aprieto. Jacob

236

la tenía desde entonces bajo su control, gobernaba su vida y apenas la dejaba respirar. Y Colin informaría a Kate. Lanzó un vistazo al coche. La llave de contacto estaba puesta.

Volvió a mirar a Colin. Se había acurrucado y puesto de lado, tenía el móvil pegado a la espalda.

Se acercó a él, lo más silenciosamente posible. Algo no tan sencillo dado su peso. Tenía que dejar de comer dulces siempre que se le presentaba la oportunidad. Se inclinó, cogió el móvil. Retuvo el aliento, sin moverse. Nada. Colin seguía quieto. Su respiración era profunda y regular.

Volvió al coche con sumo sigilo. Lo que iba a hacer era, desde luego, despiadado. Dejarlo tirado sin coche ni móvil en ese lugar totalmente desierto... Según sus cálculos, no podría llegar a pie antes de que anocheciera a la siguiente carretera, donde tenía la posibilidad de cruzarse con algún coche. Si no aparecía ninguno, todavía tardaría más. Intentó recordar la última vez que pasaron por un lugar habitado. Una granja, una gasolinera... Desde allí, lo esperaba una larga caminata.

Se mordió el labio. Colin le había ofrecido su ayuda, su amabilidad. Lo que iba a hacer no estaba bien. Pero tenía que salvarse. Al menos era verano. No se moriría de frío, tampoco de noche. Buscó en el asiento trasero del coche y vio una botella de agua mineral. Casi llena todavía.

Muy despacio, sin apartar la vista de Colin, abrió la puerta, cogió la botella y la colocó a su alcance. Bien, ahora tenía agua. Además, estaba el arroyo y seguro que había más en el entorno. No pasaría sed. Se deslizó tan rápido como su corpulencia le permitía y se acomodó en el asiento del conductor. Colin seguía sin moverse.

Se despertaría cuando encendiera el motor. Pero antes de que se levantara y pudiera reaccionar, ella ya se habría marchado.

Encendió el motor. El ruido le pareció ensordecedor.

Miró a un lado. Colin se enderezaba despacio, miraba perplejo a su alrededor. Pisó el acelerador. El coche dio un salto hacia delante, las ruedas rechinaron. Vio por el retrovisor que Colin se ponía en pie de un brinco. Agitaba los brazos, gritaba algo que ella no entendía.

Dio todavía más gas y salió de allí a toda velocidad.

Alejándose de él y del peligro que representaba para ella.

5

Kayla Byron asomó la cabeza por la puerta del despacho del doctor Dane.

—¿Doctor?

Dane estaba ocupado dictando historiales médicos. Levantó distraído la vista.

—¿Sí?

—La clínica Tremblay de Hull ha telefoneado. El vehículo que trasladaba a Sophia Lewis todavía no ha llegado. Están extrañados porque lo esperaban hace dos horas.

—¿Qué hora es? —Dane nunca llevaba reloj y perdía la noción del tiempo con la cantidad de citas que tenía al día.

—Ya son las dos.

—¿Y cuándo ha salido?

—A las diez. Debería haber llegado a las once y media. Con mucho tráfico, quizá a las doce. Sí que es raro que todavía no hayan aparecido.

—Sí, ¿y ahora qué hacemos? —preguntó Dane, desorientado.

—Son los de Winslow Ambulance, como siempre.

Un servicio de transporte sanitario privado. El doctor Dane conocía bien al gerente, por eso hacía años que le confiaban a él los traslados.

—He llamado a Mark Winslow. No sabía nada del retraso. Va a intentar contactar con el conductor. Pero he pensado que tenía que saber que...

El teléfono de la antesala sonó. Kayla llegó a su escritorio en dos pasos y descolgó.

—Sí, es raro —dijo—. ¿Y se han puesto en contacto con el enfermero?

Escuchó con atención.

—Entonces, aquí hay algo que va mal —comentó.

Volvió a prestar atención.

—De acuerdo. Sí, manténganos informados.

Colgó.

—Mark Winslow. No consigue contactar por el móvil ni con el conductor ni con el enfermero que lo acompaña, algo poco habitual y que él también encuentra muy alarmante.

—Y lo es. Hay cobertura en todo el trayecto.

—He comprobado por internet el estado de la circulación. No hay retenciones, no hay desvíos, nada. Deberían haber llegado hace tiempo.

—Vaya por Dios —dijo Dane. Había salido de detrás de su escritorio y estaba parado en medio del despacho—. Sophia Lewis no es que se encuentre en un estado óptimo para permanecer tanto rato en una ambulancia yendo de un lado a otro. No le conviene nada.

—Me pregunto... —dijo Kayla.

—¿Sí?

—Acerca de esa llamada previa de la policía indicando que Sophia Lewis debía ser trasladada a Hull con custodia policial. Después de que retirasen la vigilancia de un agente.

—No sé nada al respecto —dijo Dane, asombrado.

—No. Usted estaba en el quirófano. Me he ocupado yo de ello. Bueno, lo he intentado. La ambulancia ya había salido. He devuelto la llamada a la policía y me han dicho que enviarían a un agente directamente a Hull.

El doctor Dane abrió los ojos como platos.

—¿Me está diciendo que le ha ocurrido algo malo a Sophia Lewis? ¿Por parte de quien... de quien la atacó?

Kayla se encogió de hombros.

—Supongo que la policía tendrá un motivo por el que de repente quiere prolongar la protección personal.

—Dios, qué historia —dijo Dane.

—Mark Winslow va a ponerse en contacto con la policía —indicó Kayla—. Entonces sabremos si hay algún aviso de accidente. Quizá han tenido que remolcar el vehículo.

—En ese caso el conductor habría avisado a su jefe. Y en la clínica se sabría.

Se miraron perplejos.

—Voy a llamar a la agente con la que he hablado antes, la sargento Helen Bennett —decidió Kayla—. Le diré que Sophia Lewis todavía no ha llegado y que nadie sabe en este momento dónde está la ambulancia que la transportaba.

—Ya lo sabrá cuando Winslow Ambulance llame a la policía para notificar un accidente —indicó Dane.

—Supongo que será otro departamento. Voy a llamar —insistió Kayla.

Tras la conversación con Caleb, Kate se planteó irse directamente al despacho. Pero puesto que ya eran las dos y estaba sin comer, decidió comprarse algo en el puerto y luego ir a casa para hablar con la vecina, según lo planeado. Y por si Colin y Xenia, o al menos uno de los dos, habían aparecido por allí, aunque lo creía poco probable. Intentó convencer a Caleb de que fuera a comer algo con ella, pero sin éxito.

—No tengo hambre.

—Esto no puede seguir así —protestó—. No tienes comida en casa. ¡No puedes vivir de la nada!

—Luego pediré una pizza —prometió él, pero no parecía decirlo en serio, sino más bien zanjar el tema.

«También deberías ducharte y vestirte como es debido», estuvo a punto de decirle Kate, pero se contuvo. Aunque acababan de suspenderlo de sus funciones, todavía era, en cierto modo, su superior. Al menos eso era lo que ella sentía. En cuanto se hubo metido en el coche, sonó el móvil. Era Helen. Estaba alterada y muy desconcertada.

—Sargento, un problema... —empezó a decir.

Kate sintió como el fino vello del brazo se le erizaba. La voz de su compañera no anunciaba nada bueno.

—¿Sí?

—Acaban de llamar el hospital. La ambulancia que traslada a Sophia Lewis se está retrasando.

—¿Cómo que se está retrasando?

—Todavía no ha llegado a la clínica de rehabilitación de Hull.

—¿Y cuándo se ha marchado?

—A las diez.

Aunque Kate sabía qué hora era, volvió a consultar el reloj.

—No puede ser. Ya hace mucho que debería estar allí.

Helen parecía bastante agobiada.

—Lo sé. Y no hay retenciones en el camino, no hay desvíos. Nada. Y...

—¿Sí?

—El jefe de la empresa no consigue contactar con el conductor. Por el móvil. Ni tampoco con el enfermero que lo acompaña.

El corazón de Kate empezó a latir más deprisa. Aquello tenía pinta de ser algo más que un problema. Anunciaba una posible catástrofe.

—¿Qué ha sucedido con la protección policial? —preguntó—. ¿Se puede contactar con el agente?

Oyó perfectamente que Helen respiraba hondo antes de contestar.

—No hay agente.

Kate necesitó un segundo para digerir la información.

—¿Cómo dices?

—Llamé al hospital después de que me lo encargaras. Pero ya se habían ido. Entonces envié a un agente directo a la clínica de Hull.

—¿Significa que hay allí un agente esperando? ¿Y que la ambulancia ha salido sin protección policial y nadie sabe dónde se encuentra? ¡No puede ser cierto! —exclamó Kate.

Helen calló.

—Dije con toda claridad... —empezó Kate, luego se interrumpió y añadió—: La ambulancia tendría que haberse detenido. Debería haber dado media vuelta o haber esperado al agente. En fin. ¡Sargento Bennett, era una orden inequívoca!

Kate y Helen tenían el mismo rango, pero Helen trabajaba más bien de psicóloga, mientras que Kate era investigadora, así que durante una investigación eran sus órdenes las que prevalecían siempre.

—Pensé que durante el viaje no podía sucederle nada —se defendió Helen—. Y que en Hull ya estaría garantizada la protección. Me refiero a que... ¿cómo iba a saber el autor del crimen que hoy la iban a llevar de Scarborough a Hull?

—Ni idea, pero por lo visto lo sabía. Todo esto no pinta bien, pero supongo que tú también lo has comprendido. —Los pensamientos se arremolinaban en la mente de Kate—. Vamos a emitir de inmediato una orden de búsqueda de la ambulancia que transporta a Sophia Lewis.

—De acuerdo —dio Helen.

—Y ya que estamos en ello… Colin Blair, Londres. Confirma la matrícula de su coche, no me la sé de memoria, a él también hay que buscarlo.

—De acuerdo —repitió Helen, aunque se percibía que no entendía de qué iba todo eso.

«Da igual que lo pilles o no —pensó indignada Kate—. ¡Lo importante es que hagas lo que yo te digo!».

Ya iba a colgar cuando se le ocurrió algo más:

—El nombre del servicio de transporte sanitario… ¿lo tienes a mano?

Oyó el leve pulsar de las teclas. Parecía que Helen estaba consultando en su ordenador.

—Winslow Ambulance. ¿Necesitas la dirección o el número de teléfono?

—Gracias, yo misma buscaré en Google. —Colgó.

Cambio de planes. Nada de detenerse en casa. Iría a la empresa de ambulancias.

6

Sienna Burton estaba tan furiosa que sabía muy bien que no era buena idea sentarse al volante y conducir. Pero si se hubiese quedado en casa, en Hull, habría estallado. Ese día se le había juntado todo: por la mañana, al salir, el propietario del apartamento le advirtió que estaba descuidando el balcón, «lo que era una vergüenza para todo el edificio», y que no había cumplido con su servicio de limpieza en dos ocasiones. Después, en la tienda de ropa donde trabajaba, se peleó con una clienta cuya arrogancia no pudo aguantar y la jefa le dijo que ya no era necesario que volviera. ¿Se trataba de un despido? ¿Tan fácil era? ¿Acababa de quedarse sin empleo? Después de discutir con su jefa, se marchó con el coche para volver a casa y desahogarse con su novio, que en ese momento estaba en el paro y se pasaba todo el día frente al televisor, sin tomarse la molestia de buscar un nuevo trabajo. Liam, en lugar de mostrarse comprensivo, se quedó atónito y después empezó a chillarle que estaba como una cabra, que ahora tendrían que vivir los dos de las ayudas públicas y que qué pensaba ella que iban a hacer.

—Podrías empezar a buscar trabajo, por ejemplo —le gritó Sienna, a lo que Liam respondió a voz en cuello que eso era lo que pensaba hacer, pero que no se creyera que luego él la iba a ayudar.

Aquello era el colmo de la insolencia después de que ella llevara meses manteniéndolo. Tuvieron una fuerte discusión y Sienna se marchó con el rostro inundado de lágrimas, se metió en el coche y salió a toda velocidad. No sollozaba de pena, sino de rabia. Liam era un cabrón. Su jefa, una vieja borde. ¡La foca arrogante de la clienta merecía que la pillara un tren y el propietario de la casa tenía que palmarla por su codicia y su egolatría!

Sienna sollozaba iracunda mientas salía de la ciudad a toda pastilla y recorría la carretera a una velocidad vertiginosa. No le importaba en qué dirección, le daba igual, no tenía una meta. Solo le importaba escapar. De todo. Cuando pasó por el cartel indicador de Market Weighton se dio cuenta por vez primera de dónde estaba. Conocía esa ciudad de provincias. Liam había crecido allí. Llevada por un nuevo brote de rabia, pisó el acelerador y bajó por la calle mayor. Tomó varias curvas haciendo chirriar los neumáticos. Tenía que abandonar ese pueblo de mala muerte lo antes posible. El aullido de una sirena la arrancó de sus sombríos pensamientos, echó un vistazo por el retrovisor. Mierda, los polis iban tras ella. No vio el coche patrulla por ningún sitio, pero debía de haber estado al acecho en una vía secundaria y salieron tras ella al verla pasar de largo como una flecha. Claro, no tenían nada mejor que hacer que andar ahora pisándole los talones. En lugar de perseguir a los auténticos delincuentes...

Sienna consideró por un segundo si tendría sentido adoptar una conducta ejemplar, lo que significaba ajustarse a las limitaciones de velocidad prescritas y esperar que fueran indulgentes. Pero eso era, seguramente, una ilusión. Iban a por ella. La sirena ya no sonaba, pero la seguían a un palmo de distancia.

Recordó que había dejado el bolso de mano en casa al salir precipitadamente, así que no llevaba ni el carnet de conducir ni el documento de identidad. Menudo follón...

Pisó el acelerador a fondo y escapó a todo gas.

Actuaba con menos escrúpulos que los policías, tomaba las curvas sin tener en cuenta si otro vehículo se acercaba de frente o si algún peatón estaba cruzando la calle. Cuando salió de la ciudad y tomó una carretera que no sabía a dónde llevaba, ya no veía el coche patrulla por el retrovisor.

El corazón de Sienna latía con fuerza. Era como en las películas. Incluso se había olvidado de su rencor hacia Liam y todos los demás. Qué locura, ¡acababa de quitarse de encima a una patrulla de policía! Se sentía bastante eufórica hasta que cayó en la cuenta de que los agentes seguramente habrían conseguido anotar el número de su matrícula. Ya podía contar con que la detendrían en la primera oportunidad que se les presentara. Se acordó de la velocidad vertiginosa a la que iba cuando salió de la ciudad y de su conducción temeraria. Ahora que la adrenalina iba bajando, el horror iba en aumento.

Mierda. Se había metido en un buen lío.

Cuando pasó por un camino de tierra en cuyo comienzo se veía una señal que prohibía el acceso a los coches, giró sin vacilar y recorrió entre prados, sobre la gravilla y los guijarros un camino que parecía perderse en la nada. Necesitaba reflexionar un rato. ¿Qué era lo más sensato que podía hacer?

Si es que podía hablarse de «sensatez» para referirse a ella.

Sienna conocía aquel tipo de situaciones. Tenía un carácter colérico, decía y hacía cosas horribles y después se moría de arrepentimiento y se preguntaba cómo había podido ocurrir todo eso. No obstante, esta vez era más grave. En el ámbito personal solía echar a perder amistades y relaciones, pero nunca había entrado en conflicto con la policía. Hasta ahora. Ahora sí que estaba en apuros. Se detuvo porque el camino era muy malo y temía por los neumáticos. A su izquierda se extendían más campos de cultivo. A la derecha empezaba un bosquecillo de abedules de troncos de brillo plateado, y pequeños y enmarañados matorrales de enebro. Ahí tal vez encontraría un lugar donde orinar. De repente se dio cuenta de que lo necesitaba con urgencia. Quizá fuera a causa de la excitación.

Sienna se bajó del coche, lo rodeó y se metió entre los árboles y los arbustos. Algo olía mal por allí, debían de ser muchos los que utilizaban ese sitio para aliviarse. Por otra parte, ¿quién se adentraba hasta allí? De hecho, solo los campesinos que venían a labrar los campos.

Ya iba agacharse tras un arbusto de follaje espeso cuando la vio.

Una pierna. Asomaba tras un seto espinoso. La pierna estaba metida en un pantalón blanco y terminaba en una zapatilla de deporte de color beis.

Sienna se la quedó mirando al tiempo que se preguntaba si estaba sufriendo una alucinación. No era normal que hubiera piernas tiradas como si nada por ahí, y mucho menos asomando detrás de un arbusto. ¿Habría alguien allí durmiendo? Pero ¿cómo es que la pierna estaba girada de una forma tan rara? Su primer impulso fue subirse inmediatamente al coche y marcharse volando, tan deprisa como fuera viable, pero algo la retenía allí. Miró como hechizada la pierna y dio un paso hacia ella. En ese momento se percató de la cantidad de ramas rotas y de arbustos aplastados que había. Casi como una pequeña vereda. Como un camino. ¿Habían arrastrado la pierna —y todo lo demás— hasta allí? Paralizada por el horror y al mismo tiempo empujada por la curiosidad, Sienna se aproximó más. Asomó la cabeza por el matorral y soltó un leve grito.

Un hombre. Un hombre yacía en el suelo detrás del matorral. Llevaba una camiseta blanca y vaqueros blancos. Zapatillas deportivas. Una de las piernas estaba algo girada, pero estirada sobre el suelo, era la pierna que Sienna había visto. La otra separada a un lado.

La cabeza del hombre era una única herida abierta. La hierba de alrededor brillaba en color granate, casi negro. Sangre. Un charco de sangre.

—¡Dios mío! —gritó Sienna—. ¡Oh, Dios mío!

Se volvió y salió del bosquecillo trastabillándose. Se cayó una vez porque se le quedó enganchado el pie en una raíz y se golpeó la barbilla en el suelo, pero se levantó sin hacer caso del dolor. Escapar, escapar de allí. No se dio cuenta de que se le habían rasgado los pantalones, que la sangre corría por su pierna y que a la herida se le pegaban piedrecillas, hierbas y tierra.

Divisó su coche. Dos policías estaban delante de él y la miraban.

—Qué bien que por fin se haya detenido —dijo el más alto de los dos, con una sonrisa sarcástica.

El coche patrulla estaba aparcado justo detrás del vehículo de Sienna.

En condiciones normales, o normales a medias, la joven se habría preguntado cómo habían podido descubrirla sus perseguidores ahí, en un lugar ignoto al borde de ese camino pedregoso, pero en ese momento le daba totalmente igual. Se quedó quieta y dijo:

—Hay un muerto en el bosque.

—¿Ah, sí? —preguntó el más alto, sonriendo de nuevo.

Ella asintió. Ni siquiera se enfadó porque no la creyera. Estaba allí, simplemente, sorprendida de que el mundo a su alrededor fuera tan indiferente.

—Hay un muerto en el bosque —repitió.

El otro policía dijo:

—Un buen intento de distraernos, joven. ¿Sabe usted que ha circulado por una población a más de ciento diez kilómetros por hora y que esto le costará el carnet de conducir?

—Hay un muerto en el bosque —insistió por tercera vez. Tenía la sensación de que era incapaz de pronunciar cualquier otra frase.

—Se encuentra usted en una situación muy seria —advirtió el más alto.

El que estaba en una situación muy seria era el pobre tipo del bosque, si es que se podía expresar así.

—Su documentación —pidió el policía bajo, tendiendo autoritario la mano.

No quería decirlo por cuarta vez, como una muñeca de cuerda pronunciando sandeces. Se esforzó por encontrar otra forma de articular la frase.

—En el bosque que está detrás de mí —dijo señalando con la mano la dirección a la que se refería—, hay un hombre. Creo que le han disparado en la cabeza.

El alto suspiró. Su compañero observó a Sienna ahora con mayor atención.

—O bien no está usted bien de la cabeza o... —Dejó abierta la alternativa sobre el estado de Sienna—. ¿Dónde se supone que está? —preguntó.

Sienna no iba a volver allí de ninguna de las maneras, pero señaló con unos gestos nerviosos detrás de ella.

—¡Ahí! ¡Ahí detrás!

El agente emprendió la marcha, vacilante. Parecía como si tuviera mucho menos miedo de lo que fuera a encontrarse allí que del ridículo que iba a hacer por haber dado crédito a las palabras de esa chiflada. Sin embargo, al cabo de unos metros gritó:

—¡Aquí huele raro!

Sienna se dejó caer, se quedó sentada en el suelo con las piernas dobladas y el rostro apoyado en las rodillas.

El alto no apartaba la vista de ella.

Luego salió otro grito del bosque.

—¡Mierda! ¡Es cierto! Aquí hay un cadáver. ¡Arg, joder!

El alto sacó el móvil.

Sienna pensó: «¡Qué pesadilla!».

7

Mark Winslow, el propietario de Winslow Ambulance, parecía terriblemente trastornado. Estaba sentado en su escritorio, muy bien ordenado, y rebuscaba nervioso en el ordenador. Bajo sus dedos inquietos, el teclado sonaba con fuerza.

—Nunca hemos tenido ningún problema —murmuraba—, nunca hasta ahora.

Kate estuvo a punto de contradecirlo, seguro que siempre tenían problemas, como en todos sitios, pero era posible que ninguno hubiese requerido la presencia de la policía.

—Jack Gregory —dijo mientras desplazaba la página que por fin había logrado encontrar—. Sí, aquí lo tengo. El enfermero. Y también Ken Burton. El conductor.

—¿No se puede contactar con ninguno de los dos? —preguntó Kate.

—No. Es raro. Siempre nos mantenemos en contacto.

—Señor Winslow —advirtió Kate—, el vehículo con Sophia Lewis ya hace horas que debería haber llegado a Hull. No había retenciones ni desvíos, nada extraordinario en el recorrido.

—Sí, lo sé. Para mí es un misterio.

—Esos dos hombres… Burton y Gregory. ¿Desde cuándo trabajan para usted?

—Ken Burton desde hace una eternidad, desde que fundé Winslow Ambulance. Nos conocemos de la escuela. Somos amigos desde tiempos inmemoriales.

—¿Y el otro? ¿Jack Gregory?

Los párpados de Mark se movieron con un tic. Kate enseguida se dio cuenta.

—¿Señor Winslow?

—No hace mucho que está aquí.

—¿Desde cuándo?

—Desde hace… una semana exactamente.

A Kate se le cortó la respiración.

—Entonces, no lo conoce de nada.

—No —confesó Mark Winslow, aunque añadió de inmediato—: Nadie contrata a personas a las que ya conoce bien.

—¿Sus referencias?

—Es bastante joven. Winslow Ambulance es su primer puesto de trabajo.

—¿Pero algo tendrá que haberle presentado?

—Sí, claro. Me enseñó su pasaporte. Y tenía un certificado según el cual había concluido su formación de enfermero.

—¿Dónde están esos papeles?

Mark se levantó, se dirigió a un archivador y rebuscó en su interior, del que al final extrajo una carpeta.

—Aquí —dijo, y le entregó a Kate un documento que probaba que Jack Gregory había concluido con éxito sus estudios en una escuela privada de enfermería de Liverpool—. Esta es la copia de su pasaporte —señaló Mark, tendiéndole otro papel.

A primera vista estaba todo en orden. Jack Gregory había nacido el 30 de julio de 1995 en Manchester y tenía unos veinticuatro años. La fotografía mostraba a un joven de mirada franca, con un cabello oscuro y espeso que le caía sobre la frente. Apuesto y simpático.

En cierto modo, alguien que pasaba desapercibido.

—¿Y el enfermero es igual que el Jack Gregory de la foto del pasaporte? —preguntó Kate, colocando la copia delante de la nariz de Mark.

Este observó la foto del pasaporte.

—No lo he mirado con tanta atención... En realidad, bueno... Tiene el pelo más alborotado. Pero ninguno nos parecemos a la foto de nuestro pasaporte, ¿verdad? —Intentó bromear—. Por fortuna, diría yo.

Kate no le hizo el favor de esbozar una sonrisa.

—Boca, nariz, ojos... ¿Es o no es él?

Mark estudió la imagen detenidamente.

—No puedo asegurarlo... —admitió al final, lo que Kate interpretó como que la foto tenía poco parecido con el enfermero Gregory.

Habría apostado a que el pasaporte pertenecía a otra persona. Y que el certificado de la escuela de enfermería estaba falsificado o era robado. En primer lugar, tenían que averiguar si se había registrado como robado el documento de identidad. Cogió el móvil para llamar a Helen, pero en ese momento le entró una llamada. Era Robert Stewart.

—Han encontrado al conductor de la ambulancia —dijo sin preámbulos—. Ken Burton, según su documentación. Estaba en un bosquecillo no lejos de Market Weighton. Una joven lo ha descubierto. Lo mataron de un tiro en la cabeza.

Kate sintió vértigo durante unos segundos.

—Mierda —salió entre sus labios.

—No tenemos ningún rastro del vehículo —informó Robert—. Ni del enfermero. ¿Estás en Winslow Ambulance?

—Hablando con el director —respondió Kate. A quien debería comunicar que su amigo de la escuela estaba muerto desde hacía unas horas—. Comisario, estoy segura de que el enfermero es el problema. Es posible que se haya identificado con un pasaporte robado.

Le facilitó todos los datos y Robert los anotó.

—Vamos a comprobarlo ahora mismo —prometió, y colgó.

Mark Winslow había ido siguiendo los cambios de expresión en el rostro de Kate.

—¿Novedades? —inquirió.

—Sí —contestó Kate—. Por desgracia. —Tras una breve pausa, añadió con cautela—: Han encontrado a Ken Burton. Lo han matado de un tiro.

—¿Qué? —preguntó estupefacto Mark.

—En las cercanías de Market Weighton. La ambulancia, Sophia Lewis y Jack Gregory siguen desaparecidos.

—Pero... —El rostro de Winslow fue palideciendo poco a poco—. Cómo puede ser... Me refiero a que... ¿lo han matado de un disparo, dice usted?

A Kate le daba pena. Se había quedado hecho polvo.

—Señor Winslow, me temo que Jack Gregory no es la persona que dice ser. Suponemos que no se llama así. Es probable que el pasaporte sea robado y haya falsificado el certificado de la escuela de enfermería.

—Dios mío —exclamó el director—. ¡Oh, Dios mío! —Se hundió en la silla que estaba detrás del escritorio, atónito, bajo los efectos del shock.

Kate se inclinó hacia delante.

—Señor Winslow, no se haga reproches, por favor. No podía usted sospecharlo, ¿y cómo iba a comprobarlo? Confió en que el joven era sincero. La mayoría habría hecho lo mismo.

—No me hago a la idea de que... —balbuceó, y luego volvió a exclamar—: ¿Dios mío, Dios mío! ¡Ken! ¡Precisamente Ken!

A Kate le habría gustado darle un poco más de tiempo para asimilarlo todo y que se sobrepusiera, pero no podía permitirse ese lujo. Cada segundo contaba para Sophia Lewis, si todavía estaba viva.

—Señor Winslow, lo siento, pero es importante que aclaremos de inmediato algunos puntos. El señor Gregory se ofreció para trabajar en su empresa hace una semana. ¿Había usted solicitado un enfermero?

—No. Simplemente apareció en mi despacho. Dijo que estaba buscando trabajo. Tuvo suerte. Podía necesitar a alguien.

—Podía necesitar a alguien, ¿pero no estaba buscando activamente a nadie?

—Ya hace tiempo que voy tirando como buenamente puedo, pero en realidad me falta un empleado. Lo que pasa es que... —Mark dudó—. No es que nos sobre el trabajo —añadió—. Somos una empresa relativamente pequeña y hay muchas que son más grandes que nosotros y pueden hacer ofertas con mejores precios. Algunas veces podría haber necesitado otro empleado más, es cierto, pero otras no, y habría tenido que pagarle de todos modos. En este sentido estaba indeciso. Pero cuando Jack Gregory se presentó aquí por sorpresa, pensé... Bueno, simplemente... lo contraté de forma impulsiva. Fue un error. Un error inmenso. —Apoyó la cabeza en las manos.

«Pues sí, aquí hay algún que otro problema —pensó Kate—. El negocio que tiene montado no funciona como él quisiera. Es posible que por eso tenga ese aspecto de cansado. Por las noches no duerme bien».

—¿Recibe usted a menudo encargos del hospital de Scarborough? —preguntó.

El hombre asintió.

—A través del doctor Dane, especialmente. Lo conozco muy bien. Yo mismo tengo formación de enfermero y durante mucho tiempo trabajé en su departamento antes de hacerme autónomo. Sabe que no lo tengo fácil. Cuando prepara el traslado de un enfermo siempre cuenta con nosotros. Le estoy muy agradecido por ello.

«Jack Gregory, o como quiera que se llame de verdad, se entera por la prensa de que Sophia está en ese hospital y que sigue viva», pensó Kate. Y entonces...

Especuló sobre cómo había podido desarrollarse el proceso. Después de que el *Yorkshire Post* informara sobre el trágico accidente, el hospital recibió muchas llamadas de gente que preguntaba por Sophia. Compañeros de trabajo, alumnos, los padres de los alumnos. El criminal podía haberse mezclado entre ellos sin dificultad. En principio no se daba ninguna información, pero Kate imaginaba que preguntando hábilmente se lograban obtener algunos puntos de referencia. Era obvio que el criminal sabía que trasladaban a Sophia. Tal vez lo descubrió él mismo. Bastaba con charlar un rato con uno u otro en el hospital para averiguar que el doctor Dane solía contratar a Winslow Ambulance para el transporte sanitario. Había conseguido un pasaporte falso a una velocidad pasmosa o tal vez lo utilizaba desde hacía tiempo. Hacerse tan pronto con el certificado de una escuela privada de enfermería era más difícil, seguro; pero Kate recordó las palabras de Caleb: «Es posible que se trate de dos homicidas que se han conocido en la cárcel». De la experiencia carcelaria siempre resultaban buenos contactos en ciertos ambientes especiales. Probablemente con gente que podía falsificar bastante deprisa un documento. Jack Gregory debía de haber imaginado que nadie comprobaría la autenticidad de los documentos. ¿Quién sospecharía de una conspiración tratándose de un joven enfermero?

—Lo que me sorprende un poco es que Jack Gregory no tuviera ninguna experiencia profesional demostrada y que usted personalmente tampoco lo conociera bien —apuntó Kate—. Sophia Lewis necesita una asistencia sumamente intensiva. ¿Y usted elige a un novato para esa tarea? Seguro que tenía a alguien con más experiencia.

Por su expresión, el director parecía estar cargando sobre sus hombros con toda la culpa del mundo.

—Él quería realizar este trabajo a toda costa. Pidió con mucha determinación que le encargara ese traslado a Hull. Quería demostrarme que era bueno, me dijo. Que para él era importante. Que yo podía estar seguro de que daría lo mejor de sí mismo. Parecía tan... comprometido... No era alguien especialmente seguro de sí mismo y pensé que tal vez sería positivo darle un voto de confianza.

—¿No era especialmente seguro de sí mismo?

Mark cada vez parecía más abatido.

—Era... ¿cómo explicarlo? Muy inseguro, solo eso. Muy tímido. Tartamudeaba un poco. Pero al mismo tiempo era sumamente simpático. Despertaba confianza. Sí. Esta es la expresión correcta. —Levantó ambos brazos en un gesto de resignación—. Una persona que supo ganarse mi confianza de inmediato. A lo mejor no era muy inteligente, pero parecía tener mucha empatía y sensibilidad. Había presentado un título con una buena nota. Pensé... En fin, es evidente que me equivoqué. Pero apenas si puedo entenderlo.

—Algo así es difícil de comprender.

—De alguna manera, estaba convencido de que él lo haría bien. Y más tratándose de un recorrido corto. Si se hubiera tenido que trasladar a Sophia Lewis a una clínica del sur de Inglaterra, si hubiese sido un viaje de muchas horas, seguramente habría enviado a otro empleado. Pero... ¿a Hull?

«Y de haber puesto a alguien más para que lo acompañara, ahora también estaría muerto», pensó Kate.

La fuerte sospecha de que Jack Gregory era el asesino iba adquiriendo el rango de una certeza. Él quería acceder a Sophia Lewis. La mujer que sobrevivió a una agresión brutal. Que podía constituir un peligro para él. Mató al conductor de un tiro en la cabeza. Gregory era un asesino sin escrúpulos. En el estado en que se hallaba, Sophia Lewis estaba totalmente a su merced. A Kate se le puso la piel de gallina al pensar en lo que sufriría la pobre mujer si todavía seguía con vida. Al menos no yacía muerta junto al conductor en el bosque. Estaba por ver si era mejor para ella estar con Jack Gregory.

Se le ocurrió una idea. Buscó en el móvil el retrato robot del tirador del tren y se lo mostró a Mark.

—¿Podría ser este Jack Gregory?

El director observó la imagen con detenimiento y negó con la cabeza.

—No. Seguro que no.

Kate recordó de nuevo las palabras de Caleb: «Podría tratarse de dos asesinos...».

—¿Podría venir a la comisaría conmigo y ayudarnos a dibujar el retrato robot de Jack Gregory? La foto del pasaporte no nos sirve de gran cosa.

Mark asintió.

—Sí, creo que sí. Por Dios. ¡Ken! Precisamente él. La verdad es que me siento bastante aturdido. Es que soy incapaz de comprenderlo.

Tales cosas eran incomprensibles. Kate lo sabía.

—Venga conmigo —indicó con suavidad, al tiempo que se

levantaba—. Sé lo difícil que le resulta. Pero tenemos que coger al asesino lo antes posible y presentarlo ante la justicia, y usted puede ayudarnos a hacerlo.

El hombre se levantó. Tenía el rostro blanco como la nieve.

—¿Qué pasará ahora con la paciente? —preguntó—. ¿Qué pasará con Sophia Lewis?

Kate no se atrevía ni a pensarlo.

8

Conducía sin un destino concreto, sin una meta, sin una idea clara de a dónde quería llegar. Al principio, lejos de Colin y de su mala conciencia. En un momento dado se percató de que, aunque se había alejado físicamente de Colin, librarse de su conciencia era mucho más difícil. Además, el depósito de gasolina estaba casi vacío. Al pasar por un pequeño pueblo encontró una gasolinera. Estaba nerviosa. ¿Qué sucedería si ya estaban buscando el coche?

Colin no tenía móvil y debía encontrarse todavía en el más profundo aislamiento, pero tal vez Kate ya estaba buscando el vehículo. Con las veces que había intentado contactar con Colin, seguro que sospechaba o sabía con certeza que estaba con Xenia.

Una vez que hubo llenado el depósito, se alegró de que el joven que estaba tras el mostrador no levantara la vista del móvil más que un segundo, así que pudo pagar y volver a emprender la marcha. Gracias a Dios. Su retrato todavía no estaba colgado en todas las gasolineras. Los indicadores al borde de la carretera le revelaron que se encontraba cerca de Northallerton. Las horas de la tarde transcurrieron y llegó el momento de pensar en dónde iba a dormir. Y qué iba a hacer después. Limitarse a huir no era una opción viable.

Se dirigió a un aparcamiento del cual partían, según las indicaciones, varios caminos de senderismo. Allí se detuvo y pensó.

Estaba metida en un enorme lío. Llevaba quince años metida en él. Quince años huyendo, reprimiéndose, aguantándose. Soportando una vida que no quería y convenciéndose a sí misma de que todo estaba bien y de que la situación mejoraría de algún modo.

Ahora comprendía que no mejoraría mientras ella siguiera huyendo. Tenía que enfrentarse a su pasado. Tenía que despejar el origen del infortunio y luego sería libre.

Hundió el rostro en las manos.

Oía la voz de Jacob: «Acabarás en el trullo. ¡Lo tienes claro!». Nunca se había quitado de encima ese temor. Pero ahora, por la deriva que estaban tomando las cosas —en parte por su culpa—, ya no era posible salir ilesa. La policía ya hacía tiempo que investigaba el caso. Kate Linville no se daría por vencida.

«Y encima he robado un coche y dejado a un hombre abandonado a su suerte», pensó.

En efecto, lo había conseguido. Había conseguido sumergirse más en el desastre.

Levantó la cabeza.

—De acuerdo —dijo en voz alta—. De acuerdo, no vas a quedarte aquí parada durante horas, lamentándote por tu terrible situación. Tienes que actuar.

El punto de partida.

A veces valía la pena volver al punto de partida. Ella no era la única que lo había hecho todo mal. Dios era testigo de ello.

Sacó el teléfono del bolso y entró en LinkedIn. Cuando se registró, tenía la esperanza de encontrar una buena oferta de trabajo. De hecho, a veces había aparecido alguna, pero Jacob siempre se oponía. A duras penas toleraba la clase de lengua de los lunes por la tarde, posiblemente porque no ganaba nada con ella y él la calificaba de pasatiempo y no de profesión. Cualquier cosa que pudiera haberla hecho una pizca más independiente, él se empeñaba en torpedearla.

Con los dedos temblorosos introdujo un nombre.

Tal vez él también estaba registrado allí.

Tal vez averiguaba su domicilio actual.

Tal vez podía buscar su dirección en Google.

Ahora era lo único que podía hacer. Volver al comienzo.

A Xenia Sidorova.

Xenia Sidorova se integró en nuestra familia sin complicaciones. Yo estaba sorprendido de la sencillez con la que todo transcurría. Después de años de fracasados tratamientos para tener hijos, después de un proceso de adopción desmoralizador, después de todas las dificultades con Sasha y con nuestra llorona hija Lena, yo ya no contaba con que mi vida pudiera discurrir sin problemas. Xenia llegó a Inglaterra con un visado de turista, la fui a recoger al aeropuerto de Heathrow y me asombró que ya hablara inglés, con algo de esfuerzo e inseguridad, pero de una forma comprensible que no presentaba el menor obstáculo a la hora de que nos entendiésemos mutuamente. Era una chica guapa, de veintipocos años... O más bien una mujer joven. Estaba rellenita, pero no gorda, tenía el pecho grande y las caderas redondeadas, una piel suave y de un blanco inmaculado y el cabello rubio oscuro, que llevaba recogido en una trenza que le caía por la espalda. Le gustaba llevar faldas largas hasta los tobillos o vestidos; en invierno con botas camperas, en verano con sandalias o bailarinas. Su aspecto era un poco anticuado, lo que yo encontraba muy encantador. No era la clase de mujer que me atraía, en absoluto, pero sí un tipo que me gustaba y encontraba agradable.

Se instaló en el cuartito contiguo a la cocina sin rechistar. En su país había vivido en un espacio más reducido, nos explicó, y encontraba nuestra casa y también su habitación sumamente lujosa. Desde el primer momento no pareció sentirse como una huésped, sino que se puso manos a la obra. Vació el lavavajillas antes de deshacer su maleta, y dejó que Sasha la ayudara, de modo que Alice pudo liberarse de él y ocuparse de Lena.

—Qué decisión tan afortunada hemos tomado —dije a Alice.

Ella se reservó su opinión. Se mostraba reacia a que entrara alguien en casa. Una desconocida.

—Ahora ya no tenemos vida en familia —había dicho.

Yo objeté que ahora precisamente podíamos vivirla mucho mejor.

—También volveremos a hacer algo juntos —señalé—. Sin los niños.

Ella no estuvo convencida antes y ahora tampoco lo estaba. Pero admitió de mala gana que Xenia, al menos a primera vista, era simpática y trabajadora.

Transcurrieron las primeras semanas y nos fuimos acostumbrando los unos a los otros. Xenia sabía mantenerse en un segundo plano. Pasaba tardes enteras en su habitación y solo aparecía de vez en cuando para meterse en el baño o para ir a la cocina a buscar algo para beber. Era sumamente discreta. Y le quitaba mucho trabajo de encima a Alice. Cuando llegaba del despacho, ella estaba en la cocina con Lena en brazos —la pequeña completamente callada—, removiendo con la mano libre una olla que hervía a fuego lento sobre el hornillo y olía de maravilla. En estos primeros y todavía bastante fríos días de primavera, abrigaba a los dos niños y daba largos paseos con ellos; Lena en el cochecito, Sasha a pie a su lado. Traía ramilletes de tulipanes y narcisos que compraba en una granja de flores y que luego Sasha distribuía en jarrones y vasos de agua por todas las habitaciones, contento y animado. Xenia manejaba su retraso con muchísima calma. Lo aceptaba como era y le dejaba hacer ni más ni menos que las cosas que podía hacer y con las que disfrutaba. Le permitía ir a pintar a su habitación y luego colgaba sus dibujos en los armarios de la cocina. Sasha no cabía en sí de alegría. Lena daba gritos de contento cuando Xenia se acercaba a su cama y tendía los bracitos hacia ella. De repente, en nuestra casa reinaba la paz, la serenidad. Todo se relajó.

Todo, menos Alice.

Cuando yo regresaba a casa, ella estaba sentada como siempre en su rincón del sofá, agotada, aunque Xenia mantenía entretenidos a los dos niños y ella podría haber hecho cualquier otra cosa. Salir a pasear, ir de compras, escuchar música, quedar con una amiga. También podría haber pensado en volver a trabajar. Pero cuando yo se lo mencionaba con prudencia, ella no quería ni hablar del tema.

—Es demasiado pronto —decía—. Todavía es demasiado pronto.

Parecía deprimida y sola, y yo no sabía por qué. Un compañero a quien se lo comenté opinaba que quizá su depresión se había arraigado con tantos años de sobreesfuerzo y con todas las luchas y decepciones, y que ahora tal vez no podía superarlo.

—¡Pero si ahora lo tenemos todo! —exclamé—. ¡Tenemos una hija sana! Tenemos un hijo encantador. ¡Tenemos una niñera ideal! ¿Qué más quiere?

—Las depresiones —señaló el compañero— no desaparecen solo porque cambien las circunstancias. Si te soy sincero, no creo que Alice pueda salir de su estado sin ayuda médica.

Pero Alice se negaba a acudir a un terapeuta.

—De todos modos no me ayudará. No puede cambiar mis condiciones de vida. Creo que necesito un poco más de tranquilidad.

Pero ahora ya tenía tranquilidad suficiente. Tal vez, demasiada incluso. Xenia se encargaba del cuidado de la casa y se ocupaba de los dos niños, y Alice se quedaba sentada en el sofá mirando cómo otra mujer conseguía sin esfuerzo lo que ella había sido incapaz de lograr. A fin de cuentas, un estado que de nuevo me llenaba de preocupación.

Joder, ¿es que no iba a terminar nunca?

Si antes tenía miedo de que Alice acabara con un grave síndrome de *burn-out*, ahora tenía miedo de que enfermara de aburrimiento. Mi compañero creía que ya sufría el síndrome.

—Eso no se detiene porque de repente no tenga nada más que hacer. Se ha enraizado. Necesita ayuda.

Era un círculo vicioso.

Por si fuera poco, Lena, que nos había vuelto locos con sus llantos, se mostraba alegre, sonriente y parlanchina cuando estaba con Xenia. Seguía chillando cuando Alice o yo nos acercábamos o la cogíamos en brazos, pero con Xenia se le secaban enseguida las lágrimas y su carita, un segundo antes roja como un tomate y contraída por la rabia, se distendía.

—No le hemos hecho nada —decía yo perplejo—. ¿Cómo es que llora con nosotros y con Xenia no?

No sabíamos resolver ese misterio. Eso a mí no me afectaba demasiado. Era evidente que Xenia tenía muy buena mano con los niños… ¿Y qué? A pesar de todo, Lena nos quería a Alice y a mí, de eso estaba seguro, y también nos querría después. Pero Alice se lo tomó como un asunto personal.

—Ocúpese usted, Xenia —decía si se trataba de algo relacionado con Lena—. Conmigo se echa a llorar.

—A lo mejor no deberías dejarlo todo en manos de Xenia —advertí con cautela en una ocasión—. Lena no puede acostumbrarse a que lo haga todo ella.

—Ya lo ha hecho —dijo Alice, encogiéndose de hombros.

Es posible que no le resultase tan indiferente como pretendía, pero con su actitud me era imposible hablar con ella del problema. Aparentaba tal desapego que creaba una distancia infranqueable. Llegados a cierto punto, me dije que yo ya había hecho lo que podía y que ahora debía confiar en el tiempo y en que las cosas evolucionaran bien.

Hoy me lo reprocho. Me reprocho haberme rendido, en cierto

modo. Estaba agotado, cada vez más enervado por los problemas domésticos, y menos concentrado en mi profesión. Sentía que me estaba consumiendo y que debía hacer algo, y reaccioné cerrando más y más los ojos, ignorando una situación que iba a peor. Ya volvería a estabilizarse en algún momento.

Eso esperaba yo.

Llegó el verano, Xenia se acostumbraba a nosotros, nosotros a ella. Seguía viviendo en Inglaterra con el visado de turista. Yo sabía que eso no podía prolongarse eternamente. Trabajaba en negro, yo no le pagaba ni cuotas sociales ni un seguro de enfermedad. Una situación muy delicada, en caso de que se produjera un accidente y, según los periódicos, era en las casas donde se producían con más frecuencia. Yo no sabía quién debía hacerse cargo si ella ocasionaba algún perjuicio o qué dictaban las leyes si a uno de los niños le sucedía algo cuando estaba bajo su cuidado. En realidad, tenía que ocuparme de ello. Sin embargo, iba aplazándolo cada día.

Pero resultó que no fue Xenia quien provocó la tragedia.

Sino Alice.

Y yo debería haberlo sabido.

Viernes, 2 de agosto

1

A primera hora de la mañana, Kate acudió al hospital para hablar con las enfermeras y enfermeros que el día anterior habían estado presentes durante la preparación de Sophia Lewis para su traslado.

Ya había pasado por allí el día anterior a última hora de la tarde, pero hubo un cambio de turno. Le enseñó a un médico los dos retratos robot, uno del tirador del tren y el nuevo a partir de las indicaciones de Mark Winslow. El médico, tras observar largo tiempo las imágenes, acabó encogiéndose de hombros.

—Sinceramente, no lo sé. No puedo decir de ninguno de los dos que lo sea, pero tampoco que no lo sea. Había mucha gente y yo solo pasé un momento. No presté atención a cada persona en particular ni a cada rostro.

Kate también fue a la casa de dos empleados para interrogarlos, pero estos tampoco guardaban un recuerdo preciso. Le faltaba preguntar a los otros que estuvieron en el traslado. Esperaba tener más suerte ese día.

Lo que sí había averiguado hasta ese momento era que la escuela de enfermería que aparecía en el certificado de Jack Gregory no existía. El certificado en sí era una falsificación bastante chapucera, pero a primera vista convincente, y Mark Winslow no le prestó mayor atención, como admitió, profundamente afectado y todavía sobrecogido.

En cuanto a Jack Gregory, se trataba de un joven estudiante de Manchester al que desde hacía nueve meses se daba por desaparecido. Teniendo en cuenta que su documento de identidad se hallaba en manos de un presunto asesino y secuestrador, no se auguraba nada bueno sobre su destino. Tras hablar por teléfono con la policía de Manchester, Helen descubrió que el vecino de Jack Gregory había acudido a la policía después de que Jack no regresara de un fin de semana largo. Su intención era viajar a Escocia con su vieja furgoneta Ford Transit, convertida en cámper. Sus padres, que vivían en un pueblecito de Suffolk, tampoco sabían nada sobre su paradero.

Ni Gregory ni su vehículo habían vuelto a aparecer. Era como si la tierra se lo hubiese tragado. Kate sospechaba que su cuerpo yacería junto a un matorral en los alrededores de Manchester, muerto de un tiro. Posiblemente, nunca lo encontrarían.

En la unidad del hospital, Kate se reunió con varios empleados que habían preparado a Sophia Lewis para su traslado. Algunos no se acordaban en absoluto del enfermero de la ambulancia, todos hacían un gesto negativo al ver el retrato robot confeccionado con los datos aportados por Mark Winslow, y dos enfermeras identificaron, sin la menor vacilación, al llamado Jack Gregory con el retrato robot del tirador del tren.

—Es él. Seguro. Este era el enfermero que vi ayer.

—Oh —exclamó Kate, perpleja.

Caleb tenía razón: se trataba de dos asesinos.

—Pero ¿cómo? —preguntó Robert tres cuartos de hora más tarde cuando se reunieron en despacho y Kate le describió la situación en el hospital—. ¿Por qué se presenta un hombre con documentos falsificados en el servicio de transportes y el otro asume la identidad falsa y la acompaña durante el traslado?

Estaba desconcertado. Todo ese asunto se estaba complicando cada vez más, y sobre todo cuando Kate Linville se marchaba y regresaba con nuevos hallazgos.

Por otra parte, no podía criticarla por ello: a fin de cuentas, no estaba manipulando. Presentaba hechos. Aunque resultaban totalmente incomprensibles.

—Sospecho que el tipo del tren no quería arriesgarse a que lo reconocieran —dijo Kate—. Su imagen estaba en todos los diarios. Mark Winslow lo habría identificado.

—También habrían podido reconocerlo en el hospital.

—Es una situación distinta. En una entrevista de trabajo, uno está sentado durante media hora o más enfrente de alguien. Tiene tiempo para estudiar el rostro del otro y preguntarse dónde demonios lo ha visto hace poco. Es diferente en la clínica, con un montón de gente ocupada en preparar a una paciente para su traslado. Nadie se para a mirar al enfermero del servicio de transporte. Dado que hay muchos que no lo recuerdan, supongo que el asesino se tomó la molestia de no mostrar demasiado su cara, es decir, de mirar hacia abajo o de mantenerse al margen. Está claro que le salió de fábula.

—¿Por qué el conductor no se percató de nada? —preguntó Helen.

Kate acababa de aclarar este punto con Mark Winslow.

—El conductor y el nuevo empleado «Jack Gregory» no se conocían. Hacía muy poco que Gregory trabajaba en la empresa y aún no habían coincidido. Se vieron por primera vez ese día. Si se hubieran conocido, el tirador del tren habría entrado más tarde en escena y habría tenido que matar al conductor, pero así le ha resultado todavía más fácil.

—Dos asesinos —dijo inquieto Robert—. ¿Cómo es posible?

Kate decidió desarrollar la teoría de Caleb, aunque se guardó de mencionar su nombre.

—Eso aclararía —dijo—, por qué pese a todos nuestros esfuerzos no hemos podido encontrar ningún vínculo ente Sophia Lewis y Xenia Paget. Nos enfrentamos, posiblemente, con dos antecedentes distintos y sin ninguna conexión.

—Pero... —empezó a decir Helen.

Kate, sin embargo, siguió hablando.

—Los criminales se conocieron en un momento dado y se han aliado.

—Lo veo sumamente rebuscado —opinó Robert, pero se le notaba que tal idea empezaba a hacer mella en su mente.

—Podría tratarse de un acto de venganza —señaló Kate.

—¿Te refieres a que tanto a Xenia Paget como a Sophia Lewis las persiguen unos tipos que quieren matarlas para vengarse? —preguntó Robert.

—Lo considero bastante probable.

—Mmm. Dos asesinos...

—Tal como demuestran las declaraciones de los testigos y los retratos robot es evidente.

—¿Y por qué hacen lo mismo?

Kate se encogió de hombros.

—Les resulta más sencillo. Por lo que estamos viendo, se apoyan el uno al otro. Ya hay una orden de búsqueda para el llamado Jack Gregory, así que su socio hace acto de presencia cuando se trata de asuntos como esa entrevista de trabajo. También se ayudan el uno al otro con armas, documentos falsificados y otras cosas. Siendo dos son más fuertes y también crean mucha confusión entre nosotros, la policía.

—¿Han coincidido por casualidad dos hombres que la han tomado con dos mujeres a las que quieren matar...? —señaló Robert.

—Quizá no es casualidad —replicó Kate. Robert le parecía un cabezota y añoraba todavía más a Caleb. Él tenía la autoridad suficiente para aceptar las buenas ideas de otros—. Podrían haberse conocido en la cárcel. Y la cárcel también podría ser la causa de su sed de venganza.

—¿Paget y Lewis han llevado a la cárcel a un hombre cada una? —preguntó Helen.

Kate asintió.

—A lo mejor hicieron las declaraciones definitivas.

—Lo sabríamos —terció Robert—. Los nombres estarían en el sistema.

—¿De testigos anónimos? —supuso Helen—. Aunque los criminales saben quién es el responsable.

—Es muy posible —dijo Kate.

—¿Qué tenemos? —preguntó Robert—. Solo tenemos esos malditos retratos robot. Nada más.

—Podría enviar por mail los retratos a todas las prisiones de la región —propuso Helen, aunque no parecía demasiado satisfecha con la idea—. Tal vez logremos identificarlos.

—No veo otra posibilidad —dijo Robert.

—Lo más urgente sigue siendo encontrar a Sophia Lewis —señaló Kate—. Su estado es crítico y está en manos de un asesino sin escrúpulos.

—Desde ayer están buscando la ambulancia. Ya hace tiempo que tendría que haberla visto una patrulla. Es un vehículo llamativo… ¡No puede desaparecer como si nada!

—Me temo —intervino Kate— que el asesino ya había llegado a su destino antes de que nosotros advirtiéramos que algo no iba bien y antes de la hora de llegada prevista de Sophia Lewis a Hull. La ambulancia seguramente está en algún patio trasero o en un garaje, escondida, y con ello, en cierto modo, desaparecida de la faz de la tierra.

A sus palabras siguió un pesado silencio. Los tres pensaban en Sophia Lewis y en el infierno en el que se hallaba.

—La única posibilidad de encontrar el escondite al que han llevado a Lewis consiste en identificar al autor o a los autores del crimen —concluyó Robert—. Solo a partir de ahí será posible delimitar la zona donde la retienen.

—El tiempo trabaja en nuestra contra —dijo Helen, levantándose decidida—. Ahora mismo voy a ocuparme de contactar con las prisiones. Al fin y al cabo, es posible que la teoría de la sargento Linville sea cierta.

—Lo único cierto es que por ahora no contamos con ninguna otra teoría —replicó Robert con aspecto de volver a tener dolor de cabeza.

—Continúa la búsqueda del coche de Colin Blair —anunció Kate—. Sigo pensando que Xenia Paget está con él. Corre un grave peligro, no podemos perderla de vista.

—Lo estamos haciendo francamente bien —comentó Robert, mordaz—, hemos perdido de vista a las dos personas que están en peligro. Y a conciencia.

Sonaba como si estuviera echando la culpa a Kate. Ella reprimió una insolencia —a fin de cuentas, no la había acusado directamente— y también se puso en pie.

—A propósito del tiempo —advirtió—. Vuelvo al hospital. El doctor Dane estaba antes en el quirófano, pero ahora ya debe de estar accesible. Quiero saber cuánto tiempo puede sobrevivir Sophia Lewis en estas circunstancias.

—Eso significa —dijo Robert—, cuánto tiempo nos queda para encontrarla.

Kate asintió.

—Exactamente —respondió.

2

Yacía y respiraba. Yacía y respiraba. Yacía y respiraba.

Había llorado un rato. Tenía una sensación desagradable con las mejillas húmedas, pero no podía secarse las lágrimas y tenía que esperar a que se secasen por sí solas. Ahora notaba la piel de su rostro tirante, y eso la molestaba mucho. Tal vez por la sal. Nunca pensó en lo que se sentía al tener lágrimas secas en la cara. Siempre había podido secárselas. Nada más fácil que eso, nada a lo que dedicar ni un solo pensamiento. Ahora, cosas como esa se convertían en un problema.

No obstante, ese no era su mayor problema. No, desde luego que no.

Miraba fijamente a la oscuridad, estaba a la escucha de sonidos que pudieran indicarle qué iba a ocurrir. ¿Estaba él todavía ahí? ¿Cerca? Creía haber oído cerrarse una puerta. Quizá la puerta de la casa, quizá se había ido. ¿A comprar?

Se hallaba en una habitación oscura, pero no en un sótano. Tras sacarla de la ambulancia, la trasladó con la camilla dentro de la casa, no recordaba haber bajado por ninguna escalera.

¿Cuánto tiempo iba a resistir? La intención de su secuestrador seguro que no era dejarla con vida. Ni le favorecía, ni tendría la posibilidad de hacerlo a largo plazo. Era una enferma que precisaba de vigilancia médica continua, necesitaba la asistencia de un servicio clínico moderno.

Él no sabía nada de enfermería. Se notaba por la torpeza con que la movía. Estaba convencida de que no sabía cómo cambiar el catéter de la vejiga. Pero al menos le vació la bolsa de la orina y se la volvió a colocar.

«Quién lo hubiera dicho —había comentado él, mientras tanto, riendo—. ¡La arrogante Sophia Lewis! Seguro que nunca imaginaste que tú y yo nos íbamos a encontrar en esta situación».

Ella no podía responder, pero las lágrimas de humillación y desesperación inundaron sus ojos.

«Morir, simplemente morir. Eso sería lo mejor», pensó. Pero en su situación ni siquiera morir era fácil.

En la habitación, a su derecha, se apreciaba un poco de claridad. Supuso que habría allí una ventana, aunque cegada con una persiana negra. Pero la ventana no le servía de nada, no habría podido pedir auxilio a gritos ni arrastrarse hasta allí y trepar por ella para salir.

Se preguntó si ya la estarían buscando. No habían llegado a Hull. Él mató al conductor de un disparo. Ella lo oyó. Le obligó a bajar del vehículo con la pistola en la sien y poco después sonó un disparo.

Después de eso, su secuestrador volvió, se inclinó sobre ella y le sonrió. Era la sonrisa más espantosa que había visto jamás.

—Ahora ya estamos solos, Sophia —le dijo, acariciándole el pelo.

Luego siguieron el viaje. Al final el vehículo se detuvo. Le vendó los ojos antes de llegar a la casa, así que no tenía ni idea de dónde se encontraba. ¿Qué pasaba con la ambulancia? Seguro que no estaba a la vista, delante de la casa. Estaría a salvo de las miradas curiosas. Incluso si la policía salía en su búsqueda, ¿qué posibilidades había de que la encontraran?

El pánico se apoderó de ella, amenazaba con asfixiarla. Lo sometió con toda la fuerza mental que fue capaz de reunir.

«Piensa, piensa qué podrías hacer».

«Nada», respondía la abrumadora certeza. Yacía como una cucaracha boca arriba. Aunque esta al menos podía mover las patas.

Arriba se oyó la puerta de nuevo. Se abrió y se cerró con un fuerte golpe. Ahora estaba bastante segura de que era la puerta de la casa. Él habría salido y ahora estaba de vuelta. Sintió a un mismo tiempo alivio y horror. Sin él estaba absolutamente desamparada, y si no hubiese regresado, ella moriría en la miseria. Pero era un demonio, el mismo Satán, y estar con él en una casa, a su merced, era terrorífico.

¿Por qué no podía despertar de una vez de esa pesadilla?

Yacía y respiraba. Yacía y respiraba. Yacía y respiraba.

3

Por la tarde, cuando Kate se sentó al escritorio, la llamó Lydia Myers. Kate tardó unos segundos en identificar el nombre, pero lo recordó, era la directora de la Chorlton High School de Manchester, en cuya casa había estado pocos días atrás. Le parecía como si hiciera una eternidad.

La señora Myers había indagado sobre el alumno que culpó de sus malas notas a Sophia Lewis y cuyos padres se pusieron agresivos.

—La familia sigue viviendo en Dubái —le comunicó—. También el hijo. Tienen un restaurante allí. Eso está fuera de duda. He hablado con uno de sus antiguos compañeros de clase, que sigue siendo amigo del joven. Según me ha contado, nadie de la familia ha vuelto a Inglaterra desde hace más de dos años. Dice que pondría la mano en el fuego.

Kate le dio las gracias y borró el punto de la lista relacionado con el alumno de Manchester. Claro que podía haber estado en Inglaterra sin que su amigo lo supiese, pero era un poco rebuscado. Nunca se había tomado esa pista en serio.

Ante ella, en una hoja de papel, tenía un par de notas de su conversación con el doctor Dane.

—¿Cuánto tiempo puede resistir Sophia Lewis?

El doctor Dane, pálido y preocupado, reflexionó.

—Puede respirar de forma autónoma, eso es bueno —dijo —. El intestino le funciona, pero necesita medicación de apoyo. No hay función vesical, pero lleva catéter, así que no corre ningún riesgo inmediato.

—¿No inmediato?

—El catéter tiene que cambiarse regularmente. De lo contrario, el peligro de infección es bastante elevado.

—¿Cree que el secuestrador puede hacerlo? ¿Cambiar el catéter?

Dane se encogió de hombros.

—En teoría puede, pero alguien tiene que habérselo enseñado. A lo mejor lo aprendió por su cuenta... No sé.

—¿Y qué pasa con la alimentación? —preguntó Kate.

—Puede tragar. Todavía con esfuerzo. Y alimentos muy blandos. Creo que lo puede conseguir —dijo Dane. Entonces añadió en voz baja—: La cuestión es si el hombre que la ha secuestrado quiere mantenerla con vida. Está totalmente en sus manos. Nada sería más fácil para él que dejarla morir.

—¿Puede sentir dolor?

—Por desgracia, sí. El dolor es un gran problema en casos de paraplejia. Pueden aparecer dolores neuropáticos, es decir nerviosos, e incluso volverse crónicos. Pero también puede padecer a causa de una infección. Por ejemplo, si sufre una cistitis a causa del catéter, es de suponer que le duela. También puede ser que sienta dolores más fuertes de lo normal.

—Entiendo.

—¡Deben encontrarla pronto!

—Lo haremos —le dijo Kate. Aunque no se sentía ni la mitad de segura de lo que quería aparentar.

«Un punto de referencia —pensaba ahora—, necesitamos que por fin aparezca un punto de partida. Esto es para volverse locos».

Se abrió la puerta, Helen Bennett y Robert Stewart entraron. Helen parecía estresada y frustrada.

—Nada —anunció—. He contactado con todas las cárceles del país. No se identifica a nadie con los retratos robot. O bien ninguno de los dos ha estado nunca en prisión o no los han reconocido.

—¡Retratos robot! —exclamó despectivo Robert—. Confeccionados por un sistema de ordenador a partir de lo que se recuerda de dos personas... ¡Realmente, no es gran cosa!

—Es todo lo que tenemos —replicó Kate—. Por el momento.

—El momento ya está durando mucho —refunfuñó Robert—. Me refiero al momento del estancamiento.

—He llamado a las asociaciones de balonmano de West Bromwich —intervino Helen.

Kate pensaba que su compañera mostraba una enorme implicación en los últimos días. Era psicóloga, aunque estaba realizando tareas de asistente por falta de personal. No dejaba de telefonear a todos sitios, esperaba a que la atendiesen, preguntaba a todo el mundo. Estaba pálida y ojerosa. Kate estaba segura de que Caleb la había elogiado más de una vez y que se había ganado su respeto gracias a su tesón. Ella misma valoraba mucho con qué claridad y aprecio Caleb sabía comunicar su estima por otras personas. Le salía del corazón, pero al mismo tiempo seguro que era consciente de que así motivaba y estimulaba a sus subalternos. A Robert ni se le pasaba por la cabeza hacer un elogio. Tenía aspecto de sentirse superado en extremo. Era posible que por el momento no pudiera contemplar más allá de esa situación tan embrollada.

—En sentido estricto solo hay dos —prosiguió Helen—. En una he encontrado lo que buscaba: Sophia Lewis fue miembro desde 1998 hasta 2007. Una señora muy amable me ha facilitado la información.

—¿Y? —preguntó Robert.

—En la misma época, Samuel Howard formaba parte del equipo masculino —contestó Helen—. Es el único al que se puede asociar con el diminutivo de Sam. Mi interlocutora todavía no trabajaba allí. No sabe nada de un acoso.

—¿Y ahora qué hacemos con esa información? —inquirió Robert, impaciente.

Helen sonrió.

—Tengo la dirección de su domicilio actual. Sigue viviendo en West Bromwich.

—¿Y eso nos sirve de algo? —insistió Robert frunciendo el ceño.

—Según el padre de Sophia, acosó a su hija cuando ambos eran adolescentes —explicó Kate—. No deja de ser una posibilidad que tenemos que investigar.

—Creo que el padre de Sophia Lewis ya no tiene la mente clara. ¿Opinas que su declaración tiene algún peso?

Kate suspiró. No era que sospechara que iba a hacer un gran avance con Samuel Howard, quien quizá tan solo había estado perdidamente enamorado en su juventud, pero al que no se podía inculpar. Sin embargo, ¿qué más tenían? En la situación en la que se hallaban, no les quedaba otro remedio que ir tras esa pista, por muy insignificante que pareciese.

—Ya lo he comprobado —dijo Helen—. No está en el sistema. Ninguna huella dactilar, nada en absoluto. Eso significa que nunca ha sido acusado de nada.

—Con lo que la maravillosa teoría de que él y el otro se conocieron en la cárcel se vendría abajo —señaló Robert arqueando las cejas.

«Le cuesta aceptar las ideas de los demás», pensó Kate.

—Es que es justo eso, una teoría —apuntó—. Mientras no sepamos nada más, tenemos que considerar también estas suposiciones. En cualquier caso, mañana iré a West Bromwich. Quiero hablar con Samuel Howard. Es posible que el padre exagere en cuanto a lo que pasó, pero al menos forma parte del pasado de Sophia. Y ese hombre estaba muy vinculado a ella. A lo mejor sabe algo. Alguna cosa.

—Te acompañaré —dijo Robert, lo que Kate consideró sorprendente dada su desconfianza hacia ese viaje—. Tengo que involucrarme más en las investigaciones directas. Antes también lo hacía.

En el aire flotaba la frase que le faltó pronunciar: «Así todo irá mejor».

Kate habría preferido viajar sola.

—Me gustaría salir temprano, si estás de acuerdo —dijo mosqueada.

Él asintió.

—A las siete estaré en tu casa —respondió.

4

Encontró a Oliver Walsh en LinkedIn y allí mismo vio dónde vivía: en Leeds.

«Increíble. Vivían en la misma ciudad. Quizá desde hacía años», se dijo Xenia.

Buscó la lista de empadronados y encontró la dirección exacta de Oliver. Casi en las afueras de la ciudad. La escribió en el navegador, en el navegador del coche de Colin Blair.

La mala conciencia la atravesó como un punzón ardiendo. Había transcurrido una noche. Era posible que Colin siguiera vagando por el bosque. No, no podía imaginar algo tan horripilante. Se hallaba al borde de una carretera, y él recorrería esa carretera. No podía perderse.

Pero había pasado la noche a la intemperie. Xenia, aun acurrucándose en el asiento trasero bajo una manta, estaba muerta de frío cuando se despertó de madrugada. Después de que hubiese acabado la ola de calor, las noches refrescaban bastante. Y Colin no tenía nada para abrigarse.

Se obligó a no pensar en ello.

Casi no daba crédito a lo fácil que le resultó encontrar a Oliver Walsh después de todos esos años. Se detuvo delante de la casa, un edificio de apartamentos de aspecto aburrido y jardines cuidados; miró la fachada de ladrillo rojo, las ventanas con cuarterones de marcos pintados de blanco, y el camino de losas que conducía a la puerta de la casa. Se preguntó si Alice seguiría con vida y si todavía vivirían juntos. Ni en LinkedIn ni en la lista de direcciones había encontrado indicios de ella, pero eso no significaba nada. La siempre depresiva Alice. Gris, encerrada y enterrada en su complicada psique.

Xenia bajó del coche sosteniendo el bolso delante de sí como un escudo. Se alisó el vestido, ese horrible y voluminoso vestido de lino con un estampado de batik, anticuado y de tonos verdes. Se sentía como un saco de patatas. Además, llevaba dos días sin cambiarse y su última ducha fue en la pensión cutre de Whitby. Y de por medio estaba la noche que pasó en el coche. Xenia tenía la impresión de que olía mal. Con ayuda del espejo de bolsillo y el lápiz de labios, intentó mejorar su rostro y se peinó con los dedos. El resultado general no tenía nada de convincente, pero no importaba. No después de todo lo que había ocurrido.

El apellido «Walsh» estaba en la placa del timbre de la puerta del jardín. Xenia pulsó vacilante el botón. Al cabo de un minuto el portero automático emitió un crujido.

—¿Sí?

Algo distorsionada pero inconfundible, era a voz de Oliver Walsh.

Tomó una profunda bocanada de aire.

—Hola. Soy Xenia.

Se quedaron uno frente al otro en la puerta del apartamento. Oliver y Xenia. Quince años después.

«Qué viejo se ha hecho», pensó asustada Xenia. Por un momento se preguntó qué pensaría él. «Qué gorda está», seguramente.

—Xenia, madre mía. Después de tanto tiempo.

—Sí —contestó ella—. Después de tanto tiempo.

Oliver dio un paso atrás.

—Entre, por favor.

No parecía alegrarse. Pero siempre había sido un hombre amable. Estaba claro que no iba a cerrarle la puerta en las narices ni a quitársela de encima como si fuese un vendedor ambulante.

—Gracias.

Entró en el apartamento. A primera vista, reconoció un par de muebles de antes. El armario ropero. La alfombra del pasillo. Por la puerta abierta de la sala de estar, vio el viejo sofá. Alice solía tenderse allí. Con su fatiga crónica. Xenia solo la había conocido cansada.

—¿Un café? —preguntó Oliver. Parecía nervioso.

—Sí, estaría muy bien. —Lo siguió a la cocina, donde él puso unas cucharadas de café en el filtro y encendió la cafetera.

—¿Está Alice también? —preguntó con prudencia.

Él se quedó callado un instante.

—Alice y yo nos hemos separado.

—Oh. ¿Hace mucho?

—Sí. Después... cada uno siguió su camino.

—Entiendo. —En cierto modo, lo suponía. Era difícil que una relación superase algo como aquello.

Pocos minutos después estaban sentados frente a frente en la mesa de madera de la cocina, que Xenia ya conocía de la casa de Nottingham. Todavía estaba llena de garabatos con rotuladores de colores. Sasha solía usarla para pintar, pero se salía de los bordes del papel. Ella le colocaba papel de periódico debajo, pero Sasha también pintaba los periódicos y se volvía a salir. Al final, acabó forrando toda la mesa con plástico, pero ya era demasiado tarde. Estaba bastante maltratada. Pero tal vez a Oliver le gustaba así, de lo contrario la habría hecho lijar. La mesa le recordaba a la familia que había tenido. A tiempos mejores. Esa familia nunca tuvo épocas buenas, pensó Xenia. No desde que ella la conocía, pero sospechaba que tampoco antes.

El café no sabía a nada, pero Xenia se lo tomó agradecida. Al menos estaba caliente. Le levantó un poco los ánimos.

—¿Dónde vive ahora Alice? —preguntó.

Oliver se encogió de hombros.

—Hace años que no tenemos contacto. No tengo ni idea. Me han llegado rumores de que se mudó a Cornwall. Es posible que vendiera la casa de Nottingham, pero ni de eso estoy seguro.

—¿No han mantenido ningún contacto en absoluto?

—No. Ella lo quiso así. Ni siquiera me pidió que le pagara una pensión, aunque ignoro si tenía derecho a alguna, pues, al fin y al cabo, la casa era de su propiedad y con ella quedaba bien cubierta. En cualquier caso, quiso cortar por lo sano la relación. Yo lo respeté.

—Qué fuerte —dijo Xenia.

—Sí —respondió Oliver—. Qué fuerte.

A los dos les sonó extraña esa expresión. No formaba parte de su modo habitual de hablar. «Una expresión coloquial de jóvenes», pensó Xenia. Hacía mucho tiempo que no se sentía joven. En realidad, había dejado de serlo desde que se casó con Jacob. O tal vez desde aquel suceso.

—¿Y dónde vive usted? —preguntó Oliver.

Xenia soltó una risa.

—No muy lejos. También en Leeds. En Bramhope.

—¿Desde hace mucho?

—Trece años.

Él también se rio, no contento, sino con ese divertido asombro que pueden originar los giros de la vida.

—Y nunca nos hemos cruzado.

—Quizá no nos habríamos reconocido. —Casi seguro que habría sido así. De hecho, él había envejecido increíblemente deprisa. Y ella había engordado en extremo. Ambos estaban muy cambiados.

—¿Se ha casado usted?

Ella asintió.

—Sí. Mi apellido es ahora Paget. Xenia Paget.

—¿A qué se dedica? ¿Y su marido? —Ahora se lo veía más animado. Se movía por un terreno menos peligroso. Temía que ella fuera a hablarle del suceso, pero quizá solo pasaba por allí, se tomarían un café, charlarían de asuntos sin importancia y luego se despedirían.

—Es administrador en varias comunidades de vecinos. Yo doy clases de lengua a inmigrantes.

—¡Estupendo!

—Sí, me divierte. Nos va bien. Tenemos una casita adosada. Es una vida tranquila. Discreta. Pero está bien. —Pocas veces había mentido de tal forma. Pero no quería contarle sus desgracias a Oliver. Nunca se tuvieron mucha confianza, y después de tantos años, todavía menos.

—Tiene... ¿hijos? —preguntó él con cautela.

—No.

No indagó en si se trataba de una decisión consciente o de un deseo insatisfecho. Tenía demasiado tacto. Ella se alegró. Si le hubiese respondido ateniéndose a la verdad, tendría que haberle dicho que quería hijos, pero no de Jacob Paget, al que entonces estaría más atada, y eso habría conducido la charla hacia una dirección que ahora no correspondía.

—Me alegro de que sea usted feliz en Inglaterra, Xenia —dijo.

Ella inspiró hondo. Había llegado el momento. Para eso estaba allí. Para hablar de eso. No de su matrimonio. No de otros problemas.

—Lo cierto es que ahora no soy nada feliz —admitió.

Él la miró desconcertado.

—¿En serio? Lo siento.

—Tal vez haya leído el suceso en los diarios. El del tiroteo en el tren de Londres a York. Hace dos semanas.

—Sí. Mal asunto.

—Era yo. Yo era la mujer contra la que dispararon.

—¿Cómo?

—La prensa no mencionó mi nombre. Pero yo fui la víctima.

Él se la quedó mirando estupefacto.

—¡No puede ser!

—Sí. Y todavía me siento amenazada. El asesino no consiguió su objetivo. Otra mujer con más presencia de ánimo se atrincheró conmigo en el baño del vagón. Resultó ser policía. Por eso reaccionó tan bien y tan deprisa. Tuve una suerte inmensa. Ese individuo iba a matarme. Fue una pesadilla.

—Inconcebible. ¿Quién es capaz de hacer algo así?

Ella no contestó nada.

—¿Y la policía? He leído que el hombre se dio a la fuga. ¿Ha encontrado la policía alguna pista? ¿O todavía va dando palos de ciego?

—Totalmente. Y están muy preocupados por mí. Se temen que vuelva a intentarlo.

—¿Y no le han asignado ninguna protección?

Ella se encogió de hombros.

—Sinceramente, ahora no saben dónde estoy. Por decirlo de algún modo, me he fugado. El coche aparcado fuera es robado.

—¿Ha robado usted un coche? —preguntó perplejo.

—Una historia complicada. Por supuesto, lo devolveré. Pero tenía que buscar refugio. Tenía que verlo a usted.

—¿A mí? ¿Cómo puedo ayudarla?

Despacio y con determinación dijo:

—Han querido matarme. A mí. No a otra persona. No se trataba de un loco que disparara a quien se le pusiera por delante. No. Se trataba de mí.

—Entiendo. Pero yo no sé...

—¿Por qué iba a querer matarme nadie? Piense.

Oliver palideció.

Volver a ver a Xenia me ha trastornado por completo. Primero la he oído a través del portero automático. «Soy Xenia». En un primer momento, pensé que me estaban gastando una broma, pero la voz, aunque distorsionada, me resultaba familiar. Luego, cuando la he tenido frente a mí, aquí arriba, delante de la puerta, la he reconocido, aunque ha cambiado. Ha engordado muchísimo. Siempre tuvo tendencia a engordar, pero ahora, para ser sincero, está obesa. Y pese a ello, no carece de atractivo, porque tiene esa piel bonita, lisa y blanca como la leche y unos ojos enormes. Nos hemos sentado en la cocina, tomando un café y charlando sobre esto y aquello. Nos hemos contado por encima cómo nos ha ido la vida. Todo más bien insustancial. Le he dicho que Alice y yo llevamos años separados y que no sé nada sobre ella. Y ahí mismo podríamos habernos despedido. «Ha sido muy bonito volver a verla, sí, sí, a ver si volvemos a tomar un café». Perfecto. Pero entonces ha desvelado el auténtico motivo de su visita, el motivo por el cual después de todo este tiempo me ha buscado y me ha encontrado: intentaron matarla. En un tren. Sobrevivió por los pelos. Y ahora tiene miedo. Del sujeto que quiere asesinarla. Pero también de la policía. Porque al final podría quedar al descubierto lo que pasó entonces.

Miedo a que ahora la atrapen. Por todas partes.

Fue el 2 de agosto de 2004. Un lunes.

Jamás olvidaré ese día. Ninguno de nosotros lo olvidará. La catástrofe irrumpió en nuestra vida sin avisar, con una rabia que quitaba la respiración, desesperante. La desesperación no me ha abandonado desde entonces. No creo que nunca vaya a desprenderse de mí.

Ese día había pasado la tarde en Leicester, en una compañía de seguros que buscaba a alguien que se encargara de la contabilidad, los impuestos y la administración. Yo me presenté para el puesto y me llamaron para hacerme una entrevista. En realidad, me quedaba algo grande, pero seguro que ofrecían un buen sueldo y me decidí a intentarlo. Durante años, los problemas de mi familia me habían forzado a invertir en el trabajo solo el cincuenta por ciento, como mucho, de mi energía, y eso era demasiado poco. No es que estuviéramos viviendo con lo mínimo para sobrevivir, eso no, pero hacía tiempo que no conseguía ahorrar, y eso me preocupaba. Ya era hora de sacar un mayor rendimiento. Ahora que Xenia llevaba la voz cantante y lo controlaba todo a la perfección, podía arriesgarme a conseguir tareas más importantes y nuevos clientes. La entrevista transcurrió bien, me dijeron que se pondrían en contacto conmigo y yo salí del moderno edificio de vidrio y acero cromado lleno de esperanza. Por supuesto, iban a seguir haciendo entrevistas. Pero entre nosotros había habido química. Aquella tarde de agosto, ventosa y más bien fría, yo me sentía en cierto modo optimista. El camino de vuelta a casa duró bastante. En condiciones normales, el viaje habría durado una hora, pero me topé con un embotellamiento, de modo que ya estaba oscureciendo cuando atravesé Nottingham y proseguí entre prados y campos en dirección a nuestro pueblo. De repente, un corzo cruzó la carretera, pero conseguí frenar a tiempo. El coche se detuvo, yo estaba temblando. Podría haber salido mal. Al reemprender el camino, me cambió el humor de golpe. Estaba con los nervios a flor de piel.

Al bajar del coche, delante de nuestra casa solitaria, me percaté de que no había ninguna luz encendida. Al menos no en las habitaciones que daban al exterior. Era extraño. Desde que Xenia vivía allí, derrochábamos luz porque le gustaban las ventanas iluminadas y creía que era importante para la gente que venía a casa. Yo se lo permitía. También a mí me sentaba bien la vitalidad que ello generaba.

Entonces me acordé de que Xenia tenía la tarde y la noche libres y que había dicho que pensaba coger el autobús a Nottingham e ir al cine. Así que Alice estaba sola con los niños, seguramente sentada en el sofá y con la sala de estar en penumbra. Habría dejado a Sasha pegado al televisor, tratando de mantener tranquila a Lena. Me di cuenta de que se me agriaba más el humor. Cuánto dependía ya de la presencia de Xenia. Me horrorizaba realmente pasar la tarde a solas con Alice y los niños.

Pero me serené. Todo iría bien. Y seguro que Xenia volvería pronto a casa.

Cuando abrí la puerta y entré, enseguida tuve la impresión de que pasaba algo. El pasillo estaba a oscuras, la cocina también. En la sala de estar parecía brillar una lámpara, se veía a través de la puerta. El televisor estaba apagado, o al menos no se oía ningún sonido. Tampoco se oía gritar a Lena. Imperaba un extraño silencio. No un silencio agradable, sino un silencio tenso. Entrañaba algo irreal. Algo malo.

—¿Hola? —grité al tiempo que cerraba la puerta.

Nadie respondió. Normalmente Sasha aparecía cuando yo llegaba a casa. Me pasó por la cabeza que Xenia a lo mejor se había llevado a los niños.

—¿Alice? ¿Sasha? —No pronuncié el nombre de Lena por prudencia. Si se encontraba en casa y no estaba llorando como una posesa como de costumbre, mencionar su nombre podía suscitar un llanto interminable.

286

Entré en la sala de estar. En efecto, el televisor estaba apagado. La lamparita del rincón del sofá, encendida. No parecía haber nada raro, pero, cuando iba a dar media vuelta, percibí un movimiento con el rabillo del ojo. Miré con mayor atención. Bajo la mesa del mirador estaba acurrucado Sasha. Se había encogido, como solo él sabía hacer, y estaba hecho un ovillo en el suelo, con los brazos alrededor de las piernas. Temblaba como una hoja.

—¡Sasha! —Me arrodillé y me incliné hacia él. Estaba blanco como la leche—. ¿Qué ha pasado? ¿Por qué estás ahí sentado? ¿Dónde está mamá? ¿Y tu hermana?

No decía nada. Solo me miraba y no dejaba de temblar.

Volví a levantarme. Algo había sucedido.

—¡Alice! —grité.

No hubo respuesta. Salí de la habitación. Ya me ocuparía después de Sasha. Primero tenía que averiguar qué ocurría. Vi que salía luz por debajo de la puerta del baño.

—¿Alice?

Abrí la puerta.

Alice estaba en el suelo de rodillas, en medio del baño. Totalmente vestida, pero con la ropa mojada. También el cabello. Su rostro estaba tan pálido como el de Sasha. Sostenía a Lena en los brazos, la pequeña estaba desnuda. Reposaba fláccida como una muñeca de trapo sobre el regazo de Alice.

Durante dos o tres segundos, fui incapaz de articular palabra o de moverme. Luego me agaché y arranqué a Lena de los brazos de Alice.

—Por favor, dime que ha pasado. Por todos los santos, ¿qué le ha sucedido?

—La he bañado —respondió Alice con un tono de voz uniforme.

En ese momento vi que la bañera seguía llena de agua. En la superficie todavía flotaba un poco de espuma, toda la habitación olía intensamente a las sales de romero que Alice solía usar. El patito amarillo de Lena estaba al borde de la bañera.

Sacudí a mi hija. No se movía, no emitía ningún sonido. La cabeza le colgaba hacia atrás. Tenía los ojos abiertos y la mirada fija.

—¡Dios mío! ¡Dios mío!, ¿qué ha ocurrido? —Dejé a Lena sobre la alfombrilla de la ducha y empecé a hacerle un masaje cardiaco en el pecho. Habían pasado años desde que hice el curso de primeros auxilios. Si Lena había tragado agua, tenía que salir de sus pulmones. Le presioné el tórax con movimientos rítmicos y enérgicos. La niña no se movía.

—Para —dijo Alice—. Está muerta.

—¡No digas tonterías! —grité, y Alice se estremeció —. ¡No está muerta! ¡Mi hija no está muerta!

—Yo la he empujado debajo del agua —dijo Alice. Seguía teniendo ese tono inexpresivo de voz—. Hasta que se ha callado y ha dejado de moverse.

—¿Que has hecho qué? —Dejé el cuerpo inerte de Lena—. ¿Qué?

—Gritaba. No dejaba de gritar.

Sentí que estaba cubierto de sudor. Por un instante noté que me mareaba, creí que iba a vomitar. Las rodillas me flaquearon, si no hubiera estado sentado en el suelo me habría caído.

—Ella no… Y tú…

Alice asintió.

—Quería que se callara. Que estuviera tan callada como cuando está con Xenia.

Contemplé a mi hija. A mi hija muerta. En el cuello y en el pecho se dibujaba una fina redecilla de venas. Su rostro no mostraba una expresión tranquila. Se notaba la lucha con la muerte, el suplicio de la asfixia.

Alice había ahogado a una niña de un año.

A nuestra hija.

Estaba claro que estaba muerta. Estaba claro que yo ya no podía salvarla. En ella no quedaba ni un asomo de vida.

—Dime que no es verdad —susurré—. Por favor, dime que…

No contestó.

Me levanté de un salto y me incliné hacia Alice, la agarré por los hombros y la sacudí como si quisiera que se desprendiera de todo lo que tenía de enfermo, destrozado y perturbado.

—¡Dime que no es verdad! —grité.

Seguía callada.

La solté y me volví hacia Lena. También la sacudí, pero con mucha más suavidad. Nada. Ninguna reacción.

En el baño flotaba un aire cálido, húmedo. De la bañera, todavía con agua caliente, ascendía un velo de vapor que se depositaba sobre el suelo y las paredes, cubría el espejo sobre el lavamanos y el cristal de la ventana, tras el cual había anochecido. Quería acercarme a la ventana, quería abrirla para que entrara el aire frío del exterior, pero no lo hice. No vivía ni un alma en kilómetros a la redonda, pero tenía miedo, miedo de que lo que habíamos dicho y tal vez gritado en ese cuarto de baño llegara a los oídos de alguien.

La situación me parecía totalmente irreal, como una pesadilla de la que esperaba despertar lo antes posible, pero, al mismo tiempo, percibía todo de un modo peculiar, alerta, las ideas acudían con rapidez a mi mente lúcida. Mi esposa había ahogado a mi hija de quince meses en la bañera. Porque no soportaba sus gritos. La había asesinado para se callara de una vez por todas.

Mi esposa era una asesina.

La policía vendría y la detendría. Iría a juicio. Sus cambios hormonales y sus depresiones tal vez pesarían en la balanza de un juez benévolo, pero nada podría salvarla de una condena de varios años de cárcel. Nuestra vida se rompería. En miles de añicos.

—Ha sido un accidente —dije—. Tenemos que hacerles creer que ha sido un accidente.

Alice se quedó mirando al frente, como anestesiada, pero levantó la cabeza.

—No debemos decírselo a nadie.

Estaba realmente loca.

—¿Cómo vas a ocultar la muerte de tu hija? —pregunté—. ¿Cómo pretendes escondérselo a todo tu entorno?

Me miró con los ojos abiertos de par en par. En ellos se reflejaba el shock de lo que acababa de ocurrir. En ese momento no estaba en plena posesión de sus facultades mentales. Sabía lo que había hecho, pero no era consciente de su alcance. Algo le impedía tomar conciencia plenamente.

Miré a nuestra hija muerta. Me llamaron la atención las manchas rojas en los hombros, la parte superior de los brazos y el cuello. Cada vez se dibujaban con mayor nitidez. Signos de violencia. No era necesario ser médico forense para darse cuenta al instante de que Lena no se ahogó por un descuido de su madre. Alguien la hundió bajo el agua. Con fuerza. Lo que significaba que Lena se defendió y peleó. Luchó por su vida.

Contra su madre asesina.

Por unos segundos, el odio, un odio hacia Alice, que acababa de destruir nuestra vida, se apoderó de mí con tal intensidad que me habría gustado golpearla, estrangularla, sacudirla, aporrear su cabeza con esos ojos traumatizados una y otra vez contra los azulejos del baño… Cerré los puños y me clavé las uñas hasta no soportar más el dolor.

«Todo destrozado, todo destrozado, todo destrozado», decía una voz en mi interior.

Pero la razón también seguía hablando dentro de mí. No podríamos camuflar como un accidente la muerte de Lena. Intentar hacerlo ante la policía empeoraría más las cosas. Un médico podría precisar con bastante exactitud la hora de la muerte y eso nos haría todavía más sospechosos por haber esperado horas antes de actuar.

Por otra parte, daba casi lo mismo. Porque no se trataba de parecer o no sospechosos. Los hechos eran claros.

—No lo entiendo —dije—. Sencillamente, no lo entiendo.

Alice movió la cabeza.

—No puedo más, Oliver.

Me la quedé mirando.

—¿Qué es lo que no puedes más?

Me contestó en un susurro.

—Ese griterío. Que siempre esté gritando. Que solo grite. Que no quede ningún resto de mi vida. Que no quede ningún resto de mí. Me diluyo, Oliver. Me diluyo en los niños. Desde hace años.

Ya hacía mucho que sufría una depresión profunda. Yo siempre fui consciente. ¿No me preocupé lo suficiente? ¿Alimenté demasiadas esperanzas de que se recuperase por sí sola?

—Ahora sí que no quedará nada de tu vida —dije. Mi voz me sonaba extraña y estaba como temblando. Es probable que yo también me hallara bajo los efectos del shock—. Irás a la cárcel, Alice. Acabas de matar a tu propia hija. Te encerrarán. Esto es lo que has hecho de tu vida.

A mis espaldas oí un grito ahogado y rápidamente me di media vuelta. Xenia estaba en el baño. Todavía llevaba los zapatos de calle y su bolso barato colgado del hombro. Había entrado en casa sin que nos diésemos cuenta. Miraba horrorizada la escena que tenía delante.

Me había oído. Sabía exactamente lo que ocurría allí.

Sábado, 3 de agosto

1

Durante las tres horas y media que duraba el trayecto desde Scarborough hasta West Bromwich, Robert Stewart no abrió la boca. Solo habló una vez. En un breve descanso, Kate se marchó a buscar un café para cada uno.

—Date prisa, por favor—. Eso fue todo.

No llegaron a la dirección que les habían facilitado hasta las diez y media, porque, pese a llevar el navegador, se extraviaron varias veces. Unas obras de construcción y las calles cortadas los obligaron a dar unos rodeos que parecían apartarlos continuamente de su destino. Robert tampoco mencionó nada al respecto. Iba agarrado al volante, con expresión avinagrada y los labios apretados con firmeza. Parecía tan tenso que Kate se desanimó al pensar en la conversación que tenían pendiente con Sam Howard.

«Ojalá me deje hablar a mí», pensó.

Sam Howard vivía en un barrio realmente bonito de West Bromwich. Las habituales casas adosadas, los jardines delanteros. En el de Howard había todo tipo de juguetes diseminados por el césped.

«Un padre de familia. Es probable que sea totalmente inofensivo», se dijo Kate.

No obstante, los padres de familia no siempre tenían que ser inofensivos, como demostraba el caso de Jayden White.

Robert se detuvo junto a la acera de enfrente.

—Ya hemos llegado —anunció. Al parecer no se había olvidado de hablar.

Bajaron del vehículo, cruzaron la calle y observaron el pequeño jardín con el tobogán y los animales de plástico. Al llegar a la puerta de entrada, pulsaron el timbre. Como no emitía ningún sonido, Robert golpeó la puerta con fuerza.

—El timbre está roto —gruñó.

Unos pasos se aproximaron, un hombre abrió la puerta y su mirada se deslizó de uno a otro. Sostenía una taza de café en la mano.

—¿Sí? —preguntó.

Robert sacó sus credenciales.

—Comisario Stewart, de la policía de Yorkshire. Departamento de investigación criminal de Scarborough. Esta es mi compañera, la sargento Kate Linville. ¿Es usted Sam Howard?

—Sí... Ha... ¿ha pasado algo? —Sam se puso muy nervioso. La mano le temblaba y derramó un poco de café.

Kate suponía, casi percibía, que, a ojos de Stewart, Sam había pasado de ser un difuso punto de referencia a principal sospechoso. Ella no compartía tal sensación. Ese hombre alto, flaco, con aspecto de no haber dormido, no le parecía lo suficiente curtido como para cometer un crimen perverso y poner en práctica un plan premeditado. Además, no se trataba, con toda certeza, del tirador del tren. Tampoco se parecía al otro hombre del retrato robot, aunque había que considerarlo con reservas: en ocasiones, los retratos robot, confeccionados a partir de lo que recordaban los testigos, podían alejarse bastante de la realidad.

—Nos gustaría entrar —dijo Robert, internándose ya en el pasillo.

Kate se habría comportado con algo más de cuidado ante un hombre como Sam Howard, pero su jefe parecía decidido a seguir su propio estilo.

Sam los condujo a una sala de estar que, al igual que el jardín delantero, estaba llena de juguetes.

—Disculpen el desorden. No sabía...

—No pasa nada —lo tranquilizó Kate.

Sam se apresuró a apartar un par de cosas que estaban sobre un pequeño sofá de Ikea y dos butacas.

—Por favor, tomen asiento. ¿Qué ha sucedido?

—No tenemos más que una pregunta —anunció Kate. Se había sentado en una butaca y Robert en la otra—. Se trata de Sophia Lewis.

Observaba su rostro con atención. No cabía duda de que enseguida supo de quién hablaba. Se le abrieron los ojos de par en par.

—¿Sophia?

—La mujer a la que usted estuvo meses acosando —dijo Robert—. La han secuestrado.

Sam parecía verdaderamente atónito.

—¿Secuestrado? ¿A Sophia?

—Eso mismo —confirmó Robert.

—Pero ¿cómo ha sido?... Bueno, ¿quién puede haber secuestrado a Sophia?

—Estamos aquí para averiguarlo —respondió Robert.

Sam, quien entretanto se había sentado en el sofá, depositó la taza sobre la mesa.

—¿No pensarán...?

—Investigamos cualquier pista posible —lo sosegó Kate.

—Han pasado quince años —dijo Sam. En sus mejillas pálidas aparecieron unas manchas rojas—. Y no fue... Bueno, yo no la acosaba. ¿Quién ha dicho eso? Yo... bueno, yo estaba enamorado de ella. La encontraba maravillosa.

—Por lo visto, no hacía más que dar vueltas delante de su casa —dijo Robert—. Aunque eso la ponía bastante nerviosa.

Sam movió inquieto los brazos.

—Éramos jóvenes. Yo tenía diecisiete años, ella dieciséis. A esa edad uno es muy intenso. Cuando está enamorado.

—Entre «ser intenso» y «acoso sexual» hay una diferencia bastante grande —indicó Robert.

Kate tuvo que reprimirse. No debía corregir a su superior durante un interrogatorio, pero Robert se estaba excediendo con sus intentos de intimidación. Nadie estaba hablando de acoso sexual. Sam Howard podía haberse comportado como un auténtico pelmazo, pero no era del tipo agresivo. Tampoco era un asesino. En el fondo, Kate ya se había resignado a que no iban a encontrar nada a que atenerse. Estaban dando un susto de muerte al pobre Sam Howard, pero se marcharían sin haber realizado ningún hallazgo.

—¿Acoso sexual? —preguntó Sam—. Imposible. ¿Eso lo ha dicho Sophia? No puede decir algo así. Porque no es cierto.

—Por el momento, desgraciadamente, Sophia no puede decirnos nada —respondió Robert—, porque, como ya le hemos dicho, la han secuestrado y no sabemos dónde está. Pero hay personas de su entorno que lo han mencionado a usted.

—Supongo que su padre —dijo Sam.

Robert no contestó.

—Madre mía —exclamó Sam—, yo era un adolescente perdidamente enamorado de Sophia. Sí. Nos conocíamos del club de balonmano. Seguro que la puse de los nervios, pero nunca le hice nada, ni la toqué ni nada por el estilo. Tienen que creerme. Y ya ha pasado mucho tiempo. Yo estoy felizmente casado. Tenemos tres hijos. La pequeña tiene diez días. ¿Cómo iba yo a secuestrar a Sophia?

Cinco personas en esa diminuta casa... Solo de pensarlo, Kate se mareaba. Ese hombre acababa de ser padre por tercera vez y tenía aspecto de no haber dormido por tal razón... En opinión de Kate carecía de fuerza para seguir cualquier tipo de impulso criminal. Y de motivos. Lanzó una mirada a Robert que este, sin embargo, no contestó.

—Señor Howard, ¿dónde estaba usted el jueves 25 de julio? —preguntó.

Como Kate sabía, ese era el día en que un desconocido se había presentado a Mark Winslow para pedirle trabajo como enfermero. ¿Podía tratarse de Sam Howard? Ella lo dudaba.

El rostro de Howard se iluminó.

—Lo sé perfectamente. Ese día nació mi hija pequeña, Lucienne. A las cuatro de la madrugada acompañé a mi esposa al hospital. La niña no vino al mundo hasta las ocho de la noche. Todo ese tiempo, sin interrupción, estuve junto a mi esposa. Cualquier persona del hospital se lo confirmará.

Estaban sentados en el coche, todavía aparcado frente a la casa de Howard. Robert miraba ante sí malhumorado.

—Podemos confirmarlo. Aunque...

—Aunque no sería tan tonto de contarnos una mentira tan fácil de desenmascarar —dijo Kate—. A mí me ha resultado, además, totalmente verosímil.

—De acuerdo, no es el hombre que pidió trabajo en Winslow Ambulance. Aun así, puede estar involucrado en el caso.

—Entonces ya serían tres personas.

—¿Por qué no?

—Porque se trata de algo muy personal —respondió Kate—. No es un asunto en el que se implique toda una banda.

—¿Y qué opinas del día del atentado contra Sophia Lewis? —se interesó Robert.

También le preguntaron por ese día y Sam Howard les explicó que estaba en el trabajo. Estaba contratado en el almacén de una empresa de transportes.

—¿De una empresa de transportes? —insistió Robert con las cejas arqueadas—. Debe de viajar mucho.

—Lo cierto es que paso casi todo el tiempo en el almacén —respondió Sam—. Ese día estuve desde la mañana hasta la noche allí. Pueden preguntárselo al jefe.

—Diré a Helen que lo compruebe —señaló Robert—. Pero es probable que sea verdad.

—Estoy segura —apuntó Kate—. Robert, en serio, estamos tras una pista falsa. Ese Howard es un manojo de nervios. Totalmente superado con su paternidad triple y con un trabajo pesado y poco estimulante. Ni se le ocurriría ponerse a matar y secuestrar a alguien.

—Pero estuvo acosando a Sophia Lewis. Es posible que todavía hoy no haya asimilado que lo rechazara.

—No para de traer hijos al mundo. ¿No crees que parece sentirse feliz con su esposa y con su familia, aunque eso lo estrese?

—Traer hijos al mundo no significa que uno sea feliz —respondió Robert—. Tampoco que haya superado un fracaso de juventud. —Dio un puñetazo al volante—. No tenemos nada, ¿verdad? En realidad, no tenemos nada.

Kate no contestó. Robert tenía razón. No tenían nada. Y las agujas del reloj avanzaban cada vez más deprisa. Y más trágicamente.

—Ahí viene Howard —advirtió de repente Robert.

En efecto, Sam Howard corría hacia ellos cruzando la calle. Todavía tenía las manchas rojas en las mejillas. Se inclinó junto a la ventana del conductor. Robert bajó el cristal.

—¿Sí?

—Acabo de acordarme de una cosa que Sophia me contó.

Había un chico que vivía en el vecindario, era un par de años más joven que ella.

—Niños —dijo impaciente Robert—. ¿Y eso de qué nos sirve?

—Un momento —intervino Kate—. Deje que acabe. El padre de Sophia también lo mencionó. A un chico del vecindario.

Robert resopló.

—Habló de ello una o dos tardes en el club. Yo siempre estaba con ella, atento a cuanto salía de sus labios. —Sam se ruborizó—. Contó que vivía en su calle y que continuamente aterrorizaba a los demás. Incluso a los que eran mayores y más altos que él. Torturaba a los animales y todos le tenían miedo.

Robert volvió a suspirar.

—Gente de esa calaña la hay por todas partes.

—Sí, pero ese... Ella parecía realmente asustada cuando hablaba de él. Y entonces... —Dudó.

—¿Sí? —preguntó Kate.

—Hubo un suceso horrible. Aquí, en West Bromwich. Un chaval raptó a una cría pequeña. Lo cogieron a tiempo y no quedó claro qué intenciones tenía. Seguro que nada bueno. La pequeña estaba totalmente traumatizada.

—¿Y ese era el chico del vecindario de Sophia Lewis?

Sam parecía inseguro.

—No lo sé. Cuando esto pasó, yo no estaba aquí. Estaba en Estados Unidos, en la preselección del equipo nacional de balonmano. Me habían augurado una gran carrera.

«Una carrera que terminó en un almacén lleno de paquetes y cajas». Fue como si hubiera oído el pensamiento de Kate, pues añadió:

—Sufrí una lesión grave en el hombro. Después de una mala caída. Así se acabó para mí el balonmano profesional.

En su voz resonaba la decepción y la pena. Un sueño hecho añicos.

—Cuando regresé, ya hacía tiempo del incidente —recordó—. Nadie lo comentaba ya. Pero alguien del club me contó que se trataba del joven vecino de Sophia. «Ese chaval enfermo del que Sophia hablaba a veces», esas fueron sus palabras.

—Es posible que a lo largo de su vida hablara de más gente aparte del idiota que vivía en su calle —opinó Robert—. ¿Sospecha usted que se trataba de un minipsicópata?

—Eso parecía —dijo Sam Howard—. Pero es solo una suposición.

—¿Sabe su nombre?

—Por desgracia, no.

—Nos ha sido de gran ayuda —concluyó Kate—. ¡Muchas gracias, señor Howard!

Él asintió de nuevo y se alejó rápidamente hacia su casa. Un hombre frustrado y nervioso que quizá todavía se abismaba en antiguos recuerdos de juventud, pero que intentaba sacar lo mejor del día a día que le había quedado. Eso era lo que Kate habría jurado.

—Mmm —musitó Robert—. Qué historia tan rara, ¿no? Seguramente no tiene nada que ver con nuestro caso.

—Sí, pero no podemos permitirnos el lujo de no investigar cualquier cosa que surja —dijo Kate.

Cogió el móvil para llamar a Helen. Tal vez no la sacara de la cama ese sábado por la mañana, pero seguro que iba a aguarle un abundante desayuno. O cualquier otra cosa, pero ahora no podía tomarlo en consideración.

—Helen ha de averiguar todo sobre el suceso. La niña raptada, el nombre del secuestrador, el de los otros implicados. Es una posibilidad.

—Yo no veo esa posibilidad —dijo Robert—. Pero adelante. ¿Y ahora qué hacemos?

—Birmingham está a dos pasos de aquí. Me gustaría volver

a visitar al padre de Sophia. A lo mejor él puede contarnos algo más sobre este asunto.

Robert encendió el motor.

—¿No habías dicho que estaba bastante confuso y que no recordaba gran cosa?

—Tiene momentos lúcidos. Quizá lo pillemos en uno de ellos. Vale la pena intentarlo. Tal como están las cosas, no perdemos nada por probar.

—Esperemos que tengas razón —dijo Robert, y arrancó.

2

Su segunda noche en el bosque. Colin no se había dormido hasta el amanecer, temblando de frío y entumecido a causa de la humedad del suelo. Se enterró en un montón de hojas como un... ¿qué animales hacían eso? ¿Jabalíes? Cada vez se sentía más como un jabalí. Solo que él no estaba hecho para la vida en el bosque. Ni tampoco estaba equipado para ello.

Cuando vio los faros traseros del coche y entendió que Xenia realmente lo estaba dejando tirado, no daba crédito. Sabía demasiado. Ahora estaba pagando el precio. Representaba un peligro para ella.

Al menos no lo había matado mientras dormía —tampoco habría sido capaz—, pero lo dejó plantado en una zona completamente aislada y tendría una ventaja considerable antes de que él consiguiera llegar a un lugar civilizado. Aunque, ¿ventaja para qué? ¿Para huir al continente? ¿Para volver a Rusia? ¿Con un coche robado?

Pensó que esa sería una decisión errónea. Se daría cuanta de que no le iba a servir de nada.

De todos modos, eso no le resolvía la cuestión de cómo iba a salir de aquel bosque. Esperar el regreso de una Xenia arrepentida era demasiado improbable.

Buscó a su alrededor. Ella se había llevado su teléfono. Ahí no tenía cobertura de todos modos, pero sin él también estaría perdido cuando llegara a una zona habitada. Además, no le resultaba tan fácil avisar a Kate. Menuda faena.

Xenia le dejó una botella de agua. Qué magnánima. Aunque el agua no suponía un problema, ya que estaba rodeado de fuentes y pequeños arroyuelos transparentes como el cristal. Solucionar el tema del hambre era más peliagudo. Por otra parte, una persona podía apañárselas sin comer durante bastante tiempo.

Se había puesto en marcha. Seguía la carretera estrecha y llena de baches. Así no podría extraviarse, incluso si por el bosque, yendo en línea recta, hubiera llegado antes. Pero quién sabía si sería capaz de salir alguna vez de él. Además, en la carretera cabía la posibilidad de que apareciera algún coche. Aunque por allí no pasaba nadie. Recordó afligido que no se habían cruzado con ningún coche a la ida, no vieron un alma.

Se preparó para una larga caminata.

La primera noche fue fría y horrorosa, pero la segunda lo llevó al límite de sus fuerzas. Nunca habría creído que las noches de verano en el bosque pudieran ser tan heladas. Además, no encontró ningún sitio donde al poco de instalarse no le dolieran todos los huesos. Buscó un terreno plano, pero enseguida confirmó que estaba lleno de raíces, hoyos y montículos que molestaban al estar tumbado, además de unas ramitas minúsculas que pinchaban. Era espantoso. A Colin nunca le había hecho demasiada gracia la vida en plena naturaleza, lo sabía desde niño, por las numerosas vacaciones que había pasado de camping con sus padres. Y entonces tenía al menos una tienda, manta y un colchón inflable. Algo con lo que ahora solo podía soñar.

Era sábado por la mañana y se hallaba en un estado físico deplorable e invadido al mismo tiempo por una rabia que iba en aumento. Aunque, al menos, la rabia le daba fuerzas. Le dolían todos los huesos, tenía dolor de garganta y ya notaba los primeros indicios de un fuerte resfriado. Estaba tan furioso con Xenia que le habría gustado sacudirla. Se lo contaría todo a la policía, a Kate, y entonces Xenia iría a la cárcel y se lo habría ganado a pulso. Lo que había hecho era incomprensible. Se merecía que la juzgaran en un tribunal. De acuerdo, confió en él y se lo contó todo, pero también él se fio de ella y, aun así, lo dejó tirado sin piedad.

Se estaba arrastrando por la carretera, que más bien era un camino asfaltado por el que no se veía ningún coche, cuando distinguió algo en la lejanía... Entrecerró los ojos. ¿Un tejado? ¿Era eso parte de un tejado?

Temió estar sufriendo una alucinación y alegrarse demasiado pronto, pero sintió nuevas fuerzas y empezó a caminar más deprisa, y al final ya no tuvo duda. Una casa. Una granja. Entre dos colinas y agazapada en una hondonada, gris como la piedra de la zona, un tanto inhóspita, pero quizá solo eran imaginaciones suyas. Un camino trillado conducía hasta ella. ¿Cómo se podía vivir en un lugar tan solitario? Colin se estremeció. Pero seguro que tenían electricidad, teléfono, internet. Podría pedir ayuda. De repente se desprendió de todas sus cargas, casi recorrió el camino con ligereza, inspiró el aroma de las flores de verano que crecían a derecha e izquierda y que hasta el momento le habían pasado inadvertidas. La casa era real. Grande y maciza bajo el cielo gris, a la sombra de una montaña. Colin llegó a la puerta. No había timbre, así que golpeó con el puño.

—¿Hola? ¿Me oyen? ¿Hay alguien?

Silencio absoluto. Casi aterrado, levantó la vista por la fachada de la casa. «¡Oh, Dios mío, que no se hayan ido de viaje! ¿Dónde estarán un sábado? No estarán en el trabajo, ¿verdad?».

Por fin oyó unos pasos acercarse a la puerta. Alguien abrió una rendija. Colin miró el rostro receloso de la anciana. Intentó sonreír para despertar confianza.

—Buenos días. Siento tener que...

La mujer lo miró horrorizada. Colin pensó que posiblemente infundía miedo. Sin afeitar, sin lavar, sin peinar. Después de dos días y dos noches a la intemperie, su ropa estaba sucia y arrugada. Los ojos enrojecidos. Debía de parecer un vagabundo y la mujer seguramente estaba sola en casa. No podía tomarse a mal que no lo dejara entrar.

—He tenido una avería —dijo. Eso sonaba mejor que «me han robado el coche», menos criminal—. Por supuesto, en medio de la nada. —Señaló con la mano el terreno boscoso e inabarcable que había a sus espaldas—. Es usted la primera persona que...

—Márchese —dijo la mujer. Él casi podía oler su miedo—. ¡Lárguese de aquí!

Cerró la puerta.

—¡Por favor! —gritó Colin—. Necesito ayuda. ¿No puede dejarme un teléfono? Yo...

—¡Lárguese!

—¡Por favor!

—¡Si no se larga ahora mismo, llamaré a la policía!

Colin apoyó la espalda en la puerta y se fue resbalando hacia el suelo. Se quedó sentado, exhausto, con la mirada perdida.

—Por favor —dijo—, hágalo, por favor. Llame a la policía.

3

Xenia sabía que no podía quedarse eternamente en casa de Oliver. La dejó pasar allí la noche, pero porque el día anterior ella no mostró ninguna intención de marcharse o despedirse, y en un momento dado él pensó que debía ser cortés. Quizá también a causa de su soledad. Xenia se retiró al mediodía a la pequeña habitación de invitados porque casi no podía tenerse en pie de puro agotamiento. Se acostó y durmió toda la tarde. Por la noche, ella y Oliver comieron un bocado y luego volvió a dormirse y no apareció en la cocina hasta las diez de la mañana.

Oliver le preparó un café y le tendió una cesta con pan y un tarro de mermelada.

—No es mucho —se disculpó—. No suelo animarme a ir a comprar. No siempre vale la pena para una sola persona.

—No se preocupe —lo tranquilizó ella—. Así está perfecto.

Mientras añadía montones de azúcar al café (demasiado para cumplir su propósito de adelgazar de una vez), reflexionó sobre el modo de retomar el tema. El suceso. El día anterior, Oliver no lo había tocado. Después de que ella le hablara del tiroteo en el tren y le hubiese preguntado quién podía tener un motivo para matarla, él enseguida supo de qué estaba hablando. Empalideció. Y dijo: «No quiero hablar de eso. Ahora no».

Ella no se atrevió a hacer ningún otro intento.

Ahora, en esa nublada mañana, en la cocina, él dijo de repente:

—He visto un par de veces a un hombre. Ahí enfrente, en la calle.

Ella lo miró con curiosidad.

—¿En la calle?

Oliver señaló la ventana con la cabeza.

—Ahí. Donde ahora tiene aparcado el coche. Estaba ahí. Tengo la impresión de que observaba el edificio. Pero no sé si era a mí y a mi casa.

—Podría ser...

—No lo he reconocido. Estaba demasiado lejos. Y seguro que ha cambiado en estos años.

—Sí, seguro.

—El hombre del tren...

—Yo tampoco lo reconocí.

Miraron a lo lejos por encima de la mesa.

—Bien mirado, todo esto no tiene por qué significar nada —concluyó Oliver.

—El hombre que intentó matarme en el tren sí que significaba algo —objetó Xenia.

—Pero no tiene que ver necesariamente con aquello —insistió él.

Callaron. Ambos sabían que cabían todas las posibilidades de que tuviera que ver con aquello.

—Me gustaría... —empezó a decir Xenia, pero en ese momento llamaron a la puerta. Ella dejó la frase a medias—. ¿Espera visita?

—No. —Oliver se levantó—. A mí no me visita nadie. A lo mejor es el correo.

Fue hacia la puerta. Ella lo siguió con la mirada, caminaba arrastrando los pies. Había envejecido muchísimo, se notaba sobre todo en sus movimientos. Le aplastaba la carga, le pesaba sobre la espalda encorvada. Cargaba con los trágicos sucesos de su vida. Nunca se liberaría de ello.

Le oyó preguntar quién era por el contestador automático. No pudo entender la respuesta, pero percibió el zumbido de la puerta al abrirse.

—Un mensajero —anunció. Parecía sorprendido.

Más adelante, Xenia recordaría una y otra vez el tono de su voz. Y se preguntaría por qué no le había dado más importancia. Oliver parecía realmente desconcertado. ¿Debería haber percibido ella que se iluminaba una luz roja de alerta? ¿Debería haberle gritado una voz interior «ten cuidado»? ¿Debería haber extraído conclusiones del hecho de que Oliver no esperara ningún paquete y de que acababa de hablarle de un desconocido que se apostaba frente a su casa? ¿Haber tenido al menos una sospecha? ¿Haberle gritado que cerrara la puerta y que no dejase entrar a nadie? Pero, en lugar de ello, se quedó mirando la taza de café medio llena y dejó correr sus pensamientos hasta que de repente oyó un fuerte ruido procedente de la entrada. Entonces levantó la vista y vio a Oliver dando tumbos por el pasillo de espaldas contra la pared, asustado. Delante de él había un hombre. Sostenía un arma en la mano.

—Oliver —dijo el recién llegado.

Luego se estremeció cuando oyó a Xenia, que se había levantado de un salto. No esperaba que hubiese alguien más en la casa y se llevó un susto de muerte. Apuntó el arma hacia ella y sus ojos se abrieron de par en par.

—¡Xenia! —exclamó, casi horrorizado.

Ella lo reconoció. Pese a los años transcurridos y aunque ya era un hombre adulto.

—Sasha —dijo ella, atónita.

4

Geoffrey Lewis reaccionó amablemente, aunque desconcertado, ante la inesperada visita de Kate y el comisario Stewart.

—Hace poco que vine a verlo, señor Lewis —dijo Kate, y él sonrió y asintió con la cabeza, pero ella tuvo la impresión de que no acababa de identificarla. En la casita olía como si no se hubiese abierto ninguna ventana durante meses. En el hornillo de la cocina hervía algo indefinido. Kate apagó discretamente la llama al pasar.

Esta vez no les sirvió café, pero les ofreció agua en unos vasos sin lavar, o mal lavados. Kate y Robert rechazaron la invitación dándole las gracias.

—Señor Lewis, usted me habló de un muchacho del vecindario, cuando Sophia era joven —dijo Kate—. ¿Se acuerda? Sophia
tenía miedo de él.

Geoffrey meditó.

—Sí, es cierto —dijo al final.

—¿Recuerda cómo se llamaba?

Geoffrey frunció el ceño.

—¿Quién?

—El chico de su calle. Aquel al que Sophia tenía miedo.

Robert miró enervado a Kate. «Ya te lo había dicho yo»,
significaba esa mirada.

—Todos tenían miedo de él —dijo Geoffrey—. ¿No raptó
después a una niña?

Kate se inclinó hacia delante.

—¿Raptó a una niña?

—Sí, la escondió en un garaje.

—¿Cuántos años tenía entonces?

Geoffrey reflexionó.

—Once años. O doce.

—Así que casi un niño.

Geoffrey negó con la cabeza.

—Nunca fue un niño. Siempre fue un monstruo.

—¿Escondió a la niña en un garaje? —intervino Robert.

—Nosotros también teníamos garaje. Bueno, era alquilado,
pero luego ya no porque vendimos el coche. —Se entristeció—.
Perdí mi trabajo. Apenas teníamos dinero.

—¿Qué pasó con la niña? —preguntó Kate. Discretamente
echó un vistazo al móvil. Seguía sin recibir noticias de Helen.

—No sé —dijo Geoffrey—. Hoy ya será una mujer.

—Así que no la mató —apuntó Robert.

Geoffrey negó con la cabeza.

—No. No la mató. La policía llegó a tiempo.

—¿Los padres de la niña avisaron a la policía?

Parecía desconcertado.

—No lo sé.

—¿Pero la policía ya debía de estar buscando a la niña?

—No lo sé.

Su mente no debía disiparse y las insistentes preguntas de Robert sobre la policía parecían provocar justamente eso. Kate intervino enseguida.

—A mí me interesa ese garaje, señor Lewis. ¿O puedo llamarlo Geoffrey?

—Geoffrey. —Sonrió. Su expresión tensa se relajó.

«Así es como se hace», le habría gustado decirle a Robert.

—Geoffrey, ¿se encontraba ese garaje en la calle donde vivían entonces usted y ese chico?

—No. Mucho más lejos, junto a una vieja fábrica, había una larga hilera de garajes. Antes se podían alquilar, pero luego estuvieron mucho tiempo vacíos y casi derruidos. En la fábrica también estaba todo destrozado.

—¿Conocía Sophia esos garajes vacíos?

—Sí. Salía a correr por allí. Todas las tardes.

—¿Su ruta pasaba por esa zona de la fábrica abandonada y junto a los garajes?

—Sí.

—Entiendo. ¿Se acuerda del nombre del chico? ¿El de su vecindario?

—Es que no me acuerdo —dijo Geoffrey casi desesperado. Entonces su cara se iluminó, se levantó y se arrastró a una estantería, hurgó entre montañas de papeles, cuadernos y diarios. Luego regresó con un sobre grande que abrió—. Tome. Esta es una foto de una fiesta deportiva de la escuela elemental. Participaron niños de todas las clases. Sophia estaba en sexto. El chico en primero. Infant School.

Kate cogió la foto. Mostraba a unos cincuenta niños de diferentes edades y a un profesor joven. Los niños miraban a la cámara seguros o tímidos, sonrientes o serios, según su carácter. A algunos parecía resultarles difícil quedarse quietos. Todos llevaban pantalones cortos, camiseta y zapatillas deportivas. Kate pensó en fotos similares de su época escolar. Recordó que al verlas se sentía algo asombrada por su apariencia introvertida. Totalmente vuelta hacia dentro. Y que a veces pensaba, al acordarse de la imagen de la pequeña Kate, que ahí ya empezaba a perfilarse cómo sería su vida. Su soledad. Sin amigos. Sin pareja. Eso ya estaba decidido desde la escuela elemental.

Esta certeza siempre la ponía triste. Que todo hubiese sido en vano. La esperanza de encontrar a un hombre con el que compartir su vida. Tampoco había pasado tanto tiempo de la desastrosa historia con David, de quien se enamoró sin ninguna esperanza, cuando comprendió que el sueño de un gran amor se quedaría en eso, en un sueño.

Asumir aquello fue lo más triste en un periodo en el que, de todos modos, había llorado más que reído.

Se repuso. No era el momento de pensar en su desastrosa vida privada.

—La niña de la primera fila a la derecha del todo —dijo Geoffrey—. Esa es mi Sophia. —Parecía orgulloso y feliz.

Kate miró la cara sonriente de una niña de unos diez u once años. Una cabellera oscura y espesa, ojos claros. No habría reconocido por sí sola a Sophia Lewis, pero ahora pensaba que el contraste entre los ojos tan claros y el cabello tan oscuro era muy marcado y que también le llamó la atención en otras imágenes de una Sophia mucho mayor. Fue una niña preciosa y después una mujer atractiva.

—¿Y el chico también está aquí? —preguntó.

Geoffrey asintió. Con los dedos temblorosos recorrió las filas de niños.

—Aquí —dijo—. Es este.

Kate confirmó, observándolo con los ojos entrecerrados, que no tenía nada de especial. Cara de niño. Si en el momento de la foto estaba en el primer curso de la escuela primaria debía tener cinco años. Una expresión algo rígida, tal vez, pero la misma que vio en otros pequeños. Con cinco o seis años, los niños reaccionaban con cierta timidez ante una situación inhabitual, ponerse en fila, el fotógrafo, las indicaciones, mirar hacia la cámara. «El niño» tenía el pelo y los ojos oscuros. No parecía demasiado simpático. Pero tampoco lo habría calificado de psicópata. Si era sincera, no podía decir nada de él basándose en la imagen. Un niño de cinco años. ¿Que seis años más tarde raptaba a una niña pequeña y la retenía en un garaje? Pensó en el caso James Bulger, uno de los más horribles de la historia criminal británica y que había quedado marcado a fuego en la memoria colectiva de la nación. James Bulger, de dos años de edad, fue secuestrado en un centro comercial por dos niños de diez años que lo torturaron sádicamente hasta la muerte. El país, los medios de comunicación, todos se unieron en un grito de horror. Kate tenía entonces diecinueve o veinte años. Recordaba lo que más la había afectado: las caras de los autores del crimen. Eran rostros infantiles. Tan jóvenes. Algo pusilánimes. Inofensivos. Nadie habría advertido en ellos nada, nada en absoluto.

—Hace mucho que Sophia no viene a verme —dijo Geoffrey con tristeza.

—Han secuestrado a Sophia —contestó Robert—. Por eso estamos aquí.

Geoffrey lo miró horrorizado.

—¿Secuestrado? ¿Quién?

—Esperamos que usted nos dé alguna pista —respondió Robert—. A lo mejor se le ocurre alguna idea de quién podría tener motivos para secuestrar a su hija.

—¿Quieren dinero? —preguntó Geoffrey—. Yo no tengo dinero, ¿sabe? Tengo una pensión muy pequeña. Apenas puedo vivir de ella.

—No se trata de dinero —lo tranquilizó Kate.

—Yo no tengo dinero —repitió Geoffrey—. Solo tengo una pensión pequeña. —Su boca empezó a temblar.

El móvil de Kate sonó. Se levantó y salió al diminuto pasillo del apartamento.

Era Helen.

—Kate, he averiguado alguna cosa —anunció—. El caso no despertó un interés enorme porque al final acabó bien, pero fue tema de conversación durante cierto tiempo en West Bromwich. El niño se llamaba Ian Slade. En esa época tenía doce años. La tarde del tres de noviembre de 2006 convenció a Patricia Baldwin, de tres años, que estaba en el jardín delantero de la casa de sus padres, para que se fuera con él. La niña estaba jugando en la hierba y se marchó con él cuando le dijo que le iba a enseñar a su gata y sus gatitos. Se la llevó a un garaje que está en las afueras. Por lo visto, había allí una hilera de garajes vacíos.

—Lo sé —dijo Kate—. ¿Y entonces?

—Nunca se supo claramente qué pensaba hacer con la niña. Por supuesto, cuando la policía lo interrogó dijo que no había tenido ninguna mala intención. Que solo quería asustar un poco a los padres de la cría. De todos modos, cuando encontraron a Patricia, estaba deshecha en lágrimas y no dejaba de llamar a su madre.

—¿Sufrió algún tipo de abuso sexual?

—No. No hubo ningún indicio. Lo que no significa que no tuviera intención de abusar de ella. Lo sorprendió la policía.

—¿Cómo llegó la policía a ese garaje? —preguntó intrigada Kate.

—Esto es un misterio —dijo Helen. Kate podía oír el ruido

que hacía al pasar las hojas con sus notas—. Exactamente a las 17.02 horas, la policía de West Bromwich recibió una llamada anónima. Desde una cabina de teléfono pública, antes se encontraban con más frecuencia que ahora. La voz de una mujer muy joven informó de dónde se hallaba el garaje y de que retenían a una niña allí. Después colgó. A esas horas, los padres de la pequeña ya habían comunicado su desaparición. La policía enseguida siguió las indicaciones de la joven que había llamado y pudo evitar lo peor.

—Sophia Lewis —dijo Kate—. Ella podría haber sido la persona que llamó.

—Es posible —convino Helen.

—¿Qué pasó con el chico? ¿Con Ian Slade?

—Fue juzgado por un tribunal de menores. Lo destinaron a un centro de menores.

—¡Ya lo tenemos! —exclamó Kate. Sintió que el corazón le latía con fuerza y se le aceleraba el pulso. Estaba convencida de que por fin había encontrado el hilo del que tirar. Ya no seguiría dando palos de ciego. Era un comienzo. El caso se desprendía de sus espesas capas. Poco a poco adquiría un contorno—. No estábamos tan equivocados al pensar en una cárcel. Se trata de un centro de menores. De dos niños que cumplieron condena allí. Que se hicieron hombres. Y que querían vengarse.

—Suena contundente —aprobó Helen.

—¿Cómo se llama ese sitio?

—Alojamiento estatal para niños con trastorno de conducta —respondió Helen—. No tiene otro nombre. En Birmingham. Allí se destinan los casos especialmente difíciles.

—El comisario Stewart y yo iremos de inmediato. Estamos muy cerca. Necesitamos información sobre Ian Slade. Y sobre las amistades que entabló allí.

—De acuerdo.

—Gracias, Helen —añadió Kate—, estupendo trabajo. Por favor, contacta otra vez con los colegas de la policía de Tierras Medias. Que envíen a alguien al garaje donde ocurrieron los hechos. Y a la vivienda de la familia Slade, o la antigua vivienda, en caso de que allí no viva ningún familiar más.

—¿Qué deben hacer allí?

—Buscar. No es mucho, pero no deberíamos pasar nada por alto. En algún lugar debe estar escondida la ambulancia. Y en algún lugar debe estar Slade con Sophia. Al menos hay que comprobar que no esté ahí.

—Bien —dijo Helen.

5

Sophia era consciente de que su vida no valía nada. Él no iba a dejarla viva, no podía. Ella sabía quién era. Podía condenarlo a pasar toda la vida en la cárcel. No estaba planeado que sobreviviera al accidente y ahora tenía que morir, aunque fuera con retraso. Solo deseaba que fuera rápido. Que se limitara a dispararle un tiro en la cabeza y basta. Para él, un riesgo menor que tenerla ahí escondida. Pero lo conocía. Sabía que era un sádico integral, un ser al que le producía placer, alegría y satisfacción torturar a los demás. Era listo, seguro que era consciente del peligro que corría manteniéndola con vida y cautiva, pero su apetencia pesaba más. Todavía.

Seguía sin poder mover nada, ni los brazos ni las piernas ni los dedos. Intentar huir era imposible. Por eso tampoco estaba atada. Yacía ahí, como una funda sin movimiento, su raptor no tenía que preocuparse lo más mínimo. Que cerrara siempre la puerta de la habitación respondía más bien a una especie de rutina. La habitación donde se escondía a personas secuestradas debía cerrarse, ¿no? Aunque también constituía una medida de prevención para que nadie entrara y la viera. ¿Significaba eso que había otras personas en la casa o que al menos pasaban a veces por allí?

Era improbable. No obstante, por si acaso alguna vez oía voces fuera, ella intentaba recuperar su capacidad para hablar. El doctor Dane le había dado muchas esperanzas al decirle que eso iba a ser posible.

—Muchas personas que han sufrido un ictus vuelven a recuperar un montón de facultades —dijo—. Volverá a hablar, Sophia. Estoy seguro de ello.

Recordó que entonces sus palabras le resultaron ambiguas y en absoluto prometedoras. Pues cuanto más se refería él a su recuperación del habla y sus oportunidades, más cuenta se daba ella de que evitaba con cautela lo referente a otras capacidades físicas. Sophia no podía preguntarle nada, solo dirigirle miradas suplicantes con las que planteaba interrogantes: «¿Y qué pasa con el resto? ¿Cuándo podré caminar? ¿Ir en bicicleta? ¿Cuándo volverá mi vida a ser normal?». El doctor parecía un hombre inteligente, sensible. Ella estaba casi segura de que podía entender sus preguntas. No era buena señal que fingiera no comprender.

Una señal muy mala, incluso.

De todos modos, ahora, en esa situación tan desesperada y catastrófica, ella se aferraba a lo que había pronosticado. A su previsión de que podría volver a hablar. Todo ese tiempo, sin interrupción, intentó articular palabras. Lo que consiguió fue emitir algunos sonidos. Al principio eran solo una especie de gruñidos muy bajos, apenas audibles, y después de estos intentos estaba tan agotada que se dormía. Con el tiempo aguantaba más y sus fuerzas no la abandonaban tan rápido. Pero, a pesar de ello, todo quedaba en un gruñido y casi no se escuchaba. De ese modo no atraería la atención de nadie. Y ni pensar en articular y gritar la palabra «socorro». No dejaba de intentar formar letras, pero fracasaba. Quizá no podía hacerlo sola. Necesitaba un logopeda. Aunque seguro que ahí no le iban a traer ninguno. Tenía que lograrlo sola. Como fuera.

Aun así, en caso de conseguirlo, tendría una posibilidad sobre cero de liberarse. Pues posiblemente no habría ni un alma cerca. Salvo su secuestrador.

Siempre, cada vez que su reflexión llegaba a este punto, las lágrimas le inundaban los ojos y tenía que poner todo su esfuerzo en contenerlas. Llorar no la llevaba a ninguna parte. Encontrar las huellas de lágrimas en sus mejillas solo satisfacía a su torturador. Esa mañana, cuando le llevó el desayuno —té además de un horrible puré de verduras y yogur de plátano de postre—, se rio al ver sus ojos hinchados y su rostro mojado. Había pasado media noche llorando. Sin esperanzas, desmoralizada.

—¡Ay, mira por dónde, pobre Sophia! —dijo riendo—. Aquí acostada, llora que te llora. No sirve de mucho, ¿verdad? A veces basta con reflexionar antes y no hacer maldades. Complicar la vida a otras personas y destruirles su juventud. Por aquel entonces no te lo pensaste bien y ahora tienes que pagar por ello. —Con un pañuelo bastante sucio le secó las lágrimas en un gesto que casi expresaba ternura, con lo que todavía resultaba más hiriente—. En la vida se paga por todo. Es la ley. Todo acaba alcanzándote en algún momento. Qué absurdo, ¿verdad? ¡Seguro que pensaste que te ibas a librar!

Luego le vació la bolsa de la orina y le preguntó si necesitaba pañales nuevos, pero ella negó con la cabeza. No defecaba, algo que agradecía en esa situación. Sentía un ligero dolor, muy localizado, en el bajo vientre y esperaba que no empeorase. Al menos sentía dolor, lo que, en su cuerpo, por lo demás muerto, era un rayo de esperanza. O lo sería en otras circunstancias. Porque iba a morir. Y en su fuero interno ella prefería eso que quedarse paralítica.

La cuestión era cuándo iba a matarla. Y cómo. Y si iban a encontrarla antes.

¿Cabía alguna posibilidad?

No había llegado a la clínica de rehabilitación, la ambulancia estaba desaparecida. El contacto con el enfermero y el cuidador, perdido. Ignoraba si ya habrían encontrado el cadáver del conductor.

En cualquier caso, todos tenían que saber que algo andaba mal, pero ¿quién iba a saber que el criminal era él? ¿Cómo iban a descubrirlo? Se devanó los sesos tratando de recordar a quién le había contado sus temores. De joven a nadie, en realidad. Su padre sabía que durante sus años escolares, y también después, tenía miedo de Ian, pero ahora estaba bastante confuso y desorientado y pocas veces conseguía expresarse de forma coherente. Si es que todavía recordaba algo.

Su padre. De nuevo le brotaron las lágrimas. Tan mayor. Tan solo. No tenía a nadie más en el mundo que a su hija. Aunque solo fuera por él, tenía que sobrevivir. Él la necesitaba.

Sofocó esos pensamientos. Demasiado dolorosos, y tampoco le aportaba nada entregarse al dolor. La debilitaba.

Tenía que practicar el habla. Aunque no creyese que fuera a sobrevivir gracias a eso, pero era lo único que podía hacer. La única y mínima posibilidad. Reunió todas sus fuerzas.

«S-o-c-o-r-r-o».

La palabra resonaba en su cabeza. Tenía ante sus ojos cada una de las letras. Intentó agarrarlas. Se escapaban como pelotas. Cada vez que pensaba tener una, se le volvía a escabullir.

No estaba funcionando. No iba a conseguirlo.

Empezó a llorar y no pudo hacer nada por evitarlo.

Estaban sentados frente al director del centro de menores, en un despacho austero. Sean Hedges era un hombre alto y delgado, que llamaba la atención por sus hombros encorvados hacia delante y sus movimientos pesados. Parecía cansado, y se diría que esa no era una actitud excepcional de ese día, sino más bien que el cansancio se había incrustado en él y ya era un estado permanente. No es que hubiera dormido mal esa noche. Su agotamiento era crónico.

«Un trabajo complicado», pensó Kate.

El centro se hallaba en las afueras de Birmingham, en el paso a una zona industrial. Detrás de esta, en algún lugar, se extendían los prados y se dibujaba en el horizonte la línea ondulada gris azulada de las colinas. Pero estaban muy lejos. Parecían inalcanzables. Como si pertenecieran a otro mundo que no tuviera nada que ver con ese lugar.

Un edificio similar a un cuartel. Un patio rodeado de muros. Bancos, árboles, también explanadas de hierba en el interior del vallado. A pesar de los esfuerzos para que no pareciera desolador, solo lo habían conseguido a medias. Se notaba algo forzado, carente de autenticidad. Las numerosas ventanitas. Los largos y oscuros corredores. El olor antiséptico a algún producto de limpieza fuerte, con grandes cantidades de aroma a limón. Una mezcla de hospital y cárcel. Pero al menos se oían voces que salían de las habitaciones de la planta baja, en algún sitio había un televisor encendido y, por el ruido, se intuía que estaban jugando al futbolín. Tras el edificio resonaban pasos cortos, silbidos estridentes.

—Un partido de fútbol —indicó Sean Hedges—. Se celebra todos los sábados por la tarde. Procuramos que los jóvenes hagan todo el deporte posible. No hay nada mejor para canalizar la agresividad. Y también combate la depresión. Ambas se aproximan mucho, de todos modos.

—¿Solo tiene aquí residentes varones? —preguntó Robert Stewart.

Hedges asintió.

—Sí. Chicos de siete a veinticinco años.

—¿A veinticinco años? —se sorprendió Kate—. Es decir, ¿por encima de la mayoría de edad?

—A algunos los envían por resolución judicial y deben permanecer aquí por un tiempo determinado. O nuestro experto en psicología considera que a los dieciocho años siguen siendo un peligro para la sociedad y solicita que se alargue su estancia. Para la mayoría, representa un problema cambiar de sitio. De terapeutas, de director de grupo, de profesor de confianza. De amigos. Por eso hemos aumentado el límite de edad.

—Entiendo —dijo Kate.

—Vayamos a Ian Slade... —intervino impaciente Robert.

Sean Hedges asintió.

—Sí. Ian. Un caso difícil. Salió hace casi un año y medio.

—¿Por qué?

—Un tribunal lo envió aquí. Con una pena de once años y unos meses. Hasta que cumpliera veintitrés años. Su abogado intentó varias veces que lo dejaran en libertad antes, pero no lo consiguió a causa de los evaluadores. Tanto del nuestro como de otros expertos neutrales que convocó el abogado. Slade solo podría haber sido trasladado a un correccional, pero él prefirió quedarse con nosotros.

—Entonces ¿tenía veintitrés años cuando lo dejaron en libertad?

—Acababa de cumplirlos.

—¿Tiene ahora veinticuatro?

—Sí.

—Todavía es bastante joven —opinó Kate.

En un abrir y cerrar de ojos, Sean adquirió un aspecto todavía más agotado, si es que eso era posible.

—Joven. Sí. Pero...

—¿Sí?

—Pocas veces lo digo con respecto a los chicos de aquí. Yo creo en ellos, ¿sabe? De lo contrario no podría ejercer mi profesión. Pero Ian...

—¿Sí?

—En todos mis años de experiencia, nunca me he encontrado con alguien tan depravado. Y eso que me he topado con una buena cantidad de ellos. Muchos jóvenes que no tenían la conciencia limpia y cuyos pronósticos de futuro no eran nada buenos. Sin embargo, siempre había un rayo de esperanza. Algo brillaba en la oscuridad. Una esencia de bondad. No necesariamente capaz de imponerse. Pero existía. Algo a lo que atenerse, en lo que creer cuando se entrega a esos chicos a una vida normal. Pero en Ian no existe. Todo es negrura. Oscuridad total.

Kate se dio cuenta de que Robert fruncía el ceño. Para él, Sean Hedges se expresaba con un estilo demasiado florido, demasiado vago.

—¿Un psicópata? —preguntó el comisario con un leve tono de impaciencia—. ¿Se refiere a que Ian Slade es un psicópata?

Sean asintió.

—Y de la peor calaña.

—¡Sin embargo lo liberaron de aquí hace un año!

Sean dibujó una sonrisa cansina.

—¿Qué otra cosa podíamos hacer? No había pasado nada que justificara un internamiento de por vida. Aunque estoy convencido de que ese será su destino tarde o temprano.

—La historia de la pequeña...

—¿Están al corriente?

—Sí —respondió Kate—. Encerró a una niña de tres años en un garaje apartado.

—¿Confesó qué pensaba hacerle a la niña? —preguntó Robert.

—Declaró que quería asustar a los padres —dijo Sean—. La habían dejado jugando en el jardín sin vigilarla. Era una irresponsabilidad y quiso mostrarles lo que podía pasar. Luego iba a devolver a la pequeña, por supuesto, sana y salva.

—¡Una obra altruista con intenciones pedagógicas! —exclamó Robert, con una mueca de repugnancia—. ¿No se le ocurrió ninguna excusa más tonta?

—Desde luego, nadie se lo creyó. Y por supuesto no le perdonaron que hubiese raptado a la niña. Pero solo eso. En realidad, no había ocurrido nada más.

—Porque hubo una llamada anónima.

—Sí. Una mujer que no mencionó su nombre. Por la voz, muy joven, dijo la policía entonces.

—Por desgracia todavía no hemos tenido tiempo de hablar con los colegas de la policía de Tierras Medias o de pedir los expedientes —explicó Kate—. ¿Sabe usted qué dijo exactamente la mujer?

Sean reflexionó.

—Leí el acta cuando internaron a Ian aquí. No recuerdo las palabras exactas, pero describió dónde estaba ubicado el garaje y que se encontraba en él un chico peligroso con una niña muy pequeña a la que tenía que haber raptado. Insistió en que era muy urgente. Ya antes los padres habían notificado a la policía la desaparición de su hija. Una patrulla corrió de inmediato al lugar indicado.

—¿Y cómo los encontró? ¿Cuál era la situación?

—Acababan de salir del garaje, camino de vuelta. Ian intentaba cargar con la niña, pero ella se oponía a voz en grito. Pero a pie apenas avanzaban. Solo se habían alejado un poco del garaje. Ian afirmó que la estaba llevando a casa. Ella estaba sana y salva.

—¿Usted no cree que tuviera inicialmente la intención de devolverla a sus padres?

Sean negó con la cabeza.

—Nadie se lo creyó. Si quiere saber mi opinión, ni siquiera su propio abogado. Lo más probable es que Ian se diera cuenta de que lo habían visto. O de que alguien pasó por el garaje. Quizá la mujer que hizo la llamada telefónica anónima. Por eso le pareció oportuno dar por concluido su plan demencial. Supuso que lo habrían reconocido, pues de lo contrario se habría largado solo y dejado a la niña a su suerte. Así que tuvo que inventarse la versión de que estaba a punto de llevarla a su casa. Sin duda, es un tipo inteligente.

—¿Qué cree usted que habría hecho con la niña? —preguntó Robert.

Sean levantó abrumado los dos brazos.

—¿Abusar de ella? ¿Torturarla? ¿Matarla? Ian tiene antecedentes desde su más tierna infancia. Ha hecho cosas horribles a los animales. A gatos, conejos, ranas... lo que cayera en sus manos. Aterrorizaba a otros niños. En la escuela, incluso en el jardín de infancia, todos le temían. Siempre se presentaban denuncias contra él y sus padres. Claro que era demasiado joven. La oficina de protección de menores estaba continuamente en contacto con la familia. Todo el mundo sabía que era una bomba de relojería que en algún momento acabaría estallando.

—Los padres —intervino Kate—, la familia... ¿Qué sabe de ellos?

Sean sonrió con tristeza.

—Los padres no eran mala gente. Estaban totalmente superados por el hijo. Un hijo único. No sé por qué evolucionó así. En la familia no había violencia ni alcohol ni ninguno de esos componentes clásicos. Quizá se trataba de una falta de amor. El padre trabajaba en una fábrica, la madre era una mujer de la limpieza. No se ocupaban mucho de Ian, pero tampoco lo maltrataban. No lo entendían y lo dejaban hacer.

—A veces, personas como Ian nacen así, simplemente —terció Robert—. He vuelto a leer hace poco sobre ello. No existe una explicación.

Kate asintió. Así era. El padre violento, la madre alcohólica… eran clichés. Pero no siempre se podía recurrir a ellos. Como decía Stewart, a veces no hay una explicación.

Y eso era a menudo lo más alarmante de todo.

—¿Todavía viven los padres? —preguntó.

—No lo sé con certeza —contestó Sean—. Se marcharon por aquel entonces de West Bromwich porque no podían aguantar los rumores en el vecindario. Nunca visitaron nuestro establecimiento. Desaparecieron para irse a otro lugar, es posible que en el otro extremo del país. —Se detuvo un instante y añadió—: ¿Qué es lo que ha pasado exactamente?

—Tenemos que encontrar a Ian Slade a toda costa —dijo Kate—. Sospechamos que ha secuestrado a una mujer. Está herida de gravedad por un accidente que muy probablemente le causó él mismo. Podría tratarse de la mujer que hizo la llamada anónima que provocó el internamiento de Ian.

Sean abrió los ojos de par en par.

—¿Venganza? Entonces ¿Ian conocía a esa mujer?

—Es muy posible —contestó Kate—. Como usted mismo acaba de mencionar, Ian se debió de enterar de que lo habían visto y reconocido, y si esa mujer sabía quién era él, él sabía quién era ella. Pero nunca lo mencionó, ¿verdad?

—No. Hablaba regularmente con su terapeuta. Si hubiese tenido intenciones de vengarse, me lo habrían dicho. Sabe, Ian era demasiado listo para hacer algo así. Quería salir de aquí, lo antes posible, a cualquier precio. No habría dicho nada que nos hubiese permitido retenerlo más tiempo.

—¿Podemos hablar con su terapeuta? —preguntó Kate.

—Por desgracia, está de vacaciones. Es agosto, cuando menos gente hay, lo que no les facilita las cosas, ¿cierto? Por lo que yo sé, está con su familia en el sur de Francia. Volverá dentro de dos semanas.

Kate suspiró. Qué mala suerte tenían en esa investigación.

—¿Le dice algo el nombre de Sophia Lewis? —preguntó.

Sean lo pensó, pero acabó negando con la cabeza.

—No. Nunca lo he oído.

—¿No citó nunca ese nombre Ian Slade?

—No. Al menos, a mí no.

Tal vez a su terapeuta. Que no estaría accesible hasta dentro de dos semanas. De todos modos, Kate ya sospechaba que tampoco le proporcionaría información de interés. Ian Slade era demasiado astuto para dejar pistas tras de sí. Seguramente, le había producido una gran satisfacción que todos los que hubieran querido verlo encerrado por largo tiempo no tuvieran nada para retenerlo allí.

—Señor Hedges, otra pregunta importante —dijo—. Tenemos pruebas contundentes de que Ian Slade no actúa solo. Está involucrado un segundo hombre que, al parecer, también ha urdido una venganza.

Sean se quedó desconcertado.

—¿Dos hombres? ¿Dos planes?

—En efecto —confirmó Robert—. Así de claro, dos hombres, dos víctimas. Una única arma del crimen. Entre las víctimas no hay la menor coincidencia, salvo el hecho de que en ambos casos el motivo parece ser la venganza. Esto nos hizo pensar que tal vez los dos se habían unido para apoyarse mutuamente en sus actos de represalia. En un principio tuvimos la idea de que se trataba de individuos que se conocieron en la cárcel y que ahora tenían en el punto de mira a alguien que, de un modo u otro, había intervenido en su encarcelamiento.

—Entiendo —dijo Hedges—. ¿Y ahora suponen que no se trata de una cárcel, sino tal vez de nuestro centro?

—Así es —respondió Kate—. A través de una llamada telefónica anónima una mujer provocó que Ian Slade permaneciera encerrado aquí doce años. Si esa mujer es Sophia Lewis, entonces la venganza es sin duda alguna el móvil. Pero ¿quién es el otro hombre? ¿Tenía amigos Ian? ¿O un amigo íntimo?

Hedges volvió a reflexionar.

—Es difícil —contestó—. Aquí, Ian formaba parte de los jóvenes a los que todos tenían miedo. Así que todos intentaban estar a buenas con él. Tenía muchos seguidores que le hacían la pelota. Un amigo especial... no, que yo sepa.

—¿Alguien con quien pasara más tiempo de lo normal? —preguntó Robert.

—Creo que no. Pero yo dirijo el centro, estoy muy alejado del día a día. No obstante, la amistad es un tema importante, en general me ponen al corriente de estas cosas porque la capacidad de entablar amistades se valora mucho y la observamos con detenimiento. No recuerdo haber oído nada en este sentido relacionado con Ian. Lo dicho, tenía seguidores que querían estar a buenas con él. Pero ningún amigo. Su terapeuta y director de grupo podría facilitarles más información, pero como ya les he dicho...

—Está de vacaciones —añadió Robert, abatido—. Pero, aun así, seguro que tiene usted su número de móvil. Deberíamos intentar contactar con él, aunque sea por teléfono.

—Es difícil de localizar —dijo Hedges—, quería desconectar del todo, pero, por supuesto, les daré su número.

—¿Ha oído alguna vez el nombre de Xenia Paget? —preguntó Kate—. ¿O Xenia Sidorova?

—No.

—¿Sabe de algún lugar al que pudiera haberse retirado Ian Slade? ¿Y donde se mantenga escondido?

—No, por desgracia. Solo he encontrado entre los documentos la dirección de la casa donde vivía la familia, pero...

—Nuestros compañeros van hacia allí —dijo Kate—. Si se hubiera instalado en ella, ya lo sabríamos.

El rostro crónicamente abrumado de Hedges se había ensombrecido aún más.

—Lo sabía —dijo—. Cuando dejamos a Ian en libertad, sabía que la policía no tardaría en estar frente a mí por su causa. Lo tenía claro. Pero no podía hacer nada. Nada en absoluto.

Kate se levantó.

—Conozco esa sensación, señor Hedges. También nosotros tenemos a veces las manos atadas. Si se le ocurre cualquier cosa que tenga que ver con Slade, sin importar lo banal que pueda parecerle, contacte con nosotros, por favor.

—Lo haré —prometió el director.

7

Xenia se preguntaba después cómo había sido posible que Oliver y ella hubiesen dejado que Sasha los cogiera por sorpresa. Sasha con un arma en la mano y casi más asustado que ella misma. Estaba claro que él esperaba que solo hubiera una persona en el apartamento, Oliver, y se dio un susto de muerte al ver a Xenia en la cocina. Con un poco de arrojo, habrían conseguido quitarle el arma, a riesgo de que se disparase por error. Además, estaban perplejos y desconcertados, incapaces de ponerse de acuerdo para actuar.

Tras un par de segundos de un silencio gélido, Sasha increpó a Oliver:

—¡Al baño!

Oliver le obedeció, pálido como la leche y caminando ante él con las manos en alto, un gesto automático de rendición para no provocar en su interlocutor ningún acto irreflexivo. Sasha no parecía dispuesto a disparar a la mínima, sino más bien superado por la situación, pero precisamente eso era lo que más preocupaba a Oliver. Lo más importante era que Sasha no perdiera los nervios.

El baño era un cuarto interior sin ventana. El joven no podía saberlo, pero, seguramente, esperaba que así fuera.

—Bien —dijo echando un vistazo a la oscuridad—, muy bien. Entra.

Miró al otro lado de la puerta, sacó la llave y cerró desde fuera. Oliver estaba encerrado, sin posibilidades de pedir ayuda. Xenia lo sabía porque su móvil estaba en la repisa de la ventana de la cocina. Sasha no lo comprobó. Simplemente tuvo suerte.

Luego volvió a la cocina y le ordenó:

—¡Siéntate!

Asustada, ella se había puesto de pie, pero volvió a sentarse. Su móvil todavía estaba en la habitación de invitados. El de Oliver se encontraba allí mismo, pero mientras Sasha estuviera a su lado, con una pistola en la mano, era inalcanzable, como si estuviese en la luna.

—Sasha —dijo con tacto—. ¿Qué haces? ¿Por qué has encerrado a Oliver?

Él acercó una silla y se sentó frente a ella.

—No puedo vigilaros a los dos —contestó. Hablaba correctamente, pero muy despacio, y no parecía resultarle fácil encontrar las palabras adecuadas—. ¡No a los dos!

—Sasha...

—Calla. Estoy pensando.

Estaba inmerso en una profunda reflexión. Mientras tanto,

Xenia lo contempló con mayor atención. Si se hubiese cruzado con él por la calle no lo habría reconocido, pero ahora descubría unos rasgos y peculiaridades que le eran familiares. Seguía teniendo una cabeza demasiado pequeña en relación con el cuerpo, un cuello largo y delgado. Era más alto de lo que habían previsto cuando era pequeño. Pero era posible detectar una cierta desproporción. Las piernas más bien cortas, el tórax bastante largo. Los pies extremadamente grandes. Tenía las manos finas. Parecía muy nervioso.

—¿Por qué estás aquí? —preguntó al final—. Ian me dijo que solo estaba Oliver.

—¿Quién es Ian?

—¿Por qué estás aquí? Oliver vive solo. El martes viene la mujer de la limpieza.

—Ayer le hice una visita por sorpresa. Por primera vez en muchos años.

Él volvió a reflexionar. Xenia tenía la impresión de que necesitaba largo rato para elaborar y pensar lo que quería contestar. Siempre había tenido un retraso en su desarrollo y seguía teniéndolo. Le costaba mucho asimilar las cosas y entenderlas.

—¿Por qué? —preguntó.

—¿Por qué he venido a verlo? Porque sí. Así de sencillo.

—Mmm.

Ella se inclinó hacia delante.

—¿Por qué estás aquí, Sasha? ¿Qué intenciones tienes?

Él la miró sonriente.

—Soy libre.

—¿Libre?

—Me encerraron. Ahora soy libre.

Ella intentó sonreír también.

—Qué bien, Sasha.

—Sí.

—Pero lo que estás haciendo ahora... —Señaló el arma en la mano temblorosa—. Esto no está bien. Esto vuelve a ponerlo todo feo.

Él reflexionaba con esfuerzo.

—Calla —dijo al final—. Tienes que estar callada, ¿vale?

—De acuerdo.

Se quedaron sentados, uno frente al otro, mudos. Xenia tenía la impresión de que Sasha no estaba nada decidido, no actuaba como un asesino que cumple con determinación su plan letal. Era evidente que tenía la intención de ajustar cuentas con Oliver de algún modo, pero que ella estuviese allí lo había trastocado todo. Sabía que la sencilla estructura del cerebro del chico tenía dificultades para asimilar una anomalía en unas circunstancias que él daba por inamovibles. Estaba convencido de que encontraría a Oliver solo. Sabía que llevaba una vida solitaria, incluso que la mujer de la limpieza iba los martes. ¿Era él el hombre que observaba a Oliver desde el otro lado de la calle? Sin duda, no era el sujeto del tren.

¿Había dos hombres?

—Sasha —susurró al final—. Lo que haces no está bien. Te creará de nuevo complicaciones. ¿Quién te ha dicho que tienes que hacer esto? ¿Ese... Ian?

El chico reflexionó.

—Sí —respondió.

—¿Es amigo tuyo?

Sasha asintió orgulloso.

—¡Mi amigo!

—Qué bien que tengas un amigo. Seguro que no te desea nada malo. Pero hacer esto no es una buena idea, ¿sabes? ¿Qué tal si dejas el arma? Me pone nerviosa. —Xenia rio un poco, pero sonó muy artificial—. Por favor, apártala. Preparo un té y hablamos.

El chico pensó, pero luego negó con la cabeza.

—No. Me quedo con el arma. Hasta que llegue Ian.

Ella se estremeció.

—¿Va a venir Ian? ¿Va a venir después tu amigo?

Una expresión de orgullo volvió a aparecer en el rostro de Sasha. Tenía un amigo. Participaba en un plan. Era importante.

—Sí. Enseguida.

A Xenia se le encogió todavía más el corazón. Si el abominable Ian era el hombre del tren, estaban perdidos. Él sí era un asesino, sin escrúpulos ni piedad. Era él el maquinador de esa historia. Sasha era un instrumento, no era el responsable de lo que estaba sucediendo ahí.

—¡Sasha, tienes que dejarnos marchar! —Hablaba con urgencia—. A mí y a Oliver. Por favor. No destroces tu vida. No sé qué pretendéis hacer con nosotros, pero eso arruinará tu vida. Por favor, hazme caso y no permitas que ocurra.

Él la miró. En sus ojos oscuros, ella vio una tristeza que casi le partió el corazón.

—Vosotros ya habéis destrozado mi vida —dijo—. Eso ya lo habéis hecho.

8

Camino de vuelta, desde Birmingham hasta Scarborough, Helen informó a Kate de que los agentes de la policía de Tierras Medias no habían encontrado ni en el garaje y alrededores ni en la antigua casa de la familia Slade a Ian y Sophia, y tampoco el más mínimo indicio de que hubiesen estado allí.

—Ahora vive otra gente en la antigua casa de los Slade —comunicó Kate a Robert tras la conversación telefónica—. No saben nada de nada.

—Bueno, era bastante improbable —opinó Robert —. Slade parece ser inteligente. No nos lo pondría tan fácil.

—Supongo que no —convino Kate. Miraba el paisaje de pleno verano, los campos segados bajo un cielo de agosto encapotado—. Pero tampoco es fácil, ¿verdad? Tiene que esconder una ambulancia y a una mujer parapléjica. A la que solo puede mover cargando con ella. Todo muy aparatoso. No puede estar en el centro de la ciudad. En un apartamento. Sería demasiado arriesgado.

—Hay un montón de casas apartadas. Granjas.

—¿Cómo paga el alquiler? No creo que tenga un trabajo fijo.

—También puede estar metido en una casa abandonada. Una casa medio en ruinas en un lugar solitario. Es verano. Se puede aguantar.

—O su compañero tiene casa —señaló Kate.

—Si es uno de ese centro, ¿de dónde la ha sacado?

—Heredada.

Robert dijo algo entre dientes. Lo malo de sus conversaciones sobre el caso era que siempre acababan con la certeza de que les faltaba información. De que incluso si daban un paso hacia delante, tenían que volver a quedarse de brazos cruzados. Sabían el nombre y la identidad del supuesto secuestrador de Sophia Lewis. Tenían hasta una idea de cuál era su móvil.

Pero no podían hacer nada con ello.

—Hace un año que Slade ha salido —resumió Robert—. Joder, ¿de qué vive?

Kate se encogió de hombros.

—Trabajos puntuales. Para eso no tiene que estar registrado en ningún sitio.

Robert no objetó nada.

Siguieron el viaje en silencio. Kate estaba pensando en cuáles serían los pasos más adecuados que dar cuando sonó su teléfono.

Esperaba que fuera Helen, pero en la pantalla vio un número desconocido. Contestó.

—Sargento Kate Linville.

—¿Kate? ¡Oh, Dios mío, Kate! —resonó al otro extremo de la línea.

Como por efecto de una descarga eléctrica, la sargento se enderezó.

—¿Colin?

—Kate, ¡menos mal que he podido contactar contigo! —exclamó Colin.

Le habría encantado soltarle un sermón y decirle lo irresponsable, insensato y desleal que había sido, pero algo le decía que ese no era el momento.

—¿Dónde estás? —preguntó en cambio.

Él estaba casi sollozando.

—En algún lugar de Yorkshire Dales. Oh, Dios mío. Xenia me ha robado el coche y se ha marchado con él.

—¿Cómo dices?

—Me ha dejado tirado. Se ha largado. Con mi coche, con mi móvil, con todo.

—¿Por qué lo ha hecho?

—Creo que quiere salir del país. Tiene que salir. Está metida en un asunto realmente turbio. Me lo ha contado todo. Kate, ¿puedes venir a recogerme? ¡Por favor!

—¿Desde dónde me estás llamando?

—Estoy en una granja bastante apartada. Creo que la mujer me toma por un peligroso vagabundo. Pero al menos me ha pasado su teléfono a través de la puerta. Kate, yo...

—Escucha, he salido de Birmingham camino de Scarborough, es decir, estoy muy lejos. Voy a enviarte una patrulla para que te recoja, ¿de acuerdo? A ver si te pueden dar una dirección o que te describan dónde estás. Pero, en primer lugar, me explicas qué pasa con Xenia. ¿En qué asunto está metida? ¿Y por qué quiere dejar el país?

—No sé si quiere marcharse. Solo pienso que ella…

—Vayamos por partes —lo interrumpió Kate—. Por favor, ¿qué ha ocurrido?

—Es increíble —respondió Colin—, ¡increíble!

Entonces empezó a contárselo.

Estoy en este condenado cuarto de baño de mi apartamento, totalmente a oscuras. El interruptor de la luz está fuera y la puerta cerrada con llave. He dejado que me metiese aquí dentro sin resistirme, paralizado de miedo al ver el arma que me apuntaba. Ahora creo que he cometido un error, debería haberme opuesto o haber hablado con Sasha. Convencerlo para que dejara la pistola... Ahora que lo pienso bien, no estaba en absoluto decidido a disparar. Se sentía inseguro, estresado y abrumado, como si interpretara un papel que no fuera el suyo. Parecía manipulado desde fuera. No resultaba convincente. Pero eso lo entiendo ahora. En el aislamiento y la total oscuridad del baño. En la calma... en fin, «calma» tal vez no sea la palabra adecuada. No estoy calmado, sería sumamente extraño en esta situación. Pero ya no estoy tan desconcertado y confuso como antes.

Cuando entró.

Sasha.

No debería haber abierto. La entrega de un paquete... enseguida me ha parecido raro. Yo no había pedido nada y nunca jamás recibo paquetes. Desde hace una eternidad. Estaba sorprendido. Pero no sospechaba nada.

Después de tantos años, no esperaba a Xenia.

Y a Sasha tampoco.

Creo que realmente es una casualidad que ambos hayan pasado por aquí con solo un día de diferencia. Casualidad en el sentido de que no lo han hablado entre sí. Aunque es probable que no sea casualidad, pues desde hace tiempo empieza a estrecharse la red que cuelga sobre todos nosotros, la que ahora ha caído para capturarnos. Las señales previas fueron los disparos a Xenia. El hombre vigilando mi casa.

¿Acaso creímos alguna vez que nos libraríamos de aquello?

Qué ironía del destino que esté encerrado en el cuarto de baño. Pues la escena, la escena decisiva también tuvo lugar en un baño. Aunque en uno con ventana. Y bien iluminado. Con una luz cegadora. Al menos así lo recuerdo. Tal vez porque lo que iluminaba la lámpara del techo era tan inconcebible. Tan horrible.

Agosto de 2004

—¿Cómo ha podido ocurrir? —preguntó Xenia, horrorizada.

Pese a mi espanto, mi cerebro seguía trabajando febrilmente.

Alice había cometido un asesinato. Acabaría en la cárcel. Nuestra familia despedazada.

Eso no debía ocurrir. Alice y yo habíamos perdido a nuestra hija. Pero todavía teníamos un hijo.

El problema era Xenia. Lo sabía. Durante unos minutos, mientras miraba su rostro blanco como la nieve, tuve la horrible idea de que podía darse media vuelta, correr al teléfono y llamar a la policía. Pero entonces entendí que no lo haría. Estaba en un país extranjero. Su situación laboral era irregular. No se le ocurriría actuar de forma irreflexiva.

—No dejaba de gritar —respondió Alice a la pregunta de Xenia.

Esta parecía totalmente conmocionada, algo que no yo no podía reprocharle.

Alice fue saliendo poco a poco de la parálisis causada por el shock. Después de haber pedido que no se lo dijéramos a nadie, empezaba a entender que yo tenía razón: no se podía esconder la muerte de un niño. No de una forma tan simple como limitarse a no hacer nada.

—Tenemos que informar a la policía —dijo.

—Sí —aprobó Xenia. Las dos estaban decididas.

—Un momento —dije—, ¿tienes claro lo que estás haciendo, Alice? ¡Irás a la cárcel!

Ella asintió.

—Sí.

Desesperado, apreté los puños contra mis ojos y luego contra mis doloridas sienes. Alice no sabía lo que decía. Seguía en estado de shock, no entendía que estaba decidiendo cómo iba a pasar el resto de su vida. Y también sobre la mía. Y sobre lo que yo había construido. Mi trabajo consistía en asesorar a la gente en materia económica. ¿Quién se iba a fiar del marido de una mujer que había ahogado a su propia hija y que estaba en la cárcel? Nadie volvería a recurrir a mí. El acto de Alice permanecería adherido a mí como un mal olor, como un aura funesta. Estaba acabado. Tanto en lo privado como en lo profesional.

De nuevo me invadió la cólera, con tal fuerza que me habría abalanzado sobre ella y hubiera golpeado su rostro pálido, pequeño, enfermizo y perturbado, pero me dominé. Eso no solucionaba nada, nada en absoluto. Tampoco que yo me escondiera, que permitiera que mi propio shock tomara el control para huir de la locura. Estaba claro que algo tenía que pasar en los próximos quince minutos.

No disponíamos de más tiempo.

En mi mente empezó a tomar forma una idea. Para ser más exactos, estaba todo el tiempo allí, pero no me atreví a pensarla hasta entonces. Porque por una parte era inconcebible. Pero, por otra, era la única salida posible.

Dirigí la mirada a ambas mujeres con la esperanza de que al menos una de ellas concibiera la misma idea, y que no fuera yo el que tuviera que expresarla. Pero no me llegó ninguna ayuda por ese lado. Alice miraba fijamente el cadáver de Lena sobre el suelo del baño, con pena, horror y estupor. No parecía estar presente. Xenia también estaba impactada, pero contenida. Ya se había decidido. Teníamos que llamar a la policía, Alice tenía que asumir su responsabilidad. Para ella, seguramente, no había otra alternativa. Pero no era su vida la que estaba en juego. Así que era asunto mío.

—Alice acabará destrozada en la cárcel —dije—. Eso no debe ocurrir.

Levantó la cabeza, me miró con unos ojos velados por el dolor.

—Yo ya estoy destrozada.

—No, no lo estás. Lo superaremos. Lo superaremos.

Gimió levemente.

—Tenemos que llamar a la policía, señor —insistió Xenia.

—Claro que tenemos que hacerlo, claro. Pero Alice no puede cargar con todo. De ninguna de las maneras…

—Señor… Señor Walsh…

Qué corta era Xenia.

—Esto lo ha hecho otro —dije—. ¿Lo entendéis?

Alice no entendía nada. Pero en los ojos de Xenia algo se iluminó. Comprendió. Comprendió horrorizada.

—Por el amor de Dios —exclamó asustada.

Yo hablaba deprisa. Para convencerla, para convencerme.

—Es la única posibilidad. Sasha tendrá que pagar por esto. Es un niño. Es un niño con discapacidad mental. No es responsable de sus actos.

—No puede… No puede atribuirle a Sasha un asesinato —protestó Xenia.

No acababa de entender.

—En su caso no se tratará de un asesinato —dije—. Dentro de

cuatro semanas cumplirá siete años. A un niño de apenas siete años no se le puede atribuir un asesinato en sentido penal. Y menos aún a un niño con discapacidad.

—Pero es probable que no se limiten a juzgarlo por esto. Lo verán como un peligro. Para otros niños.

—Seguramente lo internarán en una institución —señalé.

—Eso acabará con él —observó Xenia. Me miraba como si yo fuese un monstruo. O un depravado—. No puede arrancarlo de la familia. Dejar que se pudra en un reformatorio…

—Estamos en Gran Bretaña, no en Rusia —objeté con más acritud de la que pretendía—. Aquí no existen centros como los que usted imagina. En esos sitios los niños son educados por pedagogos de primera categoría. Es probable que allí esté mejor que aquí. Esa gente está formada para casos como el de Sasha.

—¿Casos como el suyo? ¿Pequeños asesinos? Él no lo es.

—Una vez ya intentó ahogar a una niña —repliqué.

Alice despertó de su trance.

—No lo hizo. Tú mismo lo dijiste, Oliver. No hizo nada malo.

Cierto, era lo que yo siempre había dicho. Y así lo creía. Pero ahora no se trataba de analizar ese asunto con plena honestidad. Necesitábamos un plan, y lo necesitábamos ya, y tenía que ser inteligente.

—Xenia, no querer apartar a Sasha de la familia es un pensamiento muy noble —dije—, pero se olvida de que esta familia ya no existirá. Lena está muerta. Alice permanecerá en la cárcel durante muchos años. Yo tengo que trabajar. ¿De qué familia está hablando usted?

Me miró y comprendió en cierto modo que yo tenía razón.

—Pero… —objetó a pesar de todo.

Alice intervino.

—No podemos hacerlo, Oliver. —Me pareció que no lo dijo realmente convencida.

—De todos modos, acabará en un asilo —sentencié—. Porque no podré ocuparme de él. Porque es posible que pierda a mis clientes y tenga que empezar de nuevo, y tampoco podré pagar a Xenia. Es un niño con discapacidad y siempre lo será. Necesita cuidado continuo. ¿Dónde está la diferencia?

—La diferencia está en que la gente lo verá el resto de su vida como alguien que ha matado a su hermana —apuntó Xenia.

—Es un niño con discapacidad mental. Nadie pensará mal.

Hubo un silencio. Algo de cierto había en mis palabras.

—Ya no tenemos más tiempo —recordé inquieto.

—¿Y si Sasha no colabora? —preguntó Xenia.

Respiré hondo. Al menos ya no rechazaba mi plan.

No miré a ninguna de las dos cuando respondí:

—No lo entenderá del todo.

—Habrá psicólogos que se ocupen de él —dijo Xenia—. Le preguntarán. Sabrán cómo hay que hacerlo con alguien de sus características.

Sí, sí, sí. Ya veía el problema, por supuesto. Era un riesgo, sin duda, pero nuestra declaración, la de Alice y la mía, pesaría más que la de Sasha, que solo podía explicarse con torpeza y que probablemente no acabaría de entender de qué se le acusaba.

—Es nuestra única posibilidad de salir indemnes —advertí—. Y, Xenia, usted desaparecerá del mapa. Su estatus de residente es algo delicado… —Quizá no era así, pero quería quitármela de encima. Ella no era un elemento firme en mi estrategia. Precisamente porque era la que menos tenía que perder. Y porque había establecido un fuerte vínculo con Sasha.

—Tal vez Sasha hable de mí —indicó.

Seguro que lo haría. Pero Sasha confundía el transcurso del tiempo, siempre.

—Usted estuvo con nosotros, como canguro —dije—. Pero ya hace semanas que regresó a Rusia.

Su mirada empezó a centellear.

—¿Me está pidiendo que me marche ahora?

—Tiene que empaquetar sus cosas de inmediato —dije—. Se lleva nuestra bicicleta con el remolque. Tendrá que hacer un esfuerzo, pero llegará hasta Nottingham. Allí coja un taxi y que la lleve a un hotel. Le daré dinero. Lo suficiente para pasar dos o tres noches y pagar el vuelo a Moscú. ¿De acuerdo?

—Yo…

—Rápido —musité—. No tenemos tiempo.

Se marchó a su habitación. Muda y consternada.

—Ahora hablaré con Sasha —dije—. Luego llamo a la policía. Alice, tú estabas bañando a Lena. Has salido un momento porque tenías agua hirviendo en la cocina. Cuando has vuelto, ya había ocurrido. Has visto que Sasha estaba empujando a Lena debajo del agua. Te has peleado con él. Has sacado a Lena de la bañera. Demasiado tarde. Te has quedado aquí con ella en brazos. Y yo te he encontrado así, como realmente ha pasado. ¿Entendido?

Asintió. Parecía dispuesta a seguir mi plan. Las convencí, tanto a ella como a Xenia, de que no había otra solución. Si iban a quedarse con esta versión, solo Dios lo sabía.

Dejé en el baño a Alice inmóvil y a Lena muerta. Eché un breve vistazo a la pequeña habitación de Xenia y confirmé que estaba empaquetando. Por suerte no tenía demasiadas pertenencias. Muy pronto no quedaría nada de ella en casa.

Entré en la sala de estar. Sasha seguía debajo de la mesa del mirador. Temblaba. Transmitía justo la impresión que nos iba a beneficiar: sobrecogido, horrorizado, totalmente perturbado. La expresión de sus ojos era de miedo. De algún modo entendió que había ocurrido algo malo, que su hermanita estaba muerta.

Ahora le explicaría que él era el culpable.

9

Oliver salió sobresaltado de sus recuerdos cuando oyó el timbre de la puerta. Se enderezó, aguzó expectante el oído. ¿Quién podía ser? El administrador tal vez, o la mujer del apartamento de abajo que tantas veces se olvidaba la llave. Otra persona cualquiera. Pero lo más probable era que Sasha no la dejara entrar en la casa, sino que se librara de ella por el portero automático. ¿Advertiría algo extraño el que estaba ahí abajo? ¿Una voz desconocida, un hombre que además se expresaba titubeante y torpemente? Pero ¿quién iba a deducir por eso que arriba se encontraban dos personas en peligro y retenidas en contra de su voluntad?

Si era la vecina, no desistiría tan pronto, porque necesitaba la llave. ¿Le abriría Sasha al final? ¿Y debía él, Oliver, llamarla? ¿Gritar? ¿O pondría en peligro a la joven? Ella no tenía ni idea de lo que pasaba, y Sasha iba armado. A saber lo que sería capaz de hacer si lo invadía el pánico.

Oyó que Sasha se dirigía a la puerta. Luego el zumbido. Sasha ni siquiera había preguntado quién era.

De eso solo se extraía una conclusión: ya lo sabía. Esperaba a alguien.

¿Refuerzos?

Oliver sintió que todo su cuerpo se cubría de una capa de sudor. En lo relativo a Sasha, le preocupaba que, excedido por la situación, les hiciese daño, pero estaba completamente convencido de que no se trataba de un cruel asesino. En el fondo, Sasha era incapaz de matar una mosca. Se podía hablar con él. Condenado a la inactividad en ese cuarto de baño oscuro, Oliver había alimentado la esperanza de que Xenia hiciera precisamente eso: hablar con Sasha. Siempre tuvo una buena relación con él. Podía convencerlo de que lo que estaba a punto de hacer era un error terrible, que hablándolo entre todos podían aclararse cosas que habían pasado hacía muchos años. Pero si estaba implicado alguien más... Alguien de otra calaña muy distinta... El sujeto que le disparó a Xenia en el tren. Del que se salvó por los pelos. ¿Habría venido a cumplir finalmente con su misión?

Se arrastró hacia la puerta del baño y al hacerlo a oscuras se golpeó la cabeza contra el lavamanos y reprimió un grito de dolor. Apoyó una oreja contra la madera. Tenía que saber quién había llegado.

Se abrió la puerta de la casa y una voz extraña preguntó:

—¿Qué tal? ¿Todo según lo planeado?

Oyó que Sasha respondía.

—No. En absoluto...

—¿Por qué? ¿Qué ocurre?

—Dos... —respondió Sasha tartamudeando ligeramente—. Dos... personas.

—Cómo... ¿dos?

—Tú... tú dijiste que... que... estaría... solo...

El extraño debió de mirar a su alrededor y descubrir a Xenia, porque Oliver lo oyó decir:

—Vaya, ¿a quién tenemos aquí? Esto es lo que yo llamo una agradable sorpresa. Xenia Paget. Con lo que he ido detrás de ti. Y ahora resulta que te me ofreces en bandeja. Qué generosa es la vida conmigo.

Xenia contestó algo que Oliver no entendió. El extraño soltó una carcajada.

—Yo disfruto cazando. Y por eso no me importa que se haya prolongado durante más tiempo. Habría sido bonito matarte a tiros en el tren. Pero así, en el fondo, todavía me lo paso mejor. —Luego cambió de tono y al parecer se volvió hacia Sasha—. ¿Dónde se ha metido Oliver?

—En... en... el baño —balbuceó Sasha.

—De acuerdo. Antes de ocuparnos de él, acabamos primero

con Xenia. A mí me da la impresión de que tiene ganas de salir corriendo. ¿Es así, Xenia? ¿Quién va a asumir su responsabilidad? Ha llegado el día de ajustar cuentas, cariño. Será divertido. ¡Nos los pasaremos genial, tú y yo!

Luego se oyó el estrépito de cajones abriéndose y cerrándose.

—Esto servirá —dijo el extraño. Y añadió—: Lo siento, señora mía, voy a hacerte daño. Pero tengo que ir sobre seguro.

Xenia soltó un grito de dolor. Oliver sospechó que la estaban atando con la cuerda que guardaba en los cajones de la cocina.

—¡No! —dijo Sasha angustiado—. ¡No puede respirar, Ian!

—No hay más remedio —contestó el extraño, que por lo visto se llamaba Ian—. Si de pronto se pone a gritar, ¿qué pensarán los vecinos?

Probablemente la había amordazado. Oh, Dios, la pobre Xenia. Oliver se sintió mal solo de pensar que ella sufriría y apenas podría respirar. Y eso no prometía nada bueno para sí mismo. Ese Ian era brutal y decidido. ¿Qué era lo que lo empujaba?

Ian.

Oliver hurgó desesperado en su memoria, pero no recordó a nadie que se llamara así. Nadie a quien conociera o con quien hubiera tenido una relación cercana en algún momento. ¿Uno de sus clientes? No, no había ninguno con ese nombre. Al menos ninguno que tuviera en mente. Y si era capaz de ponerlo en tal situación, debería haberlo recordado, ¿no?

Unos pasos enérgicos se acercaron al cuarto de baño y Oliver se apresuró a alejarse a rastras de la puerta, golpeándose por segunda vez la cabeza. Giraron la llave y la puerta se abrió de par en par. La luz cegadora se encendió tan de repente que los ojos se le entrecerraron con fuerza. Una sombra alta y oscura apareció en el marco de la puerta.

—Oliver, gusano —dijo la sombra—, qué bien conocerte por fin en persona.

Los ojos de Oliver se iban acostumbrando a la claridad muy lentamente. Pero poco a poco empezó a distinguir detalles. La silueta enorme y recia. Los vaqueros deformados. Una sudadera gris con manchas de yema de huevo. El pelo negro sin peinar. Un rostro que... sí, Oliver no habría sabido definir por qué, pero al ver ese rostro un escalofrío le recorrió la espalda. ¿Era por la maldad con que lo miraba? ¿La obvia satisfacción de ocupar una posición de poder? ¿La crueldad de su sonrisa? ¿O era tal vez la frialdad tenebrosa de su mirada? Pese a que sin duda disfrutaba de la situación, el placer no se reflejaba en sus ojos. Parecían estar muertos. Oscuridad. Ni luz ni brillo ni matices. Totalmente opacos y sin vida.

Nunca había visto unos ojos así. Tan carentes del más mínimo sentimiento. ¿Qué decían de ese hombre?

Empezó a temblar de frío. Desde lo más hondo de su ser.

Ian lo observaba con cierto interés.

—Todavía no te había visto de cerca. Sé un poco de tu vida. Me he pasado horas plantado ahí delante... —Señaló en dirección a la cocina, refiriéndose a la calle que estaba enfrente—. Pensaba que lo sabía todo sobre tus costumbres. Sobre tu vida vacía. En la que nunca pasa nada.

Oliver no sabía si Ian esperaba una respuesta. Se mantuvo callado por prudencia.

—Nunca tienes visitas. ¡Nunca! Pero precisamente ahora, sí. Aparece esa niñera de antaño. No contabas con ello, ¿verdad? Yo tampoco. Pero Sasha lo ha controlado todo de maravilla. Así matamos dos pájaros de un tiro. —Rio. Fue una risa brutal y perversa.

«¿Qué quiere de mí? ¿Qué tiene contra mí?», se preguntó Oliver.

—Por lo que sé, fuiste tú quien maquinó toda esa maldita historia —dijo Ian—. La fuerza motriz. Los demás te siguieron, lo que no significa que no sean culpables. Pero tú lo tramaste todo. Fue idea tuya que Sasha pagase por lo que tu esposa había hecho.

«Esto lo hace por Sasha. No creo que actúe porque tenga un marcado sentido de la justicia».

Ese individuo era un psicópata, un sádico. Le importaba una mierda si Sasha había tenido que cargar con las consecuencias de un modo injusto. Oliver estaba convencido de ello. A ese Ian le encantaba tener una víctima o, mejor aún, varias. Disfrutaba dando rienda suelta a su instinto perverso. A su odio, a su inclinación a la violencia, a la tortura.

—Sasha ha tenido que pasar años en el peor centro de todo el país —continuó—. Por vuestra culpa.

Oliver no se atrevía a decir nada; de hecho, no podía contradecirlo. Pero su silencio parecía provocar a Ian, pues de repente se acercó, levantó la pierna derecha y le propinó una patada en el estómago con todas sus fuerzas. Pese a ser verano, llevaba unas pesadas botas de piel. El dolor que se extendió por todo el cuerpo de Oliver fue tan intenso que se cayó hacia delante dando un grito y se encogió como un embrión. Se sintió mal, por un segundo temió ponerse a vomitar. Por su garganta subió una mezcla de café y bilis. Volvió a tragarla y al hacerlo emitió un sonido gutural.

Ian soltó una carcajada.

—¿A que duele? Pues esto es solo el principio, Oliver. Una diminuta versión de todo lo que se te viene encima. Pagarás por lo que le hiciste a Sasha. En la vida, siempre se paga, ¿sabes?

Ese sujeto estaba loco de remate. Era un enfermo mental.

—¿Lo sabes? —repitió amenazador.

Oliver emitió un tenue «sí». Todavía se retorcía de dolor.

Ian sonrió.

—Funciona. —Hizo un rápido movimiento con la pierna, como

si fuera a propinarle otra patada, y Oliver se acurrucó con un grito a un lado, intentando protegerse el estómago y la cabeza. Pero Ian se detuvo. Se partía de risa—. ¡Menudo miedo tiene el vejestorio! ¡Esto es lo que pasa cuando uno no es el más fuerte!

Oliver parpadeó y captó una imagen de Sasha, que estaba detrás de Ian. Se le veía pálido y nervioso. Lo que estaba pasando ahí no era de su agrado. Se peguntaba qué le había contado Ian sobre cómo se llevaría a cabo esa venganza. Seguro que no le mencionó la tortura y el asesinato. Aunque era posible que Sasha no hubiese entendido todo correctamente. Parecía sometido a Ian, entregado y dispuesto a seguirlo a donde él mismo en realidad no quería ir. Solo. Abandonado. Ian era su único amigo, su único sostén en la vida y en un mundo en el que él no se desenvolvía bien.

—Quítate un calcetín —ordenó Ian a Oliver.

Oliver parpadeó atemorizado.

—¿Qué?

—¡Que te quites un calcetín!

Temblando, Oliver se quitó el zapato del pie derecho y deslizó el calcetín azul por debajo del tobillo. Se lo tendió a Ian. Este lo convirtió rápidamente en un ovillo y se lo metió en la boca. Oliver jadeó horrorizado. La lana se hundía tanto en su garganta que sentía unas arcadas incontenibles. Agobiado, intentó combatir con la lengua ese cuerpo extraño, pero estaba presionada contra el paladar inferior y no tenía ningún margen de movimiento.

—Cinta adhesiva —pidió Ian a Sasha.

Sasha le tendió el rollo marrón que, como Oliver sabía, también procedía de uno de los cajones de la cocina. Gritó desesperado. Se iba a ahogar.

Ian no le dio la menor importancia. Arrancó una tira de cinta adhesiva y la puso sobre la boca de Oliver y la mitad de la cara, y otra tira más por si acaso.

—Ya está. Ahora por fin estaremos tranquilos.

Con una cuerda larga ató las manos y los pies de Oliver, haciendo gala de la habilidad propia de un experto. Lo dejó tirado como un paquete bien encordelado.

Oliver sentía unas náuseas espantosas. Intentó decírselo a Ian, hacerle entender que no debía abandonarlo así. Pero Ian no se dignó a lanzarle una segunda mirada. Se volvió hacia la puerta, la cerró tras de sí y giró la llave en la cerradura. Desde fuera, apagó la luz.

Oliver volvió a quedarse completamente a oscuras, con arcadas, jadeante y muerto de miedo.

10

No había vuelto a aparecer desde primera hora de la mañana y el miedo fue apoderándose de Sophia.

Una hora sucedía a la otra, viscosa, lentamente y sin que nada marcara el transcurso del tiempo.

Esperaba que se presentase al mediodía para darle de comer, pero aquel día se arrastraba sin que asomara ni una sola vez por la puerta. ¿O tal vez ni siquiera era aún mediodía? ¿Tardaban más en pasar los minutos de lo que era habitual?

Sophia se preguntó si se podía morir de soledad y aburrimiento. Había leído libros sobre cárceles en países totalitarios, en las cuales los internos pasaban meses en celdas incomunicadas y a oscuras, y no se les dirigía la más mínima palabra. Muchos enloquecían. Ahora podía entenderlo perfectamente. Primero se perdía la noción del tiempo, luego se perdía uno a sí mismo. En esa pesadilla oscura de infinidad, de sucesión de días, horas y minutos sin contorno, en un silencio que rugía y retumbaba y en el que al mismo tiempo prevalecía la ausencia total de sonido, se empezaba a morir. Esa era la idea que la dominaba mientras yacía inmóvil en la penumbra.

«Voy a morir. He empezado a morir».

Solo una persona en el mundo sabía dónde se encontraba, y ese era Ian, lo que significaba que solo el diablo conocía su paradero, él gobernaba su vida y su muerte, por eso su vida no valía nada.

Solo podía desear que su muerte fuera rápida. Algo en lo que Ian no tenían ningún interés. Ahora que la tenía en sus manos, no iba a permitir que le privasen del placer de vengarse de ella.

El dolor en el bajo vientre, que ya había notado por la mañana, se había vuelto más intenso. Estaba bastante segura de que se trataba de una cistitis y, aunque carecía de conocimientos médicos, intuyó que la causa era que no se le había cambiado el catéter. Llevaba el mismo desde su secuestro. Estaba constantemente expuesto a que las bacterias penetrasen en su interior. Si los dolores aumentaban, tendría otro problema más. Su raptor no se dejaba ver, pero incluso si aparecía, ella ignoraba cómo comunicarle lo que le ocurría. No era que a él le importase que ella sufriera. Pero a lo mejor entendía que el peligro consistía en que la infección... sí, ¿qué? ¿Le diera fiebre? ¿Septicemia? ¿Alguna cosa peor?

Reprimió el pánico creciente. Si algo no podía permitirse en su situación, era dejarse vencer por él. ¿Qué iba a conseguir si la invadía el pánico, si ni siquiera era capaz de contraer el dedo meñique? Habría querido ahuyentarlo con algún movimiento, pero movimiento era justo lo que ya no podía obtenerse de aquel cuerpo.

Volvió a notar que las lágrimas anegaban sus ojos. Estaba presa, simple y llanamente. Presa en aquella habitación. Presa en su cuerpo. Incluso si la libraban del cautiverio de Ian, algo que no cabía esperar, seguiría estando presa el resto de su vida.

La falta de esperanza se depositó sobre su pecho como una carga de una tonelada. Le costaba respirar. La envolvió la oscuridad. La noche duraría una eternidad, poco importaba lo que fuera a pasar. En ese momento reconoció con toda claridad lo ingenua que había sido al creer que iba a recuperar su antigua vida. El doctor Dane no dijo nada sobre su parálisis porque nada podía alimentar sus esperanzas. Podría volver a hablar. Pero nunca más volvería a andar, correr, ir en bicicleta. Nadar, bailar. Abrazar a un hombre. Sentir en su cuerpo el pulso de la vida.

Sentir el cuerpo.

Todo había terminado.

Cerró los ojos, agotada.

Un ruido la hizo estremecerse. Abrió los ojos. ¿Había vuelto?

No era la primera vez, ese día y el anterior, que ella creía haber oído movimientos en la casa, a pesar de que Ian hubiera dicho que estaría fuera un par de horas. Movimientos tan leves y alejados que a menudo, poco después de oírlos, pensaba estar equivocada.

Tampoco en esta ocasión estaba segura de que se hubieran producido. Cabían muchas posibilidades de que estuviera empezando a perder la razón, y tal vez oía ruidos que solo existían en su mente y en ningún otro lugar. Pero quizá él no se marchaba. Quizá lo decía, pero en realidad se quedaba en la casa. ¿Tal vez para observar si ella intentaba liberarse, huir? Qué ridiculez. No tenía ni el más mínimo margen de movimiento. Imposible. La podía dejar ahí, sin cerrar ni las puertas ni las ventanas, y desaparecer durante días. Cuando regresara, ella estaría tendida en el mismo lugar de siempre.

Aguzó el oído atenta, pero de nuevo reinaba el silencio a su alrededor. No se oía nada ni a nadie. Se habría equivocado.

Los dolores eran más intensos. Había que cambiar el catéter con urgencia, y ella necesitaba antibióticos.

En su boca se formó un grito. Por enésima vez en los últimos días y horas.

Resonó silencioso en el interior de su mente.

11

Un accidente en la M1 estaba alargando el viaje de Birmingham al norte. Mientras estaban detenidos en un embotellamiento, Robert no paraba de maldecir. Kate había intentado contactar con el terapeuta de Ian Slade que estaba en Francia. También habló por teléfono con Colin, a quien una patrulla había recogido, liberándolo así de su mísera situación en medio de Yorkshire Dales. Él le contó toda la increíble historia de Oliver y Xenia. Y le habló de Alice Walsh. La madre que ahogó a su propia hija en la bañera.

—Para que la niña dejara de gritar —repitió Colin, y hasta por teléfono se percibía su estupefacción—. ¡Imagínate, Kate!

Ella compartía su espanto, pero como investigadora profesional sabía que las razones para un acto tan inconcebible eran complejas. Con frecuencia el motivo era la sobreexigencia, la falta de sueño y de fuerzas, y la sensación de que la propia vida se disolvía en medio de las obligaciones y los gritos de un bebé que depende por completo de otra persona. Además del esfuerzo por esconder todo eso, el exceso de deberes y la tristeza, y ocultar el vacío a su entorno, pues una madre joven tenía que ser feliz, no caber en sí de alegría por el regalo de tener un hijo, debía estar dispuesta a morir antes que permitir que a una criatura tan pequeña y desamparada le ocurriera algo. Se estaba preparado para entender muchas cosas inquietantes, pero no para que una madre no amase a su hijo. Kate recordó a Maya Price, la amiga de Xenia de Southend-on-Sea. El griterío constante de su bebé y la mujer totalmente exhausta, la casa desordenada, viendo programas que no le interesaban solo para pasar el día de alguna forma. Maya no sería capaz de matar a su hijo. Pero no tenía en absoluto el aspecto de ser una madre feliz y justo por eso se había culpabilizado cientos de veces. Porque era romper un tabú.

—Y luego le echaron la culpa al hijo adoptivo —le contó Colin—. Sasha. Que tenía una deficiencia mental. Pero aún no había cumplido siete años de edad. Es probable que no entendiera exactamente lo que estaba ocurriendo. En la guardería ya había protagonizado un episodio, donde presuntamente intentó ahogar a otra niña en la piscina. Por eso nadie dudó de que también era el culpable de la muerte de su hermana pequeña. Sobre todo, porque él no lo negó, sino que dijo a todo que sí.

—¿Xenia estaba presente? —preguntó Kate.

—No. Se había ido, antes de que Oliver Walsh llamase a emergencias. Él le dio algo de dinero. Walsh sabía muy bien que ella representaba un peligro, que no soportaría un interrogatorio. Estaba totalmente horrorizada ante ese plan, pero no se atrevió a oponerse. Desapareció. No ha vuelto a ver a los Walsh, solo ha llegado a sus oídos que se mudaron de Nottingham, donde vivían entonces. Según los rumores, al norte. El resto de las noticias las sabe por los periódicos.

—Sasha ingresó en un centro de menores —dijo Kate. Empezaba a atar cabos.

—Sí. Se lo consideró inimputable. Pero representaba un peligro, y no se podía pedir a la familia (según la opinión de la policía y de la oficina de protección de menores) que viviera con él bajo el mismo techo.

—¿Un centro en Birmingham?

Colin no lo sabía. Pero Kate lo dio casi por seguro. Intentó contactar varias veces con el director de la institución, pero no respondía al móvil. Tampoco contestaba nadie en secretaría.

—¡Tenemos que darnos prisa! —dijo furiosa a Robert.

—No puedo hacer nada —respondió él, impotente por la hilera de coches que apenas avanzaba ante ellos.

Entonces Kate llamó a Helen, quien seguramente ya habría renunciado a disfrutar de un fin de semana tranquilo.

La puso al corriente de todas las novedades.

—Averigua dónde ingresaron al niño. Sasha Walsh. Supongo que en Birmingham, pero necesitamos confirmarlo.

—De acuerdo —dijo Helen, que tomó nota diligente. Kate podía oír el roce del lápiz contra el papel a través del teléfono.

—Es bastante probable que Sasha Walsh sea el segundo hombre. Puesto que trabaja codo con codo con Ian Slade, hay que enviar agentes a la casa donde antes vivía la familia Walsh. Es muy poco probable que Slade se haya ocultado allí con Sophia Lewis, pero debemos descartar cualquier posibilidad por pequeña que sea. No tenemos la dirección, también tendrás que averiguarla. Además, necesito saber el paradero actual de los Walsh. Esto antes que nada, porque el comisario Stewart y yo iremos directamente allí.

Helen suspiró.

—Me ocupo enseguida.

Colgaron. Robert miró a Kate.

—Primera noticia de que vamos a casa de los Walsh.

—Sería lo más sensato, ¿no? Quizá nos puedan informar sobre su hijo adoptivo. Además, están en peligro. Lo mejor sería que se marcharan de casa y los lleváramos a algún lugar donde estén seguros. La venganza no ha terminado.

Robert movió el coche un par de metros más, antes de volver a detenerse.

—Entonces, ni siquiera sabemos si vamos en el sentido correcto. Llevamos horas peleándonos con este atasco y puede que los Walsh vivan en la costa sur.

—Xenia mencionó que se habían mudado al norte. Esperemos que sea cierto.

Al menos en eso tuvieron suerte. Media hora después, Helen les facilitó una dirección en Leeds.

—Ahí vive Oliver Walsh. Por otra parte, me han dicho que la pareja se divorció. Todavía no he averiguado dónde reside Alice Walsh.

—De acuerdo. Sigue con ello, Helen, por favor. Nos vamos directos a ver a Oliver Walsh. Pero también Alice está en peligro. Tenemos que encontrarla lo antes posible.

—Haré cuanto pueda —prometió Helen.

Por fin pasaron el lugar del accidente, en el que tres vehículos habían colisionado y los coches de policía y las ambulancias bloqueaban el paso. La circulación volvió a ser fluida.

—Deberíamos llegar a Leeds dentro de tres cuartos de hora —comentó Robert.

Kate lo miró de reojo. Parecía agotado y afligido. Se daba cuenta de que era Kate quien dirigía las investigaciones y que él la seguía. Estaba claro que no daba la talla para ocupar su puesto y que Kate no decía nada por cortesía y por respeto a su cargo. A la larga, no iba a funcionar. Ambos lo sabían.

Llegaron a la dirección que Helen les dio pasadas las seis de la tarde. Un barrio tranquilo en la periferia de Leeds, una calle con poca circulación. Edificios de apartamentos con pequeños jardines por ambos lados. No había niños jugando fuera, aunque todavía no había oscurecido en esa tarde de agosto. Quizá solo vivía allí gente mayor. O las familias con niños estaban de viaje.

Kate reconoció de inmediato el coche de Colin aparcado.

—Xenia está aquí —anunció—. Ese es el coche que le robó a mi amigo Colin.

—¿Qué haces aquí? —preguntó Robert. Luego se bajó del coche y sacudió las piernas, entumecidas de estar tanto tiempo sentado.

—La persiguen. Supone que Sasha está involucrado. Por supuesto, quiere hablar con el hombre que en su día lo planeó todo.

—Ese tal Walsh tiene mucho que explicarnos —advirtió Robert, indignado—. Menuda historia, ¿verdad? Su esposa mata a la hija de ambos y él le echa las culpas al niño adoptado que es medio tonto. Y el crío pasa años en una institución estatal. En cierto modo entiendo que quiera rendir cuentas con los culpables de su desgracia.

—Yo también lo entiendo, pero así no se hace. Por suerte.

Robert farfulló algo mientras cruzaba la calle tras Kate hacia la puerta del jardín. Llamaron al telefonillo, nadie contestó. Kate volvió a pulsar el botón, empujó la puerta para probar. Esta cedió enseguida. Se encontraban en el camino enlosado que conducía a la puerta del edificio.

—A lo mejor no hay nadie —opinó Robert. Levantó la vista por la fachada del inmueble—. Detrás de una ventana acaba de moverse alguien. Pero no sé si esa ventana es del apartamento de Walsh.

Kate frunció el ceño.

—Sea como sea, ¿adónde iban a ir? Tienen que hablar de asuntos muy serios y no les conviene que haya ningún oyente cerca. Y corren peligro.

—Quizá se han ido justo por eso. A un lugar más seguro.

—¿Sin el coche de Colin?

Llegaron a la puerta del edificio. Delante había una joven rebuscando en el bolso. Levantó la vista.

—Mi llave... —Entonces suspiró aliviada—. Aquí. La tengo.

Kate sacó sus credenciales.

—Sargento Kate Linville, policía de North Yorkshire. Mi compañero, el comisario Stewart. ¿Conoce a Oliver Walsh?

La mujer la miró sorprendida.

—Sí. Vive en el piso de encima del mío. Un señor muy amable.

Tiene una llave de mi apartamento porque muchas veces se me olvida en casa.

Robert dio un paso atrás y señaló hacia arriba.

—¿Pertenece esa ventana al apartamento del señor Walsh? La mujer asintió.

—¿Ha ocurrido algo? —añadió angustiada.

—Tenemos que hablar con él —la tranquilizó Kate. Pensó. Si Robert no estaba equivocado, Walsh estaba en casa. Y Xenia también. ¿Por qué no abrían ninguno de los dos?

Porque tenían miedo. Comprensible en su situación.

Volvió a pulsar el timbre, en vano.

—Puedo dejarles entrar —se ofreció la joven—. Al menos a la escalera.

Kate asintió. Tenía una extraña sensación, no le gustaba nada lo que estaba pasando. Podía ser que Oliver desconfiara de dos personas totalmente desconocidas a las que, al parecer, había visto por la ventana. Aun así... Una voz interior le aconsejó que fuera prudente.

—¿Tal vez deberíamos pedir refuerzos? —susurró a Robert. Este negó con la cabeza.

—¿Para interrogar a dos personas?

Entretanto la inquilina había abierto.

—Pasen, por favor. Vive en el piso de arriba.

—¿Vive usted en la planta baja?

—Sí.

—Pues entonces vaya directamente a su piso. Cierre la puerta y no abra a nadie. ¿De acuerdo?

—Ha pasado algo, ¿verdad?

—Es solo una medida de prevención —la sosegó Kate.

La joven abrió la puerta a toda prisa y desapareció en el interior. Oyeron que daba dos veces la vuelta a la llave.

Robert frunció el ceño.

—¡La has asustado!

—No me gusta esta situación —replicó Kate.

Estaban al pie de la escalera, escuchando con atención si salía algún ruido de arriba.

—Subamos —determinó Robert—. Si hay mirilla, enseñaremos nuestras credenciales. Seguro que abren a la policía.

—Xenia tiene casi tanto miedo de la policía como de sus perseguidores —murmuró Kate.

Siguió a Robert escaleras arriba. Había un rellano con una ventana delante de la cual reposaba, sobre un anticuado banco de madera, una gran maceta de terracota con una planta indefinible casi marchita. En una esquina, otra escalera llevaba directamente a un corredor y a la puerta de una casa.

—Esa tiene que ser la casa de Walsh —indicó Robert, y colocó el pie en el primer escalón.

Arriba, la puerta se abrió de golpe y en ese mismo instante unas balas atravesaron la caja de la escalera. Robert se desplomó como un árbol caído. Con las extremidades grotescamente retorcidas, se quedó tendido en los escalones.

En un acto reflejo, Kate dio un salto hacia atrás para girar la esquina de la escalera. El móvil que todavía sostenía en la mano —siempre con la sensación de tener que hacer una llamada de emergencia— se resbaló entre sus dedos temblorosos y cayó por el hueco de la escalera en el abismo oscuro, posiblemente al sótano. Kate lo oyó despedazarse contra las piedras.

Maldijo en su interior. «Lo sabía, joder. Lo sabía». ¿Cuándo aprendería a confiar en su voz interior?

Más disparos. Una de las balas volvió a alcanzar a Stewart, quien sufrió un breve espasmo. Kate intentó arrastrarse con cautela, con el vientre en el suelo. Si lograba agarrar aunque fuera una de las piernas del comisario, podría sacarlo de la línea de tiro. Era peligroso moverlo, pero sin duda era todavía peor dejarlo tendido donde estaba. Urgía buscar refuerzos, un equipo armado. Allí arriba había alguien que dispararía al instante y sin aviso previo a cualquiera que se acercase al edificio, y además tenía rehenes. Debían evacuar el edificio.

Casi había alcanzado a Robert cuando se produjeron los siguientes disparos. Consiguió retirarse por los pelos. Pensaba a un ritmo frenético. No tenía ningún sentido empeñarse en sacar al comisario de la línea de tiro. Si lo intentaba de nuevo, el loco de ahí arriba dispararía y con ello ella elevaría el riesgo de que volviera a herir a su jefe. Este yacía como un voluminoso saco de arena sobre la escalera, el blanco perfecto, y no movía ni un músculo.

¿Qué podía hacer? No llevaba armas, ni el móvil, no le quedaba otro remedio que retirarse. Podía intentar telefonear desde el apartamento de la inquilina de la planta baja, pero las normas eran claras: en situaciones como esa no había que poner en peligro a civiles no implicados, sobre todo si estaban felizmente resguardados tras puertas bien cerradas. La otra posibilidad consistía en desplazarse hasta el coche y acudir a la comisaría más próxima. Kate recordó el camino pavimentado que llevaba hasta el portal. Al principio podría deslizarse pegada a la pared, pero tendría que cubrir el último trecho en un espacio abierto. Ian Slade —estaba convencida de que él era el tirador— no tendría el menor escrúpulo a la hora de matarla a tiros desde la ventana. Allí no había ni árboles ni arbustos, solo una vegetación baja que no ofrecía ninguna protección. Quedaba rodear el jardín trasero. En ese caso, tendría que desviarse por el terreno de los vecinos para llegar hasta la calle.

Perdería demasiado tiempo.

Pero todavía perdería más tiempo si se quedaba acurrucada en la escalera, pensando, mientras Stewart luchaba con la muerte, si no estaba ya muerto. Además, estaba el peligro de que en cualquier momento un inquilino llegara al edificio o saliera de él.

Tenía que actuar deprisa y con determinación. Estaba cubierta de sudor. De nuevo un disparo. Esta vez no había sonado en la escalera. Sino dentro del apartamento. ¿Había empezado a matar a los rehenes?

Kate salió agazapada de su posición. Al mismo tiempo oyó pasos bajando la escalera. Alguien evitó de un salto los últimos escalones bloqueados por el cuerpo de Stewart. En el suelo resonaron unas botas pesadas. Una sombra grande oscureció la ventana que iluminaba la escalera.

Un arma apuntó a Kate.

Se preguntó cómo sería morir.

12

A las siete menos cuarto de ese sábado por la tarde, la comisaría de Leeds recibió una llamada urgente. La mujer hablaba en voz tan baja que la agente que estaba de servicio tuvo que hacer un esfuerzo para entender lo que decía.

—Están disparando —dijo con un tono agudo—. En el edificio. Antes he dejado entrar a dos policías.

—¿Ya hay agentes dentro?

—Sí. Pero han disparado y no se ha vuelto a oír nada. Desde hace diez minutos como mínimo.

—¿Me da la dirección?

La mujer se la dio. Parecía aterrorizada.

—¿Es un bloque de pisos? —preguntó la policía.

—Sí. Los dos agentes querían hablar con el señor Walsh. Vive justo en el piso de encima. En el primero.

—¿Se han identificado los policías?

—Sí.

—¿Algún herido?

—No lo sé. Yo no he salido de mi casa.

—Hay una patrulla muy cerca, enseguida llegará. No salga de su apartamento. No se acerque a las ventanas, no abra la puerta a nadie. ¿De acuerdo?

—De acuerdo.

Seguramente, no era necesario decírselo. Por teléfono ya daba la impresión de estar petrificada por el miedo.

Los agentes que llegaron poco después se aproximaron con precaución al edificio, siempre preparados para que alguien les disparase en cualquier momento. A primera vista, la puerta de entrada inferior parecía cerrada, pero luego resultó que se abría con un ligero empujón. No estaba bien cerrada. Posiblemente, alguien había abandonado el lugar a toda prisa.

Todavía no era de noche y se distinguía bien la escalera. Nada se movía. No se oía ningún ruido.

Los dos agentes, un hombre y una mujer, subieron por la escalera. Llegaron al rellano y vieron a un hombre tendido sobre la escalera superior. La agente sacó inmediatamente el móvil.

—Necesitamos una ambulancia. Deprisa. Y una unidad armada. Un herido por ahora.

Su compañero se había agachado para tomarle el pulso a Robert Stewart.

—Un muerto —corrigió—. Este hombre está muerto.

Rebuscó en el bolsillo de la chaqueta de Robert, mientras ella no apartaba la vista de la puerta del apartamento. Encontró su carnet de policía.

—Comisario Robert Stewart. Departamento de investigación criminal de Scarborough. Un compañero.

Se miraron.

—Mierda —musitó el agente.

Apenas quince minutos más tarde, el lugar se había convertido en un hervidero de servicios de emergencia. Los sanitarios confirmaron la muerte del comisario Stewart. Agentes armados vigilaban la vivienda. Tropezaron con la terrible imagen de otro muerto tendido en el suelo de la cocina. Bajo su rostro se extendía un charco de sangre. Le habían disparado en la cabeza, a escasa distancia.

En la cocina se encontraba una mujer amordazada y atada a una silla, lanzando sonidos guturales. En un rincón del baño hallaron a un hombre también atado, pero con las extremidades cruelmente retorcidas y sujeto con un cordel como si fuera un paquete. Tenía una mordaza metida hasta el fondo de la garganta y la boca tapada con cinta adhesiva. Estaba a punto de morir asfixiado. Lo llevaron de inmediato al hospital.

Un hombre medio muerto y dos fallecidos, uno de ellos un policía de alto rango. Entretanto, la agente que había entrado primero en el lugar del crimen con su compañero mantenía contacto telefónico constante con la central de operaciones, donde se recopilaban datos a toda máquina.

—El departamento de investigación criminal de Scarborough confirma la intervención —informó—. El comisario Robert Stewart y la sargento Kate Linville vinieron para hablar con Oliver Walsh. El propietario de la vivienda.

—Ese es el hombre que hemos encontrado en el baño —intervino un agente—. Lo dice la mujer que estaba atada en la cocina. Xenia Paget. El hombre que yace muerto en el suelo es Sasha Walsh, hijo adoptivo de Oliver. El que ha disparado es otro individuo de quien la señora Paget solo conoce el nombre de pila: Ian. Ha salido corriendo después de matar a Sasha Walsh de un tiro en la cabeza.

Intercambiaron una mirada afligida.

—Un asesino en fuga —dijo la agente que había hablado con la central—. Un asesino huido y una sargento desaparecida. ¿Dónde demonios estará Kate Linville?

—Vamos a registrar el edificio, los jardines y las calles de alrededor —determinó el jefe del equipo armado—. A lo mejor se ha refugiado en algún lugar.

—¡Aquí en el sótano hay un móvil roto! —gritó alguien—. ¿Será el de Linville?

Nadie lo dijo, pero todos tuvieron la inquietante sospecha de que no iban a encontrar a Kate Linville ni en el edificio ni en el exterior.

Había desaparecido sin dejar rastro.

Junto con un asesino sin escrúpulos que no tenía nada que perder.

Nunca había sufrido tanto. Ni sentido la muerte tan de cerca. Esas horas en el baño, atado y amordazado, la náusea continua… Estaba convencido de que no lo conseguiría. Moriría antes de que ese individuo pudiera dispararme. Estaba desesperado y perdido, en la oscuridad y en el dolor, en la miseria, en el miedo. En todo lo que nos depara el infierno.

Entonces oí unos disparos, pero no sabía a quién iban dirigidos, y luego llegó la policía y me liberó. Estuve a punto de besar al agente que me sacó la mordaza de la boca porque nunca en la vida me había sentido tan agradecido.

Ahora estoy en el hospital. Creo que Xenia también está aquí, por precaución y para pasar una revisión. No sé si hay policías apostados junto a nuestras puertas, y de haberlos, si es para protegernos o para vigilarnos o para ambas cosas. Nos interrogarán por aquel asunto, querer ocultarlo ahora no tiene ningún sentido y además estoy demasiado agotado para hacerlo. No tengo ni idea de si habrá prescrito. Tenemos que enfrentarnos a lo que hicimos.

En cierto modo supondrá un alivio.

Resulta increíble la facilidad con la que logramos salirnos con la nuestra gracias a las mentiras que dijimos en aquel momento. Sasha respondió con un sí a las preguntas de la policía y luego de los psicólogos acerca de si él había ahogado a su hermanita. Yo sabía que él siempre iba a ceder, lo cual estaba relacionado con el hecho de que reconocía al instante la superioridad y la autoridad de los demás. No concebía que su versión de las cosas fuera la correcta, por eso no la expresaba. Él era el pobre idiota y todos los demás los inteligentes y fuertes, y por eso debía asentir a cuanto decían, incluso si él recordaba lo sucedido de otra forma.

Nadie sospechó de Alice. Se le reprochó haberse ido a la cocina y haber dejado a su hijita de un año bajo la protección de ese hermano adoptivo que padecía un retraso en su desarrollo, sabiendo que este ya había intentado agredir a una niña pequeña antes. Pero puesto que como madre ya sufría la tragedia inconcebible de la pérdida de una hija, la trataron con suavidad y prudencia. Madre de un niño con problemas y de un bebé… ya imaginaban su estrés y sobreexigencia. Había cometido un terrible error, pero ya estaba pagando por él.

Por recomendación de la oficina de protección de menores, internaron a Sasha en un centro de menores. Yo tenía muy mala conciencia, pero temía convertirme en sospechoso si protestaba. Dadas las circunstancias, ¿cómo íbamos a vivir con él bajo el mismo techo? Ingresó en un centro de educación en Birmingham, el que teníamos más cerca. Todo fue bastante rápido. Una señora de la oficina de protección de menores se lo llevó la noche del suceso, mientras Alice se quedaba sentada en un rincón de la sala de estar y un psicólogo se ocupaba de ella. A mí también me ofrecieron un psicólogo, pero lo rechacé. Prefería estar cerca de Alice, intentando enterarme de lo que decía. Estaba muy preocupado por si se derrumbaba y lo confesaba todo, o por si se contradecía. No tuvimos tiempo de repasar nuestra versión de los hechos varias veces, hasta que se nos quedara grabada en el cerebro. Esa historia compuesta de cualquier manera y a toda prisa debía responder a todas las preguntas que nos hicieran. Nos enfrentábamos a policías, psicólogos, la oficina de protección de menores y, por supuesto, a los medios de comunicación. Y al mismo tiempo estábamos con los nervios a flor de piel, conmocionados y traumatizados. Muy lejos de poder actuar con frialdad. Por otra parte, eso era también bueno: teníamos que ser un puro manojo de nervios, era lógico, cualquier otra actitud habría sido rara. Y es posible que nos hubiesen disculpado incluso alguna incongruencia. Todo el mundo entendía que estuviésemos consternados.

Xenia desapareció según lo acordado, pero, tratándose de ella, yo no las tenía todas conmigo. Aunque había seguido mis instrucciones, yo vi y percibí lo afectada que estaba. Por los actos de Alice, pero quizá todavía más por la solución que yo planifiqué y puse en marcha. Xenia podía explicarse en cierto modo el inconcebible acto de Alice con sus depresiones, su sobreexigencia, su desesperación crónica. No justificarla, pero sí entender de algún modo cómo había llegado a ello. Lo que yo hacía, en cambio, la llenaba de horror. Y también de repugnancia. La cuestión era si su conciencia lo resistiría. Yo solo podía esperar que así fuera y rezar.

Antes de ingresar en Birmingham, Sasha se quedó unos días con una familia de acogida supervisado por la oficina de protección de menores. Nos dijeron que podríamos volver a verlo una vez, pues en Birmingham los horarios de visita y las normas eran muy estrictos. Alice no quiso ir, pero yo sí porque ya no aguantaba mi sentimiento de culpabilidad. El encuentro se produjo en una habitación terriblemente triste de las dependencias de la oficina de protección de menores: un linóleo amarillo en el suelo, un lavamanos en un rincón y un escritorio. En la pared, un par de carteles de publicidad sobre unos eventos.

Sasha estaba sentado en una silla, pálido y delgado. Su rostro se iluminó literalmente cuando me vio, se precipitó hacia mí. Yo lo cogí en brazos. Me costó tragar saliva. Había salvado a Alice de la cárcel, que habría significado su muerte psicológica, pero ¿a qué precio?

—¿Nos vamos a casa? —preguntó Sasha con su forma de hablar a trompicones y forzada.

Negué con la cabeza.

—Lamentablemente, no. ¿Ya sabes por qué no podemos?

Me miró con una profunda tristeza en sus grandes ojos oscuros.

—Lena —dijo.

—Sí. ¿Ya sabes lo que has hecho con Lena?

Asintió. Lo había interiorizado.

—Muy mal —dijo en voz baja.

—Sí, muy mal —repetí yo.

Era inocente, pero interpretaba su papel a la perfección. ¿Porque se lo creía? ¿O porque pensaba que así conservaría nuestro amor? Quizá una mezcla de ambas cosas. Miró en dirección a la puerta, donde estaba la empleada de la oficina de menores.

—¿Dónde está Alice? —preguntó.

Suspiré.

—No podía venir. Se encuentra mal. Está muy triste por Lena.

Pensó un rato.

—¿No volveré a ver a Alice?

—Necesita su tiempo.

—Tiempo —repitió.

—En ese sitio al que vas ahora te irá bien —dije—. Hay muchos niños…

Por supuesto, esta no era la frase adecuada. Sasha nunca había tenido buenas experiencias con otros niños, al contrario. Me miró asustado.

—¿Niños?

—Niños muy amables. Y adultos amables. Te gustará. Estoy seguro.

No parecía nada convencido.

—Alice —volvió a decir.

Era sorprendente lo apegado que estaba a ella. Claro, Alice pasaba la mayor parte del tiempo a su lado. Pero en el fondo ella nunca se había entendido con él, ya desde el principio. Él le exigía demasiado y ella intentaba aceptar su trastorno, pero fracasó. A partir de ahí, Sasha fue siempre un extraño para ella.

No entendía por qué Alice se había convertido en el centro de sus sentimientos, de su vida. Él la quería, por el motivo que fuese. Y en último lugar, el amor escapa a cualquier intento de explicación.

—Cuando Alice se encuentre mejor, irá a verte —dije.

Nunca olvidaré su mirada cuando salió de la habitación de la mano de la empleada de la oficina. Se marchó sin resistirse, muy abatido, pero totalmente entregado a su destino. ¿Qué otra cosa podía hacer? Tenía siete años y lo habíamos desterrado de nuestra vida. Por el momento, solo tenía la mano de la desconocida que lo sujetaba.

Yo, en cambio, volví con Alice.

Intenté salvar lo que todavía quedaba de nuestra vida en común.

Pero como descubriría, ya no quedaba nada.

Domingo, 4 de agosto

1

El día había transcurrido tan despacio como si en algún lugar se hubiese decidido que el tiempo se congelara, que no se moviera durante una temporada. Caleb Hale lo pasó mirando las paredes de su sala de estar preguntándose si habría vivido alguna vez un día tan horrible e interminable como ese. Desde que lo suspendieron, solía sentir que el tiempo se alargaba. Su día a día había perdido la estructura. Daba igual a qué hora se levantara por la mañana, si es que llegaba a hacerlo. Daba igual si comía y bebía, cuándo se iba dormir, si se duchaba, se afeitaba, se vestía o si se quedaba todo el día sentado a la mesa de la sala de estar en calzoncillos y camiseta, mirando al vacío. A veces, cuando retransmitían partidos de fútbol o carreras de Fórmula 1, encendía el televisor. Entonces al menos oía voces a su alrededor. Pero así tampoco se sentía mejor.

Ese día todo era distinto.

Caleb seguía teniendo buenos contactos en la policía de North Yorkshire. Siempre había sido muy querido allí, y muchos pensaban que se cometió una injusticia al suspenderlo. A esas alturas, sabía que incluso algunos policías presentes en la trágica operación de la bahía norte acudieron en grupo a ver al superintendente jefe para protestar contra su cese. Dos de ellos, que estuvieron cerca de él durante la conversación telefónica con el chiflado de Jayden White, pudieron escuchar lo que decía y declararon de forma unánime que el comisario jefe siguió en todo momento las normas y no cometió ningún error. El caso era insalvable y Caleb no tenía ninguna culpa de ello. Pero sus esfuerzos fueron inútiles: contra un grado de alcoholemia del 0,7 no había nada que decir.

La noche anterior, sus antiguos compañeros lo llamaron para comunicarle la muerte de Robert Stewart a causa de los disparos de un criminal muy violento, que este se dio a la fuga, y que Kate Linville, quien supuestamente estaba junto a Stewart cuando le dispararon, había desaparecido sin dejar rastro.

Caleb no pegó ojo en toda la noche.

Robert Stewart, muerto.

Se había sentido traicionado por él, atacado de forma insospechada y apartado a un lado, y recordaba muy bien el momento en que comprendió quién lo había delatado. Una persona de quien nunca se lo habría esperado. Casi dos décadas de trabajo en estrecha colaboración, en una profesión en la que la confianza mutua representaba un pilar fundamental. Su seguridad, su integridad también dependía de Robert y la de Robert de él. Sin confianza no habrían podido desempeñar sus funciones. Robert destruyó esa confianza al desacreditarlo ante el superintendente jefe.

Y, sin embargo, existían todos los años anteriores de confianza, todas las situaciones difíciles y peligrosas que habían superado juntos, en las cuales uno sabía con solo una mirada lo que el otro pensaba, se entendían y se ponían de acuerdo sin pronunciar palabra. Sabían, sin el menor resquicio de duda, que el otro estaba allí, también en los momentos más críticos.

Caleb lloraba la pérdida. Pese a todo lo que había ocurrido al final. Lloraba la pérdida de su compañero mientras, al mismo tiempo, tenía la sensación de estar en un mal sueño. Robert

Stewart, muerto. Asesinado a tiros, simplemente, sobre una escalera en un edificio de apartamentos a las afueras de Leeds. Era increíble. No podía ser verdad. Pero sabía que no estaba soñando.

A ello se añadía que no podía permitirse llorarlo en silencio, retirarse en el dolor. Las ideas se agolpaban en su cabeza. ¿Qué le había sucedido a Kate?

Desparecida. Sin dejar huella. Lo último que sabían de ella es que llamó por teléfono al departamento e informó de que, al llegar de Birmingham con Robert, ambos irían a Leeds para realizar un interrogatorio.

Se registró todo el edificio, cada uno de los apartamentos, con la esperanza de encontrar a Kate, suponiendo que hubiese buscado un lugar seguro tras escapar cuando sonaron los disparos. Pero no estaba en ningún sitio. Ni en el sótano, donde tropezaron con los fragmentos de su móvil, ni en la buhardilla, ni en el jardín, ni en las zonas verdes y las casas de los alrededores. Cada vez con mayor nitidez, se estaba cristalizando una única posibilidad: que el criminal fugitivo, Ian Slade era su nombre, se había llevado a Kate.

Eso significaba que Kate se hallaba en manos de un psicópata, un demente asesino para quien los seres humanos no tenían ningún valor. Una especie de escenario del peor caso, en el que lo más horroroso de todo era el desamparo. Kate y su raptor podían estar en cualquier parte. En algún lugar de la noche. En algún lugar de las primeras luces del día. En algún lugar de las horas de ese domingo que avanzaba como un tormento. Caleb se sentía desgarrado por no poder hacer nada. Por estar ahí sentado. Por no estar de servicio. Fuera lo que fuese lo que sucediera, él no estaba presente. No sabía qué pasaba. Si estaban haciendo lo correcto. Stewart había muerto, y con él quien tenía todos los hilos en sus manos. No con demasiada habilidad, como había señalado Kate. Pero ya era algo. Caleb sospechaba que ahora en la comisaría todos corrían como gallinas espantadas mientras se hacían una idea del contexto.

Una pesadilla. Pues el reloj de Kate seguía avanzando. Inexorable.

Caleb se resistió todo el día. A la botella. Había colocado el whisky delante de él sobre la mesa y miraba el líquido color dorado. Prometía la salvación cuando ya no aguantara más, prometía obnubilación, olvido, un desvío por campos en los que el mundo perdía su dureza y terribilidad. Pero solo recurriría a él en caso de urgencia. Por primera vez en mucho tiempo, volvía a importarle tener la mente nítida.

Tenía que estar presente, despierto, con las ideas claras. Tenía que ayudar a Kate. Pero no sabía cómo hacerlo.

Sin duda, no la ayudaría permaneciendo sentado casi veinticuatro horas contemplando una botella.

Se levantó cuando empezó a anochecer. Se miró en el espejo que colgaba de la pared de enfrente y se asustó. A lo mejor hacía muchos días que tenía ese aspecto, pero por vez primera se observaba totalmente sobrio. Vio a un hombre con las mejillas hundidas, los ojos enrojecidos y el pelo revuelto y demasiado largo. La sombra gris de la barba le cubría el rostro. Llevaba una camiseta manchada y con unos oscuros semicírculos bajo las axilas.

Estaba hecho polvo. Nada que ver con el héroe que salvaría a Kate Linville.

Se sobresaltó cuando oyó el timbre de la puerta.

Le habría gustado fingir que no estaba en casa, pero a lo mejor se le escapaba alguna novedad interesante.

Se arrastró hasta la puerta, notaba como si tuviera las articulaciones oxidadas, y abrió. Delante de él estaba la sargento Helen Bennett. Parecía agotada, rendida.

—Buenas tardes, jefe —dijo—. Tengo que hablar con alguien. ¿Tienes tiempo?

—Entra.

Se dirigió a la sala de estar. Le resultaba lamentable presentarse ante Helen en ese estado. Sucio y desaliñado. Pero al menos no estaba borracho. Habría apostado a que ella se había temido justo eso y que ahora suspiraba aliviada en su interior. Él no balbuceaba ni se tambaleaba. Ojalá eso la animase a pasar por alto su horrible aspecto.

—¿Algún rastro de Kate? —preguntó.

Estaban uno frente al otro en la sala de estar.

—No —dijo Helen—. Esto no avanza... Tengo miedo.

Caleb señaló la mesa.

—Siéntate. Lamento no tener apenas nada en casa. Hasta se me ha terminado el café. No puedo ofrecerte nada en absoluto.

—Da igual —respondió Helen. Se sentó a la mesa. Él notó que se esforzaba por no mirar la botella, que hacía como si no la viera. No dejaba de entrecruzar los dedos de las manos—. ¿Sabes que el comisario Stewart ha muerto? —preguntó a media voz.

Caleb asintió. La frase retumbaba en su cabeza. «El comisario Stewart ha muerto». Lo impronunciable pronunciado.

—No me lo puedo creer —dijo.

Los ojos de Helen rezumaban dolor.

—Yo tampoco. Es totalmente irreal.

Caleb se sentó también.

—¿Cómo va este asunto? —preguntó con un forzado tono objetivo—. Conozco las estructuras básicas del caso. Y sé lo que ocurrió en Leeds. Que se trata de dos criminales. Uno está muerto. El otro ha huido.

Helen asintió.

—Ian Slade, el que disparó al comisario Stewart, ha matado a su compañero Sasha Walsh antes de escapar. Es probable que para impedir que este declare ante la policía. Sasha Walsh es deficiente mental. Así lo ha declarado Xenia Paget, que fue su niñera. Y según lo dicho por el director de un centro de menores en el que Walsh pasó trece años internado. Es de suponer que Slade lo utilizara como instrumento y que él no quería que ocurriera nada de todo esto.

—Así que Walsh y Slade se conocieron en el centro de menores —siguió Caleb. Él supuso que fue en la cárcel. No iba tan desencaminado.

Helen asintió.

—Ayer mismo hablé por teléfono con el director del centro. Kate y el comisario Stewart habían ido a verlo a causa de Ian Slade, pero fue luego cuando consiguieron la información sobre Sasha Walsh. Los dos estaban, en efecto, en el mismo grupo. Nadie se dio cuenta de que tenían una amistad especial, pero Ian Slade era, de todos modos, alguien a quien todos secundaban. Por miedo. Era importante estar a buenas con él.

—Entiendo. ¿Y cuál era su móvil?

Helen le contó la historia de la niña que se llevó al garaje y que Kate suponía que Sophia Lewis fue la autora de la llamada anónima.

—Ella fue la responsable de que internaran a Ian en ese reformatorio.

—¿Slade sabía que ella hizo esa llamada?

Helen se encogió de hombros.

—Si nuestra teoría es cierta, lo sabía.

—¿Y Walsh?

—Sasha Walsh era el hijo adoptivo de origen ruso de la familia Walsh. Oliver y Alice. Lo adoptaron porque no podían tener hijos.

Helen describió a Caleb, del modo más sucinto y preciso que pudo, los trágicos sucesos que acontecieron desde la adopción de Sasha hasta la muerte de la pequeña Lena.

—Cargaron a Sasha con el crimen —dijo Helen—. Era un niño entonces, de casi siete años. Con un desarrollo muy retrasado o incluso alguna deficiencia mental. Por supuesto, incapaz de asumir la responsabilidad de un asesinato.

Caleb se quedó mirándola.

—Es realmente...

—Sí. Un niño indefenso. Se lo podía convencer de todo, así que él mismo se lo creyó. La policía, el tribunal y la oficina de protección de menores no pusieron en duda los testimonios. Es posible que el niño confesara, todavía tengo que aclararlo. En cualquier caso, ingresó en el centro.

—Venganza —dijo Caleb—. Ese es el móvil de los dos jóvenes.

—He estado hablando largo y tendido con Xenia Paget —explicó Helen—. Considera imposible que a Sasha lo moviera la idea de venganza. Lo volvieron a utilizar. Ian Slade. Necesitaba un cómplice para actuar mejor y de forma más desconcertante. Convenció a Sasha de que tenía que pedir cuentas a todos los que en su día estuvieron implicados en su internamiento. Pero él mismo se encargó de ello. Era el tirador del tren. Xenia lo reconoció.

—Los implicados, ¿son Xenia Paget, Oliver Walsh y su esposa Alice?

—Sí. Oliver Walsh y Xenia están por el momento en el hospital de Leeds. Bajo protección policial. Oliver y Alice Walsh se divorciaron hace años. Estamos intentando encontrar a Alice.

—Ella también está en peligro.

—Sí. Por supuesto.

—Y Slade tiene en su poder a Sophia Lewis. Y a Kate.

—Sí.

—Joder. —Caleb reflexionó—. Ha de tener coche, ¿no? De otro modo no se habría marchado de Leeds.

—Ian Slade ha aparecido con la documentación y con la identidad de un tal Jack Gregory. Un estudiante de Manchester que hace un año desapareció sin dejar rastro. También desapareció su vehículo. Así que es de suponer que...

—Slade viaja en el coche de Gregory.

—Hay una orden de búsqueda del vehículo. Una Ford Transit.

Caleb se frotó las sienes.

—Ha de tener un escondite. Un lugar donde tiene retenida a Sophia Lewis y al que ha llevado a Kate ahora. Si...

—Ambas todavía siguen con vida —dijo Helen completando la frase, con expresión sombría.

Se miraron.

—No me lo imagino —susurró Caleb—. No me imagino que Kate...

—Hemos de partir de la idea de que está viva —dijo Helen—. Debemos hacerlo. Solo así actuaremos de forma correcta para salvarla.

Actuar de forma correcta. Sobre todo, actuar. ¿Por dónde empezar?

—Unos compañeros estuvieron en la antigua casa de la familia Slade en Bromwich —explicó Helen—, y en la de la familia Walsh cerca de Nottingham. Al fin y al cabo, cabía la posibilidad de que se tratase de unos inmuebles vacíos que pudieran servir ahora de refugio. Pero por desgracia el resultado fue negativo. En la casa de los Slade vive una pareja de ancianos que nunca ha oído el apellido Slade. Estos se mudaron hace mucho tiempo y nadie sabe a dónde. Y en la casa de los Walsh vive una mujer que cría sola a sus dos hijos y que tampoco sabe nada de los anteriores inquilinos. Los agentes han dicho que en ambos casos los ocupantes mostraron un desconocimiento verosímil y con el ligero susto que siempre causa la presencia de la policía. Pero en ninguna de las dos casas entraban los Slade en consideración.

—Ha de tener un escondite —dijo Caleb. Apretó el puño

derecho—. Joder, no puede ir en el coche por los alrededores con, a estas alturas, dos mujeres secuestradas, y una de ellas en un estado de salud sumamente crítico. Ha de haber un lugar determinado y Sasha Walsh lo conocía, por eso lo mató.

—Lo malo es que el número de agentes de nuestra sección es ahora muy reducido —señaló Helen—. A ti te han suspendido. El comisario jefe está muerto. Su inmediata subordinada, secuestrada. Por supuesto que se formará una comisión extraordinaria, pero son todos compañeros a los que habrá que familiarizar con los detalles. Me siento indefensa. Y lo peor es que tengo la sensación de que ya no nos queda más tiempo. Tal vez Kate y Sophia todavía están vivas. Pero él no las mantendrá con vida indefinidamente. No puede.

—Helen, tengo las manos atadas... No estoy autorizado para actuar. —Pero mientras lo decía pensaba en Kate, conmocionado. En dos casos, allí en Scarborough, ella había investigado por su cuenta, sin autorización, sin que eso le importara. En el primer caso, se trataba del mismo padre de Kate. Lo sorprendieron por la noche en su propia casa y lo asesinaron de forma especialmente cruel. Le había importado un pepino causar mala impresión, sobre todo a él, a Caleb. Se trataba de su padre. Habrían tenido que atarla y encadenarla para impedirle que buscara al asesino y probara su culpabilidad. Caleb se encontraba ahora en una situación similar, ¿y estaba pensando en irse con el rabo entre las piernas y someterse a las normas? Si Kate y él volvieran a estar frente a frente, ¿qué pensaría ella de él?

Helen se levantó. Sus gestos eran cansinos, la expresión de su rostro desvelaba lo afectada y preocupada que estaba. La afligía el incierto destino de Kate, pero no la conocía desde hacía mucho. Era seguramente la muerte de Robert Stewart lo que más la entristecía. Había trabajado con él durante años. Al igual que Caleb, no podía asimilar del todo lo ocurrido.

374

—Lo siento, jefe —dijo—, sé que no puedes hacer nada. Que no te dejan hacer nada. Pero tenía que hablar con alguien, pensaba que, de lo contrario, me volvería loca.

También Caleb se levantó y la acompañó a la puerta.

—Estamos en el mismo barco —declaró—. Todavía no sé cómo, pero estoy ahí. De algún modo.

Ella lo miró inquisitiva. Él se encogió de hombros.

—Todavía no tengo ningún plan. Pero ya se me ocurrirá algo.

Por primera vez en esa noche, asomó el amago de una sonrisa en el rostro de Helen.

—Lo sé, siempre se te ocurre alguna idea.

Era un acto de fe que casi volvía a abrumar a Caleb. Sin embargo, dijo:

—Sí. Así es. Y por eso también se me ocurrirá ahora.

Tal vez a Kate no le sirviera de gran ayuda, pero hizo un par de cosas importantes después de que Helen se hubo marchado. Fue al baño, tomó una ducha larga y abundante. Se afeitó. Se puso ropa limpia y metió toda la sucia en la lavadora. Esa noche no podría hacer nada más, pero le devolvió una sensación de fuerza y de confianza en sí mismo, de convertirse de nuevo en un ser humano. De dejar de vegetar.

Bajó a la sala de estar, cogió la botella de la mesa y vertió el whisky en el fregadero. El olor a alcohol lo mareó. Por Dios, cuánto lo anhelaba. El sudor cubrió todo su cuerpo recién lavado y con olor a jabón. Contempló cómo el líquido dorado desaparecía borboteando levemente.

Respiró hondo.

Ahora Kate lo necesitaba sobrio. Necesitaba su entendimiento y su capacidad operativa al cien por cien.

Y se merecía que él no estuviera ni siquiera un dedo por debajo de sus capacidades.

Lunes, 5 de agosto

1

Ya hacía un día que estaba segura de no encontrarse sola en casa. En algún momento del día anterior, incluso había creído oír el motor de un coche, aunque podría jurarlo. En realidad estaba dormida, en un sueño superficial e inquieto, que no podía ser profundo porque cada vez sentía más dolor. La cistitis avanzaba, iba empeorando, pero no venía nadie a ayudarla. Encima, tenía hambre y una sed terrible. Según sus cálculos habían pasado cuarenta y ocho horas desde la última vez que Ian apareció por allí y le dio algo de comer y beber. No iba a resistir más.

Ya no sabía qué día era, pero gracias a la claridad que se dibujaba en los bordes de la persiana supuso que empezaba un nuevo día, fuera cual fuese. Y además del coche el día anterior, le pareció oír pasos arriba, en la casa. Una tabla del suelo crujió. Quizá era solo el viento en las vigas de la cubierta, pero no, no podía equivocarse. Ian estaba de vuelta. Había oído su coche y sus pasos.

Pero ¿por qué no se dejaba ver?

Se debería a su sadismo. Un motivo totalmente imaginable viniendo de él. Él sabía que estaba hambrienta y que se moría de sed. Tenía claro que ella sentía miedo.

Ian no podía imaginarse una situación más maravillosa.

La cuestión consistía en saber hasta dónde podía llegar.

La fiebre ya le había subido bastante, lo notaba, y eso significaba que la infección era seria. Y tenía la horrible sensación de que ya no fluía nada por el catéter. O estaba obstruido o bien la vejiga sufría contracciones y ya no funcionaba con normalidad. No lograba recordar ningún dato sobre la retención de orina, pero supuso que no sería ninguna tontería. Aunque los dolores serían más agudos, ¿verdad? Eran fuertes, pero todavía soportables. Sin embargo, no habían dejado de aumentar y se volverían insoportables.

Una y otra vez intentaba con desesperación formar palabras. Para ser más exactos, ya las formaba, flotaban con toda nitidez en su cabeza, pero no conseguía sacarlas al exterior. No llegaban a sus labios. Aunque a saber si Ian habría reaccionado en caso de que las hubiera oído. Es posible que le hubiera resultado divertido ignorarlas.

Estaba más perdida de lo que podía estarlo alguien jamás.

No albergaba ninguna esperanza de salvarse.

Su única esperanza era la de morir deprisa, e incluso esta era limitada. Había estado muy grave, pero en principio era una persona fuerte, sana, en buen estado físico. Ahora eso se presentaba como una desventaja para ella. Su cuerpo no iba a rendirse, tenía todo tipo de reservas. Suficientes para una horrible e interminable lucha con la muerte.

No sabía qué era peor: la sed o los dolores. Ambos a la vez constituían una auténtica tortura.

Ni qué decir del miedo. De su desamparo.

El desamparo era lo peor de todo. Si eso era un mal sueño, ya había llegado el momento de despertar.

Si no era un mal sueño, ya había llegado el momento de que la fiebre subiera tanto que al menos le pareciese un sueño.

2

Caleb había salido a primera hora de la mañana en su coche y llegó a Birmingham cerca del mediodía. No tenía ninguna cita con el director del centro de menores, pero eso no lo privaría de hablar con él. Por suerte, aún conservaba su carnet de policía, aunque habría tenido que devolverlo. En medio de la confusión general, nadie se lo reclamó y Caleb no se vio en la obligación de recordárselo a nadie. Lo que estaba haciendo en ese momento era totalmente inadmisible, y todavía lo llevaría más al desastre, pero daba igual. Se trataba de Kate. Lo demás no importaba.

Caleb sabía que Kate estuvo enamorada de él en el pasado, aunque no podía decir si todavía sentía lo mismo. Él no la correspondió porque no encajaba para nada con el tipo de mujer que le gustaba. Por mucho que la apreciara, Kate no le resultaba especialmente atractiva, eso estaba claro. Un ratoncito gris, casi invisible de tan discreta, y además vestía fatal. Él había estado casado durante unos años, y antes y después —a veces también durante su matrimonio— había tenido algunas aventuras rápidas, intensas. Mujeres muy guapas, seguras de sí mismas, muy sexis. Mujeres en cuya compañía él podía evadirse de la realidad de igual modo que con el alcohol; mujeres que le proporcionaban una liviandad y un sexo apasionado, que disolvían de su mente todos los pensamientos lúgubres. A veces, Caleb ignoraba qué era lo que lo aletargaba más, si el sexo o el whisky. La combinación de los dos era invencible.

Por su apariencia, Kate no encajaba con su ideal, pero para él pesaba mucho más el hecho de que tuviera una autoestima tan baja y fuera tan propensa a adoptar una actitud de autodefensa agresiva, incluso cuando nadie la atacaba. Veía rivales donde no los había. Caleb nunca entendería por qué era tan insegura, pues estaba dotada de una intuición muy aguda cuando se trataba de esclarecer un crimen. Era inteligente, tenía una mente perspicaz y analítica, y además la capacidad de percibir cosas que eran inaccesibles y que solo flotaban como sombras en el aire. A veces notaba algo que no podía justificar de manera lógica. Detectaba vibraciones mejor que ninguna otra persona que Caleb hubiese conocido. Eso siempre lo había fascinado. Ahora que su vida corría peligro, reconocía que sentía algo más que admiración por esa agente con tanto talento. No era la mujer que él deseaba o que hubiera deseado. Pero era una persona a la que no quería perder por nada del mundo. Más aún, le resultaba insoportable imaginar que pudiera dejar de existir. Ninguna de las demás mujeres le había provocado ese sentimiento. Ese sentimiento de pérdida interior cuando ya no estaban.

Ahora, sin embargo, casi se veía invadido por el pánico. Tenía que encontrar a Kate. Salvarla. Liberarla. Ocuparse de que continuara con vida. De que continuara en su vida.

Se sentía confuso por sus sentimientos y la intensidad con que los percibía, pero se decía que ese no era el momento de analizarlos. Más tarde.

Sean Hedges, el director del centro de menores con trastornos de conducta en Birmingham, no pareció sorprendido de que volviera a aparecer un miembro de la policía, pues desde que había hablado por teléfono con Helen estaba informado de la dramática evolución del caso durante el sábado y esperaba que volvieran a interrogarlo. Tan solo echó un rápido vistazo al carnet de Caleb.

—Estoy totalmente atónito y horrorizado —dijo. De hecho, tenía aspecto de no haber dormido las dos últimas noches—. Sasha ha muerto. Un policía ha muerto. Es… terrible. Simplemente terrible.

—Y una compañera está desaparecida —añadió Caleb—. Sospechamos que Ian Slade la ha raptado.

—¿Todavía no han encontrado ningún rastro de ella?

—No. Tengo que hablar sin falta con el psicoterapeuta que ha tratado a Ian Slade. Y con su profesor de confianza, el director del grupo o quien sea que haya sido su persona de contacto en el día a día.

—En el caso de Ian Slade se trata de la misma persona. Su profesor de confianza también era su terapeuta. Pero está de vacaciones en el sur Francia.

—Necesito su número de móvil. Tengo que hablar con él.

Hedges suspiró.

—Yo mismo no hago más que intentar contactar con él desde el sábado. Pero tenía la intención de encender el móvil lo menos posible. Está de vacaciones...

—Sus vacaciones no me interesan —lo interrumpió Caleb—. Se trata de salvar la vida de dos mujeres que se encuentran a merced de ese psicópata. Intente, por favor, contactar de nuevo con él. Con ese... terapeuta. Es evidente que no ha conseguido reformar en lo más mínimo a Ian Slade para que deje de representar un peligro público.

El rostro de Hedges empalideció.

—Disculpe, con un psicópata no es posible...

—A fin de cuentas, ustedes lo dejaron marchar.

—¡No había nada contra él que nos obligara a retenerlo aquí!

Caleb sabía que era injusto.

—De acuerdo. No le reprocho nada. Pero ahora tengo que hablar con ese hombre, ¡da igual en qué lugar del mundo esté tumbado al sol!

Caleb no tenía mucha fe en ello, pero esta vez Sean Hedges consiguió contactar por teléfono con su empleado. Quizá porque había pasado el fin de semana y el hombre decidió salir de su aislamiento. Se llamaba Kamil Abrowsky y se encontraba junto a la piscina de la casa que alquilaba en las afueras de Sanary, en el sur de Francia. Todavía no había revisado su teléfono, por lo que no sabía nada de las llamadas de Kate y sus mensajes. Se quedó de piedra cuando su jefe le hizo un resumen de los acontecimientos y le pasó a Caleb. Este podía oír el sonoro canto de las cigarras al fondo. El aire parecía vibrar con él.

—Le habla el comisario jefe Caleb Hale —se presentó—, departamento de investigación criminal de Scarborough. Ya lo ha oído. Urge que encontremos a la mayor brevedad posible a su antiguo paciente Ian Slade. Tiene a dos mujeres en su poder.

—Dios mío —musitó Kamil Abrowsky.

En cuestión de unos pocos minutos, el idílico ambiente vacacional de cielos azules, cigarras, fragancia de pino y calor se había disuelto.

—Se nos acaba el tiempo, señor Abrowsky. Creemos que la vida de ambas mujeres está en peligro.

—Es probable —confirmó Abrowsky, afligido. No parecía hacerse muchas ilusiones con respecto al estado psíquico de su antiguo paciente.

—Señor Abrowsky, ¿trató usted también a Sasha Walsh?

—Sí. Pero él no puede haber cometido ningún delito. Ese joven es incapaz de matar una mosca.

—¿Duda de la acusación que se presentó contra él acerca de que había ahogado a su hermana pequeña en la bañera?

Abrowsky vaciló.

—Fue así, y él también lo admitió. Sin embargo, esa historia forma parte de los misterios sin resolver de mi carrera como psicólogo. No encaja. En realidad, es inimaginable, pero... —Dejó la frase sin acabar.

—No fue él —señaló Caleb—. Lo hemos descubierto ahora. Fue su madre la que mató a la niña y le echaron a él la culpa.

A Abrowsky se le cortó la respiración.

—¡No!

—Sí. Pero vayamos a Ian Slade. ¿Hay algún lugar que él haya mencionado en alguna ocasión y donde pueda haber escondido a las dos mujeres? Por favor, haga memoria. ¿Algún refugio? ¿La vivienda de un compañero? Un... viejo cobertizo en el que haya jugado de niño... no sé. Algo. ¿Ha mencionado algo de este tipo? Sé que está usted obligado a guardar el secreto profesional, pero es realmente un asunto de vida o muerte.

Puesto que Abrowsky conocía a Ian Slade, esa frase no le parecía exagerada. Reflexionaba tan intensamente que Caleb hasta creía oír el crujido de sus pensamientos.

—No sé. Maldita sea, no se me ocurre nada. Había ese garaje en el que metió a la niña raptada y...

—Ya lo hemos comprobado —lo interrumpió Caleb—. Allí no hay nada. También se ha registrado la antigua casa de la familia Slade y la de la familia Walsh. Ahora en ellas vive otra gente. No hay ningún indicio de Ian Slade.

—Me gustaría poder ayudarlo. Pero Ian tenía once años cuando lo ingresaron. Obviamente, solo había vivido con sus padres. No había nada más.

—¿Y Sasha? Los dos han hecho cosas juntos, aunque Slade era sin duda la fuerza motriz y Sasha un ayudante poco convencido. Slade ha matado a Sasha antes de escapar, suponemos que porque conocía el escondite.

—Qué pesadilla —se lamentó estremecido Abrowsky.

—Sí. Sin lugar a dudas. ¿Mencionó Sasha algún lugar?

—Lo siento mucho, comisario Hale. Deseo ayudarlo. Pero no se me ocurre nada. En serio, nada.

—De acuerdo. Le doy mi número de móvil. Llámeme sin falta si recuerda algo.

—¡Por supuesto, faltaría más! No sabía que Ian y Sasha... bueno que había un vínculo entre ellos. Pero Ian no era amigo de nadie, ¿sabe? Todos le temían.

—¿Abandonaron el centro en la misma fecha?

—Ian seis meses antes.

—Al menos, parece que él sí consiguió que Sasha le confesara su inocencia y que su familia lo inculpó injustamente.

—Sí —dijo afligido Abrowsky. Tratándose del terapeuta responsable de Sasha, era para él un golpe bajo. No había logrado ganarse la confianza de Sasha en todos esos años. Por el contrario, Ian Slade, un psicópata enloquecido, sí parecía haberlo conseguido.

Abrowsky dio un suspiro profundo. Le habían destripado las vacaciones.

Anotó el número de Caleb y prometió informarlo. Caleb esperaba que no hiciera otra cosa durante el resto del día que darle vueltas a la cabeza.

Se despidió de Hedges, también con el ruego de que lo llamara si se acordaba de algo importante. Luego salió a la calle y respiró el aire fresco de ese frío día de agosto. Dos días antes, Kate había estado en ese mismo sitio. Junto a Robert Stewart.

—¿Dónde estás, Kate? —murmuró—. ¿Dónde estás? ¿Y qué he de hacer ahora?

Kamil Abrowsky no le había ayudado a avanzar ni un solo paso. Incluso si se le ocurría algo revelador, Caleb no tenía tiempo para esperarlo. Kate no lo tenía en absoluto. Y Sophia Lewis menos que nadie.

—¿Qué harías tú, Kate? —Oyó el eco de sus propias palabras, esperando una respuesta. ¿Qué haría Kate en su lugar?

Sabía que Kate actuaba de forma meticulosa y racional cuando investigaba un caso y que a veces tenía problemas para delegar. Necesitaba convencerse a sí misma de todo y de todos. No porque dudara de los informes y las descripciones de sus compañeros. Sino porque solo podía desarrollar un sentido, la intuición sobre personas, situaciones y constelaciones, cuando había estado en el lugar. Ella misma tenía que ver, oír, respirar, sentir. Era entonces cuando se hacía una idea de lo no dicho, de lo inaccesible, de lo que quedaba entre líneas. Caleb decidió presentarse en la antigua casa de la familia Slade en Bromwich y luego en la de los Walsh en Nottingham. En el fondo no se hacía ilusiones de descubrir nada nuevo, y aún menos porque carecía de las capacidades de Kate. En cuanto a intuición, no llegaba a estar ni la mitad de dotado que ella. Probablemente, lo que estaba haciendo era moverse para no estarse quieto. Pero quedarse cruzado de brazos lo habría vuelto loco.

Le había pedido las direcciones a Helen. Introdujo la primera en el navegador y se puso en marcha. West Bromwich no quedaba lejos de Birmingham, y al cabo de media hora llegó a la casa. Se encontraba en el extremo de una larga y triste calle, en la que se sucedían edificios pobres y venidos a menos, algunos parecían vacíos o a duras penas habitables. La antigua casa de la familia Slade no pertenecía a ninguno de los muchos grupos de casas adosadas, sino que estaba aislada y algo apartada. Así que, en lugar de tener un diminuto jardín delantero y un terrenito con césped tan pequeño como un pañuelo en la parte trasera, estaba rodeada por una parcela de tierra. La parcela estaba bastante asilvestrada, repleta de largos zarcillos que los inquilinos, por lo visto, no cortaban desde hacía tiempo. En algunas partes quedaba una cerca. En medio había un aparcamiento para un coche, al menos para eso parecía servir el cuadrado pavimentado junto al camino que conducía a la entrada. De todos modos, ahí no había ningún coche. A lo mejor en el cobertizo de la parte trasera del jardín, medio oculto por la casa. Caleb lo observó con recelo. ¿Habría sitio allí para una ambulancia?

No vio un timbre por ningún lugar, así que se acercó a la puerta de la casa y dio unos golpecitos. Al cabo de un rato se oyeron unos pasos. Abrió un hombre. Detrás de él asomaba una mujer. No eran realmente mayores, pero la pobreza, la falta de perspectivas y el letargo habían marcado sus rostros dándoles un aire consumido que los envejecía. Los dos miraron desconfiados a Caleb.

—¿Sí?

Caleb mostró sus credenciales.

—Comisario jefe Hale, departamento de investigación criminal de Scarborough. Estoy aquí porque en su casa vivía antes la familia Slade. —Se sentía bastante absurdo. Justo por eso ya se habían presentado sus compañeros, sin mucho éxito.

—Ya han venido otros preguntando —dijo el hombre—. De la policía. Y no pudimos ayudarles.

—Quería hacerme una idea personal. Es muy importante que podamos contactar con la familia Slade.

—No sabemos dónde están —insistió el hombre—. Hemos alquilado la casa.

—¿Ustedes son...?

—Señor y señora Dales.

—¿Y quién es su arrendador? —preguntó Caleb.

—El ayuntamiento. Nos han concedido esta casa como vivienda social. Apenas pagamos alquiler. Hace mucho que no tengo trabajo. —El señor Dale lo miró angustiado—. ¿Hay algún problema? Le dije lo mismo a su compañero.

—No, todo en orden.

Caleb reflexionó. Coincidía con los datos que tenía. Los padres de Ian se marcharon hace tiempo sin dejar rastro, la casa era propiedad del municipio, que volvió a alquilarla después de confirmar que no aparecería nadie más de la familia.

—Una pregunta —dijo—, ¿qué hay en el cobertizo de detrás de la casa?

—Nada —respondió el hombre—. Está vacío.

—¿Puedo echar un vistazo? —Caleb sabía que no tenía ningún derecho a inspeccionar el cobertizo si los inquilinos se lo prohibían, y menos aún teniendo en cuenta que no estaba de servicio. Sin embargo, todas esas pesquisas se estaban realizando fuera de la ley, al igual que la anterior conversación con Kamil Abrowsky, pero estos detalles ya no le importaban.

—Por supuesto —contestó Dales, servicial. Seguramente no sabía que podía negarse—. Vaya usted mismo. La puerta está abierta.

Caleb se acercó al cobertizo y abrió la gran puerta de madera. Dentro imperaba una luz crepuscular de un gris antracita, se filtraba algo de claridad por los espacios entre las paredes y por algunos huecos en el techo. En efecto, el cobertizo estaba vacío. Absolutamente vacío. No obstante, allí había sitio para una ambulancia. Caleb estudió con la vista el suelo de tierra. No pudo distinguir ninguna huella de neumático, pero tal vez fuese demasiado duro. Quizá lo que estaba haciendo era absurdo. ¿Esa pareja tan ingenua encubría a un asesino peligroso? Parecían confusos, pero estaba claro que no ocultaban nada. Por segunda vez la policía se había presentado en su casa y era evidente que temían que su situación en una vivienda financiada no estuviera en regla.

«Estoy sobre una pista falsa», pensó Caleb.

Se despidió de los Dales, que estaban junto a la puerta, mirándolo amedrentados, y volvió al coche.

Pero había algo que no terminaba de encajarle. Mejor dicho, algo le resultaba extraño. Pero no sabía qué era. Imaginaciones suyas, tal vez.

Ahora a Nottingham. Probablemente para nada.

La antigua vivienda de la familia Walsh se encontraba a bastante distancia de la ciudad, en el extremo más alejado de un pueblecito. Una casa de campo rehabilitada y modernizada con nuevas ventanas y el tejado también nuevo. Tenía un edificio anexo que podía haber sido en un principio un pajar, pero cuyas paredes laterales se habían derribado y ahora parecía una especie de aparcamiento cubierto al aire libre. Aunque sin ningún coche. Al menos por el momento. Quizá normalmente había un vehículo aparcado. Caleb se detuvo y se dirigió a la puerta de la casa. También allí el terreno se había asilvestrado, pero como la casa estaba en el campo y el jardín no estaba separado del entorno, no parecía ni mucho menos tan desatendido como el de la pareja de Bromwich. La naturaleza crecía junto a la vivienda y eso tenía algo de idílico.

Al menos había un timbre junto a la puerta. Resonó alto y estridente. Caleb esperó. Al cabo de un rato abrió una mujer. Lo miró desconfiada.

—¿Sí?

Sacó su carnet de policía.

—Comisario jefe Caleb Hale, departamento de investigación criminal de Scarborough. Solo tengo un par de preguntas.

La mujer suspiró.

—¡Pero si sus compañeros ya han estado aquí!

—Lo sé. Se trata de un control rutinario. —Caleb era consciente de lo raro que debía de sonar eso. Realmente no tenía ningún pretexto—. ¿Usted es la señora… ?

—Callaghan. Maud Callaghan.

—Señora Callaghan, ¿puede decirme a quién ha alquilado la casa?

—La he comprado. Para ser más exactos, la compró mi exmarido. Como residencia para mí y los niños. —Su voz tenía un tono cínico y amargo—. De algún modo tenía que tranquilizar su conciencia cuando se largó con esa golfa que podría ser su hija.

—Entiendo. ¿Y ahora vive aquí con sus hijos?

—Con mis dos chicos, sí. De trece y quince años.

—¿Están en casa?

—No. En un campamento de vacaciones. En la playa. En Bornemouth.

Todo el mundo estaba de viaje. Estaba claro que también aquí Caleb daba palos de ciego. Miró el aparcamiento.

—¿No tiene coche?

—No. Tengo poco dinero.

—¿Cómo se las arregla? Vive muy apartada.

Maud Callaghan señaló con la cabeza la parte trasera de la casa.

—Ahí tengo la bicicleta. Es lo que hay.

—Entiendo. —Nada. Ningún dato al que atenerse. Pero en el fondo estaba claro. Hacía mucho tiempo que tanto la familia Slade como la familia Walsh habían dejado de existir en su forma original. Ambas se enfrentaron a unas tragedias que cambiaron el rumbo de las cosas. Sus miembros estaban diseminados, cada uno en una dirección. Las casas pasaron a manos de otros propietarios.

Se despidió de Maud Callaghan y volvió al coche, se sentó y se puso a pensar.

Era como si la tierra se hubiese tragado a Ian Slade, a pesar de haber secuestrado a dos mujeres, ir en un coche robado y haber tenido que desprenderse de una ambulancia. Podría haberla hundido en cualquier lago artificial. Era demasiado grande y llamativa para conservarla. No tenía ningún sentido buscar garajes grandes. Podía tachar de la lista la ambulancia. Desaparecida.

No obstante, el coche del estudiante de Manchester —con toda probabilidad muerto— seguro que seguía en uso. Aunque se tratara de una furgoneta, podía ocultarse con relativa facilidad. Se podía aparcar en alguna esquina alejada, en un parking o en un camino rural. Se corría un riesgo, pero puesto que Slade ya supondría a esas alturas que se había descubierto su falsa identidad y que también se estaba buscando el vehículo, actuaría con habilidad y no haría nada sin antes reflexionar. Aparte de eso, también era posible que hubiese robado hacía tiempo la matrícula de otro coche y estuviera circulando con ella, entonces la policía no dispondría de unas buenas expectativas de éxito.

Miró de nuevo la puerta de la casa, pero la señora Callaghan había vuelto a meterse en el interior. Por lo visto no se sorprendía de que él permaneciera allí más tiempo.

Lo malo era que Ian Slade poseía tanta energía criminal que cualquier cosa era imaginable. Podía haber abierto una casa de vacaciones vacía en la costa sur y haber llevado allí a sus rehenes; pero también era capaz de agredir a los inquilinos de una vivienda, tal vez matarlos y luego instalarse sin que nadie sospechara o se enterase de nada. Quizá contaba con otros compinches del centro de menores, además de Sasha, que le proporcionaban ahora un refugio. Puesto que en el centro nadie había sabido de la amistad especial entre él y Sasha, no serviría da nada que investigara otras supuestas amistades. Todos temían a Slade y todos intentaban estar a buenas con él. También ahora cabía la posibilidad de que pidiera favores a sus antiguos compañeros: seguro que todavía le tenían miedo.

¿Podía ser ese un punto de referencia? ¿Preguntar el nombre de los internos del centro de menores, encontrar sus direcciones actuales, investigar en ese sentido? Una tarea complicada y ardua, quedaba descartada porque llevaría más tiempo del que disponían Kate y Sophia. Además, Caleb no tenía autorización para poner en marcha tal empresa. Solo podía indicárselo a Helen y ella tendría que ocuparse de que sus compañeros cambiaran de estrategia. Cogió el móvil. Se lo diría de todos modos, pero no se hacía ilusiones de que tomando ese camino hallara la solución. No con tan poco tiempo.

Tenía que ocurrírsele una idea. Una idea genial.

«Kate, ¿qué harías tú? —preguntó en silencio mientras esperaba que Helen atendiera el teléfono—. ¿Qué harías tú?».

Helen contestó a la llamada.

Kate seguía muda.

3

Estaba sentada en el suelo, en una pequeña habitación, en un lugar desconocido. No podía hablar. Solo podía respirar con mucha dificultad. Ian la obligó a quitarse un calcetín, lo apretujó y se lo metió en la boca. Encima le colocó cinta adhesiva. Disfrutaba con ello, se le notaba.

—Siempre lo hago —dijo—. Meter en la boca el calcetín de la persona. Lo más adentro posible. Da gusto, ¿verdad?

Ella no pudo contestar. Además, debía luchar contra las arcadas que le producía la mordaza. Solo emitió un leve sonido gutural.

—Había un par de chicos mayores en el centro. Siempre nos lo hacían a nosotros, los más pequeños. Nos metían los calcetines hasta el fondo de la garganta y nos dejaban un par de horas en un váter cualquiera. Los educadores no se daban cuenta de nada o hacían la vista gorda. ¡Y como alguien se chivara, ese ya la había jodido para el resto de su vida! —Sonrió a Kate—. Tenía once años cuando entré en el centro. No tuve que sufrir mucho tiempo. Enseguida crecí y me puse fuerte. Entonces hice lo mismo con los demás. Era genial. Me lo pasaba en grande.

Kate intentó colocar la lengua en una posición que le permitiera empujar el calcetín un poco hacia delante. Habrían bastado unos milímetros para aliviar esa tortura. Pero tenía la lengua completamente presionada hacia abajo, la lana se la había resecado y la notaba áspera.

Se preguntaba cuánto tiempo podría soportar eso. La respuesta era sencilla: todo el tiempo que él quisiera. Y siempre que no se asfixiara antes.

—Sasha sí que lo pasó realmente mal. Tenía siete años cuando llegó y todavía era muy delgado y enclenque. Y no estaba del todo bien de la olla. Los mayores hacían con él lo que querían. Lo torturaron de verdad. Ahí donde lo pillaban. Se suponía que había ahogado a su hermana pequeña en la bañera. No es que los mayores no tuvieran sus trapos sucios, allí nadie era un angelito. Pero se las daban de morales. Sasha era el «asesino de niños». Estaba en el nivel más bajo. —Volvió a sonreír—. Ahí tiene que estar siempre alguien. Bien abajo. Ese recibe por todos lados. Los otros quieren sentirse superiores y alguna razón habrá para estar tan abajo. En fin, si has ahogado a una niña de un año...

Ella jadeó. No por sus explicaciones, sino porque las náuseas eran más fuertes.

Se acuclilló delante de ella. Siempre con esa mueca penetrante en la cara. Era malo. Un loco. Un enfermo. Y sin embargo, muy listo. Ian Slade era un psicópata, pero, como Kate muy bien sabía, los psicópatas no eran tontos en absoluto. No era de suponer que hubiese cometido algún error, un error que permitiera a la policía encontrar su escondite. Era inteligente y estaba muy seguro de sí mismo. Se notaba que tenía controlada la situación. Incluso en el apartamento de Oliver Walsh, cuando se plantaron de forma inesperada delante de la puerta y llamaron al timbre, no perdió los nervios. No sabía que se trataba de dos agentes, pero disparó antes de que algo se saliera de madre. Luego huyó. Kate no acababa de entender por qué se la había llevado en lugar de matarla de un tiro. En el fondo, no era más que una carga para él. Pero tal vez se debía a que ella se identificó como agente de policía. Cuando Ian apareció de repente ante ella, en la escalera,

como una sombra enorme, negra y gigantesca, cubriendo totalmente la claridad que entraba por la pequeña ventana, Kate, sin
armas y dos escalones por debajo de él, dijo: «Sargento Kate
Linville, departamento de investigación criminal de Scarborough.
¡Entregue de inmediato el arma!».

Él la miró atónito y era probable que no hubiese disparado
porque su descaro lo había cogido por sorpresa, pero luego esa
sonrisa irónica se dibujó en su cara, esa mueca repugnante que a
Kate la sacaba de quicio, y dijo en voz baja: «Mira por dónde,
una policía».

En cierto modo, ella tenía la sensación de que decidió dejarla con vida en ese instante, al menos de momento. A lo mejor pensaba que tenerla de rehén le sería provechoso. O simplemente encontraba fascinante haber capturado a una agente.

Torturar a una policía. Kate sabía que esto confería a algunos
criminales una sensación de poder casi embriagadora.

Apuntándola con la pistola, la obligó a subir a su coche. Una
furgoneta deslucida y viejísima, que con bastante seguridad pertenecía al desdichado Jack Gregory. Kate se movió tan lentamente como pudo con la esperanza de ganar tiempo y dar la posibilidad a las personas de las casas vecinas de contemplar la
escena y llamar a la policía. Pero no parecía que justo en ese
momento hubiera alguien mirando la calle. Sobre el suelo de la
zona de carga había un colchón. A los lados, unos grandes contenedores de plástico. Recordó que Jack Gregory utilizaba su
Ford Transit para ir de acampada. En los contenedores debía de
haber cubiertos, platos y otros utensilios. Por desgracia, eso no
le servía de nada. Slade la ató de pies y manos. No podría coger
un objeto y utilizarlo como arma. Al menos, todavía no la había
amordazado.

Se preguntaba qué planeaba hacer con ella. Y se preguntaba
cómo estaría Robert Stewart. Ya no se movía, parecía un gran

muñeco de trapo que alguien hubiera arrojado sin cuidado a los escalones. Rezaba por que solo estuviera inconsciente, pero vivo. Rezaba por que no tardara en recibir asistencia médica.

Rezaba por que ella misma consiguiera sobrevivir, pero al mismo tiempo pensaba que los vientos no soplaban a su favor.

Según sus cálculos, el viaje duró poco menos de dos horas.

Ya había anochecido cuando por fin se detuvieron y él volvió a abrir las dos puertas de la furgoneta. Le tapó los ojos con cinta adhesiva y le desató los pies antes de ordenarle que bajara. Al principio, las piernas no la aguantaban. Había tenido que mantener una postura forzada debido a las ataduras y tenía los músculos contraídos. Soltó un grito de dolor, pero Ian Slade le clavó un objeto duro entre los omóplatos —ella supuso que era la pistola— y la forzó a avanzar.

—¡En marcha! ¡No hay cansancio que valga!

No veía nada en absoluto y andaba con prudencia a pasos cortos. Entonces Ian la adelantó y abrió una puerta. Llegaron al interior de una casa. Baldosas de piedra bajo los pies. Con los codos se golpeó contra el revoco áspero de las paredes. Olía mal. A humedad, moho. Hacía tiempo que no vivía nadie allí. Perdió toda esperanza. Durante el viaje, había estado rumiando dónde se encontraría el escondite, el refugio de Ian Slade, y ahora suponía que se habría metido en una casa vacía, quizá cerca de la costa, y que nadie visitaría ni descubriría lo que sucedía en ese lugar, al menos en un futuro próximo. Slade habría comprobado antes que estaría seguro allí.

Nadie la encontraría.

La cuestión era sí Sasha Walsh conocía ese lugar. Representaba para ella un pequeño rayo de esperanza, pues seguramente él acabaría hablando. Pese a ello, la corroía la desconfianza: Sasha no estaba con ellos en el coche. Ian lo había dejado en casa de Walsh. Un riesgo impropio de él.

¿Tal vez Sasha no conocía el lugar? ¿Y por eso no representaba ningún peligro para Ian? ¿Ni ninguna posibilidad para Kate de salir airosa?

Y para Sophia. Kate se preguntaba si Sophia también estaría en esa casa. Se atrevió a preguntarlo.

—¿Está aquí Sophia Lewis? ¿Todavía vive?

En lugar de responder, Ian le propinó tal bofetada que la cabeza se le fue hacia un lado y se golpeó contra la pared. Le brotaron las lágrimas a causa del dolor.

—Tú aquí no haces preguntas —siseó él—. ¿Entendido? ¡Si hay alguien que pregunta, ese soy yo!

Finalmente, habían llegado al lugar en el que Kate se encontraba ahora, una habitación angosta, como pudo ver después de que Ian le arrancara de los ojos la cinta adhesiva. De un modo tan brutal que tuvo la impresión de quedarse sin pestañas. No pudo evitar un quejido.

Él se rio.

—Nadie te había tratado así, ¿verdad? Ya ha llegado el momento, putilla de mierda.

Era una habitación diminuta, una especie de trastero. Eso indicaban un par de estanterías vacías a lo largo de una pared. La ventana, en lo alto, estaba cubierta con una persiana. La luz procedía de una bombilla que colgaba del techo. Ian se ocupó de que Kate no supiera dónde estaba, pero no hacía el menor intento de esconder su identidad. Le dejaba ver su cara y le había hablado del centro de menores. Suponía que ella sabía quién era y eso no parecía inquietarlo demasiado.

Lo que resultaba aún más inquietante para Kate.

A eso le siguió el bestial amordazamiento. La obligó a quitarse un calcetín y se lo metió en la boca, luego le ató de nuevo los pies y reforzó la atadura de las muñecas. Pronto no le circularía la sangre por las manos. Aún era soportable, pero Kate sabía que ese tipo de atadura le depararía enseguida unos fuertes dolores. Por el momento, la sensación de náusea era peor. Y la sequedad que la lana provocaba en la boca. Kate no había sospechado que se podía resecar la boca tan deprisa de ese modo. Y que le causara tantos dolores en la membrana mucosa.

Por último, le cacheó todo el cuerpo, buscó en todos los bolsillos, incluso por debajo de la ropa, y se guardó su carnet de policía.

—No hay más remedio —explicó—. La prudencia nunca está de más. No vaya a ser que escondas un arma por algún lugar. O un móvil.

Después de asegurarse de no dejar nada que Kate pudiera utilizar contra él, se sentó frente a ella en el suelo y le contó sus experiencias en el centro y lo mucho que él y sobre todo Sasha habían sufrido. Luego acarició su pistola con un gesto casi de ternura.

—Me la ha conseguido un viejo compañero de allí. Lleva tres años fuera. Los buenos contactos son importantes, ¿verdad? Siempre había querido matar a tiros a un poli. Pero eso ya lo he hecho hoy. Creo que tu colega está muerto. Tal como estaba en la escalera, parecía bastante muerto. Por desgracia, no sabía que era poli cuando disparé. Habría sido la hostia. ¡Pero tampoco está mal del todo enterarse después!

Ella esperaba que estuviese equivocado. Que Robert Stewart sobreviviera.

—A Sasha también me lo he cargado. De un tiro en la cabeza. —Dio un suspiro que parecía fingido—. Pobre tío. Pero tenía que hacerlo.

Sasha estaba muerto. Kate había oído ese tiro mezclado con los disparos a Robert Stewart. Ahora tenía la respuesta: Sasha conocía el escondite, pero ya no podría ayudarla. Ian no corría ningún riesgo. Un hombre muerto no habla.

—Por desgracia, Sasha no era de gran utilidad —quiso aclarar—. Tenía que cargarse a Sophia, la mujer que me metió en ese manicomio de Birmingham. Nadie podría acusarme de haber asesinado a una mujer a quien tenía mis motivos para matar. Y lo mismo con Sasha. Yo me encargaría de los suyos. Los dos teníamos coartada para esas horas, estábamos en tabernas llenas de gente. Alguien se habría acordado... Sasha solo tenía que matar a tiros a Sophia cuando ella saliera de casa. Pero entonces me di cuenta de que seguramente no daría en el blanco y que el asunto acabaría complicándose. Así que se me ocurrió la idea del alambre. Había indagado cuáles eran sus hábitos y tracé un plan genial. Si todo iba bien, se desnucaría al caerse; de todas maneras, Sasha tenía que dispararle en la cabeza. Era un blanco fácil: inmóvil, tendida en el suelo. Y ni así lo consiguió, disparó a otro sitio y escapó.

Ese era el fallo en el plan de Ian. La sensibilidad de Sasha. No tenía la más mínima energía criminal en su interior.

—Cuando leí en el diario que Sophia había sobrevivido y se quedaría parapléjica el resto de su vida, tuve la gran tentación de dejarlo tal cual —prosiguió—. ¡Qué fuerte! ¡No hay mejor castigo para esa zorra! Y entonces vi cuál era el riesgo. Sabría quién estaba detrás de eso. Y hablaría. Cada día era un peligro. Tenía que eliminarla.

Sonrió de nuevo.

—Lo he conseguido. Siempre lo consigo. Su secuestro ha sido una jugada maestra, ¿verdad? Falsificar los documentos de una escuela de enfermería no planteó ningún problema gracias a mis contactos. He hundido la ambulancia en un lago. La debéis de estar buscando como locos, ¿no es cierto? Pues no soy tan tonto como para quedármela.

Estaba sumamente satisfecho de sí mismo. Por desgracia, desde su punto de vista, tenía razones para estarlo.

—¿Sabes, Kate? —Había tomado nota de su nombre—. Lo que pasa es que soy más listo que la mayoría de la gente. La cabeza me trabaja mejor. Por ejemplo, en ese estúpido centro... Llegué allí dos años después que Sasha. Enseguida supe que el pobre no tenía nada que ver con la muerte de su hermana. Estaba claro. No era ese tipo de persona. Ese no era capaz de ahogar a nadie. Sasha se pasea por una calle después de un chaparrón y recoge las lombrices para dejarlas en la tierra. Y tiene cuidado de por dónde pisa porque podría haber un escarabajo o una oruga o qué sé yo. Es ese tipo de persona. Yo sabía que jamás en la vida habría ahogado a su hermana. Pero los terapeutas, los educadores y el chalado del director se lo creían y se preocupaban, le daban vueltas a ese asunto y... todas esas tonterías. Yo, en cambio, pensaba que no tenían que invertir tanta energía en el pobre Sasha, sino más bien preguntarse quién era el asesino de verdad. Me refiero a que alguien había ahogado a un bebé y se paseaba por ahí habiéndose librado del castigo. Qué locura, ¿no?

Kate no podía responder. No quería darle la satisfacción de emitir un solo sonido gutural. Y encima eso aumentaría sus ganas de vomitar.

—Un día, Sasha se sinceró conmigo. Tenía más confianza en mí que en los adultos, por eso acabó hablando. Fue la loca de su madre adoptiva. Y su padre adoptivo trazó el plan para cargarle las culpas al tonto de Sasha. Y la niñera participó. Así que se me ocurrió la idea de que nos vengáramos. Aunque Sasha también planeó la venganza conmigo, era indudable que no la apoyaba en serio. Quería caerme bien, y además yo lo protegía. Las cosas le iban mejor siempre que me hacía caso, los mayores no se atrevían a meterse con él y supongo que pensaba que no pondríamos el plan en acción. Pero no conocía bien a Ian Slade. Yo no hablo por hablar. Yo soy de los que actúan.

De nuevo se encontraba en perfecta armonía consigo mismo. A veces era este grado de autosatisfacción lo que inducía al criminal a cometer un error. Kate lo había presenciado con frecuencia. Pero, por el momento, Ian no podía hacer nada mal. Tenía toda la situación bajo control.

—Durante meses los observé a todos. Sophia. Oliver. Alice. Xenia. Averigüé dónde vivía cada uno. Me enteré de sus costumbres. Fue bonito deambular de un sitio a otro. Hasta que ya supe lo suficiente. Seguí a Xenia a Londres. Y de vuelta. Al principio solo quería molestarla un poco mirándola fijamente, sin apartar la vista de ella. Pero luego… qué tentación… Matarla a tiros, simplemente.

Temerario. Parecía gustarle jugar con fuego. A lo mejor un día se quemaba. La miraba como si ella fuera un interesante objeto sobre una mesa de disección.

—¿Qué hago con vosotras? ¿Contigo y con Sophia?

Al menos, Sophia seguía con vida. Era posible que se encontrara en la misma casa. Pero ¿de qué servía eso? Por mucho que Kate estuviera dándole vueltas a la cabeza no se le ocurría cómo liberarse. No había ninguna solución. En realidad, solo podía esperar a que sus compañeros la localizasen, pero sospechaba que debían de estar totalmente desorientados.

—Sophia destrozó mi vida —prosiguió con su historia—. En un centro como aquel, algo se rompe en tu interior. Es probable que tú no puedas imaginártelo. Seguro que has crecido totalmente protegida, siempre al amparo de mami y papi. He pensado en enterrar a Sophia. En una caja. ¿Tú cómo lo ves?

En ese momento no pudo evitar lanzar un sonido. Un ruido extraño que no correspondía en lo más mínimo a lo que sentía: puro horror. Pues comprendía lo suficiente su naturaleza para saber que no se estaba echando un farol. Era brutal, amaba la crueldad, era su elixir de la vida. Una auténtica adicción. Y en cuanto a Sophia, había que añadir su odio personal hacia ella. La odiaba profundamente. Típico de una persona con un carácter de su perfil, narcisista de alto rango. No veía que él solo, con su comportamiento, con el rapto de aquella niña, había entrado en conflicto con la ley, y que esa fue la causa de que lo internaran en el centro de menores. Él le echaba la culpa a Sophia. Y estaba furioso. La ira había ido creciendo en su interior todos esos años, acumulándose, hasta alcanzar una fuerza inmensa. Ahora, que ya nada le ponía freno, estallaba con un poder tal que nada podría contenerla. Incluso si Kate hubiera podido hablar, no le habría servido de nada apelar a algún tipo de moral en él. Ian Slade no tenía moral. Y si guardaba alguna chispa —lo que Kate más bien dudaba—, el ímpetu de su odio la habría apagado.

—A lo mejor —dijo lentamente—, hago lo mismo contigo. ¿Tú qué crees? Entonces nunca os encontrará nadie.

Sonrió.

Llena de espanto, Kate se dio cuenta de que su odio a la policía era probablemente tan grande como su odio hacia Sophia.

Iba a morir, y él se ocuparía de procurarle la muerte más atroz posible.

4

Caleb estaba indeciso respecto a qué hacer primero, y al final llegó a la conclusión de que sería interesante hablar con Xenia Paget y Oliver Walsh. A lo mejor ellos tenían una idea de dónde podía esconderse Slade con sus víctimas. Un vago rayo de esperanza de nuevo. No cabía duda de que ya los habían interrogado, aunque sus testimonios no fueron muy reveladores. Sin embargo, como Caleb veía con frecuencia, era interesante interrogar varias veces a la gente y que lo hicieran personas distintas. El problema era que a menudo subestimaban la importancia de lo que sabían, y por eso se guardaban, de buena fe, datos relevantes. Una sola pregunta, si era la correcta, y se planteaba del modo correcto, podía conducir a hallazgos totalmente nuevos. Tanto en las preguntas como en las respuestas, el azar desempeñaba un papel decisivo.

Así que decidió volver a Leeds, donde, según le había contado Helen, Walsh y Xenia Paget estaban hospitalizados. No sería fácil, seguro que se encontraban bajo protección policial. A la que él, Caleb, debería evitar a toda costa.

Inmerso en sus pensamientos, se dirigió hacia la M1 cuando de repente lo adelantó un coche de policía que poco después giró hacia un área de estacionamiento con la indicación luminosa en el cristal trasero de que lo siguiera. Caleb farfulló un improperio. ¿Se habían enterado de que estaba investigando sin autorización? Tal vez los Dales en Bromwich o Maud Callaghan en Nottingham habían llamado a la comisaría vecina, quejándose de que alguien hubiera ido a su casa para hacerles las mismas preguntas para las que no tenían respuesta. ¿Pero iba a perseguirlo por eso un coche patrulla?

Se situó al borde de la carretera. Un agente de uniforme descendió del otro vehículo y se acercó al de Caleb. Este bajó el cristal.

—Buenos días, señor. Lo siento, pero acaba de pasar por dos pueblos a una velocidad excesiva. Me gustaría ver su documentación.

Caleb suspiró aliviado. Una insensatez por su parte haber conducido demasiado deprisa, pero al menos eso no tenía nada que ver con la investigación.

Tendió el carnet y los papeles del coche, y, para terminar, sus credenciales. El agente se puso firme al instante.

—Oh, comisario jefe Hale. No sabía...

Caleb le quitó importancia a la situación con un gesto.

—No pasa nada. Es evidente que iba demasiado deprisa.

—Señor, si está investigando un caso, entonces...

—Un secuestro.

El policía le devolvió la documentación y se dio un golpecito en la gorra.

—Todo en regla. Nada que objetar. Siento haberlo detenido. Las apariencias engañan.

Inclinó la cabeza en un saludo, se dio media vuelta y volvió a subir en su coche.

Caleb lo siguió con la mirada. Algo despertó en su mente, una idea... Algo que ese hombre acababa de decir.

«Las apariencias engañan».

Ese día, sintió que algo no encajaba. En algún momento, algo le resultó extraño, pero no conseguía saber qué era.

Esa pareja de West Bromwich. El señor y la señora Dales.

«Dales».

«Slade».

Las mismas letras. Combinadas de otro modo. Slade y Dales. Ordenó la información de que disponía: Ian Slade llegó en 2006 al centro de Nottingham. Sus padres se mudaron poco después y nadie sabía a dónde.

Probablemente nunca se había emprendido su búsqueda. La gente era libre de marcharse siempre que no faltara a sus deberes u obligaciones. A nadie le extrañó que los Slade pusieran tierra de por medio. Su hijo, siendo todavía un crío, pero con una conducta anómala desde casi el primer día de vida, raptó a una niña pequeña y —por lo que se sospechaba— tenía intenciones de hacer barbaridades con ella. Luego lo internaron en un centro de menores tristemente célebre porque albergaba a los peores casos de toda la región. Vivir en Bromwich tenía que ser para los Slade una tortura diaria.

Pero... ¿y si habían regresado?

¿Qué prueba tenía de que el ayuntamiento hubiese alquilado la casa a unos beneficiarios de la de ayuda social? Por lo que él sabía, eso era lo que había declarado el matrimonio Dales. Supuso que nadie se había tomado la molestia de comprobarlo. ¿Acaso alguien les pidió su documentación? Él no lo había hecho. Sus compañeros probablemente tampoco. Era un control rutinario, nadie pensó que fuesen a encontrar allí indicios de Ian Slade. Después de tantos años...

Pero ¿y si eran los padres? ¿Los padres que habían regresado a su antiguo hogar? ¿Que lo alquilaron de nuevo? O tal vez nunca llegaron a rescindir el contrato de alquiler, aunque les habría costado muy caro. Sin embargo, no debía excluirse ninguna hipótesis. Pero ¿no se habría hablado de su regreso en el vecindario? ¿Alguien pensó en interrogar a los vecinos?

Tal vez los Dales no se dejaban ver. Tal vez su hijo los abastecía de lo necesario.

Ian.

¿Era lógico? ¿No reconocerían los vecinos a Ian?

Tenía once años cuando se marchó. Ahora veinticuatro. No, no dejaría que lo reconocieran tan fácilmente. Quizá salía y entraba aprovechando las horas de oscuridad. Compraba la comida en ciudades alejadas. Aparcaba el coche un par de manzanas más allá.

No era difícil imaginárselo.

Eso significaba que Kate estaba escondida en la casa de Bromwich. Y él había estado en la puerta. Tal vez a un paso de ella.

Los Dales se habían puesto muy nerviosos. También Maud Callaghan se mostró desconcertada al ver que la policía le preguntaba por segunda vez por el mismo asunto que antes, pero no se la veía inquieta. En cambio, la inquietud de los Dales sí había sido palpable.

Dales. Slade. Caleb ya no pudo dejar de pensar en esos nombres.

Marcó el número de Helen, rezando para que estuviera accesible. Por suerte contestó enseguida.

—Helen, ¿sabes por casualidad hasta qué punto se comprobó la identidad de los Dales en Bromwich? —preguntó sin preámbulos—. ¿Se han contrastado sus datos? ¿Se ha interrogado al vecindario?

La sargento parecía sorprendida.

—Que yo sepa solo se les hizo un breve interrogatorio en la puerta de su casa. ¿Por qué? ¿Se ha producido alguna incongruencia? ¿Dónde estás ahora?

—Acabo de regresar de Nottingham. Estuve en la antigua vivienda de la familia Walsh, antes en la de los Slade. ¿Nadie ha reflexionado sobre el apellido de esa gente? ¿Dales?

Helen pensó un segundo.

—¡Ah! —exclamó.

—Tampoco a mí se me había ocurrido —admitió Caleb—. ¿Sabes si los compañeros les pidieron que les mostraran sus documentos de identidad?

—No lo sé, pero supongo que no. Ninguno de los dos era sospechoso, se trataba tan solo de ver el lugar y preguntar acerca del paradero del matrimonio Slade, pero no parece haber dado ningún fruto.

—Los Dales estaban extremadamente nerviosos. Más de lo normal.

—¿Estás pensando que…?

—Podrían ser los Slade, ¿no? Los padres de Ian, desaparecidos sin dejar rastro.

—¿Quieres decir que han vuelto?

—¿Por qué no?

—Pero sus vecinos los habrían reconocido.

—Nadie ha preguntado a los vecinos. Parte del vecindario debe de haber cambiado con los años. Además, es posible que los Dales no salgan apenas de la casa.

—Tendrán que hacer compras.

—A lo mejor Ian se encarga de todo.

Helen se quedó callada, asimilaba la información y las ideas de los últimos minutos.

—Todo esto es bastante razonable —opinó dubitativa—. Aunque por el momento es pura especulación. ¿Qué hacemos? Si voy ahora al jefe y...

—¿Quién dirige ahora la investigación? —la interrumpió Caleb.

—El superintendente jefe en persona.

El mejor amigo de Caleb. El hombre que había ordenado su suspensión. Caleb ya se imaginaba cómo iba a reaccionar cuando supiera que su alcohólico exsubordinado estaba buscando por su cuenta y riesgo a Kate Linville, y que además utilizaba el carnet de policía que tendría que haber devuelto hacía tiempo.

Se detuvo un instante a pensar.

—Escucha, vuelvo a casa de los Dale a ver si puedo averiguar algo más. Quizá consigas aclarar entretanto a quién alquila la casa el ayuntamiento. Eso nos ayudaría muchísimo.

—Lo haré. Pero ¿no quieres esperar a que lo haya comprobado? ¿Antes de dar más pasos? —Se notaba que Helen estaba inquieta y angustiada. Si Caleb ponía ahora cosas en movimiento y al final no obtenía ningún resultado, ocasionaría muchos problemas, y en ese contexto se descubriría también que ella, Helen, había trabajado para su antiguo jefe.

Caleb adivinó sus pensamientos.

—Actuaré con mucha prudencia. No pasaré a la acción antes de recibir tus noticias. Pero voy a ir a la casa. Es posible que los Dales se asusten ante una nueva visita de la policía. En caso de que Kate y Sophia se encuentren allí, no debemos alargar la espera hasta que se las lleven.

—Te llamo en cuanto sepa algo —prometió Helen, y después colgó.

Caleb siguió su camino. El día se estaba despejando, un cielo azul asomaba entre las nubes que se iban separando a causa del viento. Al llegar a Bromwich, brillaba el sol. El verano emergía de nuevo. Pero, en ese momento, Caleb no tenía el menor interés en ello.

Se detuvo frente a la casa de los Dales. No se veía a nadie. El jardín asilvestrado, las ventanas cerradas, el silencio... Daba la impresión de ser una casa vacía, abandonada. El mismo aspecto que tenía la primera vez que fue allí, y sin embargo los Dales estaban en su interior. Esa gente llevaba una vida totalmente aislada. ¿Por una buena razón?

Bajó del coche. El aire era mucho más cálido que por la mañana. Se quitó la chaqueta, la arrojó sin cuidado en el asiento del conductor y se puso las gafas de sol. La idea de que Kate estuviera oculta en algún lugar detrás de esas ventanas oscuras lo estremeció. Aún peor era la idea de que ya la hubieran sacado de allí. ¿Habrían tenido tiempo suficiente? Habían pasado dos horas. Seguramente sí.

Cruzó la calle, entró en el jardín. Todavía no sabía qué iba a decir cuando volviera a estar frente a los Dales. Esperaba que se le ocurriera alguna idea. Esperaba encontrar la manera de que le pidieran que entrara en la casa.

Tenía que entrar.

Nadie respondió a los golpes en la puerta. Todo permanecía en silencio. Esperó, volvió a llamar, y otra vez más. Nada. O los Dales no estaban en casa o no querían abrir.

Despacio, con sigilo, rodeó la casa. La decadencia que inspiraba lo entristecía y lo asustaba a la vez. El tejado no parecía capaz de resistir a las tormentas; las ventanas, con los marcos hinchados durante décadas por las humedades, seguro que no impedían que entrara el frío. Nunca se habían hecho reparaciones y a esas alturas el único arreglo posible sería demolerla.

Llegó a la parte trasera. Había otra parcela de jardín donde la hierba y las zarzas crecían a su aire. Acababa en un muro de ladrillo rojo, del que se habían caído varias piezas. Detrás del muro empezaba el otro terreno.

Aunque todo parecía en ruinas, nada se salía de lo normal.

Lo que puso en guardia a Caleb fueron las ventanas de la parte trasera de la casa. Estaban tapadas con tablas.

¿Sería porque los vidrios estaban rotos o las juntas eran demasiado porosas? ¿O porque se quería impedir que alguien mirase en el interior?

De todos modos, habría sido difícil. Puesto que el terreno descendía ligeramente, las ventanas eran más altas ahí que en la fachada delantera. Un hombre alto como Caleb apenas habría visto algo poniéndose de puntillas, pero un hombre más bajo no habría logrado divisar nada en absoluto. Sin embargo, alguien se había cuidado de tapar las ventanas por completo. ¿Por qué? Se le aceleró el pulso. Estaba seguro de que allí pasaba algo raro. La casa parecía totalmente abandonada. Por alguna razón, no creía que los Dales estuvieran en la sala de estar y no respondieran. Se habrían ido. Después de su anterior visita. ¿Casualidad?

¿O se habían llevado a Kate y a Sophia?

No podían haberlo hecho solos. No eran muy viejos, pero sí estaban estropeados por la vida, consumidos. Se notaba que se alimentaban mal y que se movían poco. Agotados y sin energía. No podrían llevar a una mujer parapléjica hasta el coche. Y además a pleno día. Cualquier vecino podría descubrirlos.

A pesar de todo, tenía que entrar. Tenía que saber quién era esa gente. Y a lo mejor encontraba indicios de que alguien había estado retenido allí. A modo de prueba, sacudió una tabla de madera que tapaba una ventana y se le quedó en la mano. Los clavos no servían para nada, se habían ido deteriorando poco a poco. La tabla estaba podrida. No parecía que las hubieran colocado recientemente, lo que hablaba en contra de que... Daba igual. Arrancó las otras tablas y observó la ventana abierta. El cristal estaba roto y todavía quedaban un par de cantos afilados. Caleb se dio impulso en el alféizar de la ventana y se metió con toda la cautela que pudo en el interior. Sintió un intenso dolor en el hombro y supo que se había clavado uno de los cristales. Le hacía un daño horrible, pero apretó los dientes. Saltó al suelo y aterrizó en una pequeña habitación. Se quitó las gafas de sol. Una cama doble con una colcha cuidadosamente alisada encima. Un armario ropero que no aguantaría mucho tiempo más sin desmoronarse. En un rincón, asomaba ropa sucia de un cesto. Lo más probable era que se encontrara en el dormitorio del matrimonio Dales.

La puerta que daba al pasillo estaba abierta. Caleb echó un vistazo. Un armario junto a la pared con un par de abrigos. Nada más.

Ahora estaba convencido de que no había nadie en la casa. Cualquiera lo habría oído arrancar las tablas. Nada se movía. Un grifo goteaba en algún lugar.

Del pasillo salían tres puertas, una de las cuales estaba abierta. Caleb echó un vistazo. La cocina comedor, muy destartalada. Moho en los rincones. Una cocina de gas anticuada. Un grifo oxidado que goteaba, porque probablemente ya no podía cerrarse bien. Una mesa y dos sillas, un par de armarios de pared revestidos con plástico. Bajo la ventana, un gastado sofá gris. Un televisor enorme en una estantería. Olía mal, a comida podrida y a humedad.

La pobreza con que Ian Slade creció se hacía patente en toda la casa. Sin embargo, eso no era una disculpa ni tampoco una explicación del monstruo en el que se había convertido, del que ya dio indicios de niño. Muchos crecían en condiciones difíciles. Muy pocos eran psicópatas.

Caleb salió de la cocina y abrió las dos puertas que daban al pasillo. Una llevaba a una especie de trastero en el que por lo visto se dejaba y amontonaba todo lo que ya no se utilizaba: muebles rotos, cajas de cartón, lonas de plástico, jarrones vacíos, platos hechos añicos. La pila de objetos llegaba casi hasta el techo. Allí no cabía nadie.

Detrás de la otra puerta estaba el baño. Oscuro porque la ventana también estaba tapiada con tablas. Caleb encendió la luz. Casi se mareó al ver la cantidad de moho que crecía por todos lados. No era extraño que la ventana ya no pudiera abrirse. Había una bañera con una cortina de plástico amarillenta, un váter y un pequeño lavamanos con un espejo encima, atravesado por una grieta. A Caleb le pareció que la alfombrilla de pelo largo iba a salir corriendo por el suelo como una cucaracha, pero solo eran imaginaciones suyas.

Esa casa era un auténtico vertedero. No parecía que allí pudiera haber personas secuestradas.

A no ser que hubiera un desván. O un sótano.

Caleb miró hacia arriba y hacia abajo. En ningún lugar se veía una trampilla, ni en el techo ni en el suelo.

Tampoco encontró indicios de que alguien hubiese estado cautivo allí.

Pero estaba seguro, maldita sea, ¡tan seguro! Algo despertaba sus sospechas.

Pensó qué podía hacer. Tenía muy pocas opciones. Para ser más precisos, no tenía prácticamente ninguna. Entonces oyó la llave de la puerta. Él estaba delante del cuarto de baño. El señor y la señora Dales entraron y se lo quedaron mirando atónitos.

Llevaban unas bolsas de la compra y parecían sudados y agotados. Por unos segundos, nadie dijo nada.

Entonces la señora Dales se puso a chillar.

—¡Ladrones! —gritó—. ¡Socorro! ¡Ladrones! ¡Ayúdennos, por Dios!

Su marido lo miró con mayor atención y reconoció a Caleb.

—¿Usted? —preguntó sorprendido—. Usted es de la policía, ¿no?

—Sí —respondió Caleb.

—Esto no se hace así —dijo el señor Dales—. No puede meterse sin más en una casa.

La esposa sacó su móvil de una de las bolsas de la compra. Caleb pensó, no por primera vez, lo raro que era que gente tan pobre siempre dispusiera de los teléfonos más nuevos y de las pantallas de televisor más grandes. Sin apartar la vista de él, la mujer tecleó un número apresurada.

—Sí, aquí Dales. Por favor, vengan a toda prisa. Tenemos a un ladrón en casa. ¡Sí, por favor! —Dio su dirección.

—Enseguida llegará la policía —anunció.

Caleb suspiró. Le esperaban un montón de problemas. Y cayó en la cuenta de algo más: era evidente que seguía una pista falsa. Esa mujer no habría llamado a la policía si estuviera involucrada en un crimen.

Su intuición, aunque esperaba que al menos se acercara en algo a la de Kate, le había fallado estrepitosamente.

5

Fuera, la gente disfrutaba de un soleado día de agosto mientras que ella estaba encerrada en la cafetería sin vida del hospital. Eran pocas las ocasiones en que Xenia había anhelado tanto abandonar una habitación y salir al aire libre, sentir en su piel los cálidos rayos de sol y dejar que el aroma del verano flotase en torno a su nariz. Eso sería mucho mejor que la mesa y las sillas de plástico de la gran sala en la que el olor a comida caliente le causaba náuseas. Mejor que el vocerío, el ruido de tazas, platos y cubiertos, y la visión de personas con bata, chándal y zapatillas. Algunos tiraban de un gotero de pie.

Era deprimente.

Ella y Oliver estaban sentados uno frente al otro, cada uno con una taza de café delante. Xenia había pedido además una magdalena de chocolate, pero ahora ni la tocaba. Quería adelgazar de una vez por todas y cuanto antes empezara, mejor.

El hospital disponía de un pequeño jardín, pero ni Oliver ni Xenia estaban seguros de si podían salir. El policía que estaba apostado en sus habitaciones contiguas los protegía mientras Ian Slade siguiera suelto, pero seguro que también tenía autoridad para impedir que intentaran marcharse. Tendrían que prestar declaración ante un tribunal. Se les imputaría un delito por encubrir el asesinato de un bebé de un año y acusar injustamente a otra persona, a un niño con discapacidad intelectual. Todo eso había ocurrido hacía quince años. Xenia no sabía nada de plazos de prescripción, esperaba que el largo tiempo que había pasado desde entonces obrara en cierto modo a su favor. Suponía que Alice tendría que cargar con la principal responsabilidad, pero Oliver y ella no eran inocentes, desde luego. ¿Tendrían en consideración que en esa época ella era extranjera en Inglaterra y se hallaba en una relación de dependencia con las personas que le daban trabajo? Fuera como fuese, necesitaba a un abogado.

—¿Por qué se casó usted con un hombre que le hace tan infeliz? —preguntó Oliver.

Se lo había contado por la mañana, en el hospital. Mientras

paseaban arriba y abajo por el pasillo. Ya no se escondía tras la fachada convencional y respetable de su vida tranquila en la casa adosada de Bramhope. Le habló de lo desgraciada que era. ¿Qué apariencias debía guardar ahora, para qué fingir?

Recordaba con horror el periodo que siguió a la muerte de Lena. Se negó rotundamente a volver a Rusia. Y vivió siempre presa del miedo a que la policía la detuviera. Se le caducó el visado y sabía que tenía que marcharse. Además, temía que saliera a la luz lo ocurrido y que ella tuviera que asumir su responsabilidad. Pasó meses escondiéndose temblorosa en vestíbulos de edificios y accesos a patios cuando veía, aunque fuera de lejos, a un policía o un coche patrulla. Durante un año se mantuvo a flote con trabajos puntuales, solía hacer de camarera en bares, lavar platos o limpiar baños. Vivía en habitaciones cutres y de precios irrisorios cuya única ventaja consistía en que el arrendador no era tan estricto con la documentación. No permanecía más de ocho o diez semanas en un mismo lugar. Había participado en un delito monstruoso. Debía pasar desapercibida.

Fue alejándose de Nottingham y acabó en Leeds, en una ciudad de la que no había oído hablar nunca, pero que le pareció lo bastante alejada del escenario del espantoso suceso. Era invierno, el segundo invierno tras la muerte de Lena, y le dieron trabajo como asistente de cocina en una residencia de ancianos, pero no encontró habitación, ninguna en la pudiera arriesgarse a registrarse con el visado caducado. Desesperada, acabó instalándose en el semisótano de un edificio a medio construir, un lugar frío como el hielo, húmedo, que olía a mortero fresco y donde las puertas todavía no tenían manillas y solo estaban arrimadas a la pared. De hecho, se trataba de un lugar donde era imposible vivir en febrero, pero en el que al menos estaba a cubierto y protegida cuando empezó a nevar con fuerza. Se calentaba las latas en una pequeña cocina de gas mientras se abrigaba con un saco de dor-

411

mir cuya compra se había permitido pese a su reducido presupuesto, pues sin él hubiese muerto congelada.

—Jacob me encontró allí un día —contó—. Trabajaba para una empresa de administración de fincas y le asignaron ese complejo. Llegó con un par de operarios de la constructora para realizar una inspección. Yo estaba en mi saco de dormir, totalmente abandonada. Se pensaron que era una yonqui. Jacob me salvó en ese momento, pues los otros ya querían llamar a la policía. Él restó importancia al asunto y dijo que ya se ocuparía él. Me llevó a su casa, me dio de comer y de beber, pude tomar una ducha caliente y cambiarme de ropa. —Se detuvo—. Entonces todavía pensaba que la suerte por fin había dado un vuelco en mi favor.

—Pero él no actuaba por puro amor al prójimo —sospechó Oliver.

Ella negó con la cabeza.

—Llevaba tiempo buscando esposa. En vano, porque ninguna mujer lo aguantaba. Entonces, como caída del cielo, apareció una a la que podía sacar de un apuro y que le estaría agradecida por ello. Y yo fui tan tonta...

—¿Sí?

—Al principio se podía tratar con él y se lo conté todo en un momento de debilidad.

—¿Todo? —preguntó aterrado Oliver—. ¿Le hablaste de Alice?, ¿de Lena?, ¿de Sasha?, ¿de mí?

Ella asintió. Se quedó mirando la taza de café, recordando aquel día en la sala de estar de Jacob, su desesperación, su sentimiento de culpabilidad, su miedo.

—Creo que tenía que contárselo a alguien. Casi me asfixiaba. No podía soportarlo más sola.

—Sí —dijo Oliver—. Lo entiendo. —Él había tenido a Alice. Su matrimonio estaba roto, pero durante mucho tiempo al menos pudieron hablar de lo ocurrido. Xenia estaba completamente sola.

—Yo esperaba que me consolara. Que aliviara un poco mi mala conciencia. Necesitaba que me dijera que la decisión no estaba en mi mano y que no habría podido actuar de otro modo. No conocía a Jacob lo suficientemente bien para saber que era la persona equivocada para hacerle tal confesión. Jacob se alegra de las desgracias ajenas. No puedo ni imaginar que alguna vez en su vida haya consolado a alguien.

—Y, por supuesto, tampoco a usted.

—No, al contrario, lo infló todo aún más. Disfrutó enumerándome todo lo que iba a pasarme si eso salía a la luz. Según sus palabras, yo estaba a punto de pasar el resto de mi vida en una de las mazmorras de la Torre de Londres. Por otra parte, era consciente de que en el fondo tenía razón. No iba a quedar libre de castigo. En absoluto.

Oliver la miró con tristeza.

—No deberíamos haberla involucrado.

«No», pensó Xenia, y por un momento sintió una gran cólera hacia el infeliz y trastornado hombre que estaba frente a ella.

—Todo eso no debería haber pasado —dijo—. Alice tendría que haber asumido su culpa. Habría sido la única vía justa.

—No habría sobrevivido a la cárcel.

—Tampoco ha sobrevivido Sasha.

Oliver calló. ¿Qué podía decir? Nada justificaba su conducta.

—En cualquier caso —prosiguió Xenia, serenándose—, desde el momento en que lo supo, Jacob mostró su verdadero rostro. Ya me tenía bajo su poder. Me amenazaba abiertamente con ir a la policía si no hacía lo que él dijera. De este modo me forzó a casarme. Me forzó a quedarme en su casa. Vivía como una empleada sin sueldo. Limpiaba, cocinaba y me ocupaba del jardín. Él mandaba, daba órdenes y se quejaba por todo. En especial, de mí.

Decía que era fea y gorda. Me calificaba de perdedora y no dejaba de recordarme que había tenido suerte de haberlo conocido. En algún momento, yo misma empecé a creérmelo. Me sentía desgraciada e inferior. A menudo tenía la sensación de no poder soportar a ese hombre ni un solo día más. Pero ¿qué podía hacer? Él habría acudido de inmediato a la policía.

—Quién sabe —opinó Oliver—. Pasado un tiempo, también él habría podido incurrir en delito. Conocía la historia y pasó años encubriéndola...

—Siempre habría podido afirmar que acababa de enterarse. Era su palabra contra la mía. Era demasiado arriesgado. No me atrevía.

—Ahora puede abandonarlo —apuntó Oliver.

—Sí —convino Xenia—. Qué raro, ¿verdad? Es posible que vaya a la cárcel. Pero nunca me había sentido tan liberada como ahora.

Oliver bebió un sorbo de café.

—Yo todavía no siento ese alivio. Esto no ha terminado. La agente a la que han raptado...

Era una idea espeluznante. Habían conocido a Ian Slade, podían imaginar lo que tenía Kate ante sí. Aunque no eran culpables de que Ian fuera a vengarse, las historias se habían mezclado y sí eran responsables de que Sasha acabase en manos de un psicópata y se hubiese convertido en su instrumento. Por su culpa, el chico tuvo que pasar su infancia y juventud en una institución donde uno se encontraba con tipos como Ian Slade. El viejo problema de las cárceles, los centros de menores y lugares similares; algunos individuos eran absorbidos por un torbellino de maldad.

A Sasha le había costado la vida. Todos eran culpables y no podrían enmendarlo.

Dos policías hablaron con ellos. Estaban tratando de encontrar un posible escondite al que Ian se hubiese dirigido con sus víctimas. Se rompieron la cabeza reflexionando. No se les ocurría nada.

—Calculo que mañana podremos salir del hospital —anunció Oliver—. Me pregunto si nos dejarán ir a casa.

—No creo que teman que vayamos a escapar —opinó Xenia—. El problema es que yo no tengo casa. Nunca, jamás en la vida volveré con Jacob.

—Qué raro que no se haya dejado ver.

—No puede saltarse a nuestro vigilante —dijo Xenia señalando con la cabeza al policía que se apoyaba aburrido en la pared, junto a la puerta—. He dicho que no quiero verlo.

—Entiendo. ¿Quiere venir a mi casa?

—Gracias, es muy amable. —Reflexionó—. Pero en caso de que me den libertad de movimiento, iré a ver a Colin Blair. El hombre a quien le robé el coche. Le debo una explicación. Es urgente.

—De acuerdo. Mi puerta está abierta si me necesita.

Xenia esbozó una sonrisa. Por primera vez en muchos años, vivir le resultaba un poco alentador. Pese a las consecuencias penales que la aguardaban. Por fin asumía la responsabilidad por sus actos, y eso la liberaba.

Pero todavía quedaba Kate Linville. Su incierto destino.

Si Kate no regresaba, Xenia nunca se sentiría libre del todo.

6

—El superintendente jefe está que trina —advirtió preocupada Helen—. A lo mejor valdría la pena que vinieras y se lo explicaras todo.

Caleb suponía que eso sería lo correcto para salvar su futuro profesional, pero era justamente lo que no pensaba hacer. Tras conversar con el jefe no podría continuar buscando a Kate. Era su suicidio profesional, pero sabía que no soportaría quedarse en casa de brazos cruzados. No obstante, todavía era más insensato no dar señales de vida. No había contestado a varias llamadas del superintendente por el móvil. Ya se podía ir buscando un trabajo de vigilante nocturno o de portero.

—Voy a seguir con mi investigación —contestó.

La frase tenía su gracia. ¿Qué investigación? No tenía nada, absolutamente nada a lo que aferrarse.

—Los nuevos interrogatorios a Oliver Walsh y Xenia Paget no han aportado nada. Y yo he comprobado que el ayuntamiento de Bromwich ha alquilado la casa de la familia Slade a los Dales. Todo está en orden.

—Lo sé —dijo Caleb, cansado.

Miraba por la ventanilla del coche. Seguía siendo un día soleado y resplandeciente, en cambio su estado de ánimo se enturbiaba cada vez más. Había aparcado delante de un pub en un pueblo que no conocía. Planeaba comer allí cualquier cosa, pero no tenía apetito y se quedó en el coche hablando por teléfono con Helen. La policía que contestó a la llamada de la señora Dales verificó por petición suya los documentos de identidad del matrimonio, que resultaron ser correctos. Eran quienes afirmaban ser. No los padres desaparecidos de un peligroso psicópata en cuyos chanchullos se habían visto envueltos.

La escena que tuvo lugar en aquella vieja casa fue lamentable y horrorosa. Caleb se presentó como comisario jefe ante la patrulla que acudió, pero, por supuesto, todos comprendieron al instante que seguía un rastro totalmente equivocado y que había entrado en una casa ajena de forma indebida. Caleb se justificó alegando un peligro inminente, pero ante la evidencia de que se trataba de un matrimonio inofensivo, que no sabía en lo más mínimo de qué iba esa historia, no resultó demasiado convincente.

Lo dejaron ir por ser quien era, pero por lo visto avisaron después a su superior directo.

En tales casos, siempre pasaba lo mismo: si Kate y Sophia hubiesen estado en la casa, la conducta de Caleb habría sido igualmente ilegítima, pero, salvo por un par de cautelosas advertencias, no le habrían molestado más. Al contrario, se habría ganado la fama de dar el paso decisivo en la investigación. En cambio, se había metido en un buen lío. Apostó todo a una carta y perdió.

—Pero hay novedades de Cornwall —prosiguió Helen—. He hablado con una agente de Camborne. Alice Walsh, quien recuperó su apellido de soltera tras su divorcio y ahora se llama Alice Coleman, está registrada como persona desaparecida.

—¡Oh! —Caleb se enderezó en el asiento—. ¿Qué más sabes al respecto?

—Desde que se divorció de Oliver Walsh, Alice Coleman vive en Redruth. Su compañera informó a la policía de su desaparición porque se había marchado a un seminario en Bodmin, pero nunca llegó allí. Unos niños vieron su coche en el borde de una carretera y llamaron a la policía. El coche estaba abierto y con la llave de contacto puesta. El equipaje y el bolso habían desaparecido. Desde entonces, no hay rastro de Alice Coleman.

—Esto no pinta bien —murmuró Caleb—. Está claro que Alice Coleman está en la lista de Slade. Aún cabía la esperanza de poder protegerla, pero...

—Es posible que ella fuera la primera víctima —indicó Helen—. Sin que pudiera establecerse ningún vínculo.

—Porque hasta hace dos días no sabíamos a qué nos estábamos enfrentando. Joder. La cuestión es si a ella también la han secuestrado.

—Entonces, Slade tendría a tres mujeres cautivas.

—También podría estar muerta debajo de un matorral.

—Esto me parece más probable —opinó Helen.

Los dos callaron, abatidos. Alice Coleman mató a su bebé, pero tanto Caleb como Helen sabían que ella no era una asesina movida por motivos perversos. Sino una mujer incapaz de apañárselas con su vida, cuyos nervios no pudieron soportar todo lo que se le exigía. Un crimen cometido en un arrebato y bajo un estrés mental y una desesperación inmensos. No merecía que un hombre como Ian Slade la ajusticiara por ello.

—De acuerdo —dijo al final Caleb—, siempre va un paso por delante de nosotros. Slade. Nos lleva la delantera.

—¿Qué has planeado hacer ahora? —preguntó Helen.

—No sé —respondió con un tono cansino.

Pocas veces había estado tan desorientado. Durante un par de horas se sintió como electrificado, pero todo acabó en un inmenso paso en falso. Ahora se preguntaba cómo había podido ser tan cretino. Ian Slade no elegiría la antigua casa de sus padres como escondite. Era demasiado astuto, demasiado listo, demasiado prudente.

Se percató de su lamentable estado físico y decidió ir a comer algo. A lo mejor un par de calorías daban cuerda a su cerebro.

—Voy a comer un bocado rápido —anunció—. Estaré todo el tiempo accesible. ¿Me llamarás si hay alguna novedad?

Helen dudó.

—Sí —contestó al final—. Lo haré.

Él sabía lo que le estaba exigiendo.

—Gracias. Sé que no tienes por qué hacerlo. No lo olvidaré.

En el silencio que siguió flotaba claramente lo que Helen estaba pensando: que Caleb nunca volvería a estar en un puesto desde el que pudiera mostrar a Helen su reconocimiento por la ayuda que le prestaba en ese momento.

Después de colgar, Caleb bajó del coche. Pese a que hacía calor, se puso la chaqueta, la camisa estaba manchada de sangre por el hombro, donde se había cortado con el cristal roto de la ventana de la casa de los Dales. Inspiró el olor de hierba recién cortada. Un hermoso día de agosto.

Un día en el que cada segundo que pasaba podía significar la muerte de Kate.

El pub disponía de un jardín en la parte trasera y Caleb se sentó a una mesa bajo un árbol. Salvo él, solo había una pareja joven, cogida de la mano y sin prestar atención a nada ni a nadie a su alrededor. Y también un hombre mayor tomando un café y leyendo *The Observer*.

Caleb leyó la carta y pidió una porción de quiche, una ensalada verde y agua mineral. Intentó relajarse, que la paz y la calidez del día obraran su efecto en él. Sabía que razonar compulsivamente no llevaba a ningún sitio. Aunque, en este caso, tampoco le servía dejar fluir los pensamientos con tranquilidad. Porque no había nada, nada en absoluto, a lo que los pensamientos pudieran aferrarse.

Sonó el móvil. Un mensaje de Helen. Agarró el aparato como quien se ahoga y se sujeta a una brizna de paja, pero lo que leyó volvió a borrar cualquier atisbo de esperanza.

«Por desgracia, nada nuevo, jefe. Solo el registro de persona desaparecida de Alice Coleman. He pensado que le interesaría.

A continuación, incluía los datos de Alice Coleman, así como una breve descripción de lo que su pareja declaró en la comisaría. También el informe del agente que encontró el coche, vacío y sin cerrar, en el borde de una carretera de Somerset.

Nada que Caleb no supiera.

En último lugar, una fotografía de Alice Coleman. Estaba en una playa, supuestamente en Cornwall. Los cabellos alborotados por el viento. Sonreía, pero de modo forzado. Tenía el aspecto de una mujer profundamente triste que quiere dar una imagen un poco agradable.

Caleb se quedó mirando la foto.

—No puede ser —dijo.

La joven pareja lo miró con fastidio.

Se levantó de un salto.

7

Tenía dolor y fiebre, hambre y sed. Eso la sorprendía. Antes, cuando estaba enferma y tenía fiebre, perdía el apetito. Pero nunca había pasado tanto tiempo sin comer. Esa sería la razón. A esas alturas, estaba convencida de que Ian tenía la intención de limitarse a dejarla morir de hambre. Lo lograría. Aunque a lo mejor antes la aniquilaba una septicemia.

Tenía claro que no quería morir. Si bien estaba bastante segura de que nunca recuperaría la movilidad y que tal vez llegase el día en que no querría pasar el resto de su vida totalmente paralizada. Entonces ya volvería a pensar en la muerte. En una muerte voluntaria. Pero estaba segura: no quería morir así. No en esa habitación. No en esa casa. No despacio y en una agonía.

Y, sobre todo, no porque lo quisiera Ian Slade.

Pero lo cierto era que no tenía las de ganar.

Fuera como fuese, no debía seguir llorando. Había notado que llorar la debilitaba. Aunque ignoraba si no llorar le aportaba algo. Bien pensado, ninguna estrategia la ayudaba realmente.

Oyó unos pasos que se acercaban a su puerta y se le tensaron los músculos de manera involuntaria. Al menos los que aún se tensaban, que eran algunos.

La puerta se abrió. Detrás había una lámpara encendida, como ya observó las otras veces, también de día.

Un pasillo oscuro sin ventanas. Otro de los muchos hallazgos que no la ayudaban para nada.

La figura alta y maciza de Ian Slade se inclinó sobre ella. Se forzó a mirarlo, aunque habría preferido cerrar los ojos.

Él sonrió.

—Hola, Sophia, ¿qué tal?

«Que te jodan», le habría gustado responder. Pero seguía sin poder hablar.

—Seguro que tienes hambre y sed —dijo con una mal fingida preocupación en la voz.

Le puso un vaso con agua en los labios. A ella le habría encantado arrojárselo a la cara, pero para ello habría tenido que ser capaz de moverse, y además habría sido poco inteligente. Estaba deshidratada. No podía permitirse tirar el agua.

La dejó beber un rato, luego le dio de comer un puré de patatas y verdura. Enseguida notó que era salado y revitalizante. Pero no había nada que aborreciera más que el hecho de que él le diera de comer como a una niña pequeña. El hambre voraz y la razón la empujaban a cooperar.

—Por lo demás, todo parece ir bien —observó él cuando el plato estuvo vacío.

Nada iba bien, pero ¿cómo podía comunicárselo? Y que él le cambiara el catéter... Dudaba que supiera hacerlo. Y la idea de tener la mano de ese tipo entre sus piernas le provocaba náuseas. Él le palpó la mejilla.

—Estás bastante caliente. ¿Tienes fiebre?

¿Cuándo entendería que no podía contestar a sus preguntas? Pero quizá le daba igual.

—Has pillado algo. Estás ardiendo. Te voy a dar un paracetamol. Así resistirás más tiempo.

«Paracetamol» y «resistir más tiempo», eso no sonaba muy alentador en labios de Ian. Más bien al contrario.

—Aunque seguramente tú desearías que ocurriera más deprisa. —Sonrió.

«¿De qué estás hablando, cabrón?».

Le apartó un mechón de la frente.

—La policía me está pisando los talones. Tengo que acabar contigo. Mal que me pese.

«Venga, escúpelo». El miedo la estrangulaba.

Slade se inclinó más sobre ella.

—Te voy a enterrar, cariño. Nadie te encontrará jamás.

«¿Me matas y luego me entierras?».

No podía oír lo que pensaba, pero debía suponerlo.

—He estado reflexionando mucho tiempo sobre el mejor modo de acabar contigo —dijo sonriente—. No se me ha ocurrido nada. Me refiero a que: ¿a quién le gusta mancharse los dedos con un trozo de mierda? —Su sonrisa era dulce como la de un ángel, lo que junto con el oscuro vacío de sus ojos resultaba más horrible que cualquier cosa que Sophia pudiera imaginar—. ¿Y cuál sería el castigo justo por haber separado a un niño de su familia y hacer que creciera en una de las peores instituciones de Gran Bretaña? De verdad que es muy difícil.

En ese momento entendió lo que él planeaba. Se quedó sin respiración. Pese a la fiebre, se quedó helada. Ni siquiera él... ni siquiera él podía hacer algo así.

—Una caja cómoda. Y un bonito agujero en la tierra. Hará frío, todo estará oscuro, Sophia. Tal como fue mi adolescencia. Fría, oscura, sin ninguna esperanza.

Ella seguía sin respirar.

—Nadie te encontrará. Te sentirás muy sola. Muy muy sola. No creo que pase nadie por allí. Y si pasa... Por desgracia no puedes gritar.

Ella lo miraba.

Ian se echó a reír.

—¡No pongas esta cara! ¿De verdad pensabas que te ibas a librar? ¿Después de todo lo que me has hecho? ¿No sabías que siempre se acaba pagando? ¡Siempre!

Colocó los dos brazos por debajo de ella y la levantó.

—Vámonos —dijo.

Un grito se formó en la mente de Sophia.

Un grito de miedo, de desesperación, de dolor. Era más fuerte que cualquier otro grito que ella hubiese oído jamás.

Y, sin embargo, era mudo.

8

Todavía había luz en la tarde de agosto, pero pronto anochecería. Se sentía cansada de pasear por ahí con el calor que hacía, pero mejor eso que estar mirando la pared.

Preguntándose si estaba actuando de modo correcto.

Al principio le había sentado bien, pero ya no. Ya hacía tiempo que no. Y nada salía según lo esperado. No se estaba cumpliendo nada de lo que le prometieron. En cambio, esa pobre mujer parapléjica que yacía desamparada en la pequeña habitación trasera y que necesitaba ayuda médica urgente... Y ahora, también esa agente de policía... ¿Qué papel desempeñaba esta última y por qué la había secuestrado Ian? ¿Y por qué no volvía Sasha?

Se detuvo a pocos pasos de la puerta de la casa, se apartó el pelo de la frente. La cuestión era si tenía que abandonar. Desaparecer sin más. ¿Llamar a la policía? Sabía que entonces Ian Slade se vengaría de ella.

Tenía miedo.

Se sacó la llave de la casa del bolsillo de los vaqueros.

En ese mismo momento, dos brazos la cogieron por detrás,

la sujetaron por la cintura y el cuello con firmeza y una voz masculina le susurró al oído:

—¡No se le ocurra gritar! ¡No haga ningún ruido!

De hecho, estaba demasiado asustada. No emitió ni el más mínimo sonido.

—¿Señora Coleman? ¿Señora Callaghan? ¿O debo llamarla señora Walsh? ¿Cómo prefiere que la llame?

Ella no se movió.

Su agresor le separó los dedos con los que agarraba la llave. Se la cogió. Ella no se atrevió a oponer resistencia.

El hombre aflojó la sujeción y le dio media vuelta.

—¡Oh! —exclamó sorprendida. Era el que la interrogó al mediodía. No recordaba su nombre. Pero era la segunda vez en tres días que se presentaba la policía. Cuando se lo contó a Ian, este se puso furioso.

«¡Maldita sea! —exclamó—. Esto se está poniendo feo. Tenemos que salir de aquí cuanto antes».

«¿Qué pasará con las mujeres secuestradas? —se atrevió a preguntar ella, sintiéndose como en una mala película. Secuestro... Nunca pensó que habría mujeres secuestradas».

«Para ellas ya tengo algo pensado. No tienes por qué saberlo. Yo me encargo de todo».

Y ahora había vuelto el policía.

Se sintió aliviada.

—Comisario jefe Caleb Hale —se presentó de nuevo—. ¿Se acuerda?

Ella asintió.

—Sí.

—Y usted es Alice Coleman. Antes Walsh. La he reconocido por la foto con la que su pareja la está buscando.

Ella suspiró. No tenía ningún sentido negarlo. ¿Y por qué iba a hacerlo? Todo había acabado y estaba bien que así fuera.

—¿Está Sophia Lewis retenida en esta casa? ¿Y Kate Linville?

—Sí. Sophia Lewis. Y una agente de policía. No sé cómo se llama.

—¿Dónde está ahora Ian Slade?

—No lo sé.

—¿Podría estar dentro?

—Sí. He salido dos horas a pasear. De verdad que no sé dónde está.

—Supongo que sigue armado.

—Sí.

—De acuerdo. Quédese fuera. Cuanto más lejos mejor, póngase a resguardo tras un árbol o un arbusto. ¿Entendido?

—Sí.

Alice salió del jardín y se escondió detrás de un grupo de árboles. Observó que Caleb Hale abría la puerta de la casa y desaparecía en su interior. Rezó por que Ian no estuviera. Hale no tendría ninguna posibilidad de salir indemne frente a Ian. Frente a su arma.

Y tampoco frente a su falta total de escrúpulos.

Normalmente, ese habría sido el momento de pedir refuerzos, pero Caleb no se atrevía a salir de su cobertura, no después de todo lo que había ocurrido ese día. Aunque también era probable que no se los hubieran enviado. El superintendente jefe se habría horrorizado si hubiese sabido que Caleb persistía en su investigación.

Avanzó a tientas por todas las estancias de la casa, por suerte de una sola planta. La sala de estar, dos habitaciones pequeñas, cada una con un sofá cama, el baño, otra habitación… En un pequeño cuarto vio una camilla con ruedas, como las que se utilizan para transportar enfermos. Estaba vacía.

Una voz le dijo que Ian Slade ya no se encontraba allí, y que no era buena señal para el destino de Sophia Lewis que esa camilla, en la que había yacido tras su secuestro, estuviera vacía. Pasó junto a la cocina, abrió la siguiente puerta, protegiéndose tras la pared.

Y vio a Kate.

Estaba sentada, iluminada por una bombilla que colgaba del techo, en un rincón, atada de pies y manos y con una ancha tira de cinta adhesiva en la cara. Al verlo, jadeó y emitió unos sonidos guturales.

Una zancada y estaba junto a ella. Sabía que le haría daño, pero ella parecía a punto de ahogarse, así que arrancó la cinta adhesiva de su cara con un único y fuerte tirón. Los ojos se le llenaron de lágrimas del dolor. Caleb le sacó de la boca la gruesa mordaza. Le recorrió un escalofrío al imaginar cuánto habría sufrido...

—Agua —logró pronunciar ella con gran esfuerzo.

—Enseguida. —Cortó con la navaja de bolsillo el cordón de nailon con el que ese cabrón la había atado. Caleb observó sus manos azules y le invadió una cólera casi incontrolable. Ese tipo era un sádico asqueroso, ya podía prepararse si lo atrapaba.

Dejó sola a Kate un momento, corrió a la cocina y vio un par de botellas de agua de plástico sobre el alféizar de la ventana. Cogió una y volvió a la habitación.

Kate se la bebió sedienta. Luego dijo, con una voz que no parecía la suya:

—¿Dónde está Sophia Lewis?

—Ya no está. Pero supongo que estaba aquí. La camilla de la ambulancia sigue en una de las habitaciones.

Kate se puso en pie de un salto, pero las piernas no la aguantaron. Había estado demasiado tiempo sin que le circulara la sangre. Caleb la sostuvo. La abrazó y ella percibió lo tentada

426

que estaba de permanecer allí, entre sus brazos, con los ojos cerrados. Estaba tan hecha polvo, tan mal. Al límite de sus fuerzas.

Pero Kate no habría sido Kate si se hubiera rendido en una situación como esa. No era el momento de descansar.

Se desprendió de él y se aguantó de pie tambaleante y temblorosa.

—Ha amenazado con enterrarla. Viva. Quería hacer lo mismo conmigo.

—¿Qué? —Caleb se la quedó mirando—. ¿Y crees que es lo que está haciendo ahora?

—Es muy posible.

Los sobresaltó el ruido de la puerta de la habitación. Alice estaba allí con el rostro ceniciento.

—No está aquí, ¿verdad? —preguntó—. Pero volverá.

—Alice Walsh —explicó Caleb—. O más bien, Alice Coleman, que es como se llama ahora.

—Alice Walsh —repitió Kate.

—Y esta es su casa —supuso Caleb—. La casa en la que vivía con su familia.

Alice asintió.

—Nunca la vendí. Pero tampoco había vuelto. Hasta hace apenas dos semanas.

—¿Se puede saber por qué colabora usted con Ian Slade? —preguntó Kate.

No era el momento de aclarar las cosas. Pero no entendía, no entendía cómo alguien podía... unirse a ese loco...

—Sasha me llamó —explicó Alice—. El año pasado, cuando lo dejaron libre. Todos estos años he mantenido el contacto con él, tenía mi número de móvil. No le había contado nada a mi pareja, ella no sabía nada de Sasha, ni de Lena. Lo cierto es que no podía explicárselo.

—El coche abandonado en Somerset... —dijo Caleb.

Alice asintió.

—Me fugué. He pasado mucho tiempo atormentándome, pero al final decidí empezar una nueva vida. Una vida con Sasha. Quería hacer algo bien.

Caleb no sabía mucho sobre Alice Coleman, pero lo poco que conocía encajaba con esa conducta. No era una persona mala, aunque sonara extraño decir algo así de la asesina de una niña. Pero se había entregado por completo a su estado anímico y sus emociones, a sus miedos. Sus dramas internos la dominaban hasta hacerla cruelmente desconsiderada con los demás. Al desaparecer, evitaba el problema de tener que contarle a la mujer con la que vivía los horribles acontecimientos de su vida, así de simple. Se fue y ni siquiera le preocupó que el coche abandonado despertara los peores temores. Que pensaran en un crimen. Las noches en blanco, las lágrimas de la mujer que era su pareja no le interesaban, ni siquiera se daba cuenta de que los demás estaban pasando por un infierno. En el fondo, Alice solo se veía a sí misma. A sí misma siempre. También cuando decidió vivir con Sasha para «hacer algo bien». No era más que otro intento de aplicarse una terapia a sí misma.

—Acordamos que un amigo de Sasha me recogería en ese camino, cerca de Taunton. Era Ian Slade. No me gustó, en absoluto, pero a esas alturas las cosas ya tenían su propia dinámica. —Se encogió de hombros, desvalida.

Era evidente: había caído de repente en la orgía vengativa de Ian Salde y ya no supo cómo encontrar la salida.

—Cuando empezó a depositar a sus víctimas aquí, en su casa —dijo Caleb, que escogió conscientemente una expresión cínica—, a la mujer parapléjica, luego a Kate, una agente de policía..., ¿no tuvo la sensación de que sería mejor ir a una comisaría?

—Tenía miedo —contestó Alice, sin más, y Caleb no pudo echárselo en cara. No haber tenido miedo de Ian Slade habría sido una imprudencia. La mujer miró a su alrededor con los ojos centelleantes y angustiados—. Puede volver en cualquier momento. Oh, Dios mío, ¡estoy tan preocupada por Sasha!

Caleb decidió no decirle que Sasha estaba muerto, asesinado de un tiro por el hombre a quien él calificó de «amigo», y al que realmente consideró como tal. Si Alice se desmoronaba ahora, todo se complicaría más.

Así que solo apretó levemente su brazo en un gesto animoso que podía significar ambas cosas, esperanza y consuelo.

—¿Pedimos refuerzos? —preguntó Kate—. Lo puedo hacer ya mismo... —Se reprimió el resto de la frase. «Estoy de servicio», iba a decir—. Solo necesito tu móvil —dijo en cambio.

—El problema es... —respondió Caleb.

Ella enseguida entendió a qué se refería.

—Si vuelve y la policía está aquí esperándolo... ¿nos dirá dónde está Sophia?

—Yo no pondría la mano en el fuego —dijo Caleb—. Incluso si eso representara un punto a su favor a la hora de determinar su condena.

—¿Crees que eso cambiaría algo? —Kate lo miró recelosa—. ¿Ha sobrevivido el comisario Stewart?

—No —respondió Caleb.

Ella soltó un fuerte suspiro. Había tenido sus problemas con Stewart, pero saber que estaba muerto, abatido a tiros sobre las escaleras de un bloque de pisos en Leeds, era insoportable. Con ello, Ian era culpable del asesinato de un agente de policía, además del supuesto asesinato de Jack Gregory y del conductor de la ambulancia. Y también había matado a Sasha... Fuera como fuese, pasaría mucho tiempo en la cárcel. En tales circunstancias estaría poco dispuesto a negociar.

—Pero tal vez quiera llegar a un trato, a pesar de todo —opinó Caleb como si le hubiese leído el pensamiento—. Atenuación de la pena si confiesa dónde ha escondido a Sophia Lewis.

—Tenemos que darnos prisa —les urgió Alice, de quien empezaba a apoderarse el pánico.

Caleb y Kate se miraron.

—Demasiado arriesgado —dijo Kate.

Ian era un demente. Le daría tal satisfacción presenciar la desesperación de todos los agentes cuando se negara a revelarles el lugar donde había enterrado a Sophia que no le importaría permanecer más tiempo en la cárcel por ello. Además de que, de todos modos, tendría que cargar con una custodia de seguridad el resto de su vida.

—Hagan algo —gimió Alice.

No dejaba de mirar a su alrededor aterrada, como si esperara que Ian fuera a aparecer en ese mismo instante a sus espaldas.

—Solo hay una salida —dijo Kate.

Caleb entendió al instante lo que quería decir.

—No. Ni hablar.

—Va a hacer lo mismo conmigo. Si nos sigues…

—Puede escoger cualquier otro lugar.

—Tenemos que correr el riesgo.

—No, joder, no —insistió Caleb—. Es demasiado arriesgado. ¿Y si pierdo de vista su coche? ¿Si se da cuenta de que lo sigo y me despista? Queda descartado.

—¿Ves otra posibilidad? ¿Para salvar a Sophia?

Caleb calló.

—Se nos acaba el tiempo —le urgió Kate.

Ya llevaban demasiado rato en la casa. Ian podía presentarse en cualquier momento.

—¿Dónde tienes el coche, Caleb?

—Algo alejado. No lo verá cuando vuelva.

—Yo tampoco lo he visto —intervino Alice.

—Si os pierdo de vista... —comenzó a decir de nuevo Caleb, pero Kate lo detuvo con un gesto.

—Sabrás la dirección en que viajamos. He visto la matrícula cuando tuve que subir en Leeds, te la apuntaré. Luego pones en marcha todo el aparato policial.

Él la miró.

—A pesar de todo, puede salir mal, Kate.

—Lo sé —respondió ella.

—Lo que estamos planeando es una locura y va en contra de toda norma, ¿lo sabes?

—El hecho de que tú estés aquí, Caleb, ya va en contra de cualquier norma.

—Ya no tengo mucho que perder.

—Si ahora llamamos a nuestros compañeros —advirtió Kate—, Slade no dirá ni una sola palabra. Me apuesto lo que sea. Y no permitirán que yo sirva de señuelo. O actuamos ahora por cuenta propia y deprisa o Sophia está perdida. No tenemos más posibilidades.

—De acuerdo —dijo Caleb, pensativo—. ¿Ya no tienes tu móvil, Kate?

—No. Lo perdí en casa del señor Walsh.

—Entonces te doy el mío. Tienes que poder establecer contacto y nosotros tenemos que poder localizarte.

—¿Y usted?

—Tengo un móvil de prepago —dijo Alice—, también puede llevárselo.

—Esto me da muy mala espina —dijo Caleb.

—¡Vamos! —dijo Kate—. Si de algo no vamos sobrados es de tiempo.

9

Ian Slade tenía la vaga sensación de que algo no iba bien, pero salvo por su instinto, que le enviaba avisos difusos, no veía ninguna señal.

En la casa todo permanecía en silencio. Alice no aparecía por ningún sitio, pero no era algo inusual. Salía continuamente a dar largos paseos. Ella tenía otras expectativas y resultaba evidente que las circunstancias la afectaban cada vez más. Primero Sophia, luego Kate. Alice no comprendía de qué iba todo eso, pero ahora se daba cuenta de que se había involucrado en una historia que no tenía nada de bueno. Ian pensó un par de veces si no sería mejor aniquilarla. De todos modos, estaba en su lista de represalias. ¿Representaba además un riesgo? Estaba muerta de miedo. De miedo hacia él. Temía por ella y por Sasha. Ian no creía que fuera a hacer algo, pero nunca había confiado totalmente en ella. Esa mujer era imprevisible. Muy depresiva. Bastante chalada. Él no era nada remilgado, pero encontraba muy fuerte que hubiese ahogado en la bañera a su propia hija. Y lo que le hizo a Sasha fue también muy bestia. Aunque hubiera sido idea de su marido, ese tío asqueroso. Pero o se colaboraba o no se colaboraba. Y Alice no se opuso al plan. Fue capaz de presenciar cómo se llevaban a Sasha. Joder, esa mujer había salpicado mucha mierda en su vida. El único motivo para no eliminarla era Sasha. Al menos, no por el momento. De algún modo, Sasha la quería y mientras lo necesitara no iba a arriesgarse a que sufriera un ataque de nervios y perdiera la cabeza del todo. De hecho, Alice también le fue de utilidad cuando la policía apareció por su casa, algo con lo que Ian ya contaba después de haber comprendido que se había descubierto la identidad de Sasha, la suya y la relación entre los dos. Cambió el apellido de Alice y metió un par de circunstancias creíbles —divorciada, criando sin ayuda a sus hijos, que estaban en un campamento de verano, amargada, sola— y ella lo supo transmitir bien. Sobre todo porque tales atributos encajaban con ella. Estaba sola y amargada. Totalmente frustrada.

Ian también lo habría estado en su lugar.

Mató a Sasha porque de lo contrario habría descubierto el escondite. Sabía que Alice cambiaría de bando en cuanto se enterase. No tenía ningún problema en librarse antes de ella, pero la policía había estado dos veces allí; la segunda vez él se puso alerta. ¿Qué sospechaban? ¿Estaban juntando todas las piezas del rompecabezas? Ya no le quedaba más tiempo. Debía quitarse de en medio a las dos mujeres. En cuanto a él, tenía que procurar salir del país. Lo más importante era regalarle a Sophia Lewis una muerte angustiosa —y estar viva a casi cuatro pies bajo tierra en un bosquecillo abandonado de la mano de Dios y en una caja de madera era jodidamente angustioso—, pero Kate Linville, en principio, no le había hecho nada. Bueno, se encargaba de la investigación para darle caza, pero era su trabajo. Aunque para él ser policía no era una profesión, sino más bien un defecto de carácter.

Casi se había visto tentado a dejarla sin más, tal como estaba, atada y amordazada, en casa de Alice y no correr ningún riesgo: a saber si Alice no se había echado atrás, quizá debería largarse a toda pastilla después de enterrar a Sophia. Pero luego pensó que tendría sentido llevarse a un rehén. Tener a una policía en su poder le daría un montón de libertad de movimientos. Sus compañeros no podrían abrir fuego contra él en caso de que lo pillaran. Exigiría que lo dejaran en libertad, de lo contrario amenazaría con dispararle a Kate en la cabeza. Su plan consistía en llegar con ella a Francia y desde allí atravesar de algún modo los Balcanes. Le parecía bastante fácil esconderse entre la muchedumbre. Una vez allí, se cargaría a Kate. Había tenido mala suerte. Aunque por otro lado, también habría podido aprender algo decente.

Si no fuera por esa estúpida sensación. Esa maldita sensación de amenaza indefinida.

Cruzó la casa con cautela, sin bajar la guardia un segundo, mirando en cada habitación. En efecto, Alice no estaba. Por eso la puerta estaba cerrada. Menuda zorra. Ya podría haber pensado que él también tenía que comer en algún momento. ¿Se le habrían caído los anillos si lo hubiese esperado con una comida hecha? Pero en la cocina no había nada cociéndose en el fuego y tampoco olía a plato cocinado. Seguramente no habría ni comprado, así que no tenía ni pan, ni queso ni nada. ¿De qué vivía ella misma, en realidad? Estaba esquelética. Era probable que una forma de autocastigarse fuera dejar de comer adrede hasta quedarse en los huesos.

Majareta total.

Kate se encontraba exactamente en la misma posición en que la había dejado en el cuartucho junto a la cocina. No pudo evitar sonreír al ver sus extremidades retorcidas. Tenía las ataduras bien apretadas. Seguro que sufría fuertes dolores. Lo que más la torturaría sería el calcetín en la boca.

Arrancó la cinta elástica del rostro de Kate y le sacó el calcetín. Joder, ¿a quién se le ocurría llevar calcetines de lana en agosto? Típico de ese tipo de mujer sencilla como Kate. Castaña, zapatos abotinados. Y calcetines de lana.

—Agua —jadeó Kate.

—Luego. Ahora tenemos que intentar salir de aquí. —Le cortó las ataduras de los pies con una navaja de bolsillo—. Así, para que puedas andar.

—¿Y las manos? No siento nada en los dedos.

—No. Es demasiado peligroso.

¡Y un cuerno iba a desatarle las manos! Aunque iba armado

y ella no, era posible que Kate tuviera conocimientos de técnicas de combate y consiguiera someterlo. Tenía que ser prudente. Ella era perseverante y lista. Nunca se resignaría a su destino sin oponer resistencia.

No sería tan fácil como con Sophia, que era incapaz de moverse.

—Levántate —ordenó.

Se puso en pie tambaleándose. Tardó unos minutos hasta que las piernas la sostuvieron.

—¿Puedo beber agua, por favor? —repitió.

—Cuando estemos en el coche. En marcha.

Quería salir de allí cuanto antes. La agarró impaciente por el brazo y tiró de ella por el pasillo. Andaba con torpeza por haber estado tanto rato sin moverse y estuvo a punto de caerse dos veces.

—No puedo caminar bien.

—¡Déjate de tonterías! ¿Pero tú qué te has pensado, que tengo todo el tiempo del mundo?

—¿Viene con nosotros Sophia Lewis?

Él sonrió.

—Ya se ha ido.

—¿Dónde está?

—Ya te lo dije.

Kate se detuvo.

—¡No habrá sido capaz!

—Claro que he sido capaz. Yo siempre hago lo que digo.

—Señor Slade, ya sabe que está incurriendo en un delito muy grave. Da igual lo que haya hecho hasta ahora, esto alcanza otra dimensión. Si me dice ahora dónde está Sophia, si se entrega, hablaré con el fiscal...

—¡Cierra el pico! ¿Qué trato de mierda es este? ¿Dos años menos de trullo o qué? —Pegó el rostro al de Kate y notó con satisfacción que ella se estremecía ligeramente—. Yo no vuelvo al trullo, toma nota. Nosotros, tú y yo, nos vamos de Inglaterra. En el continente yo me esfumaré. Y tú vas a ser mi jodido escudo protector en caso de que tus colegas me molesten por el camino. Así son las cosas, de modo que deja de darme la lata con tus discursos de mierda.

—Señor Slade, si realmente ha enterrado a Sophia...

—¡De eso puedes estar segura!

—Escuche, un crimen tan monstruoso lo condenará a la cárcel para el resto de su vida. Le ofrezco la posibilidad de marcharse de Inglaterra sin que nadie lo detenga en la frontera si me dice ahora dónde está Sophia.

—Yo no estoy mal del coco. ¡Claro que me detendrán en la frontera!

—Pero puedo conseguir que se emitan las órdenes convenientes para que no lo detengan.

Sonrió irónico. Joder, la tipa estaba como una chota. Y lo que era peor, lo tomaba a él por tonto.

—Sinceramente, Kate Linville —pronunció su nombre con desdén y afectación—. Tú no eres ningún pez gordo. Sé un poco de qué estoy hablando. Sargento. No puedes prometerme algo así. Tus superiores pasarán de ti y volverán a levantar la orden. Sin contar con que no tengo ninguna gana de salvar a la puta de Sophia. Ni la más mínima. Se lo ha ganado. No voy a cambiar nada.

—Lo perseguirán y lo encontrarán.

—¡No me digas, sargento!

—Señor Slade... Ian...

—Señor Slade... Ian... —se burló él con una voz aguda y artificial—. Cierra el pico o te pego un tiro aquí mismo. Aquí y ahora. ¿Lo pillas?

Ella abrió la boca, dispuesta a replicar, y Slade ya se disponía a meterle el calcetín hasta la garganta de nuevo para hacerla callar cuando oyó un zumbido.

El sonido de una vibración.

Se detuvo.

En el cuerpo de esa condenada mujer algo vibraba, a pesar de que él se había asegurado de que no tenía móvil. Pero esa vibración era de un móvil.

Su intuición nunca lo engañaba. Algo no iba bien.

10

Oyó el motor, y entonces la vieja Ford Transit bajó disparada por la carretera llena de baches dejando una nube de polvo tras de sí. Caleb había estado a la expectativa con gran tensión, sin embargo se estremeció, como si el curso de los acontecimientos lo hubiera pillado desprevenido.

¿Por qué corría Ian Slade como alma que lleva el diablo?

—¿Qué le pasa? —preguntó Alice, encogida en el asiento del acompañante.

—Baje ahora y atrinchérese en la casa —ordenó Caleb—. Tal como hemos quedado. ¡Deprisa!

Pasara lo que pasase, no quería que Alice estuviera en la línea de tiro.

Alice saltó del coche y cerró la puerta. Caleb se puso en marcha al instante. Acababa de perder de vista la furgoneta de Ian, lo que por ahora estaba bien para que no lo viera salir de entre los matorrales por el retrovisor. Sabía que la próxima vía que Ian iba a recorrer era la calle mayor del pueblo, no había otro camino para llegar a la carretera en dirección a Nottingham. A partir de allí, podía tomar cualquier rumbo. Caleb no podía permitirse perder el contacto visual. Su plan consistía en colocarse detrás de él en el pueblo. Entonces Slade no sabría de dónde había salido y como no lo había visto nunca, era bastante seguro que no levantara sus sospechas. Aunque no podía decirse que hubiera nada «seguro» en toda esta operación. En el fondo, lo que estaban haciendo era una locura. Cuando Caleb pensaba que en la furgoneta que acababa de pasar de largo a toda pastilla estaba Kate, atada de pies y manos y a merced de un psicópata que asesinaba a quienes le caían mal, empezaba a sudar. Con cada segundo, tenía más claro que no debería haber accedido al plan, pero ahora ya era demasiado tarde. Entendía el deseo irrevocable de Kate de salvar a Sophia Lewis, y sí, probablemente ella tenía razón y aquella era la única manera de encontrarla. Pero no se podía salvar a una persona poniendo en peligro a otra, esa era una de las premisas del trabajo policial. Y el riesgo que estaba corriendo ahora Kate era demasiado grande.

Demasiado grande.

Había llegado a la calle del pueblo que cruzaba la pequeña localidad en línea recta. Se extendía frente a él silenciosa y vacía. Una calma apática descansaba sobre el paisaje. Agosto y en plenas vacaciones. Ni siquiera se veía gente regresando del trabajo. ¿Dónde demonios se había metido Slade? No podía conducir tan deprisa por allí si no quería llamar la atención. Debería tenerlo a la vista.

—Mierda —maldijo Caleb.

Decidió que tampoco él pisaría el freno. ¿Por qué tenía tanta prisa Slade? Si aún creía estar a salvo, ¿por qué iba a arriesgarse a que le pusieran una multa yendo a una velocidad vertiginosa? Conducía como si quisiera quitarse de encima a unos posibles perseguidores. Pero no podía saberlo. Joder, ¡no podía saberlo!

Caleb ató a Kate exactamente igual que como la había encontrado. Él mismo sintió dolor físico al inmovilizarla como si fuera un paquete porque sabía lo mucho que le dolerían esas ataduras al cabo de poco tiempo. Pero ella insistió.

—Si se da cuenta de que algo ha cambiado, todo esto no servirá para nada.

Le volvió a meter el horrible calcetín en la boca y le puso la cinta adhesiva encima, devolvieron las botellas de agua a su sitio y lo dejaron todo tal como estaba. Todo el tiempo, el instinto de Caleb le decía que debía interrumpir esa operación. Pero Kate irradiaba tal determinación que era imposible hacerla desistir de su plan.

Silenciaron el móvil y lo escondieron dentro de la ropa de Kate. Discutieron brevemente si no sería mejor apagarlo del todo. En caso de necesitarlo, Kate habría tenido que volver a conectarlo y marcar el pin. Demasiado tiempo en una situación crítica. Kate se había escondido el móvil en las bragas.

—Espero que Ian no se pierda por ahí —dijo ella.

Caleb suspiró.

—Todo esto es...

—Indispensable —concluyó Kate.

Caleb sacó la navaja con la que había cortado las ataduras de Kate.

—Toma. Cógela, por favor. No es que vaya a ser de gran ayuda frente a un hombre provisto de un arma de fuego, pero es mejor que nada.

—Pero ¿dónde me la guardo?

Al final, Kate la escondió en el zapato. Presionaba bastante, pero suponía que no iba a andar demasiado.

Llevaba un móvil y una navaja. A Caleb seguía pareciéndole insuficiente.

Ahora recorría la maldita calle principal del pueblo y no había ni rastro de la castigada furgoneta. ¿Por qué Ian había salido a tal velocidad? ¿Y por qué seguía manteniendo ese ritmo enloquecido? Era la única posibilidad; de lo contrario, la tendría a la vista. En línea recta, Caleb podía abarcar una gran distancia. Debería estar viéndola.

Sonó el móvil, para ser más exactos, el móvil de Alice. Podía leer su propio número en la pantalla. Lo habían registrado para que supiera si Kate lo llamaba.

Se lo acercó a toda prisa a la oreja.

—¿Kate?

—No, soy Alice.

—¿Alice? —«¿Cómo era posible?».

—El móvil está en casa. En el pasillo. Junto a la navaja.

—¿Qué?

—Debe de haberlos encontrado.

—¿Cómo?, ¿ha vuelto a cachearla? —Caleb se sintió casi invadido por el pánico, una sensación que no había experimentado en su vida. Él no era alguien que se aterrorizara fácilmente. Pero ahora…

—Tiene una llamada —dijo Alice—. De hace unos veinte minutos.

—El móvil estaba en silencio.

—Pero la vibración está encendida —indicó Alice—. Acabo de comprobarlo.

—¡Mierda! ¿Cómo no hemos pensado en ello? ¿Y cómo es posible que lo haya oído?

—Porque se puede oír la vibración cuando todo está en silencio alrededor —dijo Alice. Parecía abatida.

—Joder, por eso iba tan rápido. Sabía que alguien lo vigilaba. Por eso ha calculado el modo de librarse de nosotros. —Caleb golpeó con el puño el volante—. Lo ha conseguido.

Se dirigió al borde de la carretera y se detuvo. No servía de nada seguir conduciendo. No encontraría a Ian. Ese era el camino que, por lógica, habría tomado si no hubiera sospechado nada.

Pero ahora Caleb supuso que se habría desviado a derecha o izquierda entre las zonas urbanizadas y luego habría tomado una carretera secundaria para huir, o tal vez incluso un camino rural. Estaría muy lejos. En cualquiera de los cuatro puntos cardinales y Caleb no tenía ni idea de en cuál. Tenía ganas de llorar. Y eso todavía le resultaba más ajeno que el pánico. «Contrólate. Contrólate o empeorarás la situación», se ordenó a sí mismo.

—¿Quién ha llamado? ¿Lo ve? ¿Hay algún nombre?

—No, pero hay un mensaje en el correo.

—¿Puede acceder y ponérmelo para que lo escuche? —Por si acaso resultaba ser algo importante.

Alice necesitó un par de minutos para familiarizarse con el móvil extraño, luego Caleb oyó una voz desconocida procedente de su correo.

«Hola, comisario Hale. Esta mañana hemos hablado por teléfono. Soy Kamil Abrowsky».

Caleb suspiró hondo. El terapeuta. Se habría acordado de algo y lo llamó en el peor momento.

«He estado reflexionando y se me ha ocurrido una idea —prosiguió Abrowsky—. Sasha mencionó un par de veces que su madre seguía viviendo en la casa de los alrededores de Nottingham. Desde hacía unos años habían retomado el contacto con regularidad y siempre tenía la ilusión de irse a vivir con ella un día. No sé si esto le puede servir. Pero usted preguntó si había un lugar en el que Slade y Sasha pudieran haberse escondido. —Calló unos segundos—. En fin, a lo mejor esto es de ayuda. Hasta la vista».

—¡Idiota! —exclamó iracundo—. Si se le hubiera ocurrido esta mañana, podríamos haber salvado a las dos. Sophia todavía estaría allí.

No valía la pena enfadarse. Debía mirar hacia delante. Salvar lo que aún se pudiera salvar. Si todavía existía esa posibilidad.

Colgó. No tenía ganas de oír ningún comentario de Alice al respecto. Había colaborado con Ian Slade el tiempo suficiente. Al ver que raptaba a Sophia Lewis, debería haber acudido a la policía. Con o sin miedo.

¿Qué le dijo Kate? «Tienes la matrícula y la zona aproximada. Si algo sale mal, tienes que poner en movimiento todo el aparato policial».

Algo había salido mal. Muy mal.

Pulsó el número de Helen. Por suerte, ella enseguida contestó. Empezaba a amar a esa mujer. Sin ella nada funcionaría.

—Helen, necesito urgentemente tu ayuda —empezó—. Escucha con atención. Ha pasado lo siguiente...

11

Al principio salió a toda pastilla y ella temió por su vida en cada curva, pero ahora, aunque no iba despacio, conducía a una velocidad relativamente normal. Tenía que evitar a toda costa que le pusieran una multa. De todos modos, si se encontraban con un coche de policía significaría el final. A esas alturas, su número de matrícula ya sería conocido, todos los agentes tenían la orden de pararlo o al menos de perseguirlo. Llevaba a una rehén detrás. Su único triunfo.

Al parecer, consiguió evitar a los policías que, con toda seguridad, se habían posicionado alrededor de la casa. No tomó la calle principal para salir del pueblo, sino que escapó por una callejuela lateral y a continuación se desvió por un camino de grava. Nadie lo seguía.

Al oír la vibración del móvil, se había quedado petrificado. Luego, en un abrir y cerrar de ojos, miró en todas las direcciones dentro de la habitación, con la pistola sin el seguro en la mano, listo para disparar contra cualquier policía que se dejara ver. Pero después entendió lo que significaba que Kate siguiera atada y amordazada como antes. Seguro que había agentes al acecho, cerca, pero no se dejaban ver. Querían encontrar a Sophia Lewis con vida. Su plan era seguirlo, pero debían ser prudentes para que él no se diera cuenta de nada. Tendría que poner pies en polvorosa… Esperaba que no se hubiesen distribuido por el pueblo en todas las vías de escape. Aunque, en realidad, solo había una única calle, lo demás eran caminos rurales que atravesaban prados y campos de cultivo.

Se arrepentía de haber vuelto. Recordó que algo lo inquietaba y se preguntó por qué no hizo caso de la señal. Su sistema de radar interior era infalible, y cada vez que lo ignoraba, cometía un error.

Pero así estaban las cosas. Ahora tenía que ver cómo salía de esa situación. No le apetecía nada acabar en el trullo. ¡Ni de coña!

Al palpar el cuerpo de Kate, lo hizo con una zafiedad tal que ella soltó más de una vez un grito de dolor; el móvil estaba en sus bragas. Sintió un fuerte deseo de hacerle daño de verdad como castigo, pero tenía prisa. Quizá más tarde tuviera ocasión de hacerle pagar por esa traición.

—¿Cuántos polis están escondidos alrededor de la casa? —preguntó.

—Aquí no hay nadie —dijo ella.

Tenía la impertinencia de negárselo a la cara cuando era evidente. Como respuesta le dio un bofetón, la cabeza le cayó a un lado como una pelota de tenis y gritó. Por desgracia, no podía emplear toda su fuerza. La habría dejado inconsciente y eso lo habría complicado todo.

En su zapato derecho encontró una navaja. La arrojó furioso al suelo. Se creían de verdad que podían engañarlo.

Ahora que circulaba en mitad de una noche de agosto estrellada, empezó a sentirse más seguro. Kate estaba detrás, atada y con el calcetín otra vez en la boca, sobre el colchón que el infeliz Jack Gregory había colocado allí para su viaje y que ahora desprendía un olor insoportable. A todo tipo de fluidos corporales, sobre todo al sudor de Sophia Lewis, producto del pánico. Ella sabía lo que la esperaba al emprender el último viaje. Casi enloqueció de miedo, sus ojos la delataban. Pero Sophia no iba a ablandarlo. Siempre supo que fue ella quien lo delató. Esa maldita costumbre de salir a correr cada tarde la había llevado al garaje vacío en el que él habría podido hacer cosas maravillosas con esa niña, tan tonta como para marcharse con él del jardín de sus padres. Vio el rostro de Sophia cuando miró al interior del garaje. Luego se marchó corriendo asustada y probablemente esperaba que él no la hubiese reconocido. Enseguida comprendió que llamaría a la policía.

Después de salir del centro de menores, le costó bastante encontrar su dirección. Por la inquietud que la acompañó todos esos años, no se había empadronado. Pero gracias a unos viejos conocidos de West Bromwich, averiguó que daba clases en Manchester, así que recorrió escuela por escuela hasta que por fin la localizó. Le escribió una carta, informándole de que él, Ian Slade, volvía a estar libre. Se divirtió un montón al saber que ella enseguida se había mudado a otro lugar. Tenía un miedo enorme, esa cretina, y con toda la razón. Ahí donde ahora se encontraba podía reflexionar con toda tranquilidad sobre los errores que había cometido. Para ser exactos, el error era solo uno: denunciarlo.

Ante él se extendía la oscura y silenciosa carretera. Viajaban en dirección a la costa sureste, pero solo por vías secundarias. No dejaba de cambiar de carretera. Casi nunca se cruzaba con otros vehículos. Por el espejo retrovisor no se veía ninguna luz desde hacía más de una hora. Nadie había conseguido seguirle la pista. ¡Cojonudo! Estaba seguro de que a todos se les encogía el culo. Llevaba a su colega en su coche, el señuelo, pero en lugar de haber caído él en la trampa, la que estaba en un apuro era ella. Pondrían verde a quien hubiese ideado ese plan tan idiota. Imaginárselo era demasiado bonito. Le habría encantado ponerse a silbar de lo bien y victorioso que se sentía. Nadie lo había atrapado. Al principio todo salió redondo... Los espió a todos. Sophia. Xenia. Oliver. Alice. No fue sencillo, pero él era terco, era listo, tenía un fabuloso poder de deducción. Se enteró de dónde y cómo vivían. Desde luego, esto solo fue posible tras idear cómo conseguir la furgoneta, que le servía de refugio, además de para desplazarse.

Jack Gregory, pobre tío..., lo recogió al borde de la carretera, donde hacía dedo cuando se acercaba una camioneta, una caravana o una furgoneta. Gregory se detuvo y lo dejó subir. A Ian no le pareció que la vieja Ford Transit fuera precisamente de primera categoría; pero mejor eso que nada. Al menos pudo comprobar que estaba preparada para instalarse en ella. Contaba con un colchón, cocina de gas, cubiertos y platos. En una solitaria área de descanso de Yorkshire Dales se desembarazó de Gregory de un corte limpio en el cuello y lo empujó por un barranco escarpado. Era muy poco probable que lo encontraran.

La Transit había sido un buen hogar para él y Sasha, hasta que este y Alice decidieron instalarse juntos en la casa de Nottingham. Era mucho más cómoda y grande. Sin embargo, ahí empezaron los problemas. Él no se fiaba de Alice y la casa se le antojaba como una trampa. Tal como resultó ser al final. «Habría» resultado ser, se corrigió usando el condicional. Si él no hubiese sido más astuto que todos los demás.

Aunque, si era sincero, casi había caído en sus redes. Se salvó por el móvil. Es decir, por una casualidad.

La melodía que quería silbar murió en sus labios. No les había salido bien por los pelos. No podía bajar la guardia. Todavía le faltaba mucho para llegar a un lugar seguro.

Se preguntaba qué era lo primero que debía hacer. No renunciaba a su plan original de irse al continente con Kate como rehén, pero las circunstancias se habían complicado bastante. Cualquier barco de pasajeros que fuera a zarpar de cualquier puerto de Inglaterra en los próximos días estaría lleno de policías. Así como el despacho del Eurotúnel en Dover. Eso podría durar incluso semanas, pues lo harían todo por liberar a Kate. No le dispararían, lo necesitaban vivo, querrían tener la posibilidad de averiguar el escondite de Sophia Lewis. Todo esto le daba cierta seguridad, pero solo en lo que se refería a su integridad física. Querían darle caza y podían conseguirlo. No eran imaginaciones suyas. Pese a su rehén. Estaba solo y, en algún momento, sus fuerzas flaquearían. La adrenalina que llevaba en el cuerpo todavía tiraba de él, pero hacía mucho que no dormía y no resistiría veinticuatro o cuarenta y ocho horas más. Si se dormía, lo atraparían.

Inspeccionó la parte posterior de la furgoneta por el retrovisor. Había una mampara de separación que casi llegaba al techo, pero dejaba libre una rendija de dos palmos. En realidad, no se podía distinguir nada. Además, detrás no había ventanas por las que pudiera entrar luz, lo que ahora, de noche, poco habría ayudado. De todas maneras, no le preocupaba. Kate estaba bien atada y yacía inmóvil como un paquete al que hubieran arrojado sobre el colchón. No podía hablar a causa de la mordaza, pero habría apostado cualquier cosa a que estaba despierta. Totalmente despierta.

Seguro que estaba pensando en alguna solución para escapar. Ya le había dicho que no iba a llevarla a donde Sophia, así que intentaría salvarse a sí misma.

Lo que no podía hacer. La pobre...

—Creo que vamos a retrasar nuestro viaje a Francia —anunció. Giró un poco la cabeza hacia atrás y habló muy fuerte, para que lo oyera. La vieja furgoneta metía mucho ruido y no se oía nada más—. Disponemos de todo el tiempo del mundo, ¿verdad?

Por supuesto, no era así, sobre todo porque no tenían dinero. Pero en tales asuntos él era muy ingenioso.

—Tengo en mente una casa de vacaciones. En el sur de Inglaterra. ¿Qué opinas de Cornwall? Es un entorno agradable. Fue allí donde encontré a Alice. Me gustó.

Ella no respondió nada. Cómo iba a hacerlo.

—Lo mejor sería una pareja de jubilados —prosiguió—. En la casa. Tienen provisiones, dinero en metálico y una tarjeta de débito. Y se les puede administrar un tranquilizante sin problemas. Podría encerrarlos en el sótano. O que la palmen y listos. Ya veré. Dependerá de la situación.

No era tan sencillo como él lo describía. También la gente mayor solía estar conectada. Tenían hijos y nietos, vecinos, amigos. Él no disponía de tiempo para buscar a alguien que estuviera solo en la vida. Había cogido un par de billetes de un cajón de la casa de Oliver Walsh, pero no llegarían muy lejos con eso. También podía ser peligroso entrar en un supermercado, parar en una gasolinera... Miró el indicador de la gasolina. Quedaba un cuarto del depósito. No iba a durar una eternidad.

Notó que el sudor le empapaba el cuerpo. Acababa de sentirse invencible, pero al pensar con más detenimiento en su situación, comprendió que tenía pocos motivos para estar eufórico. No tendría que haber vuelto. Debería haberse desembarazado de Sophia y alejarse lo más rápidamente posible. El plan de tener a Kate como escudo protector no era descabellado, pero no lo meditó bien y toda esa maniobra le estaba costando demasiado tiempo. Ahora permanecía retenido en la isla, en un vehículo que todo el mundo andaba buscando y con una cara que al día siguiente probablemente aparecería en todos los periódicos y en internet. Y con una agente de policía secuestrada en la parte trasera...

«No te pongas nervioso —se ordenó—. Ya se te ocurrirá algo. A ti siempre se te ocurre algo».

Volvió a mirar hacia atrás. Oscuridad. Deseaba oírla respirar. No sabía por qué, pero eso lo habría tranquilizado.

Martes, 6 de agosto

1

Ya era más de medianoche. O eso suponía. Tenía la sensación de llevar muchas horas viajando y de que esa furgoneta no se detendría jamás. Ian no la llevaba hacia Sophia. Y, por descontado, Caleb ya no les seguía la pista, probablemente la perdió al principio. Había trazado su plan sobre la base de que Ian no descubriría nada, solo así habría funcionado. Una vez él se hubo dado cuenta de lo que estaba pasando, lo echó todo a perder arrancando a toda velocidad y atravesando el pueblo en zigzag.

Kate estaba sola.

En ese momento ya no se trataba de encontrar a Sophia. Sino de salvar su propia vida. Ian la usaba temporalmente como escudo protector. Cuando ya no la necesitara, no sobreviviría ni diez minutos.

El colchón en el que yacía boca abajo apestaba. A restos de comida, a esperma, a orina y cien cosas más que Kate no sabría calificar. Al cabo de un rato, consiguió ponerse de lado. Todavía percibía ese hedor, pero al menos no tenía la nariz inmersa en él. Y el aire que respiraba era algo más limpio. Hubiera preferido colocarse boca arriba, pero entonces habría cargado todo su peso sobre las manos, y el dolor de los hombros curvados hacia atrás habría aumentado hasta hacerse insoportable.

Si levantaba la cabeza un poco, veía a través de la delgada rendija, por encima de la mampara de separación, la noche más allá del parabrisas y la coronilla de Ian Slade. Ian también era alto sentado, casi rozaba el techo. Recordó sus espaldas anchas, sus brazos musculosos. Con ella no tenía ni para empezar. Sin contar con que iba armado.

La única posibilidad de salir viva consistiría en pillarlo desprevenido.

Sus ojos se habían adaptado rápidamente a la oscuridad de la parte trasera del vehículo y al menos podía distinguir de forma vaga los contenedores colocados a lo largo de la cabecera y que ya conocía del primer viaje. Kate seguía suponiendo que el fallecido Jack Gregory guardaba en ellos sus utensilios para acampar: cubiertos, platos, cepillo de dientes, mantas y toallas. Lo que más le interesaba de todo eso eran los cubiertos. Porque una persona comía con cuchillo y tenedor. Y necesitaba cuchillos más grandes para cortar el pan, por ejemplo. Eso significaba que justo a su lado se encontraban objetos que podría utilizar como armas. Sin embargo, debido a su inmovilidad total le resultaban inalcanzables.

Lo importante ahora era no darse por vencida antes de tiempo. Resultaba difícil, dado todo lo que sabía del hombre que estaba al volante. Mató a tiros al comisario Stewart y aniquiló a sangre fría a su cómplice Sasha cuando este empezaba a convertirse en un problema para él. Asesinó al estudiante al que pertenecía esa furgoneta cutre porque necesitaba un vehículo. Intentó disparar contra Xenia en el tren. Por no mencionar lo que le hizo a Sophia...

El torbellino de sus pensamientos se detuvo de golpe. Sophia. Algo pasaba ahí... algo en relación con Sophia...

La había enterrado. Estaba dentro de una caja en un agujero cavado en la tierra. Si Kate apartaba a un lado el horror que irremediablemente se apoderaba de ella cuando se imaginaba la situación de Sophia, quedaba una cuestión práctica: ¿dónde estaba la pala?

Se colocó boca arriba ignorando el dolor. Le había estirado brutalmente los brazos hacia atrás. Sentía los hombros como si fueran a soltarse las articulaciones.

Por fortuna, Slade no se enteraba de nada de lo que sucedía detrás. Esa furgoneta tenía un motor tan ruidoso y además traqueteaba y metía tal follón cada vez que superaba un pequeño bache que casi habría sido imposible entenderse y no se oía nada de lo que el otro hacía. Y sospechaba que Slade solo podía ver por el retrovisor la oscuridad total de la parte trasera. Era muy probable que ni siquiera la percibiera como una sombra.

Dándose algo de impulso se giró para quedar sobre el lado izquierdo y ver la pared frente a la puerta corredera lateral. Más contenedores de plástico. Y delante...

La pala.

Podía oler la tierra pegada a la pala. Agradable en comparación con el hedor que desprendía el colchón. Como un día fresco y limpio de primavera. Despacio —en su situación todo iba muy despacio—, se arrastró junto a la pala, reunió todas sus fuerzas para darse media vuelta y ponerse boca arriba, y luego se colocó del mismo lado en el que estaba en un principio. Pero ahora sus muñecas atadas quedaban directamente junto al afilado canto de la pala. En esa postura resultaba doloroso y complicado frotar el cordón de nailon con que la había sujetado. Trabajaba con músculos cuya existencia desconocía hasta entonces. Pronto los brazos y los hombros le dolían tanto que tenía ganas de llorar. Pero aguantó. Con los brazos libres y la pala en la mano, existía una posibilidad de vencer a un gigante como Ian Slade.

El hilo de nailon se desgarró justo en el momento en que Ian abandonaba la carretera, según podía deducir por la irregularidad del terreno, tomaba un camino rural y se detenía allí.

Kate se arrancó la cinta adhesiva de la cara y se sacó el calcetín de la boca. Tomó aire, intentando al mismo tiempo no hacer ruido. Todavía no se había desatado los pies y su libertad de movimientos era muy reducida. Si él se asomaba ahora para controlarla, todo habría sido en vano.

2

Meó en un campo de trigo y, al menos físicamente, se sintió aliviado. Al levantar la cabeza vio estrellas en el cielo. Una noche de agosto como en los libros ilustrados. De un negro aterciopelado. Ya se notaba un poco el otoño. Se dio un golpecito en la frente. Como si no tuviera nada mejor que hacer que pensar en el otoño o en el color del cielo por la noche.

El tiempo apremiaba. Tenía que salir de la carretera. A ser posible antes de que volviera a clarear. Seguro que lo estaban buscando por todo el país.

Intuía que debían de estar por Kent. No conocía bien Inglaterra. Tenía once años cuando ingresó en ese maldito centro y no había salido de allí hasta los veinte. En la clase de geografía nunca prestaba atención. Solo tenía conocimientos rudimentarios sobre la situación de algunos condados. Pero podría tratarse de Kent.

Buscaría ahora una casa solitaria y entraría en ella, sorprendería a sus habitantes durmiendo y los eliminaría. O lo que todavía sería mejor, encontraría una casa vacía y se escondería allí. Tenía que dormir ya o lo haría al volante. Tenía que urdir un plan. Tenía que esfumarse. Por un tiempo.

Se subió a la furgoneta y encendió el motor. Una casa de campo… Por supuesto, de noche no se distinguiría bien. Pero no podía esperar a que se hiciera de día. El reloj del tablero marcaba las dos de la madrugada. Por suerte, en agosto no clareaba tan pronto como en mayo o en junio. Sin embargo, tampoco faltaba tanto. Volvió a la carretera. Era muy estrecha y con muchas curvas, menos mal que no venían coches de frente. Si en una carretera como esa se topaba con un control policial, estaba perdido. No podría dar media vuelta ni pasar de largo. Había muchas carreteras secundarias de este tipo. Otra razón más para encontrar un escondite lo antes posible.

Conducía deprisa. Demasiado deprisa. Pero lo mismo daba. A su alrededor reinaba una soledad total. Experimentaba un pánico latente. No era bueno. El pánico no se debía solo a lo precario de su situación, sino también a la certeza de que había cometido un error garrafal al volver a la casa para recoger a Kate. Llevaba horas echándose en cara ese error y eso lo consumía. Porque él no cometía errores, ninguno así de idiota. ¡Él no! Y que a pesar de todo hubiese ocurrido minaba la imagen que tenía de sí mismo. Y también su autoconfianza. Y si su autoconfianza iba menguando, cometería más errores y entonces… Se prohibió seguir pensado. Eso lo hundiría.

Por desgracia, la radio no funcionaba en ese cacharro. De lo contrario habría podido distraerse escuchando música. Tal vez eso lo hubiera ayudado. Tal vez… Pisó de golpe el freno cuando la valla de un pastizal le cerró de repente el paso. El móvil y la pistola, ambos en el asiento del acompañante, resbalaron al suelo, pero no prestó atención. La carretera que había tomado, que no era una carretera propiamente dicha, terminaba en un pastizal. Por lo que podía ver, no seguía más allá de la valla, a no ser que quisiera intentar atravesar el prado cenagoso, pero eso sería lo más estúpido que podía hacer.

Furioso, golpeó el volante con el puño. Por lo visto, todo se había puesto en su contra. Esas absurdas carreteras secundarias, esos malditos pueblos ingleses. Siempre se había preguntado cómo la gente podía vivir en el campo. Solo vacas, ovejas y condenados pastizales vallados.

Reconoció que no tenía otro remedio que dar media vuelta, pero con lo estrecho que era ese camino tendría que hacerlo desplazándose por milímetros.

En la guantera había una linterna de bolsillo, la cogió, bajó e iluminó a su alrededor. A derecha e izquierda se extendían maizales que acababan de ser cosechados. Unas zanjas poco profundas canalizaban el agua de lluvia, pero para él representaban un problema. Si pasaba por encima del borde, las ruedas perderían el contacto con el suelo. Las zanjas todavía reducían más la superficie que tenía para maniobrar.

Soltó una buena retahíla de improperios, subió y empezó a dar la vuelta. Milímetro a milímetro para delante y para atrás, girar el volante ligeramente, luego volver atrás, luego adelante... Ese viejo cacharro no tenía dirección asistida y pronto empezaron a dolerle los brazos. Que la furgoneta fuera tan larga tampoco facilitaba las cosas, pues solo alcanzaba a ver algo por los espejos laterales y estaba oscuro. En realidad, maniobraba de forma puramente instintiva. Delante, detrás, delante, detrás...

De pronto se encajó.

—¡Mierda! —gritó.

Por lo visto, al menos una de las ruedas traseras había resbalado y estaba hundida en una de las malditas zanjas. Enfurecido, aceleró un par de veces, en vano, porque no pasó nada, excepto que el motor emitió un fuerte rugido. Esa estúpida carraca tenía tracción trasera y por eso no había nada que hacer.

Volvió a bajarse. Estaba empapado de sudor, no solo por el esfuerzo de la maniobra, sino también de rabia y frustración, y porque el tiempo apremiaba. Antes de que clarease tenía que haber encontrado un escondite y, en lugar de estar buscándolo, ahora tenía que ocuparse de una zanja en un pastizal de ovejas. No es que temiera cruzarse con una patrulla de policía allí, pero quizá aparecían campesinos y era posible que hubiesen visto su cara y la furgoneta en la televisión, mientras desayunaban... Propinó encolerizado una patada a uno de los neumáticos delanteros con los surcos desgastados. El estado general de esa chatarra no se lo ponía fácil. La rueda trasera derecha se había metido en la zanja y la única posibilidad que Ian veía para liberarla consistía en apoyarla en algo, lo que significaba que tenía que echar tierra y gravilla en el surco y esperar que el neumático tuviera suficiente con ese respaldo. Levantó la vista al cielo. Ya no era de un negro aterciopelado como en la última parada. Estaba empezando a teñirse de un suave gris antracita. Faltaba poco para que amaneciera.

«De acuerdo, de acuerdo, tengo que pensar», se dijo. No le servía de nada dar furiosas patadas a los neumáticos. Tenía que actuar, y cuanto antes, mejor.

Se acordó de la pala que tenía detrás. No es que tuviera ganas de ver a esa estúpida policía que, a fin de cuentas, era quien lo había metido en ese lío; pero por suerte no podía soltarle el rollo, de lo contrario no respondería de sus actos. Corrió la puerta lateral, que había engrasado hacía unas semanas y se abría sin esfuerzo y casi sin hacer el menor ruido. El interior estaba oscuro y apestaba. Vio la figura de Kate en sombras. Estaba de lado, tal como la dejó.

Creía recordar que la pala se encontraba en el lado contrario, frente a los contenedores de plástico, pero cuando iluminó hacia allí con la linterna no la vio. A la velocidad con que había conducido no era extraño. Seguramente habría resbalado hacia el fondo. No tenía más remedio que subir. Avanzó de rodillas hacia la pared trasera de la furgoneta, iluminando los rincones con la linterna. Joder, ¿dónde se había metido la puñetera pala? Una cosa así no se desvanecía en el aire, ¿no?

Cuando se percató del movimiento detrás de él, que percibió más que verlo, intentó girarse, pero ya era demasiado tarde. Algo silbó en el aire, solo una fracción de segundo, y justo después notó un dolor terrible en el talón del pie derecho, tan intenso que bramó como un toro, y a continuación creyó que iba a desmayarse. El dolor ascendió por la pierna, se extendió por las caderas, llegó al pecho, le encogió el corazón, los pulmones, le quitó la respiración...

Joder, ¿qué había pasado? ¿Qué había pasado?

El dolor lo paralizó hasta el punto de que tuvo que hacer un gran esfuerzo para darse media vuelta. La linterna se le cayó y emitía una luz sobre el suelo de metal. Vio que Kate saltaba de la furgoneta rápidamente. Llevaba la pala en la mano. Entendió que le había golpeado en el talón de Aquiles con ella, que quizá se lo había cortado, o que le había astillado el hueso. De repente se sintió mal y vomitó en un rincón. El dolor le martilleaba ahora en la cabeza. Creyó ser presa de una parálisis creciente y movió a modo de prueba los dedos, primero los de la mano derecha, luego los de la izquierda. Funcionaba. Podía moverlos. Pero el dolor lo dejaba fuera de combate.

Y eso no podía ser. Precisamente ahora él no podía quedarse allí tendido gimoteando y esperando a que la policía llegara y lo arrestara.

La puerta corredera se cerró.

Apretó los dientes. Las lágrimas le rodaban por las mejillas de dolor cuando se arrastró hasta ella. Iba a matar a Kate. Aunque fuera lo último que hiciera en esta vida.

Ya podía darse por muerta.

3

Kate tenía las piernas agarrotadas de estar tanto tiempo atada, pero ignoró el tirón en los músculos, salió de la furgoneta de un salto y cerró la puerta tras de sí. Todavía llevaba la pala en la mano. La situación había sido delicada, no tenía que limitarse a golpear a ciegas, pues el peligro de infligirle una herida mortal con la pesada pala de hierro era demasiado grande. Con esa herramienta se podía abrir el cráneo de una persona; pero necesitaban a Ian vivo, de lo contrario perderían a Sophia. Solo disponía de unos segundos, tenía que alcanzar el blanco para que Ian quedase fuera de combate en el acto. Tenía que dejarlo inutilizado, al menos por unos minutos, pero no debía matarlo. Todo esto casi a oscuras y en la estrechez del espacio de carga, solo débilmente iluminado por la linterna de bolsillo. Al subir Ian a la furgoneta, Kate pensó que los latidos de su corazón, fuertes e insistentes, iban a delatarla; pero él no notó nada, movió la linterna y se puso a buscar, sudando tanto que hasta pudo oler su sudor. Kate se levantó veloz como un rayo y lo golpeó. El terrible bramido le reveló que había dado en el blanco.

Ahora se encontraba en medio del campo, jadeando como si hubiera corrido una carrera de resistencia, y miró a su alrededor. Enseguida comprendió lo que ocurría: una de las ruedas traseras de la furgoneta cayó en la zanja y estaba atravesada en el camino. Delante había una valla. Ian tuvo que dar media vuelta y al hacerlo la rueda resbaló. Ahora sabía por qué fue a la parte de atrás: buscaba la pala porque quizá lograría mover la furgoneta si arrojaba tierra bajo la rueda. Pero ella estaba medio tendida sobre la pala, aparentando tener las manos detrás de la espalda y los pies atados. Libre, en realidad. Esperando su oportunidad y sabiendo que solo se le brindaría una, no dos.

La esperanza de que la llave de contacto estuviera puesta se cumplió, como confirmó al mirar el compartimento del conductor; pero no le servía de nada, porque no podía arrancar. Su plan consistía en ponerse en marcha enseguida, ya que Ian no habría podido salir del espacio de carga durante el viaje, a no ser que se hiciera mucho daño. Ella pensaba detenerse en la primera comisaría que encontrara.

Pero su plan había fracasado.

Miró a su alrededor. Nada en kilómetros a la redonda. Ni un pueblo, ni una granja. Hasta donde alcanzaba la vista, todo eran campos de cultivo, pastizales y prados. En el horizonte, un bosquecillo se dibujaba borroso en la noche evanescente. El amanecer se avecinaba con rapidez. En algún lugar un pájaro gorjeaba jubiloso.

Todo de una belleza idílica, pero habría preferido mucho más la cercanía de seres humanos. Ian intentaría bajarse de la furgoneta. No había cerrojo en la puerta corredera.

Kate lanzó la pala un poco más lejos, lo bastante cerca para cogerla, por si volvía a necesitarla, pero a una distancia suficiente para que no cayera en manos de Ian. Se inclinó sobre el asiento del conductor, buscó nerviosamente en el salpicadero algún botón para bloquear todas las puertas, pero la furgoneta era muy vieja. Para comprobar si funcionaba, encendió el motor y presionó todo lo que pudiera activar el cierre centralizado, pero no ocurrió nada.

Imposible bloquear las puertas y ponerse en marcha. Ian tenía un móvil y una pistola. Si no llevaba las dos cosas encima, lo que esperaba de todo corazón, tenían que estar ahí.

Kate no tenía linterna y la luz del alba todavía no iluminaba lo suficiente. Accionó el interruptor de la luz junto al parabrisas, pero no pasó nada. Vio que no había ninguna bombilla enroscada.

Y entonces descubrió que bajo el asiento del acompañante había algo. Estaba tan oscuro que no podía distinguir qué era, pero podría tratarse del móvil. O del arma. O de ambos.

Se inclinó por encima del asiento del conductor e intentó alcanzar el objeto extendiendo el brazo. Acto seguido notó una garra dura como el hierro que le cogía el tobillo derecho. Le dio un tirón tan brutal, al tiempo que la giraba boca arriba, que su cara se golpeó contra el volante y por unos segundos lo vio todo negro.

—¡Voy a matarte! —jadeaba Ian Slade—. ¡Voy a matarte!

Se recuperó en el acto. Tenía la impresión de que se había roto la nariz, pero por el momento ese era el menor de sus problemas. Estaba boca arriba sobre el asiento del conductor, con las piernas fuera, Ian Slade tenía agarrada una de ellas. Se alzaba sobre ella como una torre enorme. A la luz gris y mortecina del amanecer, podía ver que tenía el rostro empapado de sudor y blanco como la cal. Doblaba mucho la parte izquierda del cuerpo, que era evidente que cargaba con todo su peso, pues la pierna herida la tenía inutilizada. Debía de estar desquiciado de dolor, pero había conseguido salir de la furgoneta y agredirla, y Kate vio en sus ojos que lo haría, que ahora sí iba a matarla, y que no necesitaría nada más que sus manos para estrangularla.

Intentó liberar la pierna, pero él la mantenía sujeta con fuerza. Si no fuera por la herida, ya se habría abalanzado sobre ella, pero se tambaleaba y apretaba los dientes. Kate tomó impulso con la pierna libre y le dio una patada en la cadera con toda la fuerza que era capaz de reunir en esa incómoda posición. En otras circunstancias, un armario como Ian no se habría inmutado, pero se balanceó y, por un momento, cargó el peso sobre el pie maltrecho. Lanzó un grito ensordecedor, el dolor tenía que ser insoportable. Aflojó entonces su presa sobre Kate. Ella retiró la pierna, se deslizó rapidísimamente al asiento del acompañante, buscó debajo del asiento, cogió la pistola y la levantó. Ahora estaba en cuclillas sobre el asiento, Ian de pie, fuera. En sus ojos centelleaba la locura. La locura del dolor, la locura de la cólera.

—No se mueva —ordenó Kate. Apuntaba el arma sin el seguro hacia él—. ¡Quédese donde está!

Él la observó acechante. Suponía que no le dispararía, pero puesto que ella se encontraba en grave peligro de muerte, no podía estar seguro. Esperaba el momento adecuado para arrancarle la pistola. Ella lo notaba. Ian no iba a rendirse, a ningún precio.

Y entonces, de repente, saltó hacia delante. Ella no dudó ni un segundo y le disparó.

Se desplomó delante del coche, intentó agarrarse al marco de la puerta, pero resbaló y se quedó tendido en el camino. Murmuró unas palabras que Kate no entendió. Con el arma todavía sin el seguro, se arrastró con prudencia por encima del asiento del conductor para asomarse y mirarlo desde arriba. Vio que una mancha oscura teñía el pantalón por el muslo. Le había dado en la pierna, eso significaba que no moriría enseguida, pero necesitaba asistencia médica urgente o acabaría desangrándose.

Mantenía los ojos cerrados y respiraba con dificultad. Kate no creía que todavía representase un peligro, pero no le quitaba la vista de encima y siguió apuntándolo mientras buscaba a tientas el móvil. Lo encontró. Con tarjeta prepago, seguro. Tecleó el número de Caleb, esperando que ya hubiese recuperado el móvil. Enseguida contestó.

—¿Sí?

—¿Caleb? ¡Aquí Kate!

—¡¿Kate?! —gritó su nombre—. ¡¿Kate?!

—Sí, soy yo.

—Por todos los santos, ¿dónde estás? Os estamos buscando por todas partes. ¿Estás bien?

—Sí. —Le dolía la nariz y tenía dificultades para respirar, pero no valía la pena mencionarlo—. Todo bien. Pero no sé dónde estamos.

—¿Qué ha ocurrido con Slade?

—Está tendido junto a la furgoneta, con una herida de bala. Caleb, necesita urgentemente un médico. Está perdiendo mucha sangre.

—¿Hay algún punto de referencia que te indique dónde podéis estar?

Miró a través del cristal del parabrisas. Había clareado mucho, pero no servía de gran cosa. Prados, campos de cultivo, pastizales. Un bosque.

—Es un terreno bastante llano —dijo—, por lo que cabe suponer que no nos hemos dirigido hacia el norte. Por el tiempo que hemos estado viajando, deberíamos estar en el interior de Escocia. Pero el paisaje allí es más montañoso.

—No siempre —indicó Caleb.

—Yo diría que se trata de Kent o de Sussex. Caleb, no puedo salir de aquí. La furgoneta está bloqueada en una zanja.

—¿No puedes sacarla de allí?

—No sé... —Miró la pala que había arrojado al campo—. Sí, a lo mejor. Pero no hay forma de subir a Ian Slade a la furgoneta. Estoy segura de que no podré moverlo sola. Debería dejarlo aquí y...

—No es una buena idea. Tienes que ocuparte de él. Ha de sobrevivir.

—Lo sé. Voy a hablar con él. —Separó el móvil de la oreja—. ¿Ian? Ian, ¿me oye?

Este parpadeó con un ojo. ¡Gracias a Dios! Tenía el rostro tan pálido que por un momento había pensado que estaba muerto.

—Ian. Necesita atención médica con urgencia. Se está desangrando. Dígame, por favor, dónde estamos. ¿Cómo se llama el último pueblo por el que hemos pasado?

El chico abrió los dos ojos y la miró. Arrugó hacia arriba el labio superior, en lo que debía de ser una mueca despectiva. «Que te jodan», decía esa mueca. Luego volvió a cerrar los ojos.

—¿Kate? —intervino Caleb.

Ella volvió a acercarse el móvil a la oreja.

—En el sur de Inglaterra, estoy bastante segura. En algún lugar en plena naturaleza.

Lo oyó suspirar.

—Vamos a intentar localizaros. Todo este tiempo hemos tratado desesperadamente de averiguar el número de móvil de Slade, pero no podíamos encontrar a ningún receptor a quien él hubiese llamado. Pero está bien, ahora tengo el número aquí, en la pantalla. ¿Crees que podrás mantenerlo con vida?

—Haré cuanto pueda.

—Nos daremos prisa.

Después de colgar, Kate bajó con cautela del vehículo, preparada por si Slade volvía a cogerla por la pierna en cualquier momento. De todos modos, no tenía aspecto de contar con fuerzas para entrar en acción. Su respiración era todavía más leve y el color de su rostro estaba cambiando a un gris pálido. La mancha de sangre del muslo se había extendido hasta la rodilla y por el suelo alrededor de la herida. Estaba perdiendo mucha sangre con demasiada rapidez.

Kate sintió náuseas al ver su pie derecho. Parecía colgar del último tendón. Casi le había partido el hueso con la pala. No podía saber cuánta sangre había perdido por allí. Lo que sí veía, aun sin ser médico, era que a Ian Slade no le quedaba mucho tiempo. Como no llegara un médico enseguida, moriría.

Subió a la parte trasera, hurgó en los contenedores y encontró un pañuelo pequeño. Se arrodilló junto a Ian, plegó el pañuelo en un cuadrado, lo colocó sobre la herida de bala y presionó con todas sus fuerzas. Era el método más eficaz de detener una hemorragia. Pero con esa cantidad... Parecía que no iba a parar. El proyectil seguramente había tocado la aorta.

—Slade, por favor. No lo conseguirá. Dígame dónde estamos.

Él no reaccionaba.

—Dígame dónde está Sophia. ¡Por favor!

Nada, ningún tipo de respuesta.

Retiró el pañuelo de la herida, pues no servía para nada, y se lo ató por encima del orificio. Tampoco sería de gran ayuda, pero no se le ocurría qué otra cosa hacer. Cogió la botella que Ian había colocado en la puerta del conductor y le dio un poco de agua. Bebía con dificultad. Respiraba con dificultad. Eso no pintaba nada bien.

Ella también dio un par de sorbos. Luego cogió el móvil y la pistola.

—Enseguida vuelvo —dijo. No estaba segura de que la oyese.

Kate recorrió el camino rural mal asfaltado. Cabía la posibilidad de que llegara a una carretera más grande en la que tal vez circulara algún coche. O que descubriera una señal o un indicador de dónde estaban, algo. Corría tan deprisa como podía, aunque la nariz hinchada no la dejaba respirar bien.

Al final del camino llegó a una carretera, muy estrecha, pero que sin duda comunicaba las distintas poblaciones. Kate decidió ir hacia la izquierda, pero también habría podido lanzar una moneda al aire: no sabía si era el sentido correcto o el equivocado. Era imposible hacerse una idea.

Enfiló la carretera, a ratos corriendo y a ratos andando, y cuando ya pensaba en darse media vuelta e intentarlo en el sentido contrario, vio un coche a lo lejos. Se colocó la pistola rápidamente bajo la camiseta, que estaba manchada de sangre. Ya era dudoso que alguien se detuviera al ver a una mujer extenuada, completamente sola y bastante desaliñada haciendo señales al borde de la carretera a esas horas de la mañana, pero seguro que nadie frenaría si además esa mujer iba blandiendo un arma.

El coche se acercó. Un Fiat azul. Con una mujer al volante. Ojalá tuviera el valor de detenerse. Kate deseó tener todavía el carnet de policía en su poder. Se lo habría mostrado para despertar su confianza.

El coche fue frenando. Kate agitó los brazos. El vehículo se detuvo. La mujer bajó un poquito el cristal de la ventanilla y miró a Kate con recelo.

—¿Qué ha pasado?

—He tenido un accidente —respondió Kate—. Bastante más arriba.

—¡Está sangrando! —exclamó la mujer.

—Mi acompañante está grave. Le he hecho una cura urgente. Tengo que llamar a la policía y a una ambulancia, pero no sé dónde estoy.

—¿No sabe dónde está?

—Conducía él mientras yo estaba durmiendo. No sé cuál es la última localidad por la que hemos pasado.

—A ver, el siguiente pueblo es Charing. A unos seis kilómetros de aquí. Estamos en una carretera que transcurre en paralelo a la M20 en dirección Folkestone.

—Oh, muchas gracias. Ahora ya sé.

—De acuerdo —dijo la mujer.

Observó con el ceño fruncido su camiseta manchada de sangre. Lo encontraba todo bastante sospechoso.

—¿Podría llevarme hasta el lugar de accidente? —preguntó Kate.

En lugar de contestar, la mujer cerró la ventanilla, arrancó a toda prisa y pisó el acelerador. Kate no se lo podía tomar a mal.

Ella misma siempre insistía en advertir a los demás que no dejasen subir a desconocidos en su coche.

Mientras regresaba, llamó de nuevo a Caleb y le comunicó los últimos datos.

—Lo prioritario es el médico de urgencias —jadeó mientras corría—. Slade está muy mal. Si no lo atienden, no vivirá ni una hora más.

—La ambulancia ya va en camino —dijo Caleb—. ¿Puedes hacer algo por él mientras llega?

—Le he hecho un torniquete, pero... —Le costaba respirar mientras corría, hablaba por teléfono y su nariz seguía hinchándose—. ¡Daos prisa! —consiguió decir. Luego apagó el móvil y siguió corriendo tan deprisa como podía.

Cuando tomó el camino que llevaba a la valla, la escena que se desplegó ante sus ojos le pareció fantasmagórica: la mañana de verano despuntando, el horizonte teñido de rojo, el gorjeo de los pájaros. Unas ovejas paseaban con parsimonia por los pastizales de alrededor; no las había visto antes.

En un primer plano, la furgoneta atravesada. Delante, el hombre herido, en el suelo.

Ese hombre que era el único que sabía dónde se encontraba Sophia Lewis en ese instante.

Se puso de rodillas a su lado mientras recuperaba la respiración. Le tomó el pulso, temiéndose lo peor. Apenas lo notaba, al igual que los latidos de su corazón. Continuaba perdiendo sangre. En Ian Slade solo quedaba un atisbo de vida. Supo que no se mantendría vivo hasta que llegase la ayuda.

Tocó su rostro.

—¡Ian! ¡Ian!, ¿puede oírme?

Los párpados del joven temblaron.

—¡Ian! ¡Por favor!

Abrió los ojos. Tenía una mirada difusa. Agonizaba. Kate

notó que un sollozo seco le subía por la garganta. Pensó en Sophia. Habría gritado de desesperación.

—Ian, escúcheme, en un par de minutos habrá muerto. El médico está en camino, pero no llegará a tiempo. ¿Me entiende?

Ian emitió un sonido indefinido que Kate no logró entender.

—Ian, dígame dónde está Sophia. No se muera con ese cargo de conciencia. A lo mejor tiene que responder por ello.

No esperaba que Ian Slade creyera en Dios, pero también había gente que, sin ser creyente, en el momento de la muerte se preguntaba qué les aguardaría al otro lado.

—Ian, no se marche así. Por favor. Dígame dónde está.

Él la miró. Su mirada se había vuelto más clara. Hizo con la boca una mueca parecida a una sonrisa.

Luego su cabeza cayó a un lado.

Ian Slade había muerto.

En todos esos años, fui solo dos veces al centro de menores de Birmingham a ver a Sasha. No me gustaba porque me sentía culpable, pero me animé a hacerlo en esas dos ocasiones. En la primera visita, él tenía once años, y en la segunda, quince. Me di cuenta de que no le iba bien. Siempre había sido… raro, pero también alegre, sobre todo en el último periodo, con Xenia. Ahora estaba como encerrado en sí mismo. Pálido y flaco, amedrentado, perturbado. Vi a un par de tipos con los que convivía allí y me imaginé que no le harían la vida fácil. Sasha era la clase de persona que, con una certeza cruel, siempre sería la víctima, y cuanto más duro fuera su entorno, más dura sería su existencia como víctima.

Me contó que a veces recibía alguna carta de Alice. Eso me sorprendió. Yo siempre tuve la impresión de que Alice ya se había alejado de él cuando aún estaba en casa, y que se vino abajo precisamente a causa de los problemas que él originaba en nuestra vida. Ahora, por lo visto, había retomado una relación de la que, durante todo el tiempo anterior, solo había huido.

Pero quizá le resultaba más fácil desde la distancia. Sin las limitaciones diarias. Y sin tener que llevar la carga de la responsabilidad.

Y quizá ella también tenía mala conciencia. Como yo. Quizá incluso peor.

Tres años más tarde, cuando volví a visitar a Sasha y me encontré frente a un chico todavía demasiado bajo, demasiado delgado, demasiado pálido, comprobé que al menos parecía más relajado. Esperé que no lo martirizaran tanto, aunque no podía entender por qué, pues, aunque había crecido un poco, todavía se lo veía enclenque e incapaz de resistir ni la más mínima agresión, ya fuera física o verbal. Seguía teniendo el perfil de víctima.

Le pregunté que cómo le iba y dijo que mejor.

—¿Tienes amigos? —inquirí esperanzado.

Dudó.

—Tengo a alguien que cuida de mí —respondió.

—¿Que cuida de ti?

Asintió.

—Los demás no pueden hacerme nada, si no quieren tener problemas con él.

No sonaba a una amistad clásica, y me pregunté, angustiado, qué ocurriría en esa relación entre protector y protegido. Los protectores no suelen moverse por razones desinteresadas. ¿Qué provecho sacaba el otro?

—Preséntamelo algún día —dije con marcada despreocupación.

Sasha enseguida se puso algo nervioso.

—Tengo que ver si... si tiene tiempo... Él... —El resto de la frase se perdió en un murmullo incomprensible.

Comprendí que Sasha dependía de su protector. Pero también tenía miedo de él.

—¿Por qué está aquí ese... conocido tuyo? —pregunté. Nadie acababa en ese centro porque se lo considerase un tipo amable y normal.

—Secuestró a una niña.

—¿Secuestró a una niña? —pregunté sorprendido—. Pero él mismo debía ser un niño.

—Tenía once años. Entonces secuestró a una niña.

468

—¿Y qué hizo con ella?

Sasha se encogió de hombros.

—Nada. Lo pillaron.

—Vale.

Nos quedamos mirándonos. Me sentí mal al pensar que el compañero de Sasha había secuestrado a una niña, mientras que Sasha era incapaz de hacer nada malo. Se estaba juntando allí con criminales precoces sin ser uno de ellos. No deberíamos haberlo hecho. Pero ¿qué otra opción teníamos?

Ese día no conocí a su compañero. No hizo acto de presencia y Sasha era demasiado tímido para salir a buscarlo. Tal vez sospechaba que no me gustaría.

Salimos del centro por la tarde, me apetecía invitar a Sasha a un helado. Cuando estaba sentado frente a mí en el café, comiendo su helado de limón en pequeñas porciones para que le durase más, con una expresión de felicidad en su delicado rostro, me invadió de repente un sentimiento de cariño hacia él y, por un momento, casi me quedé sin aire, sofocado por la culpa. Él era una criatura dulce y bondadosa. Tenía que defenderse en un entorno para el cual no estaba en absoluto preparado. Tenía que someterse a un dudoso protector porque no podía sobrevivir de otro modo. Y todo eso sin ser culpable de nada.

En un gesto espontáneo, puse mi mano sobre la suya.

Dejó la cuchara del helado, me miró y me preguntó:

—¿Sí?

—Lo siento, Sasha —musité—, siento cómo ha ido todo.

Sonrió un poco. Era una sonrisa desgarradoramente triste.

—Lo sé —dijo—, pero no tiene que darte pena. Lo hago por Alice.

A mí casi se me cayó la cuchara de la mano. No sé qué es exactamente lo que pensé. Con respecto a Sasha, nunca me paraba a reflexionar con detenimiento porque todo era espantoso, pero yo siempre supuse que él creía haber causado la muerte de su hermanita. O que al menos pensaba que teníamos razón, incluso si lo había reprimido… Solo tenía siete años y sufría un claro retraso en su desarrollo. Yo esperaba que, como mínimo, en su mente predominase una imagen poco definida, borrosa, de esa época y ese suceso.

—¿Por Alice? —repetí con una voz casi inaudible.

—Sí. Para que no tenga que ir a la cárcel.

Él lo sabía. Lo había comprendido. Podía ser distinto de nosotros, pero no era idiota. Siempre entendió lo que había ocurrido. Quizá también en el momento en que lo confesó todo ante la oficina de protección de menores y la policía. Quería a Alice. Y en su amor mostraba una dimensión y un espíritu de sacrificio que superaba mis capacidades, las de Alice o las de cualquier otra persona.

No volví a visitarlo.

No soportaba la culpa.

Viernes, 9 de agosto

—Ya vuelven —dijo Xenia. Estaba junto a la ventana de la sala de estar, en casa de Kate, y contemplaba ese día soleado y resplandeciente—. Creo que el comisario jefe entra con ella.

—Voy corriendo a preparar un café —dijo Colin.

Encendió la cafetera en la cocina. Messy estaba tendido sobre las baldosas. Tenía demasiado calor en el patio. Colin volvió a la sala de estar y se colocó al lado de Xenia.

Kate y Caleb recorrieron el camino del jardín hasta llegar a la puerta de la casa. Caleb llevaba un traje negro, y Kate un vestido negro que, como la mayoría de su ropa, colgaba holgado y sin forma, demasiado grueso para un día de verano, y de un estilo indefinible. Colin encontraba sumamente encantador ese rasgo distintivo de Kate, porque era obvio que aunque se lo propusiera no lo podía cambiar: su incapacidad para vestirse con un mínimo de elegancia.

Venían del funeral de Robert Stewart. Colin podía imaginar cómo se sentían. Fue a abrir la puerta.

—Entrad. ¿Ha sido muy duro? ¿Os apetece un café?

Los dos parecían acalorados y compungidos.

—Un café sería fantástico —respondió Kate, quitándose los zapatos.

Se dirigió descalza a la cocina. Caleb se desprendió de la americana y la siguió.

Colin colocó dos capuchinos y dos vasos de agua sobre la mesa de la cocina. Xenia sirvió una bandeja con *crumble* de cereza recién hecho.

—Lo he preparado antes —explicó—. Pensé que vendríais con hambre.

Ella y Colin miraban a Kate y a Caleb como unos padres preocupados que quieren ayudar a sus hijos pero no saben cuál es la mejor forma de hacerlo.

—Es muy amable por tu parte, Xenia —dijo Kate.

Tenía la nariz rota e hinchada, y la piel de encima estaba enrojecida. Se la veía muerta de cansancio y todos sabían que eso no tenía que ver solo con el funeral.

Colin tocó con cautela el brazo de Xenia.

—Ven, dejémoslos solos —sugirió.

Xenia asintió. Salieron de la cocina y cerraron la puerta tras de sí.

El café le dio unos ánimos a Kate que ya daba por perdidos. Agradecida, se entregó al efecto estimulante de la cafeína. El funeral había sido tan terrible que pensó que no lo resistiría. Aguantó el llanto porque sabía que habría respirado aún con mayor dificultad. La intimidad de la pequeña cocina, el jardín exterior, Messy, que se había levantado y se frotaba contra sus piernas, todo eso le devolvía la paz.

Caleb dejó la taza en la mesa. Tenía un resto de espuma de leche en el labio superior.

—¿Ahora viven los dos aquí? —preguntó señalando la puerta con la cabeza—. ¿Xenia y Colin?

Kate se encogió de hombros.

—Estoy muy contenta de que estén aquí. Xenia se niega a volver con su marido, pero mientras no esté claro lo que la espera por el asunto de la familia Walsh, se queda conmigo. Y Colin ha pedido vacaciones y no se mueve de aquí. —Hizo una breve pausa—. Creo que algo se está cociendo entre los dos. Entre Xenia y Colin. Me alegraría.

—¿Así que no le guarda rencor por haberlo dejado colgado y haberle robado el coche?

—Creo que no. Han hablado mucho. Sabe que ella se encontraba en un apuro.

—Qué bonito —dijo Caleb. Y añadió en voz baja—: Al menos un rayo de luz, ¿no? Al final de toda esta tragedia.

Ella asintió. Ambos estaban como aturdidos. Enterrar a Robert Stewart había sido todavía más duro para Caleb que para Kate, con ello decía adiós a toda una época en la que habían trabajado juntos, confiando plenamente el uno en el otro, durante más de dos décadas. Incluso si en las últimas semanas se había producido una ruptura entre ellos. Los buenos momentos pesaban más.

Kate había perdido a su superior. No se llevaban especialmente bien ni tampoco tuvieron mucho tiempo para conocerse. Pero ella estaba a su lado cuando le dispararon. Nunca podría olvidar esa experiencia, esa imagen.

Pero lo peor, lo peor de todo, era la tragedia de Sophia.

Su destino incierto.

O, según se mirase, su destino de indiscutible certeza.

Ya hacía cuatro días que Ian Slade la había sacado de la casa de Nottingham. Nadie sabía si realmente la enterró viva o si la mató antes. La buscaban sin descanso. Se tuvo en cuenta el tiempo que Ian Slade había estado fuera ese lunes, se calculó hasta dónde habría podido llegar, se evaluó el viaje de ida y vuelta, el vehículo, su forma de conducir, y se contó con que había necesitado un tiempo para hacer desaparecer a Sophia donde fuera y como fuese. Todo ello dio como resultado un área demasiado extensa que peinaban noche y día cientos de agentes de la policía con perros rastreadores. Entretanto había estallado una tormenta, con lluvias torrenciales, de modo que se perdieron la mayor parte de las huellas y los olores. A eso se añadía que, con el más mínimo fallo al interpretar alguno de los elementos, se estaría desatendiendo una zona enorme durante la búsqueda. Pero en algún lugar debían poner los límites. Además, se ignoraba si Sophia Lewis seguía con vida. Con cada hora que pasaba, la situación se volvía más crítica. Allá donde se hallara, ¿había podido comer y beber? Slade era capaz de alargar su tortura con los medios apropiados.

De ahí el resquicio de esperanza. Nadie estaba dispuesto a renunciar a la búsqueda de esa mujer.

Todo el país estaba involucrado en su destino. Los medios informaban ininterrumpidamente sobre el caso. Sophia Lewis había llegado a apartar a Boris Johnson y su campaña de «Vote Leave» de los titulares. La posibilidad de encontrarla residía en que cualquiera participase en la búsqueda. Todo senderista, todo caminante, todo aquel que tuviera un perro salía a pasear con los ojos bien abiertos. Recibían cientos de llamadas, personas que habían observado algo sospechoso en el momento de los hechos dentro del área en cuestión, facilitando datos sobre todo acerca de la furgoneta que había sido vista por azar en entornos solitarios. Cualquier pista se seguía al instante.

Kate removió una segunda cucharada de azúcar en los restos del café. Aunque no fuese saludable, el azúcar le sentaba bien.

—Kate —dijo Caleb.

Ella levantó la vista, inquieta por la urgencia de su voz.

—Sí.

—Lo dejo.

474

—¿Lo dejas? ¿Qué quieres decir?

Él jugueteó con su cuchara de café. Parecía atormentado, pero también decidido.

—Me refiero a que durante todo este tiempo tenía la intención de volver, de la forma que fuera, a ejercer mi profesión. Estaba hecho polvo, tú lo sabes, pero en mi fuero interno lo veía como una fase de tránsito. Una época horrible de la que saldría y volvería a trabajar como comisario jefe.

Ella lo miró sorprendida.

—¿Y ya no es así?

—No. Jayden White, que ha sido mi perdición, pero también el destino de Sophia Lewis me lo han demostrado: si continúo trabajando en esto, nunca conseguiré dejar de ser alcohólico. Nunca. Ya no soporto sucesos de este tipo, es probable que no los haya soportado jamás. Que yo beba, tiene una causa. La causa es la continua confrontación con la maldad del mundo. Con los lugares más recónditos del ser humano. Y el reconocimiento de lo impotentes que somos frente a ellos.

—No siempre somos impotentes.

—Pero sí muchas veces, Kate. Para mí, demasiadas.

—Pero ¿qué harás entonces?

—Ni idea. Ya veré.

Ella se reclinó hacia atrás. Tenía un sexto sentido para situaciones sin salida y lo comprendió al instante: la decisión de Caleb era irrevocable. No iba a cambiar.

—He venido a Scarborough por ti —señaló.

Él asintió.

—Lo sé. Nos lo habíamos imaginado de una manera totalmente distinta. Pero tú tienes que quedarte, Kate.

—Ya sabes que no es seguro.

De momento, Kate estaba de vacaciones, que no era lo mismo que estar suspendida, aunque esas vacaciones no eran voluntarias. El superintendente jefe le sugirió que, después de ese «esfuerzo enorme» (había pronunciado con un tono bastante cínico estas palabras), debía «recuperarse», al menos durante diez días. Luego ya verían. Era evidente que la operación por cuenta propia de Kate y Caleb, que además concluyó en un desastre, iba a tener sus consecuencias. El superintendente jefe habló de un «fracaso total» y señaló que Sophia Lewis habría salido bien parada de toda esta historia si Kate, una vez liberada por Caleb (un hecho por el cual nadie lo elogió), hubiera puesto al corriente a sus compañeros, que habrían detenido a Ian Slade al regresar a casa de Alice Walsh. Kate sabía que no tenía razón. Sabía que Ian nunca habría confesado dónde estaba el escondite y que la única posibilidad de salir airosos residía precisamente en el plan que ella y Caleb habían querido llevar a término. Que hubiera fracasado de forma tan dramática no alteraba este hecho.

—No te suspenderá, Kate —dijo Caleb—. Ahora tiene que pavonearse, pero saldrás de esta con una amonestación. No tiene a tanta gente buena. Yo me he ido. Robert Stewart está muerto. El jefe no puede permitirse que tú también desaparezcas. En los próximos años tendrás que actuar con prudencia, pero luego el asunto quedará zanjado.

«En los próximos años...». Sonaba a un tiempo demasiado largo. A un periodo desesperante. Sin él.

—Pero yo quería trabajar contigo.

—No puedo más, Kate —dijo Caleb en voz baja—. He fracasado. Completamente.

—¡No!

—Sí. Cometí un error con Jayden White. Y ahora, otro más. No debería haberte utilizado como señuelo. Tendría que haber descartado esa idea descabellada. Slade está muerto. Sophia Lewis, perdida. Deberíamos haberlo detenido e interrogado.

Justo lo que pensaba el superintendente. Y sin embargo no era cierto.

—Teníamos razones para no hacerlo. Caleb, no fue algo que nos tomáramos a la ligera. Estábamos convencidos de que él no hablaría. Yo sigo estando convencida de ello: no habría hablado. A lo mejor al cabo de ocho semanas. Nos habría enviado complacido hasta el cadáver de Sophia. Pero no antes.

—¿Cómo puedes estar tan segura?

—Yo estuve con él. A su lado. Nunca había percibido una maldad, una enfermedad y una perversión tan puras. No habría hablado. Podría jurarlo.

—De acuerdo, de acuerdo.

Parecía destrozado por dentro. A ella le habría gustado extender el brazo y acariciar su mejilla, pero no se atrevió.

—Lo peor de todo es que estuviste a punto de morir, Kate —añadió—. Es una idea de la que no consigo desprenderme. Que pusimos tu vida en juego.

Ella asintió. Y justo por eso, por saltarse las reglas básicas más importantes, tendrían todo tipo de problemas.

—Lo he visto claro… —Se interrumpió y dijo de repente—: No te vayas, Kate. Por favor. Pase lo que pase, no te vayas.

—No voy a irme —respondió Kate.

—¿Me lo prometes?

—Te lo prometo.

Volvieron la vista hacia el exterior, hacia ese espléndido día de verano. Los dos pensaban en Sophia. En cuánto tiempo tardarían en perdonarse esa amarga derrota si no la encontraban con vida.

Kate pensó en el término que Caleb había utilizado: «impotencia».

La palabra lo hundía. Pero en Kate despertaba sus fuerzas de resistencia. Incluso en un momento como ese.

Ahora se atrevió. Le cogió la mano, que reposaba al otro lado de la mesa. La notó fría como el hielo y pesada.

Se quedaron sentados y agarrados de la mano con fuerza. Qué otra cosa podían hacer. Bastaba con eso por aquel día, por aquellas horas.